KB056027

질문들의 곁에서

남승원

1974년 서울에서 태어났다.

2012년 「한국 근대시의 물신화 연구」로 경희대학교에서 박사 학위를 취득했다.

2010년 『서울신문』 신춘문예를 통해 문학평론가로 등단했다.

비평집 『질문들의 곁에서』, 편저 『김관식 시선』 『김상훈 시선』 『김남천 평론 선집』 『함석헌 수필 선집』,

공저 『한민족 문학사』 『나는 반려동물과 산다』를 썼다.

2022년 제23회 젊은평론가상을 수상했다.

ARCADE 0015 CRITICISM 질문들의 곁에서

1판 1쇄 펴낸날 2022년 9월 20일
지은이 남승원
디자인 최선영
인쇄인 (주)두경 정지오
펴낸이 채상우
펴낸곳 (주)함께하는출판그룹파란
등록번호 제2015-000068호
등록일자 2015년 9월 15일
주소 (10387) 경기도 고양시 일산서구 중앙로 1455 대우시티프라자 B1 202-1호
전화 031-919-4288
팩스 031-919-4287
모바일팩스 0504-441-3439
이메일 bookparan2015@hanmail.net

ⓒ남승원, 2022, printed in Seoul, Korea

ISBN 979-11-91897-26-5 03810

값 30,000원

•이 책은 용인시, 용인문화재단의 문화예술공모지원사업 지원을 받아 발간되었습니다.

용인특례시 ∞□ㆆ 용인문화재단

질문들의 곁에서

남승원

"Don't try."

찰스 부카우스키가 스스로 만들어 둔 묘비명이다. 그런데 생전의 그는 어떤 작가보다 치열하게 글을 썼다. 스물네 살에 첫 작품을 발표한 뒤 마흔아홉 살에 전업 작가가 되기까지 육체노동을 마다하지 않고 여러 직업을 전전했으며, 작가가 된 이후에도 생계를 유지하기 위한 방편으로 생각하며 글쓰기를 멈추지 않았다. 그는 시와 소설을 그야말로 끊임없이, 꾸준하게 썼다. 죽기 직전까지 2년여 간 쓴 일기에서 새로 배운 컴퓨터로 글을 쓰게 된 작가가 프린터 용지를 잔뜩 산 뒤 얼마든지 글을 쓸 수 있어 기뻐하는 모습을 보면 창작 활동에 대한 그의 순수한 열정이 그대로 느껴진다. 그는 부모의 유산이나 부동산 등의 수익으로 생계를 꾸리는 노력 없이 시만 쓰는 시인들을 지독하게 경멸했는데, 그에게 글쓰기는 일상과 노동의 시간에 언제나 겹쳐져 있었다.

나는 그의 묘비명이 실제 '아무것도 하지 말라'는 의미가 아니라

문학이 무언가 대단한 일을 하고 있다는 착각에 대한 경계라고 생각한다. 고통스러운 노동, 반전 없이 지속되는 삶, 지루하고 의미 없이 흘러가는 시간들……. 사실 우리의 삶은 부카우스키 소설 속의 모습들처럼 쓸모없고 사소한 것들로 가득하며, 문학은 그런 우리 삶의 모습 그대로에 온 마음을 두고 있어야 한다고 믿는다.

문학은 개별적이고 구체적인 삶의 모습에 주목하고, 우리 개개인의 삶은 다시 문학을 완성하는 유일한 조건이다. 그리고 명쾌한 정의를 내리지 않아도 삶이 지속되는 것처럼, 나 역시 읽고 쓰는 행위를 반복해 왔다. 혁명의 일상성을 이야기하던 사사키 아타루는 이같은 행위의 반복으로 문학을 정의한다. 읽고 쓰기 위해서라면 기존의 정보들을 재확인할 수밖에 없고, 그 과정 속에서의 읽기와 쓰기는 언제나 인식의 한계를 돌파하는 가능성을 가지고 있기 때문이라는 것이다. 등단 이후 써 온 글들을 대부분 버릴 수밖에 없을 정도였음에도 불구하고, 이 같은 문학에 대한 믿음 하나로 첫 평론집을 펴낸다.

제1부에는 2000년대 이후 우리 현대시의 변화와 그 특징적 의미에 대해 주목하는 글들을 묶었다. 최근의 우리는 인터넷 환경과 SNS를 중심으로 하는 의사소통, 그리고 감염병 사태에서 재확인한 것처럼 국경조차 무의미해진 전 지구적 동시성을 경험하고 있다. 이 같은 환경 속에서 시인들은 불특정 다수와 그 어떤 경계도 없이 순간적으로 공명하면서도, 전체적인 하나의 목소리에 자신을 내맡기는 것에는 철저하게 경계한다. 특정한 힘을 구성하는 것이 아니라 어떤 힘으로부터도 탈주하는 것만이 유일한 목표처럼 보이는 최근 우리 시인들의 특성을 읽어 내고자 했다. 제2부는 시론사에서 반복적

으로 나타나는 주제에 주목해서 최근의 시 작품을 분석한 글들이다. 오랜 역사를 가진 만큼 시문학은 더 이상 발전을 멈춘 것으로 보일 수도 있겠지만, 최근의 작품이나 구체적인 현실과 길항하고 있는 우리 시의 변화 양상을 살펴보았다. 제3부와 제4부는 개별 시인의 작품 세계를 보다 상세하게 들여다본 글들이다. 좋아하는 시인들의 작품을 읽을 수 있어서 고통스러울 수밖에 없는 글쓰기의 과정을 그나마 견디고 지속하게 만들어 준 순간들이 포함되어 있는 글이라고 할 수 있다. 시인들에게 평론가로서 감사의 마음을 전하고 싶다.

이 책의 발간을 포함해서 지금까지 내가 선택한 길이 중단없이 이어질 수 있었던 것은 당연하게도 많은 사람들의 격려와 도움 덕분이다. 특히, 언성이 높아지는 대화도 마다하지 않으며 같이 작품을 읽고 서로의 글을 격려(?)해 주는 후배이자 아내 그리고 동료 평론가인 은영이에게 고맙다. 글쓰기를 대하는 그의 진지한 자세는 언제나 존경스럽기도 하다. 그리고 무엇보다도 은영이가 있어서 툭하면 외로움을 느끼는 내가 더 이상 외롭지 않게 되었다. 계간 『포지션』과 『딩아돌하』의 편집위원들에게도 고맙다. 그들과 함께하는 편집회의 시간을 통해서 많은 것을 배울 수 있었다. 이성천, 이선이, 고봉준 선배에게는 특별한 고마움을 전하고 싶다. 돌이켜 생각해 보면 부끄러워질 정도로 철이 없던 시절부터 그런 나를 따뜻하게 지켜봐 준 선배들 덕분에 지금까지도 문학을 좇는 삶을 살 수 있게 되었다. 마지막으로 어머니, 김숙 여사에게 무엇과도 비교할 수 없는 사랑과 감사의 말을 드린다. 누구보다도 더 강인하게 항암 치료를 받고 계신 어머니에게 이 책이 큰 용기와 격려가 되었으면 더 이상 바랄 것이 없겠다.

차례

일러두기
인용문 가운데 일부는 읽기의 편의를 위해 현행 맞춤법 규정에 따라 띄어쓰기를 수정하였습니다.

제1부

현대시가 공유하는 것

1. '공유'라는 환상

이 글은 지금의 우리 시문학을 세월이 흐른 뒤 역사로 다루게 될 때 과연 어떻게 쓰일 것인가 하는 흔한 궁금증에서 시작되었다. 요동치던 국내외 정세, 물밀 듯이 들어오는 서구의 새로운 문물과 더불어 태어난 우리 현대문학은 처음에 비교적 명료한 태도를 취할 수밖에 없었다. 눈앞에 닥친 것들에 대한 거부와 수용이 그것인데, 이 둘은 결국 모두 하나의 기준에서 갈라져 나온 다양한 반응일 뿐이다. 따라서 그 시대의 문학작품, 또는 그 작품을 둘러싼 발신자와 수신자들은 모두 그 사회의 가치관이나 태도 등을 공유하고 있는 어떤 흐름과 민감하게 연결되어 있다. 이 공유하고 있는 것의 흐름을 따라 우리의 현대문학은 시작되었고, 또 문학사로 기술될 수 있었다. 그렇다면 지금의 우리 시문학은 과연 무엇을 공유하고 있다고 말할 수 있을까?

오랜 시간 동안 인류는 공유에 대한 각성을 통해 발걸음을 내디며 왔다. 그것은 어쩌면 자족적인 공간이었던 에덴을 벗어났을 때부터 노동과 함께 인간의 무의식에 새겨진 숙명 가운데 하나일지도 모른다. 자신이 벌거벗은 나약한 존재임을 알게 된 순간 우리는 스스로의 노동이 아니라면 생존에 필요한 기본 요건들을 획득할 수 없으며 또한 노동의 효율을 높이기 위해서는 자신 이외의 다른 노동력이 필요하다는 것 역시 피할 수 없는 현실이 되었다. 하지만 자발적이고 개별적인 생존의 조건과 관련된 노동이 비자발적이고 상시적인 노동으로 전환하기 위해서는 전혀 다른 계기가 필요했을 것으로 여겨진다. 결국 이 같은 필요에 의해 '공유'라는 감각 자체가 탄생하고, 이를 통해 공동으로 행해지는 노동의 효율성을 제고하는 동시에 그 노동의 고단함을 이겨 낼 수 있게 되었을 것임은 쉽게 상상할 수 있다. 또한 공유에 대한 감각의 구체적이고 물리적인 적용을 위해 우리는 이내 '공동체'를 형성하게 된다.

선험적이고 내재적인 어떤 것을 '공유'하고 있는 '공동체'와 문학이 만나는 지점이 바로 이곳이다. 샤먼의 능력이 주술을 통해 미치는 범주가 곧 그와 동일한 공동체 구성원들의 상상력과 정확히 일치하듯이 그 기원에서부터 문학과 공동체는 서로의 존재를 확인할 수 있는 유일한 방법이었다. 문제는 근대 이후 '공동체'에 대한 논의가 결국 '공동체의 위기'에서 비롯되었다는 사실에서 알 수 있는 것처럼, 공동체는 내·외부적인 측면 모두에서 훼손의 길을 걷기 시작했다는 점이다.

먼저, 근대적 주체인 코기토의 사유형식이 가정과 조건의 형태로 작동하면서 '공동체(共同體)'가 그 안에 주체의 흔적들이 남긴 일종의 '공동(空洞)'을 가지게 된 것이 그 내부적 측면에서의 훼손이다. 이는 공동체 안으로 주체가 작동시키는 선택과 배제의 논리를 틈입시켜 결국 그 범위를 축소·변형한다. 근대문학이 '민족/국가'라는 범주를 환기시키는 계몽적 역할을 가장 먼저 담당하게 된 것도 바로 이 같은 공동체 범위의 축소화 과정에서 비롯된 필연성을 가지고 있다. 다음으로, 외부적 측면의 훼손은 근대적 생산과정의 변모와 관련이 있다. 삶의 수단과 목표가 점차 분리·도치되는 물신화의 진행 속에서 공동체는 '스펙터클들의 거대한 집적'으로 교체된다(기 드보르). 그 어떤 사유형식조차 흔적으로만 남고 마는 스펙터클의 사회에서 주체들마저 대상으로 전락하고 스펙터클 안으로 편입되고 마는 것이다. 이제 스펙터클 속에서 공동체의 흔적으로 남겨진 것은 상품화된 대상들의 유통 가능 범위뿐이다. 블랑쇼에서 낭시로 이어지는 현대철학석 사유가 공유할 수 있는 어떤 특정한 가치를 내세우기보다 공유의 '불가능성' 나아가 공동체의 '불가능성'을 상정하고 있는 것도 공동체의 의미를 훼손시키고 있는 현실의 모습을 각성시키고자 하는 긴박한 필요성에서 기인한다.

　나는 지금의 우리 현실이 그 어느 때보다 바로 이 '긴박한 필요성'으로 가득 차 있다고 여겨진다. 그것은 산업화 초기에 이미 짐멜이 '수평화의 비극'이라고 부른 것에서 알 수 있는 것처럼 지금의 우리 사회는 다양한 가치나 감각을 오직 자본의 흐름에만 연농시킨 채 '공유의 감각' 자체를 잊어버리고 있기 때문이다. 우리는 유례없이 전 지구적인 네트워크가 이루어진 시대를 살아가고 있지만, 앞선 그 어떤 시대보다도 물질적인 가치를 공유하며 살아가게 되었다. 아니, 오히려 물질적인 가치만을 공유함으로써 전 지구적인 네트워크를 완성해 냈다. 그렇다면 시문학이 무엇을 공유하고 있는지에 대한 처음의 질문은 여기에서 바뀔 수밖에 없다. 지금의 우리 시문학은 어떻게 현실 속 공유의 지점들을 무력화하고 있는가?

2. 공유를 금지하는 장면 1

2000년대 이후 우리 시에 새롭게 등장한 젊은 시인들에게서 폭력적이지만 삶의 원칙으로 강제되는 자본의 현실과 그 맹목적인 자본의 제단 위에서 희생되는 우리의 모습을 찾는 일은 그리 어렵지 않다. 하지만 이상하게도 이 같은 현실을 강하게 거부하는 의지적인 목소리를 찾기란 쉽지 않다. 이 시대의 젊은 시인들은 다소 무기력하게, 그러나 기꺼이 자본의 흐름에 몸을 내맡기고 있는 것처럼 보인다. 하지만 다른 한편으로 생각해 보면 현실을 냉혹하다고 말하는 것은 너무 쉽게 느껴진다. 또한 냉혹한 현실을 이겨 내야 한다고 언급만 하고 지나가는 것은 무책임하다. 마찬가지로 자본의 논리를 지적하는 것은 쉽다. 그러나 노동자로서 이에 대항하여 일방적인 분노를 표출하는 것은 무책임할 수 있다. 일상적 감정까지 포함하는 자본의 영향력은 저항의 의지마저 길들일 수 있는 방식으로 흡수하기 때문이다.

따라서 현실의 시문학이 전통/현대, 진부함/새로움, 수구/진보 등 전통적인 방식의 대차대조표에서 얻어지는 한, 결국 우리의 합리적인 개념에 부합하는 결과물에 지나지 않게 된다. 진화와 발전의 논리에서 파생되는 기괴하고 끔찍한 사건들의 충격 역시 시간이 지나면 다시 우리의 발전 지향적 흐름 속으로 흡수되어 버리는 것처럼 말이다. 그렇다면 현실의 시문학은 바타이유가 말했던 것처럼 무엇보다도 그 자체로 소모(dépense)의 형태가 되어야 할 것이다. 일반적인 사회의 발전모델이 추구하는 축적과 잉여를 오히려 터뜨림(décongestion)으로써 근대적 주체의 기획인 천박한 사용(usage servile)에 의해 훼손된 부분을 다시 돌려놓을 수 있는 가능태로서 말이다.

이는 어찌 보면 특정 세대의 시문학만이 가지고 있는 기능도 아니며, 새롭게 발굴되어 시문학에 부여해야 할 특징도 아니다. 하지만 서구의 발전 논리를 극히 짧은 기간 동안에 겪어 내고 있는 한국 사회에서 실제로 우리의 시가 다양한 역할들을 감당하며 '발전'할 수 있는 가장 큰 가능성이라고 할 수 있다. 발전의 길 위에서 비껴선 채 의지적 목소리를 안으로 삼키고 있는 우리의 시들은 여전히 앞으로 나아가지 않는 방식으로 자본주의적 손익계산의 합리성을 공유한 현실을 무화시키고 '소모'한다. 다음의 작품이 그려 내는 풍경에 주목해 보자.

아버지는 오전 내내 마당에서

몇 주 치의 신문을 읽었고

나는 방에 틀어박혀

종로에나 나가 보고 싶다는 생각을 했다

날은 찌고

오후가 되자 어머니는 어디서 애호박을 가져와 썰었다

아버지를 따라나선 마을버스 차고지에는

내 신발처럼 닳은 물웅덩이,

나는 기름띠로 비문(非文)을 적으며 놀다가

아버지를 쳐다보았다

아버지는 자에 고임목을 대다 말고 하늘을 쳐다보았다

'이번 주도 오후반이야'라고 말하던 누나 목소리 같은

낮달이 길 건너 정류장에 섰다

— 박준, 「가족의 휴일」(『실천문학』, 2009.겨울) 전문

이 작품이 그려 보이는 휴일의 어느 날은 발전의 무한 성장 논리에 비껴서 있는 순간이다. 재사회화 기능으로써의 가정, 생산을 위한 휴식의 기능인 휴일이라는 관점으로 본다면 무기력하게만 여겨지는 이 시간에 시인들은 기꺼이 생산의 최저 단위—가족을 위치시킨다. 하지만, 이 무기력함은 발전의 논리 한가운데에 위치하게 되면 단순한 좌절의 경험보다는 결손(déficitaire)의 기능을 가지게 된다. 바타이유의 지적대로 임금노동은 처음부터 이 세계에 내밀성, 욕망의 깊이, 또는 욕망의 자유로운 해방보다는 합리성이 들어서게 만들었으며, 이러한 합리성들의 고리는 순간의 진실이 아니라 작업의 최종 결과만을 중요하게 만들었다. "몇 주 치의 신문"을 한꺼번에 읽는 행위나 "방에 틀어박혀" 생각만 하는 일상이 무의미하게 느껴지는 만큼 우리는 일상을 담보로 주중에 바쳐지는 노동의 시간만을 추구하고 있어 왔다는 것을 새삼 알게 되는 것이다. 동시에, 임금으로 계산되는 노동의 영역에서 벗어나는 행위들의 가치는 스스로 부정해

왔다는 것을 말이다. 이렇게 생산에 결부된 가치만 인정하는 유용성의 영역을 벗어나서 노동하는 시간이 가지고 있던 본래적 폭력성을 돌아보고 최종 결과물을 거부하게 하는 것이 바로 이 결손의 기능이다. 나아가 시인들은 "비문을 적으며" 노는 것으로써 스스로의 시 작업 전부를 결과물의 바깥으로 내던져 결손의 순간을 유지시키면서 자본의 공유 지점을 무력화시킨다.

하지만 시인들 역시 균열되고 봉합되는 자본의 운동성에 포획되어 포식의 그물망에 내던져진 존재들과 같은 운명을 지니고 있음은 물론이다. 더구나 전체주의적인 단일성만을 공유하는 일상은 세계 자본을 배후로 거느린 소비주의적 현란함을 유통시킴으로써 전체주의적인 혐의를 벗어나고자 한다. '생활'을 알리바이로 내세운 우리는 이 거센 물결 속에 손쉽게 몸을 내던진다. 그렇기에 이른바 전 지구적인 동일한 일상의 공유를 배포하는 그 '흐름' 자체에 대한 거부는 어느 때보다 중요한 문제이다. 다음의 작품에서 이러한 시인들의 태도가 보다 구체화되어 나타나 있다.

> 기다리는 동안 장미꽃이 아니라
> 꽃들의 잠을 선물할 수 있으면 좋겠다고 생각했다
> 선물할 수 없는 것들을 준 꽃집에서
> 광막하게 넓어져 가는 작은 잠들의 화원에서
> 꽃들의 잠과 깨어나지 않는 주인의 친구가 되어 갔다
> 끝내 지갑을 꺼내지는 못하였다.
> ─김학중, 「잠의 화원」(『문학사상』, 2010.5) 부분

진열대를 가진 상점은 이미 개체들의 역동성이 배제되고 자본의

의도에 따라 폭력적으로 재배치된 공간이다. 자본의 영향력이 확산되면서 삶의 방식으로서 소비는 점점 더 맹목적이 되어 가고, 결국 우리 삶의 순간들조차 소비가 가능한 상품의 형태로 가공된다. 그리하여 우리의 삶은 항상 비어 있는 지갑을 가진 채 상품 진열대 앞에 서 있는 것처럼 끝없는 불안감에 사로잡히게 된다.

하지만 시인들이 우연히 들어간 이 꽃가게는 현실 논리를 지탱하는 모든 의도들이 말 그대로 "멈춰" 있다. "꽃다발 선물을 사기 위해" 들어간 '나'도, 그 꽃가게에 팔리기 위해 진열되어 있는 "꽃들"도, 그리고 꽃을 팔아서 일상을 꾸려 나가야 할 "주인"도 말이다. 눈여겨보아야 할 것은, 다른 "손님 몇"은 "발길을 돌"리는 이 공간에 시인들이 의도적으로 머물고 있다는 점이다. 우연히 들어간 이곳에 머물게 되는 것을 필연으로 인식하는 순간("꽃들의 잠과 함께 머물러야 했다"), 기록자로서의 시인에서 벗어나 편집자로서 시인의 자의식이 작동되기 때문이다. 자본의 현실을 지탱하는 모든 교환 논리를 멈추고, 자본주의적 손익계산의 합리성 역시 무화시키는 기능으로써의 작동 말이다. 이렇게 현실 논리의 공유가 멈춘 순간, 유통의 흐름 속에서 소비되고 있던 주체들은 마침내 진열장을 뛰어넘고 "옆집 빵가게에서 풍겨 오는 빵 냄새"에도 호출되며, 다른 주체들과 더불어 "지갑"의 소용 역시 뛰어넘어 "친구가 되"는 것이 가능해지는 새로운 지점에 서게 된다.

3. 공유를 금지하는 장면 2

행위가 의도와 결부되는 그 순간, 행위는 상징계의 질서 속에 편재된 기호들을 불러 모은다. 이때 행위들은 경험적이고 지적 인식이 가능한 기억들과 더불어 하나의 인식론적 범주 안에서 소통된다.

행위가 종료되고 그에 결부되었던 의도 역시 의사소통의 구조 안에서 역할을 마치고 나면 이제 행위자의 의도와는 무관하게 그 순간은 다시 상징계의 질서 속으로 편입되어 흔적을 남기지 않고 소모된다. 아렌트의 구분을 따른다면 이 행위의 순환이 갖는 의미는 필연성으로 강요된 노동과도 다르며 유용성을 추구하는 작업과도 다르다. 의도된 인간의 행위는 이미 타인의 현존에 자극을 받는 결합 관계에 놓여 있으며, 인간을 사회적 관계망에 참여시키는 동기이자 결과 그 자체이기 때문이다.

이 관계망은 행위들을 의사소통의 가능태로 만드는 다양한 조건들을 거느리고 있다. 그런데 우리는 마치 그림을 감상하는 순간, 그림이 구성하는 의미의 요소들에서 액자를 제외하듯 공간을 대할 때가 있다. 그러나 행위와 기호들은 하나의 공간 안에 배치되는 요소들이며, 동시에 공간은 배치된 행위와 기호들이 발산하는 의미의 범위이다. 우리의 의식은 물리적이든 상징적이든 고정된 범위 안에서 작동할 때 쉽게 그 의미를 전달받는다. 그림의 의미화 과정이 '액자-미술관'으로 이어지는 일련의 공간화 과정을 통해 이루어지는 것처럼 말이다. 이렇게 본다면 행위자는 자신이 의도한 행위와 상징적 기호들이 결합된 하나의 통합적인 공간을 연출한다고도 말할 수 있다. 예를 들어 화가인 에셔의 잘 알려진 몇몇 작품의 경우, 공간의 위상을 변경하는 것만으로도 우리가 믿고 있는 인식이나 가치들에 대한 훌륭한 질문이 된다. 이는 공간 자체에 의미가 부착되어 있다는 것을 판단할 수 있는 반증이다.

문제는 지금 우리의 현실에서 이러한 질문이 여전히 유효할 수 있는가이다. 현실 자본주의의 탈/재구역화의 과정은 지난 세기보다 더 복합적인 팽창의 양상을 따라 세분화된 일상적 공간까지 포함하고 있기 때문이다. 이렇게 세분화된 일상적 공간은 이전 시기의 행위자들과 결부되었던 공간과는 달리, 행위자들을 전체에 연결시켜주는 일종의 '시대정신-양식(style)'을 상실한 공간이다. 르페브르가 '일상적 공간'이라고 부른 이 공간 속에서는 욕망과 좌절의 담금질에서 나오는 '차가운(cool) 일상적 불안'만을 공유한다. 테일러가 말한 것처럼 사회적인 맥락에서의 종속 관계는 없어졌지만 고도로 '인격화된(personalized) 의존의 긴 사슬'들 역시 끊어지게 된 상황이다. 이 순간 근대적 의미의 평등이 달성되는 동시에 개별 행위자들은 무수히 잘려 나가는 상징계의 공간 속에서 떠도는 존재들로 전락하게 된다. 이는 때로 탈주의 조건으로 언급되기도 하지만, 다시 자본의 전략인 소비 구조 안에 갇히게 되면 이내 그 방향성을 상실하고 만다.

결국 우리의 공간은 경제적으로는 자본에 의해, 사회적으로는 자본의 증식만을 목표로 하는 부르주아 계급에 의해, 정치적으로는 자본에 종속된 국가 시스템에 의해 구획되고 공유된다. 특히 르페브르가 주목한 대로 경제적 차원에서 이루어지는 공간의 네트워크는 다원적인 움직임조차 반복적이고 주기적인 경제 사이클로 환원시켜 그 자체의 운동성을 흡수하고 만다. 일상적으로 이루어지는 결정이나 태도들 역시 현실의 공간에 작용되는 힘들이 계획하고 입력한 경제 논리 안에서 인정되고 공유할 뿐이다. 시인들은 이 공간으로 틈입을 시도한다. 특히 도시를 배경으로 하고 있는 최근 우리 시인들의 많은 작품들에서 그들은 표면적으로 고정된 이미지들에 감추어진 현실의 분열상들을 드러내고자 애쓴다. 따라서 도시를 다룬 시인들의 작품을 읽으면서 우리가 전달받게 되는 막연한 불안감들은 시의 표면적 구조에서 발생하는 것이 아니라 도시의 일상을 살아가는 우리가 애써 내면에 숨겨 왔던 감정을 다시 만나게 되는 데서 오는 일종의 미학적 불쾌이다.

시인들의 시선을 좀 더 따라가면서 '도시'를 살펴보자. 생성 단계의 도시는 지금의 도시처럼 역시 많은 문제들을 가지고 있었지만, 지역성을 벗어나서 막 탄생한 노동계급에게 공간적 인접성과 동시에 의사소통의 용이성을 보장함으로써 연대와 중심 구성의 가능태로서 기대되었다. 하지만, 19세기 후반 파리의 도시계획에서 볼 수 있듯이 도시의 효율적 운용을 내세운 국가에 의해 도시의 중심성은 상실되고, 오히려 분리 정책을 통해 자본의 탈구역화와 재구역화의 운동을 받아들이게 된다. 지금의 우리 현실 역시 자본의 편의적인 이름으로 행해지는 도시계획을 통해 공간의 차등화를 전국적으로 실현시키고 있다. 확장된 시인들의 시선이 궁극적으로 가닿는 곳은 바로 이 지점이다. 국가–자본적 전략이 개별적 주체들의 삶에 국경을 긋고 그에 절대적으로 순응하도록 요구하고 있는 지점 말이다. 그런 상징들로 작동하는 전략의 완성은 일상적 삶의 곳곳에서 작용한다. 다음의 장면을 보자.

목이 힘껏
천장에 매달아 놓은 넥타이를 잡아당긴다
공중에 들린 발바닥이 날개처럼 세차게 파닥거린다

목뼈가 으스러지도록 넥타이가 목을 껴안는다
목이 제 안에 깊숙이 넥타이를 잡아당긴다
넥타이에 괄약근이 생긴다

발버둥 치는 몸무게가 넥타이로 그네를 탄다

다리가 차 낸 허공이 빙빙 돈다

몸무게가 발버둥을 남김없이 삼키는 동안
막힌 숨을 구역질하던 입에서 긴 혀가 빠져나온다

벌어진 입이 붉은 넥타이를 게운다
수십 년 동안 목에 맸던 모든 넥타이를 꾸역꾸역 게운다
게워도 게워도 넥타이는 그치지 않는다

바닥과 발끝 사이
아무리 발버둥 쳐도 줄어들지 않았던 한 뼘의 허공이
사람을 맨 넥타이를 든든하게 받쳐 주고 있다
— 김기택, 「넥타이」(『문학과 사회』, 2010.여름) 전문

    어떤 자살 장면을 보여 주고 있는 위의 시에서도 역시 죽음의 순간을 맞고 있는 존재는 '넥타이'의 뒤에 가려지고, 죽음의 연출자로서 '넥타이'가 하나의 사회적 의미망 속에 위치한 주체가 된다. 각 행의 마지막 구절들에 사용된 동사들을 눈여겨보자. 첫 번째 연과 세 번째 연은 죽음을 앞둔 순간의 '목'/'몸무게', 두 번째 연과 네 번째 연은 죽음을 이끄는 '넥타이'와의 각축을 연상시킨다. 이를 통해 시인들은 아주 사실적으로 우리를 이 장면에 몰입시킨다. 하지만 뒤에 와서 밝혀지는 슬픈 사실은 개체의 소멸로서 맞아들이는 죽음이 아니라, 죽음을 앞둔 순간에도 우리 스스로를 말해 줄 수 있는 것이 애초부터 내면에 존재하지 않았다는 것을 발견하게 되는 것이다. 죽음의 그 순간까지 개별적 특징은 지워진 채 '몸무게'로만 살아온 인생

은 실상 사회가 "수십 년 동안 목에 맸던 모든 넥타이"로 소모된 삶이었을 뿐이다. 죽음을 앞두기 전에도 또는, 죽음 이후에도 존재들은 "게워도 게워도" 결국 '넥타이'로만 소용되는 운명을 부여받는다.

그러나 앞서 우리가 확인하고자 한 것은 단순한 상징적 기호가 갖는 일차원적 폭력성이 아니라 일상 속에서 그 폭력성을 가능하게 하는 공유 전략이다. 이 시에서도 마지막 연에 이르면 실제 죽음을 지탱하는 전략의 실체가 드러나는데, 그것은 다름 아닌 "한 뼘의 허공"이다. 이것은 단순한 상징이 아니라 살아 있을 때는 우리를 자발적으로 발버둥 치게 했으며, 결국에는 죽음에 이르게 한, 아무리 노력해도 결코 "줄어들지 않"도록 공유된 현대사회 그 자체이다.

지금의 우리 시문학은 이처럼 현실 자본주의가 설계하고 작동하는 일상적 공간을 파고들어 공유의 전략을 불가능하게 만들고 있다. 이것을 가능하게 만들기 위해서 르페브르는 일상적 공간의 주체들이 먼저 자신에게 부여된 공간을 확보하는 일종의 시험을 치러야 한다고 말한다. 그러나 이것이 주체들의 연대를 통해서 일괄적으로 적용될 양식(style)의 복원을 목표로 하는 것은 아니다. 전체를 아우르는 양식들이란 결국 자본주의적 사회가 공유하는 소비 양식 속으로 매몰되어 왔기 때문이다. 무엇보다도 중요한 것은 주체를 자기 자리에 재정립하는 것, 그리고 이를 위해 먼저 현실 논리에 공유된 공간을 벗어나 자신만의 내밀한 공간을 확보해야 한다는 점이다. 시문학이 유일하게 공유하는 지점이 바로 이곳이다.

4. 공유가 무너진 자리

우리의 현대시는 발전적 기획을 거부하고, 발전의 논리를 공유하는 지점을 지워 나가며 새로운 공유의 방식을 찾아 나가고 있다고

말했다. 그렇다면, 자본주의적 합리성을 소모시키는 이 힘이 가닿는
곳은 어디일까.

당신은
엄지손가락 하나가 없다
(중략)
왜 그랬어요
나도 모르게 성큼 튀어나온 말에 실내등이 불안정했다
잘렸을까
잘랐을까
그 두 가지 의문을 품은 것만으로도
죄를 지은 것이므로 나도 고통스러웠다
당신 때문에 내가 괜찮은 것을 알겠다

—이병률, 「무심히 아무렇지도 않을 듯이」

(『문학수첩』, 2009.겨울) 부분

시인들이 주목한 '절단된 신체 부위'는 일단 개체의 수준에서 결
손 부분이다. 그리고 그 결손은 "잘렸을까/잘랐을까"라는, 결손 부
분에 가해진 사회적 폭력성을 의심하게 하는 계기로 이어진다. 결국
이 폭력성 때문에 '나' 역시 "고통스러"우며 오늘 "내가 괜찮은 것"은
사실 상대방의 결손 때문이라는 것을 알게 된다. 이렇게 결손은 "고
통"을 공유하게 함으로써 폭력의 구조 안에서도 우리가 사실 그물처
럼 얽혀 있으며, 나아가 고립된 존재들을 소통시킬 수 있는 가능성
을 열어 준다. 그리하여 또 다른 시인들이

그럴 때 내 구멍은 조금 아픈 것 같다
그럴 때 네 구멍도 조금 벌어진 것 같다
네 구멍은 조금 어두워진 것 같다
　　　—이근화, 「그물의 미학」(『작가세계』, 2009.겨울) 부분

고 말했을 때 우리는 발전의 논리 위로 내던져진 고통스런 존재들 간의 소통을 확인할 수 있다. 그러나 이것은 마냥 고통스럽거나 무기력한 일만은 아니다. 모든 것을 매몰시키는 발전의 고통을 확인하는 것이야말로 사회의 폭력을 견디는 힘이기 때문이다. 결손을 인식하고, 발전의 논리를 소모시키면서 고통스러워하는 일, 지금의 우리 시가 감당해 내고 있는 지점이나. 이처럼 현실 논리의 공유가 지워지고 남겨진 자리에서 우리는 다시 "고유한 최대치의 절대성을 지녀 살아"갈 수 있으리라고 믿어 본다.

무게의 차이는 가치의 서열일 수 없으므로
기능 상실한 추를 떼어 낼 것
세계 안의 편재하는 사물은 각자 저마다의 무게로
고유한 최대치의 절대성을 지녀 살아간다는 것
그러니 무게의 이력들을 더 이상 개관하지 말 것
　　　—이재무, 「무력한 자유주의자」(『현대시』, 2010.6) 부분

현대시의 유동성
—2000년대 한국시의 한 특성

1.

낙관적인 관점에서 문학비평과 대상 작품을 같은 범주 안에 두고, 또 그 둘이 각각 도모하는 발전의 기획을 동일선상에 놓고 본다면 2000년대 한국의 시단은 그 어느 때보다도 풍성해졌다고 할 수 있다. 특히 비평에서는 시와 (새로운) 서정성의 문제, 시 작품에 재현된 비/현실로서의 현실에 대한 인식(일시적이나마 미래파라고 명명된), 시문학과 정치(적인 것) 등 결코 가볍지 않은 논의들이 이어져 왔다. 보다 흥미로운 것은 이러한 논의의 대부분에 왕성한 창작 활동을 하고 있는 시인들의 목소리가 그 어느 때보다 적극적이고 직접적으로 반영되어 있다는 사실이다. 이와 같은 최근의 특징이 작품의 해석과 평가에 대한 다양성과 더불어 시 자체의 본질적인 문제들로 우리를 깊숙이 이끌 수 있었던 이유들 중의 하나일 것이다.

시인은 비평가와 마찬가지로 작품을 만들어 내는 원동력으로서 일종의 관점을 가지고 있다. 하지만 이때 시인의 관점은 비평가의 그것과는 달리 현실에서 작품을 추출해 내는 매개가 아니라, 작품 그 자체 속에 가늠할 수 없을 정도의 미세한 입자로 녹아든다. 따라서 이렇게 말하는 것이 가능하다면, 시 작품이 비평보다 높은 유동성을 가질 수밖에 없게 된다. 비평과 작품에 드러난 각각의 현실이 실제 현실의 변화 속도를 반영하는 측면에서 말이다. 이렇게 높은 유동성에 익숙한 시인들의 목소리가 2000년대 우리 시와 관련된 논의들의 흐름 전체를 빠르면서도 깊이 있게 만들 수 있었던 셈이다.

이러한 시 작품의 유동성은 시인들을 아우르고자 하는 그 모든 비평적 욕망 앞에서조차 멈추지 않고 자신의 능력을 끝없이 시험하고자 한다. 최근 우리 시문학의 힘은 어떤 것에도 머물지 않고 오히려 그것을 벗어나고자 하는 '유동성'에서 온다고 할 수 있다. 더구나 최근에 등장한 시인들은 좋든 싫든 이 2000년대라는 유동성 속에서 태어났다고 할 수 있다. 이를 통해 2000년대 우리 시문학의 힘과 가능성을 발견해 보고자 하는 것이 이 글의 작은 목표이다. 하지만, 비평은 앞서 말했듯 시 작품과는 달리 사전적이든 사후적이든 기본적으로 하나의 관점을 중심으로 작품을 끌어들인다. 그리고 이 관점이 작품을 통해 일단 검증의 절차를 거치고 나면, 여기서 멈추지 않고 필연적으로 작품과 맞닿아 있는 현실의 어떤 유의미한 시점을 밝혀 내고자 욕망한다. 이렇게 몇 단계를 거치면서 비평의 입자는 거칠어질 수밖에 없게 되고 유동성의 속도 역시 떨어지고 만다. 이처럼 비평은 작품에 드러난 현실을 마주하지만 서로 다른 속도로 인해 언제나 그 과녁의 중심을 비껴서 바라볼 수밖에 없게 된다. 어쩌면 이것이 비평의 운명이자 비평을 생산하는 원동력일지도 모르겠다. 따라서 2000년대 시의 '유동성'을 통해 우리 시의 흐름과 전망을 살펴보고자 하는 이 글이 부디 실패로 읽히기를 바랄 뿐이다.

2.

'세계의 자아화'라는 널리 알려진 시문학의 기준을 그대로 적용해 말한다면, 시의 운명은 단편적으로 인식되는 이미지들을 직조하여 기어이 하나의 이미지로 완성해 내는 능력에 달려 있었다. 하지만 시 역시 통합적 이미지 구축의 실패 내지는 전면적 거부라는 또 하나의 운명을 외면해 왔던 것은 아니다. 더구나 바로 앞서 말한 기준 속의 '세계'가 극적인 변화와 분열들을 거듭한 끝에 변화 그 자체가 의미 획득의 조건으로 기능하는 현실에서 전체성의 강조는 자칫 강제의 개입을 부를 위험을 동반한다. 이전의 시문학이 서정이라는 안정적인 범주 안에서 통합적이고 순정(純晶)의 이미지를 지향하는 데에 치중해 왔다면, 변화된 현실은 말 그대로의 서정이라는 범주 자체에 대한 의심을 불러일으킨다. 당연한 결과로 2000년대의 시들은 통합적 이미지를 구축해 나가기보다는 낯설고 분열된 이미지, 그리고 나아가 이미지들 간의 비인과성에 보다 집중한다.

박희수의 시를 보자. 그의 시는 2000년대 우리 시가 낳은 결과물인 동시에 다시 새로운 분화를 일으키는 하나의 기점으로 볼 수 있다.

공장의 피스톤처럼 여기 왔다
무너지는 벽돌 쓰러지는 연통 넘어
무반주 피스톤처럼 여기에 왔다
쿵, 쾅, 쿵, 쾅
어쩌리, 악보는 새까맣고
새까만 악보는 탄가루로 가득한데
공장의 피스톤처럼 여기에 온다
청신경에 도는 유압

때늦은 도입

슬프네 나는 전체성을
전체성을 얻을 수 없네

바라본 꽃 다 가루 되고
물결은 깨져 가라앉는

그 전체성을 내가
전체성을 얻을 수가 없네

왜 잠망경은 잠수함을

부적절한 예찬

(중략)

무관한 예화

벌들이 눈을 뜬다. 노동을 위한 생성. 우윳빛 겹눈 위로 그림자가 지
나갈 때 검은 날개는 체제를 지배했다. 꽃과 집 사이를 오가며 지나는
계절. 꿀에 전 작업복을 버리듯 일벌 두셋이 바닥에서 식는다. 개미들
의 환영이 파도처럼 밀려오길 바랐지만 실상 가다 막히는 좁은 시냇물
에 불과했다.

본격적인 시에 앞서서―메르카토르 도법

(중략)

미완결

창문 밖의 사람들은 창문 안을 이해하지 못한다!

아버지는 시계를 고치는 사람이었다!

어제 주운 고무공을 오늘 개가 물고 갔다.

―박희수, 「전체성」 부분

이 시는 온통 '전체성'에 대한 조롱과 역설로 가득 차 있다. 다섯 개의 소제목으로 보이는 구절로 구성된 이 작품은 그 구절이 지시하는 의미만으로도 이미 한 편의 시를 만들어 내는 힘으로써의 '구성'을 거부하고 있는 듯하다. 이미 1연이 시작된 이후에 등장하는 "때 늦은 도입", 사후평가이어야 할 "예찬"의 "부적절한" 등장, 말 그대로 시와 "무관한 예화"로 이어지는 이 작품은 마무리를 지어야 할 때쯤에서야 "본격적인 시에 앞서서" 또 다른 하나의 이야기를 풀어 놓는다. 그리고는 "미완결"로 완결을 내고 있다. 또한 형태적 측면에서도 마치 행과 연을 구분해 보는 시험을 하듯 다양한 방식을 보여 준다. 내용적 측면에서는 여섯 개의 독립적인 의미 단위로 나누어 볼 수 있는데, 각각의 의미 단위들은 그 부분에서 구성적 의미를 최대한 수행하고 있지만, 말 그대로 '전체성'을 고려한 의미로 기능하지 않는다. 예를 들어 첫 부분의 경우 "쿵, 쾅, 쿵, 쾅"대며 출발선상으로 오는 움직임을 포착함으로써 극단적으로 말한다면 다른 어떤 시의 첫 부분으로 와도 '처음'이라는 '기능'을 수행할 수 있는 내용으로 이루어져 있다. "무관한 예화"에 이어지는 부분은 또한 손쉽게 다른 시(이와 같은 성격의 시를 또 만난다면)의 "예화"로 쓰일 수 있음은 물론이다.

이 같은 시적 구조는 이미 시인의 등단작에서부터 시작되고 있다. 그중 하나인 「삼면화(三面畵)」(『창작과 비평』, 2009.봄)를 비교해 보자면, 두 작품 모두 일정한 구성 방식대로 쓰인 시라는 것을 작품의 전면에 내세우고 있다. 하지만 결국 그것을 그대로 따라 짜인 언어 구조물이라는 것이 오히려 얼마나 불안한 지점 위에 놓이게 되는지를 역설하고 있다. 특히 이 작품에서는 이것이 '전체성'이라는 제목 아래 놓임으로써 한 편의 시가 통일된 의미망으로 기능하는 것을 보다 명확하게 부정하고 있다.

이 시의 마지막 구절을 다시 눈여겨보자. 이 구절은 일단 앞선 시 전체의 내용을 불특정한 '어제'와 '오늘'의 사이에 위치시키고 희석시킨다. 또한 그사이에서 벌어지는 내용이란 것도 실상 "어제 주운 고무공을 오늘 개가 물고 갔다"는 것처럼 인과성을 전혀 필요로 하지 않거나, 그 때문에 역설이게도 모든 의미로 대체 가능한 내용이 된다. 이 때문에 이 시는 제목에서 언급한 '전체성'을 의심케 하는 힘, 언제나 반복될 수 있는 힘 그 자체로 오롯이 변모된다. 이렇게 박희수의 시는 정립된 의미에 대한 의심을 가지고 있으면서도, 의미를 파괴하는 힘의 크기보다는 얼마나 더 오랫동안, 멀리 퍼져 나갈 수 있느냐에 보다 몰두한다. 이것은 전통적인 서정의 범주 내에서 안정화를 꾀하던 시들을 통해서는 말할 수 없었던 것들, 시 작품인 동시에 시라는 범주를 뚫고 흘러나온 2000년대 시의 유동성이 보여 주는 새로움이다.

이러한 유동성은 박희수 시인을 비롯해서 주로 젊은 시인들에게서 쉽게 발견되는 공통점이라고 할 수 있다. 다만 이것이 동일한 유형을 가지고 있다거나, 이 작품군들에서 특정한 이미지가 지속적으로 드러난다는 의미는 아니다. 가령, 손미 시인의 경우 「데칼코마니—르네 마그리트의」에서 주체와 타자 간에 연속적으로 이어지는 자리바꿈의 현장을 보여 준다. 이로써 주체와 타자라는 두 항의 관계가 똑같이 찍혀 나온 '데칼코마니'의 두 그림처럼 그 관계 속에 어떤 위계질서도 존재할 수 없음을 확인시켜 준다. 게다가 이 작품의 부제를 통해 우리의 연상 작용이 다행스럽게도 르네 마그리트의 유명한 그림 「인간의 조건」에 가닿는다면, 작품의 유동성이 의미 위로 흐르는 순간을 포착할 수 있다. 그림을 통해 시각적으로 확인할 수 있는 것처럼, 2000년대 등장한 젊은 시인들의 공통점이라는 것은 작품에 재현된 그 어떤 이미지나 내용도 실제 원본(으로 여겨지는 것)과의 관계 맺기는 자의적이라는 것, 나아가 재현 자체는 불가능하다는 사실뿐이다.

아이러니한 것은 박희수를 비롯하여 김상혁, 유계영의 작품들 속에 알 수 없는 거대 주체의 그림자가 드리워져 있다는 점이다. 그리고 이들은 마치 그 속에서 끊임없는 공포감을 느끼는 동시에 공포를 이겨 내기 위한 시 쓰기를 하는 것처럼 보인다. 가장 자유로워야 할 존재들의 이 같은 모순은 결국 우리에게 일종의 '언캐니 밸리(uncanny valley) 효과'를 불러일으키는데, 기법적인 측면에서 보면 유일한 공통점이라고 말할 수 있다.

이는 전통적인 기법으로써의 '낯설게 하기'와는 변별된다. 낯설게 하기는 그 최대의 효과를 거두는 순간까지 원관념과 보조관념 사이에 일종의 유기적이고도 인과적인 관계망 자체를 벗어나지 못하기 때문이다. 따라서 낯설게 하기를 통해 포섭된 이미지는 원관념의 훼손 없이 그 의미가 최대한 부각된다. 하지만 이들의 시가 불러일으키는 언캐니한 효과는 현실의 이미지를 전용했음에도 불구하고 극도로 인과성을 거부함으로써 원관념이라는 기능 자체에 대한 의문을 증폭시킨다. 이렇게 그들은 새로움이라는 가치 자체에 매달리기보다 끝없는 유동성 속에 모든 가치들을 기꺼이 흘려보낸다.

3.

끝없이 허물어지는 지면에 발 딛고 선 2000년대 시인들은 그렇다면 어떤 방식으로 존재할 수 있을까. 기본적으로 시문학은 산문과 달리 시간의 거센 흐름을 받아들이기보다는 그 흐름에 비껴서 있는 어떤 고양된 순간을, 그리고 그 순간의 지속을 기도해 왔다. 하지만 현대사회에서 시는 언어적 차원에서부터 이미 차연(différance)의 덫에 갇혀 있다. 이처럼 어떤 조화도 이루어 낼 수 없는 근본적인 분열 상태를 지속시키는 유동성은 결국 시문학을 둘러싸고 있던 아우라를 걷어 낸다. 물론, 이와 동시에 반복이 가능한 운동성으로의 전환이 시작된다.

그러니까 어떤 힘이 염소를 끌고 저 높은 곳으로 올라갔던 것이다
난간에 묶어 두고 내려와 사다리를 치웠던 것이다

벼랑에 서서 염소는 우두커니 무슨 생각을 했을까 지금은 다 망가진

뿔로 구름을 들이받으려 했을까 곡선의 시간을 지나오느라 한쪽으로
기운 발굽을 쓰다듬었을까

오후의 햇살 속에서 조그맣게 울먹이기도 했을까

젖은 눈으로 헤매고 다닌 길을 바라볼 때, 아무리 둘러보아도 한 뼘
의 초원이 보이지 않을 때, 자신의 뒷발이 사다리를 밀쳐 냈다는 사실
에 놀라 흰 털들이 곤두설 때

뿔은 마지막으로 이 세계를 들이받기로 결심했던 것일까

체온이 빠져나간 몸이 까맣게 변해 가듯 흰 털을 가진 세계도 어두
워 갈 때, 두고 온 이름들이 염소의 눈동자 속 유적지를 향해 절뚝절뚝
걸어 들어갈 때

마지막 노을빛이 스러질 때

반짝, 발굽이 빛났던 것이다 저무는 오후의 한때를 기억해 두려고
곧 제 안에서 빠져나갈 체온의 질감을 간직해 두려고 염소는 빛을 구
부려 매듭을 만들었던 것이다 캄캄한 길 나서기 전에 구두끈을 다시
묶듯이

—유병록, 「구두」 전문

무엇보다도 먼저 유병록의 시를 통해 우리가 확인할 수 있는 것은
시인의 시선이 시적 대상들이 의미화 과정을 멈춘 찰나의 순간에 두

드러지게 고정되어 있다는 사실이다. 하지만 시인은 이 순간을 그저 충실히 그려 내기보다 순간의 이면에 감추어져 있는 고통과 시간의 결들을 하나하나 확인하면서 거슬러 올라간다. 우리는 그 여정을 시인과 함께하면서 다양한 고통의 순간들을 끌어들이게 되는데, 이는 시인의 시를 지탱하는 원동력인 동시에 그 결실이 된다. 시인의 관음증적 시선 역시 2000년대의 시적 결과물들 중 하나인데, 이를 통해 우리는 일방적인 시선에 갇혀 정지된 순간의 프레임 밖으로 쫓겨나거나 삭제되어 온 모든 동인(動因)들이 되살아나는 것을 경험하게 된다.

"저 높은 곳"인 "난간"에 있는 "염소"의 위험한 순간을 그리고 있는 시의 출발을 눈여겨보자. 시인의 시선은 이 순간에 고정되어 있지만, "그러니까"라는 진술로 시작함으로써 시인이 마주한 순간에 드러나지 않은 원인들이나 결과들을 분명한 어조로 여기에 동참시키고 있다. 때문에 시를 둘러싼 수용자들의 다양한 조건들을 끌어들이게 되고 필연적으로 이 시는 고스란히 우리의 삶 위로 겹친다.

그렇다면 대체 우리의 삶에는 어떤 일들이 일어나고 있는 걸까. 지금 우리가 살아 내고 있는 이곳이 사실 "어떤 힘"에 의해 강제적으로 "올라"가게 된 것은 아닐까. 우리에게 주어지고 또 수행해야만 하는 일들이 사실 소명과 책임이라는 말로 포장되었을 뿐 "난간에 묶"여 있는 우리에게 던져진 것은 아닐까. "염소"처럼 "한 뼘의 초원"을 목표 삼아 온 길을 "헤매고 다"녀 보지만 사실 그것은 신기루가 아니었을까. 따라서 지나온 삶의 궤적이란 것도 사실 이곳을 벗어날 수 있는 유일한 수단인 "사다리를 밀쳐" 내면서 지나온 흔적은 아니었을까. 뒤늦게나마 "뿔"로 "이 세계를 들이받기로 결심"을 해 보지만 너무 늦어 버린 건 아닐까……

평범한 거리의 모습을 찍은 아제(Eugene Atget)의 사진이 초현실주의 논의를 이끌어 낸 것처럼, 유병록의 시는 이전의 시문학들이 말해 왔던 것을 고정된 순간의 프레임 안에서 다시 끝없이 반복해서 말하고 있다. 이를 통해 우리의 삶과 관련된 수많은 질문들이 그의 시 세계 안으로 끌려들어 간다.

특유의 냉소적이고도 장난기 어린 어조로 섬세하게 현실을 반복함으로써 현실을 강제하는 힘들을 '놀이'의 모습으로 재현해 내는 데 탁월함을 보여 주는 김승일, 분열적 현실의 속도를 반영하면서도 그 흐름의 뒤로 지나간 것들을 반복 가능한 현실로 다시 위치시키는 데에 공을 들이는 박준, 박소란, 민구 역시 자본주의적 현실의 스펙터클 안을 가로지르고 있다. 물론, 이들이 같은 의미의 층위로 단순히 재호출되는 것은 아니다. 대답 없이 지나간 것들에 대한 때늦은 응답은 더욱 아니다. 우리가 끝없이 이어지는 반복과 질문으로 이어지는 이들의 시를 통해 느끼게 되는 것은 이른바 시적 진실(poetic truth)이 여러 갈래로 얽혀 있는 '매듭'을 발견하는 즐거움이다. 그럼에도 여전히 현실은 살아가기 녹록지 않고, 시를 읽는 사람은 언제나 찾아보기 어렵다. 시의 가치에 대한 의문이 점점 심화되어 가는 오늘날, 그 '매듭'을 타고 올라가는 우리의 시문학이 얼마만큼 넓어질지, 어디까지 가닿을지, 얼마나 거슬러 올라가 깊어지고 신중해질지 잠시나마 걱정보다는 즐거움이 넘치는 순간이다.

댄디들의 외출

1. 현대성의 새 형식

계산하지 않고 단번에 뻗어 내려간 선, 불안정하게 배치된 배경, 약간은 피곤에 지친 듯 무심한 표정의 인물들과 그들의 일상……. 19세기 프랑스 화가 콩스탕탱 기(Constantin Guys)의 그림에 드러나 있는 것들이다. 로고스의 전언을 닮아 있던 시절의 예술이 일종의 사회적 기준과 부합하는 교양을 추구하고자 애썼던 것과 비교한다면 그의 작업들은 무의미한 연습용 스케치 더미에 불과할지도 모른다. 그러나 신의 위엄에 대한 고려 없이 실용적 목적만으로도 높이를 더해 가는 건축물들과 또 그만큼 복잡해져 가는 골목들로 발전해가는 도시적 공간 안에서 점차 우리의 시선은 수평적 세계로 향하게 된다. 이것은 예술작품들 속에 감추어진 어떤 비의를 찾기 위해 이제 더 이상 고개를 들지 않아도 되는 것을 의미하는 한편 기의 그림에 드러나 있는 것처럼 일상의 장면들로 구성되는 현실에 대한 관심을 촉발한다. 이를 누구보다도 먼저 간파했던 이가 보들레르였다는 사실은 그의 천재성을 말해 주기도 하지만, 어떤 예술 장르보다도 먼저 시가 현대적인 특질들(modernité)에 자신의 몸을 열어 주었다는 것을 의미하기도 한다. 보들레르가 바그너나 들라크루아를 '시인'으로 불렀던 사실도 같은 맥락에서 이해해 볼 수 있다. 현대적인 특질을 선취한 예술이라면 그것은 본질적으로 '시'와 같다고 여겼기 때문이다. 결국 현대사회에서 시인은 언제나 불안정하며 휘발되어 버리고 마는 삶을 생생한 이미지로 매순간 되살려야 하는 모순적인 작업에 매달려야 하는 존재들이다.

21세기의 첫 십 년을 보낸 우리 앞에는 여전히 '시인'의 눈과 입을 빌려 존재하기를 열망하는 이들이 있다. 그리고 그들은 영원한 아름다움과 일시적인 유행이 뒤섞인 현실 속에서 여전히 심미적이면서도 역사·정치적일 수 있는 특질들을 '시' 안에 불어넣고자 노력하고 있다. 언뜻 불가능해 보이기만 하는 이들의 작업은 역사적인 변화 속에서 이전의 성과물로 남기보다 끊임없이 몸을 바꾸어 현대적인 일상들을 자신의 배경으로 선택한 결과이다. 따라서 우리가 이들의 작업을 이해하기 위해서는 이전까지 행해 왔던 방식, 즉 눈을 감고 고개를 들기보다는 문을 열고 그들과 같이 골목길로 나가 기꺼이 길을 잃을 위험을 감수해야 한다. 이들은 보들레르가 지적한 대로 자신들의 집 없이 모든 곳에서 집을 느끼는 존재들이며 세상의 중심에 서 있지만 세상으로부터 숨겨지고 세상의 길들을 지워 나가는 존재들, 댄디이기 때문이다.

2. 길을 잃기 위해 길을 나선 시인들

정창준은 자신을 따라나선 그 첫 "골목"에서 우리에게 "기름 냄새"를 맡게 했다. 그것은 세상의 중심이라 불리길 원하는 것들에게서 밀려난 자들의 몸에 젖어 든 냄새였다. 그리고 그는 세상에 드러나지 않았으나 뒷골목들에서 촘촘하게 연결된 "허름한 부위"들 위로 걷는 것을 당분간 멈추지 않을 것으로 보인다.(「아버지의 발화점」, 2011년 『경향신문』 신춘문예 당선작.)

아마도 오빠가 이 도시에 와서 가장 먼저 만나게 될 사람들은 아이러니하게도 이 도시에서 밀려난 자들일 거야. 서울역에 도착하는 순간, 대기실의 소파나 바닥에 신문지를 덮고 누워 있는 자들, 서울의 독특한 체취처럼 자연스럽게 찬 바닥으로 스며드는 자들. 그러나 놀라지 않아도 돼. 서울의 교육철학은 믿을 만하고 이미 검증되었으니까. 서울은 삶의 하한선을 선학하게 함으로써 서울에서의 삶이 만만치 않을 것임을 가르쳐 줘. 일종의 선행학습인 셈이야. 이를테면 언젠가 내가 패스트푸드점에서 아르바이트를 할 때 나를 손가락질하며 "너도 공부 안 하면 저렇게 된다"고 아이의 손을 붙잡고 말하던 어미의 서늘한 눈매를 닮은 도시가 바로 이곳이야.

　　　　　　　　　　　　　　　　　—정창준, 「서울의 학습 방식」 부분

「서울의 학습 방식」에서 직접적으로 확인할 수 있듯이 시인에게 "서울에서의 삶"은 "찬 바닥으로 스며드는 자들"의 모습이 아주 당연하다는 듯 도시적 삶의 "독특한 체취"로 자리 잡는 "만만치 않"은 것으로 여겨지기 때문이다. 정창준은 이렇게 우리의 시선에서 벗어나 현실 논리에 의해 소외되고 때로 버려지는 현대사회의 훼손된 삶들과 만나기 위해 '시인'으로서의 걸음을 걷고 있다. 이를 통해 우리가 확인하게 되는 것은 폭력적이지만 삶의 원칙으로 강제되는 자본의 현실과, 그 자본의 필요에 따라 배치되는 삶의 단위인 현실에 내포된 고통스러움이다. 그리고 손익에 따른 계산법으로 인해 의도적으로 지워지고 뭉뚱그려져 가고 있는 반인간적 삶의 모습들 역시 확인해 볼 수 있다.

문제는 이러한 현실이 "백화점이나 대형마트"를 통해 합리적 생활의 방식으로 재배치되면서 삶의 방식으로서의 소비에 점점 더 맹목적이 되어 간다는 점이다. 결국 현실은 우리 삶의 비극적인 단면들조차 소비가 가능한 상품의 형태로 가공하면서 개별적인 감정들까지 시장 속으로 밀어내 "아무도 행복하지 않지만 누구도 빠져나가려 하지 않"는 모순을 완성시킨다. 따라서 「소문의 사회학」에서 볼 수 있는 것처럼 "무성하고 다채로웠"던 "소문"이 "통제 시스템의 간편화"를 이끄는 것 역시 더 이상 역설이 아니라 당연한 수순이 된다. 현대 사회가 부에 대한 욕망에서 비롯된 기술이나 이윤과 관련된 체계들로 형성되면서 자본주의적 현실이란 월러스틴의 말대로 곧 변화 그 자체가 유일한 정상이며 따라서 정상 상태로서의 변화를 지속시키기 위해 관리하고 통제하는 기술들이 더욱 중요해지기 때문이다.

그럼에도 불구하고 정창준은 "소문"에 귀를 기울이고 "소문"이 "성업 중"인 곳에 대해 끊임없이 관심을 기울이고 있다. 그의 바람대로 그것이 현실의 관리와 통제를 담당하는 "당국"에 균열을 불러일으키는 "진짜 소문"이 될 수 있을지, 그래서 "백화점"과 "대형마트"의 "코너"에서 짓는 웃음이 아니라 우리의 입가에서 사라졌던 진정한 "미소"를 돌아오게 할 수 있을지는 아직 알 수 없다. 다만 현실 체계의 작동이 완벽해질수록 그에 파생되는 '소문들' 역시 무성하게 불어나는 뒷골목을 그가 쉼 없이 걸어가고 있을 것이라는 사실은 분명해 보인다.

방마다 사슬에 매인 침대가 있다 수인(囚人)의 다리가 사슬이 되어
갈 때 수인은 원고지의 口 칸에 人 자를 써넣는다

불안으로 쓴다 불안이 쓴다

불안이 쓴 행(行)은 나무젓가락의 부러진 단면, 그 쉼표에 누골(漏
骨)이 떨리고, 결막에 허상이 녹아 고름이 된다

다시 불안이 한 문장을 쓴다,

펜이 종이를 누를 때 ㄱ 촉이 지구의 내핵을 꽂고 있다고
                              ─오주리, 「여섯 개의 독방과 한 개의 출입소
                                          ─연좌(戀坐) 5」 부분

   집 나간 돼지 양반은 여전히 돌아오지 않습니다 그는 램프와 연습
장, 연필로 무장하고 자유롭게 도시를 떠돌다가 동물 수용소에 감금되
었습니다 동물에 대한 인간의 정치적 핍박으로부터 망명할 것이라며,
병실에서 고래고래 소란을 피우더군요 아무도 경찰에 신고하지 않을
거예요 그는 연습장을 꺼내 들고 여태까지 겪은 수모를 힘차게 시로
써 내려갑니다 그래도 빈곤한 시대는 여전히 이어지고, 결국 판화가는
얼굴에 온통 화상을 입은 채 전시회와 사교계 회원 자격을 박탈당합니
다 (알고 보니 그림자까지 몽땅 타 버렸더군요)
                                          ─최예슬, 「유실물」 부분

이처럼 관리와 통제가 벌어지는 현실에 대한 자각은 현대시가 갖

춘 기본적인 책무들 중의 하나로 인식되어 왔다. 앞에서 언급한 대로 변화 그 자체가 유일한 기준으로 작동하면서 목표와 모순들이 착종되는 현실은 현대시에서 오주리와 최예슬이 애써 그려 보이는 것과 같이 우화적이거나 무국적성을 가진 특징적 세계로 나타나기도 힌다. 특히 오주리가 시인에게 가장 근원적인 지점이라 할 수 있는 언어 사용의 측면에서 현실의 모순들로 인해 느끼는 '실어(失語) 상태'에 대한 일종의 불안과 공포를 드러내고 있다면, 최예슬은 현실의 모든 것들을 짐짓 가벼운 오락거리처럼 대하며 조롱하고 있는 듯한 다소 상반된 태도를 보여 주고 있다. 하지만 중요한 것은 그들의 언어가 우리의 현실 위로 자연스럽게 확장되고 겹쳐진다는 사실이다. 「여섯 개의 독방과 한 개의 출입소—연좌 5」를 통해 본 오주리의 세계에서 '시인'으로서 발설의 순간은 세계의 폭력성을 인지하는 지점이다. 이것은 단순히 물리적인 강압에 대한 인식만을 의미하는 것은 아니다. 우리가 살고 있는 이 현실이 일정한 법칙에 의해서 잘 통제되고 있다는 믿음이 사실은 보다 근본적인 차원에서 이분법적인 폭력으로 작동되고 있었다는 것을 말해 준다. 따라서 사회적 질서를 유지하는 제도라는 것은 결국 "눈물"을 염두에 두지 않는 "정사각형"처럼 기능하고, "囚"라는 글자의 상형성에서 보이는 대로 개성적 인격조차 "사슬에 매"어 두면서 "그림자"조차 "검정과 하양"으로 나누는 폭력을 행사한다.

여기서 우리가 보다 의미를 부여하고자 하는 것은 바로 그런 상황에서 기어이 '시인'을 탄생시키고야 마는 오주리의 절망적 시 세계가 가지고 있는 힘이다. 이 작품을 통해 우리는 절망과 우울을 신념으로 가진 "우울주의자(憂鬱主義者)"가 탄생하는 순간을 경험하게 된다. 이 "우울주의자"는 이미 "만 0세"에 "정치범"이 되었으며, "처형(處

刑)과 해방"이 "동의어"로 기재되어 있는 사전을 가지고 있고, 또한 "법"이 존재한다는 이유만으로도 그것의 "파괴"를 기획한다. 흥미로운 것은 오주리에 의해 "우울주의자"의 모습이 완성되어 갈수록 현실의 모순들이 주체와 더욱 공고하게 결합되고, 동시에 그 "불안"의 상황이 쓰기의 원동력이 되어 주고 있다는 사실이다. 「실어원(失語園) 3—광기와 기교」에서는 이러한 시 쓰기 방식에 대한 성찰이 보다 구체화되어 나타나고 있다.

따라서 시인이 보여 주는 희망적 메시지들, 가령 「여섯 개의 독방과 한 개의 출입소—연좌 5」의 마지막 연에 등장하는 '날개'의 이미지나 「실어원 3—광기와 기교」에 나타나는 '이인무'의 이미지는 "감옥"과 같은 현실에 뒤섞여 나타날지라도 다소 기계적인 도입으로 보이기도 한다. 우리는 오주리의 시 세계를 통해 현실에 대한 낙관적 태도나 도래하지 않을 목표에 대해 희망을 갖는다는 것이 한낱 낭만적인 이상에 불과하다는 것을 충분히 알 수 있기 때문이다. 그리고 보들레르를 통해서도 확인한 바 있으며, 시인이 「여섯 개의 독방과 한 개의 출입소—연좌 5」의 마지막에서 스스로 강조하고 있듯이 보다 의미 있는 것은 수용소적인 삶에서 기인한 '불안과 광기'의 솔직한 체험일 것이다.

그런 면에서 최예슬이 보여 주는 세계는 오주리의 인식과 유사하지만 우화적인 형태를 가지고 있는 동시에, 기능상으로는 전혀 '우화적인 방식'으로 작동하지 않고 있다는 점에서 보다 독특하다. 기존의 우화가 별도의 원관념 형태로 존재하는 현실을 겨냥하는 방식으로 기능하고 있다면, 「유실물」은 간접적인 우화로 기능하기보다는 그대로 현실이 양산하는 "실어증"의 기록이 된다. 그것은 시뮬라크르들로 가득 찬 현실이 결국 원관념의 개념조차 소거해 버리고 있다는 문제의식이 낮은 결과로 보인다. 따라서 「유실물」은 현실이 파생시키는 시뮬라크르들을 피하지 않고 그대로 사용하는 방식으로 "단 한 명뿐이던 시인"이 "영원히 사라"지게 되는 과정에 대한 기록을 명료하게 보여 줌으로써 사실상 현실 그 자체가 하나의 거대한 우화로 작동하는 기이한 세계의 모습을 조망하고 있다. 등단작이었던 「변명」에서부터 「유실물」과 「불편한 파티」에 이르기까지 짧은 기간에도 불구하고 최예슬이 보여 주는 확고한 시선과 개성 있는 목소리는 이 시인이 앞으로 어떻게 이 조각들을 맞추어 보다 큰 그림을 보여 줄 것인지 기대를 갖게 한다.

3. 타자와 연결된 골목길

시인들을 따라 길을 잃는다는 것은 분명 색다른 경험이다. 그러나 이 같은 시인들의 행위 역시 현실의 논리 안에 수렴될 수 있는 위험과 상존한다. 팽창하는 자본의 논리는 일상의 공간 전체에 자신이 의도하는 의미와 기호들을 끊임없이 재배치하고 있기 때문이다. 따라서 우리가 앞선 시인들을 따라 자본의 전략에 의해 지워져 가는 삶의 길들을 따라 걸었다고 해서 곧바로 우리를 지배하는 현실의 논리가 무화되는 장소로 연결되는 것은 아니다. 각성된 주체는 주어진 일상을 소비하면서 다시 파편화된 주체들을 향해 능동적으로 전락한다. 푸코적인 의미에서 현실이 주체에게 '동질성(homogénéité)'을 강요하는 규율 권력 그 자체라고 한다면, 이제 중요한 것은 고정된 의미들에 대한 끝없는 의심과 탐구를 지속시켜 나갈 수 있는 수행적(performative) 기능 여부에 대한 판단이다.

수행적 기능에 대한 고려가 보들레르 이전에는 고정불변의 영원한 가치들에 대한 표현과 그 확산에 있었다면, 사윤수와 성동혁 그

리고 유희선에게 확인할 수 있는 것처럼 그것은 이제 전적으로 개인
적인 영역을 통해 판단된다. 그것이 현대의 시인들에게는 동질성을
거부할 수 있는 최소 단위로 기능하기 때문이다.

사윤수의 「검(劍)이 빠르면 피가 솟을 때 바람 소리처럼 듣기 좋다
던데」에서 시인은 자신이 걷는 이유가 스스로 "잃어버"리기 위한 것
임을 분명히 하고 있다. 그러나 이것은 앞에서 지적한 시인들과는
다소 다른 지점을 지향하고 있다. 앞선 시인들이 길의 상실에 대한
경험을 제공하면서 순간적으로 지나치는 동시대의 모순들을 마주치
게 한다면, 사윤수의 경우 "적들"과 마주치면서 획득하게 되는 영원
한 가치를 보여 준다. 하지만 그것은 제목에 암시되어 있듯이 "내 피
로 내가 듣는 붉은 바람 소리"처럼 아주 근본적인 차원에서 달성이
지연되거나 혹은 달성되더라도 소멸의 순간과 짝을 이루게 된다. 이
는 시뮬라크르들에 근본적으로 존재 불가능한 아우라가 발현되는
순간을 닮아 있다. 따라서 「마포 종점」에서 확언하고 있는 것처럼 시
인은 "가 본 적" 없는 "종점"이라는 "불멸의 순간"을 기다리며 견디
는 존재가 된다.

이것은 단순히 수사적 차원을 넘는 고통과 절망의 세계에 주목하
고 있는 성동혁의 시 세계를 이끄는 원동력과도 유사하게 느껴진다.
등단작인 「쌍둥이」에서부터 「페르산친」과 「라일락」에는 마치 병원복
의 단조로운 줄무늬들에서 온 듯한 일정한 분위기들, 그리고 거기서
발산되는 알 수 없는 의미들이 새겨져 있다. 중환자실에 처음 발을
들여놓는 순간의 미묘한 거부감과 닮아 있는 그의 세계는 「페르산
친」에서 "태양을 가질 수 없어 태양을 만들어야 했다"는 그의 평범
한 진술을 간절한 것으로 만드는 힘을 가지고 있다. 따라서 그가 「라
일락」에서 절망의 냄새를 맡는 순간에도, 현실의 배치들을 무화시킬

수 있는 순간의 힘들로 상징되는 "지진"이 그가 "챙겨 온 짐"에 끝내 숨겨져 있다는 사실은 우리를 안심시킨다.

「개를 끌고 다니는 여인」이나 「하얀 바다」를 통해 유희선 역시 주체와 대상, 원본과 모상 간의 대립과 그 재현의 관계 설정이 불가능함을, 그러나 그것을 추구하는 시적 노력은 "목줄"의 이미지를 통해서 끊임없이 이어지고 있음을 드러낸다. 그의 작품들이 때로는 개인적인 경험과 시적 진술 간의 경계가 모호하거나 이미지의 사용이 다소 작위적임에도 불구하고 시인의 진실성은 우리가 신뢰를 갖게 하는 원동력이기도 하다. 현대시의 특질은 고정불변의 영원한 가치를 재현하는 데에 있지 않다. 오히려 그것은 재현이 불가능해진 현실 속에서도 그것을 멈추지 않는 시인들의 강렬한 열망의 순간에 압축되어 있다.

다른 한편, 송승언과 신철규의 경우는 이 열망의 순간들에 끓어오르는 주체의 열기 안으로 타자와의 관계를 받아들인다. 특히 송승언은 「너는 다른 목소리로 돌아오며」와 「론도」에서 다소 무의미해 보이는 주체의 반복적인 행위를 등장시킨다. 이는 코기토에서 비롯된 근대적 주체에 대/의한 탐색이 동일자의 범주 안에서 타자라는 이름의 불확실성들을 거세해 왔던 운동성과 언뜻 닮아 보인다. 현대문명이 발전의 방향에 놓여 있다는 인식 아래에서라면 '다른 것'은 주체의 영역 안에서 이해 가능태로의 변화를 강요당하거나, 인식의 바깥 영역으로 던져질 수밖에 없었다. 하지만, 주체의 인식 가능 범위가 넓어질수록 역설적이게도 인식의 불가능성이라는 영역 역시 같은 크기로 확장된다. 어둠 속을 걸으며 손전등을 이리저리 비출수록 짙은 어둠만 더 확인하게 되는 것처럼 말이다. 어쩌면 이해 불가능의 지점에 아예 눈을 감고 마는 시적 주체의 비극성도 바로 이 지점에서 태어난다. 이것이 진정으로 비극적인 이유는 존재 가능성의 기반이었던 이성을 스스로 부정하는 순간, 그 부정과 다시 이성의 논리로 야합하는 이율배반의 순환 위에 서 있어야 하기 때문이다.

레비나스(E. Levinas)가 전체성(totalité)이라고 부른 이 같은 상황은 타자와 형성하는 근원적인 윤리 관계의 가능성 자체를 박탈한다. 하지만 송승언을 통해 강조되는 주체의 반복적인 행위는 다소 엉뚱하면서도 한편으로는 아주 자연스럽게 '너'의 발견으로 이어지고 '우리'라는 인식에 이르게 된다. 신철규 역시 「바람을 맞다」와 「밤은 부드러워」에서 다른 사람이 "던지고" 간 "공중전화 수화기"나, 역시 다른 사람들이 남긴 "모래 더미 옆 소꿉놀이 세간들" 그리고 '어디선가 부딪혀 하나가 된 별'에서도 변함없는 질량으로 남겨진 "당신의 이름"을 발견해 낸다. 이때 등장하는 타자는 인식의 확산에 따라 주체의 내면에 등장하는 방식이 아니라 주체에게 부여된 어떤 의미나 '맥락(context)'과 상관없이 '현현(épiphanie)'한다. 이 순간 타자는 '절대적으로 다른 모습의 타자성(absolument autre)'이다. 이렇게 현대시가 추구하는 범주 안에서 우리는 윤리적 호소와 요청을 직면하게 된다.

이러한 타자들의 등장이 어떤 모습으로 주체와 관계 맺게 될지 아직은 알 수 없다. 타자의 모습은 임승유가 「지마」에서 "태풍 망온"의 정체를 정확히 설명하기 위해 각주를 동원하는 것처럼 가능한 일일지는 몰라도 정작 태풍으로 인해 연달아 태어나는 아이들의 미래가 우연적으로 결정되는 것처럼 그 인과적 영향력을 가지고 있지는 않기 때문이다. 그저 「가능성 있는 포도」에서 시인이 그랬던 것처럼 "살과 살을 맞댄 결속"으로 자라난 "포도가 놓여 있는 골목"길을 걷게 되는 순간을 기대할 뿐이다.

더 비극적으로, 내가 아닌 것처럼
—한국시의 가능성을 찾아서

새로운 어떤 것이 없다면 생성이 있을 수 없지만,
새로움은 생성의 부조리가 된다.

—앙리 르페브르

1. 속거나, 속이거나

우리 시의 새로움을 찾아서, 보다 정확히 말해 우리 시가 새로워
질 수 있는 가능성을 찾아서 편의적이긴 하지만 최근 몇 년간의 시
간을 한정해 두고 등단한 시인들의 작품을 보다 주의 깊게 읽어 보
았다. 그중에서 김준현, 김지명, 임솔아 그리고 채길우 시인의 작품
을 앞에 두게 되었다. 등단 이후 발표해 온 이들의 작품에서 같은 시
기 등단한 다른 시인들의 작품보다 구별할 수 있을 정도의 개성적인
면모를 비교적 더 많이 발견할 수 있었고, 또 그것을 통해서 우리 시
단의 새로운 활력을 찾을 수 있게 되기를 기대했기 때문이다. 좋은
소식과 나쁜 소식이 있을 때 대부분의 사람들은 어떤 소식부터 듣길
원하는지 모르겠지만, 나쁜 소식을 먼저 전하자면 나는 이들의 작품
에서 '한국시의 새로운 가능성'은 찾아볼 수 없었다. 좋은 소식은 글
쎄, 조금 뒤로 미루어 보자. 그보다 '새로움'을 찾아 두리번대는 과정
에서 생긴 두 가지 감정에 대해 조금은 길어질지도 모르는 이야기를

먼저 시작해야겠다.

　새로운 어떤 대상이, 교착된 듯 답답한 현재의 상황을 보다 개선·확장시켜 줄 것이라는 기대감이 그 첫 번째이다. 이것은 시문학을 앞에 두었을 때만 생기는 것이 아니라, 인간이 사회를 구성해서 살아가는 방식을 선택하기로 한 순간부터 무의식적 차원에 각인되어 왔던 감정이라고 할 수 있다. 외부에서 오는 새로움에 대한 수용 없이 내부를 무한히 확장할 수 있는 방법이 있을 리가 없고, 또 그것이 가능하다고 치더라도 이 방식은 결국 가지고 있는 전부를 소진해 버리는 몰락의 길을 의미할 수밖에 없기 때문이다. 따라서, 새로움의 발견은 현재를 살아가며 과거와 미래를 잇는 역할을 받아들이는 사람에게라면 일종의 의무일지도 모른다.

　하지만 새로운 것에 대한 기대감의 이면에 자리하고 있는 것은 두려움이다. 보다 세심하게 주의를 기울여 보고 싶은 것은 이 두 번째 감정이다. 현재의 삶을 유지시켜 주는 방식을 근본적으로 뒤바꾸어 놓을지도 모른다는 데서 오는 두려움은, 앞의 기대감이 무의식적 차원에서 시작되는 것과 다르게 역사적 경험을 통해 의식적 차원에서 차곡차곡 축적되어 왔다고 볼 수 있다. 이것은 다소 이질적인 것까지 수용하면서 스스로의 삶을 확장시켜 나가는 속도나 방향을 조절하게 만드는 원동력이 되어 주었다. 요컨대 새로움을 추구해 온 인류의 역사는 두려움에 대한 조절과 통제가 연쇄적으로 기대감의 충족을 가능하게 만들면서 이루어져 온 셈이다.

　새로움은, 또한 새로움을 만들거나 찾는 행위는 결국 이 기대감과 두려움의 어디쯤에서 비롯된다. 그리고 우리의 삶도 그 어디쯤에서 지속되고 있다. 하지만, 기술문명의 발전 이후 우리 삶에서 두려움을 완전히 제거할 수 있다는 믿음이 확산되면서 언젠가부터 우리는 두려움 없는 기대감의 충족만을 추구하게 되었다. '좋아요'로만 자신의 삶이 구성되길 원하며, '해시태그'를 통해 보고 싶은 것만 가려내는 현대적 삶의 방식에서 새로운 비극은 이미 시작되고 있다. 언젠가 오스카 와일드가 예언처럼 말한 대로 우리 인생은 바라는 것을 갖지 못하는 비극 외에 바라는 것을 얻게 되는 상황 또한 비극으로 자동 편입시키게 된 것이다.

여기서 바타이유(G. Bataille)의 말을 빌려 강조하고 싶은 것이 있다. 시문학은 그 자체로 '소모(dépense)'의 형태여야만 한다는 사실이다. 시문학을 진부함과 새로움의 대결이라는 대차대조표에서 파악하는 한, 그것은 우리의 합리적인 개념—'기대감' 속에 이미 쥐고 있던 결과물을 들여다보는 일에 지나지 않게 되기 때문이다. 손안에 있는 것의 변화무쌍한 실제 성격과는 상관없이 말이다. 그것은 앞서 말한 대로 일반적인 사회의 발전모델이 추구하는 축적과 잉여를 오히려 '터뜨림(décongestion)'으로써 우리의 기대감을 충족시키는 것이 아니라 두려움을 가중시키는 형태를 말한다. 자신의 인간성마저 기꺼이 시장으로 내모는 근대적 주체의 기획에서 벗어나 훼손된 인간의 가치를 되돌릴 수 있는 유일한 방법으로써 말이다. 물론이 가능성은 어느 특정 세대의 시문학만이 가지고 있는 기능도 아니며, 새롭게 발굴되어 시문학에 부여해야 할 특징도 아니다. 이는 서구의 발전 논리를 극히 짧은 기간 동안에 겪어 내고 있는 한국 사회에서 끝내 자본으로 해석되지 않는 언어들을 탄생시키며 우리의 시가 감당해 오고 있는 현재의 모습이다. 진화하지만 미래를 '기획(entreprise)'하지 않으며, 현재를 쇄신하고 있지만 발전을 염두에 두지 않는 이들의 시는 우리에게 여전히 나쁜 소식이다.

2. 퇴화된 주체

우리의 현대시가 그 출발을 알리던 시기부터 주체의 모습을 확정하기 위한 노력은 피할 수 없는 가장 큰 문제 중의 하나였다. 세계와의 본격적인 길항 속에서 근대문학이라는 새로움에 뛰어들 준비를 하고 있던 시인들에게는 무엇보다도 자신의 내면에 영향을 주면서 혼종되어 있는 것들을 보다 자세히 가려낼 필요가 있었기 때문이다. 그 노력의 방향이 여러 갈래로 이루어지면서 우리 현대시에 다양한 의미망을 구성해 온 것은 우리에게도 익히 알려진 그대로이다. 동시에 여기에는 일관된 전통 속의 시적 주체들이 외부 대상과의 관계를 통해 지양되는 것과 조금은 다른 과정이 포함될 수 있음을 의미한다. 외부 간섭의 영향에서 비롯된 시적 주체의 시선은 자신의 내면을 향했을 때 필연적으로 산란될 수밖에 없기 때문이다. 다분히 유심론적 입장을 취하고 있는 우리 시사의 전통에 비추었을 때, 현대시에서 정신적 고양에 이르는 사상사적 여정을 보여 주는 작품이 오히려 희박한 것도 이와 무관하지 않다. 요컨대, 혼종된 주체에게는 스스로의 내면에 도달하기 위한 과정 속에 필연적으로 주체의 모습을 지워 나가는 작업이 포함된다.

임솔아 시인에게서 찾아볼 수 있는 주된 태도는 바로 이와 같은 주체 탐색 과정의 일환과 관련되어 있다. 그는 일관된 관점으로 자신만의 시적 세계를 만들어 가는 과정을 전혀 염두에 두고 있지 않은 것처럼 보인다. 그보다 임솔아는 마치 다면체와 같이 구성된 시선을 통해 하나의 장면이나 사건에도 최대한의 분할선을 만들어 낸다. 시적 주체가 서 있는 자리와 그 역할에 이르기까지 어떤 한계도 설정하지 않은 채로 말이다. 따라서 임솔아의 시를 읽을 때 우리는 시인이 각각의 분할선 안에 독립적으로 존재하듯 만들어 놓은 시선들을 따라 거기서 독립적으로 분화되는 장면이나 의미들을 놀이 블록 다루듯이 자유롭게 구성하는 새로운 경험이 가능하게 된다. 그런 면에서 「익스프레스」와 「다음 돌」은 여러모로 임솔아 시인의 이 같은 특징을 잘 보여 주고 있는 작품이라고 할 수 있다.

「익스프레스」는 제목에서 쉽게 짐작할 수 있는 것처럼 누구라도 한 번쯤은 경험해 봤을 이사 장면을 보여 주고 있다. "모르는 사람들이 내 집에 들어온다"는 1연의 진술에서부터 "꽃병을 떨어뜨"리는 이사 과정에서의 사소한 실수와 "모르는 사람들이 돌아"간 뒤에야 "내 집이 완성된" 것 같은 느낌을 받는 마지막 연에 이르기까지 익숙한 장면들이 이어진다. 하지만, 무엇보다도 먼저 주목하고 싶은 것은 앞에서 언급한 것처럼 이 작품의 이사 장면에는 어떤 의미를 만들어 내고자 하는 최소한의 의도가 드러나 있지 않다는 점이다. 이사의 과정이 잘 드러나 있는 이 작품에서처럼 일반적으로 세밀한 묘사를 동반하여 어떤 일상의 순간을 시적으로 구성하는 것은 그 선택만으로도 시인의 의도가 어느 정도 반영되기 마련이다. 이를 감안해서 작품 안에 등장한 이사의 의미를 추측해 보는 일이 불가능한 것은 아니지만, 오히려 그랬을 때 일상 속의 장면에서 좀체 나아갈 수 없게 된다. 가재도구들이 비워진 집을 미로처럼 여기는 일이나 꽃병이 있던 자리에 대한 2, 3연의 진술 등이 언뜻 이해하기 어렵고 또 전체 연의 구성에 비추어 다소 일관된 기준에서 벗어난 듯 보이는 것도 이와 관련되어 있다. 이 작품에서 선택된 '이사'는 어떤 의미를 담기 위한 '사건'으로서가 아니라, 다른 공간으로 이동하기 위해 어쩔 수 없이 허물고 재조립하는 '기능'만으로 존재하기 때문이다. 이처럼 「익스프레스」는 표면상 작품을 이끌어 가는 "모르는 사람들"에 의해 '내'가 허물어지고 또 재조립되는 과정 그 자체를 적나라하게 보여 주고 있다. 그리고 여기에서 우리가 주목해야 마땅한 것은 해체와 재조립이 가능하도록 시인이 현실에서 건져 내고 있는 '기능'들이다.

요컨대 임솔아의 시선은 고정된 의미에 사로잡혀 있는 현실의 장면들을 가능성의 원점으로 해방시키는 데에 머물러 있다. 주체까지도 포함해서 말이다. 그렇다면, 이 작품의 마지막에 등장하는 "발자국을 닦아 내고 의자에 내 웃옷을 걸쳐 둔다. 내 옷 앞에 마주 앉는다"는 구절 역시 우리가 읽었던 장면들을 모두 끝없는 조립의 과정 속으로 다시 한번 되돌려 놓는 '기능'의 강조이다. 그 다양한 가능성 중의 하나를 다음과 같이 만들어 볼 수도 있을 것이다.

'집'이라는 공간은 친숙함과 편안함, 때로는 나 자신과 가장 본질적·심리적으로 가까운 의미로 존재한다. 집을 꾸미는 행위 역시 공간을 보다 나 자신답게 만드는 의도와 다르지 않다. 그렇다면, 근본적인 차원에서(경제적 이유를 제외하고) '이사'는 현재보다 조금이라도 더 나 자신다운 공간을 찾는 탐색의 행위라고 할 수 있다. 그런데, 실제 '이사'의 행위에 견주어 보았을 때 그 탐색이 사실상 "모르는 사람"에 의해 이루어질 수밖에 없다는 것이 드러난다. 따라서 우리가 친숙한 공간이라고 생각했던 '집'이 마치 '미로'처럼 느껴지는 순간도 생기게 된다. 또는 현재 비어 있는 채로 익숙했던 곳이 사실은 오랫동안 "꽃병"이 놓여 있어서 보다 익숙했던 자리였음을 깨닫게 되면서 결국 우리가 '집'을 통해 기대고 있었던 '친숙함'의 정체가 온통 뒤죽박죽되어 버리고 만다. 마지막 구절을 이와 같은 가능성으로 조립해 나가는 마지막 블록이라고 여겨 본다면, 자신이 벗어 둔 "옷 앞에 마주 앉는" 순간 가능성의 영점(零點)에 도달했다고 할 수 있다.

「다음 돌」 역시 '기능'상 「익스프레스」와 정확히 겹쳐 있다. 이 작품 역시 목적지를 향해 지하철을 타고 이동하거나 냉장고가 놓여 있는 주방에서 가족을 위해 시간을 보내는 '엄마'의 모습과 같은 일상의 장면들이 제시되어 있다. 하지만, 「익스프레스」에서의 '이사'가 그랬던 것처럼 이 작품에서 제시된 장면들은 "같은 길을 반복해서 걷는데 왜 길을 잃었다는 느낌이 들까"라는 직접적 진술에서 알 수 있는 것처럼 일상적 목적을 달성하기 위한 길 위에서 빗나가 있다. 지하철을 타는 행위는 그 "다음 칸에도 내가 앉아 있"는 것처럼 결국 지하철을 벗어나지 못하고, 가족을 위한 '엄마'의 의도들은 모두 '냉장고'를 여닫는 행위의 반복을 벗어나지 못한다. 따라서 마지막에 이르러 시인의 "내일도 내일이니까 내일을 생각할 필요가 없다"는 말은 결국 거짓 성취감을 좇아 반복되는 일상에 대한 무조건적인 일시 정지의 선언과 다르지 않다. 그것이 비록 벤야민이 상상했던 것과 동일하게 파국의 기능을 감당할 수 있게 될지는 아직 알 수 없다. 하지만 "검은 돌과 검은 돌이 만"난 결과가 "하얀빛"을 탄생시킬 수도 있다는 시인의 믿음은 역사의 연속성을 정지시키고 진정한 진보를 향할지도 모른다는 기대감을 주기에는 충분해 보인다.

이 같은 임솔아의 시선에는 보다 많은 기대를 걸어도 좋을 듯하다. 현실의 인과적 흐름을 끊어 내고 재조립하는 데에 자유로운 그의 시선은, 마치 놀이 블록의 표현에 한계가 정해지지 않은 것처럼 때때로 문제적 현실을 만나게 되면 한층 더 큰 폭발력을 가진 다면체를 만들어 내기 때문이다. 다음의 작품을 보자.

삼 년째 농협에서 문자가 온다
이만 원이 입금되면
이만 원을 출금한다

10월 27일마다 축하가 온다
쿠폰을 보낸다 이마트가
미역국도 먹고 돈도 좀 벌고 방에만 있지 말고
결혼 생각도 하고 엄마는 아들을 사랑한다고
문자가 온다

1월 1일에 전화가 온다
해돋이 보고 있냐 누구세요
김승섭이 핸드폰 아닙니까? 아닌데요
죄송힙니다 근데 지금 해 뜨고 있어요
김승섭 씨 친구 덕에 창문을 연다

오늘은 농협에서 문자가 왔다
삼백만 원을 입금했다 희망머니가
금세 잔액 전부를 출금했다 김승섭 씨가
문자 통지 수수료로 오백 원이 출금되자
잔액은 -500원이 되었다

김승섭 씨에게 도착한 오래된 문자들을
하나하나 다시 읽어 보았다
물고기를 따라가다가
사막에 잘못 도착하는 펭귄들처럼
계속해서 도착하는 문자들에게 답장을 보냈다

잘 지내시길 바랍니다

힘차게 응원합니다

—임솔아, 「응원」(『현대시학』, 2014.11) 전문

이 시의 주인공이 사용하고 있는 핸드폰에는 다른 사람에게 보내는 문자가 지속적으로 수신되고 있다. 원래의 수신자는 아마도 그 번호를 이전에 사용하고 있었던 '김승섭 씨'인 것으로 보인다. 잘못 보내진 문자 메시지들로 인해 우리는 잘 알지도 못하는 '김승섭 씨' 삶의 면면을 재구성할 수 있게 된다. 그의 생일은 물론 거래하는 주은행이 "농협"이라는 사실도, 회원으로 가입해 두고 자주 이용하는 마트가 어디인지도 알 수 있다. 결혼은 아직 안 했으며, 그의 엄마가 보낸 문자도 수신되고 있는 것을 보면 식구들과도 차마 연락을 못하는 사정이 있어 보인다. 대부업체 이름인 듯한 "희망머니"와의 거래나, 입금이 되자마자 신속하게 출금하는 것으로 미루어 보았을 때 십중팔구 금전 문제에 시달리고 있음을 짐작할 수 있다. 그리고 새해 첫날에 해돋이를 보다가 문득 생각나 전화를 걸어오는 친구 하나쯤은 있는 모양이다.

단편적으로 발송되는 문자의 내용을 따라 원래 수신했어야 할 사람인 '김승섭 씨'를 추측해 보는 일은 앞서 지적한 임솔아 시인의 특징이 만들어 가능해진 일이다. 보다 흥미로운 것은 '김승섭 씨'를 추적해 나가는 과정의 어느 순간에 이르면 문자 메시지의 수신인과 주인공이, 그리고 나아가 시를 읽는 우리에 이르기까지 그 구별이 무의미해지고 만다는 점이다. 즉, '김승섭 씨'를 특정해 보는 일은 실패하고 만다. 주인공이 확인한 메시지들을 따라 '김승섭 씨'에게만 해당하는 정보라고 여기며 위에 적어 본 것들은 사실 어느 누구에게

라도 해당될 정도로 우리 주변에서 흔히 볼 수 있는 것들뿐이다. 따라서 특정인에게 전달된 개별적 메시지는 이내 고달픈 현실을 살아가는 불특정 다수의 삶을 환기시키는 사회적 메시지로 기능하게 된다. 이어서 작품의 마지막에 주인공이 '김승섭 씨'를 대신하여 보내는 "잘 지내시길 바"란다는 답신 역시 특정인들에게만 유효한 것이 아니라, 어느 누구에게라도 가닿을 수 있는 "응원"이 된다. 의미들에 매여 있길 거부하는 임솔아 시인 특유의 시선은 이처럼 구체적 삶의 현장과 만나게 되었을 때라면 보다 강한 힘을 자연스럽게 표출시키기도 한다. 「렌트」에서 "한 시간에 시급 오천 원/빵 한 개에 오천오백 원/빵이 먹고 싶다 내가 만든 빵"과 같은 평범한 진술이 제목을 통과하고, 마침내 소외된 노동자의 삶 속으로 들어가게 되면 무심코 버려진 "검은 장우산"을 만나게 되었을 때조차 돌발적인 큰 울림으로 변모하게 되는 것처럼 말이다.

3. 퇴화된 주체, 못다 한 임무

여기서 시인들의 주체 찾기(지우기)와 현실과의 관련성에 대한 이야기를 해 보자. 이제껏 나는 현실의 의미망에서 주체를 단절시키고 그것과 관계 맺고 있었던 모습을 하나씩 지워 나감으로써 오히려 주체를 탐색해 나가는 임솔아 시인의 방법이 우리 현대시 고유의 태도와도 연결되어 있는 특징이라고 말했다. 동시에 이 방법이 구체적인 현실과 만나게 되면 시인만의 폭발력을 보여 준다고도 언급했다. 파편화된 주체들의 모습은 그럼에도 어쩔 수 없이 현실에 뿌리내림으로써 망(net)으로 구성된 현실 전체를 뒤흔들 만한 힘을 가지기 때문이다. 둘 중 어느 쪽이 시인들의 작업에 보다 중요하게 받아들여져야 하는지를 묻는 것만큼 어리석은 일도 없을 것이다. 다만, 진지한 주체 탐색의 과정이 현실에 뿌리내리지 못했을 때 그 정당한 의미에도 불구하고 파급력이 약화되는 것은 피할 수 없을 것이다.

김지명 시인의 경우 등단작인 「쇼펜하우어 필경사」(『매일신문』)에서부터 "당신이 자서전에서 외출하고 있다"는 인상적인 선언을 통해 자신만의 주체 탐색에 나설 것임을 분명히 했다. 특히 자연을 시적 대상으로 즐겨 사용하고 있는 점이 눈여겨볼 만한데, 그는 단순히 소재적 차원에서 차용하는 것이 아니라 자신의 작품이 하나의 언어 구조물을 넘어 그 속에서 조화를 이루며 살아남기를 원하고 있는 것처럼 여겨진다. 그것은 어쩌면 쇼펜하우어가 그랬던 것처럼, 우리의 삶을 고통으로 이끄는 다소 맹목적인 '의지'에서 벗어날 수 있게 만들어 줄지도 모를 일이다. 다소 집요하게 '표상'에 대한 해체를 시도함으로써 시인이 애써 그려 내고 있는 자연은 그 자체로 숭고의 대상이 될 수도 있기 때문이다. 그런 면에서 다음의 작품은 의미가 깊다.

근처 어디에도 내가 없어
들판에서 혼자 그려 낸 만큼 피우고 섰다
그의 눈에 띄기 위해 그를 눈에 담기 위해
먼 길 통증도 분홍의 의지로 편입시켰다

나는 손이 시려도 잡을 수 없는 연인일지 모른다
나는 재미없는 정물이라고 풍장됐을지 모른다

익명으로 털올 바람이 배달되고
슬픔으로 자살하지 않을 만큼 배달되고
나는 내 얼굴을 몰라

몸속 깊이 합의한 그가 좋아한 색깔도 몰라
의심의 꽃대궁으로 그를 기다린다

수없이 많은 입술을 훔쳐 건너오는
오해의 여분만큼 그를 이해할 시간

꽃잎마다 그를 앓는 편지를 쓴다
어딘지 좀 채도가 부족한 생각일까
가끔 그를 거부하면서 즐거움을 느끼고 싶다
갖고 싶은 사람을 소유한 사람의 여유처럼
그가 잠시 빌려 온 남의 애인이었으면 좋겠다
나침반 없는 시계를 찼으면 좋겠다
내 희망이 바삭 구워지기 전에

매음굴이라는 말로
공작소라는 말로
누군가 내 목을 따 갔다
그건 내 아름다움을 진술한 방식
어느 꽃씨 부족이 발성되는
그가 사는 거울
　　　　　　—김지명, 「꽃의 사서함」(『창작과 비평』, 2013.겨울) 전문

　처음부터 선명하게 드러나 있는 것처럼, '꽃'은 '그'를 향한 "의지"
만으로도 "통증"마저 자신의 존재 이유로 "편입시켰다". 실제라면
들판에 단 한 송이의 꽃만 피어 있을 리가 없겠지만, 처음 시인에게

포착된 삶의 의지란 스스로를 "들판에서 혼자 그려 낸 만큼 피우고" 서 있는 것으로 느낄 만큼 맹목적인 것으로 그려진다. 그럴 수밖에 없도록 촘촘하게 구성된 현실의 인과관계들을 다시 한번 언급할 필요는 없겠다. 이제 우리는 현실원칙 아래에서라면 엉뚱하게 보이는 결론이나("가끔 그를 거부하면서 즐거움을 느끼고 싶다"), 한때 삶을 살아가는 이유의 전부가 어느새 변해 버린 데서("그가 잠시 빌려 온 남의 애인이었으면 좋겠다") 오는 당혹감도 쉽게 수긍할 수 있기 때문이다. 그럼에도 마지막 연의 울림은 꽤 묵직하게 남는다. 현실의 삶을 유지시켜 주는, 그래서 결국 현실에서 벗어날 수 없게 만드는 "의지"가 해체되어 버린 이후라면 "누군가 내 목을 따" 가는 것조차 오히려 그것이 주체의 "아름다움을 진술한 방식"으로 가장 적절하다고 여기는 시인의 인식 덕분이다.

문제는 이와 같은 주체 탐색의 과정이 어떤 하나의 장면을 구성하는 요소로 머물고 말거나, 또 그 결과가 다시 한번 주체를 지워 나가는 과정 안으로만 편입되면서 좀처럼 그 힘을 발휘할 수 없을 때이다. 아쉽게도 「자물쇠 악보」나 「은목서」가 끝내 피하지 못한 것도 바로 이 지점이다. 결론부터 미리 말하자면, 김지명의 시들은 주체 지우기에서 비롯된 일종의 부작용을 동시에 가지고 있다.

예를 들어 「자물쇠 악보」는 앞에서 설명한 시인의 특징들, 즉 맹목적인 삶을 지속시키는 의지를 해체하고 주체 스스로의 힘을 최대화할 수 있는 가능성을 시험해 보고자 하는 시인의 의도가 고스란히 드러나 있다. 그러나 이 작품에서는 무엇보다도 먼저 '숲-바람-날개-호기심-열쇠'로 이어지는 이미지들의 기능이 약화되어 있다. 이것들이 시적 주체가 말을 건네는 대상인 동시에 질문으로 존재하는 주체를 가능하게 만들어 주는 역할을 부여받고 있는 점을 감안하면 이것은 심각한 약점이 된다. 따라서 이 작품은 주체가 던진 질문을 중심으로 한 각각의 장면을 만들어 내는 데에는 비교적 무리가 없지만, 결국 그 질문 전체를 수렴하면서 존재하는 주체가 발을 디디고 서 있는 지점을 만들어 내는 데에는 실패하고 만다. 「은목서」에서도 역시 같은 것을 지적할 수 있다. 작품의 출발에서부터 주요한 소재로 등장하는 "은목서"와 "마을"이 대척으로 놓여 있는 것은 쉽게 수긍할 수 있다. 하지만, 기능상 "은목서"와 나란하게 놓여 있는 '소녀-언니'의 관계나, 나아가 그들을 호명하고 있는 주체와의 관계들은 보다 깊이 드러나 있지 않아 못내 혼란스럽다.

이것은 지금의 우리 시문학이 조금은 다른 임무를 떠안아야만 한다는 것을 의미한다. 혼종된 주체를 지워 나가는 것으로 그 탐색을 시작할 수밖에 없었던 우리 근대 시문학의 출발을 다시 한번 떠올려보자. 이와 같은 탐색이 그 시도만으로도 어느 정도 의미를 확보할 수 있었다고 한다면, 이제 우리의 현대시는 작품과 맞닿아 있는 구체적인 현실과의 계면(界面)을 폭발시키는 임무를 감당해야 하는 지점에까지 도달한 것이다.

4. 피할 수 없는 대상

김지명과 임솔아 두 시인이 주체를 중심으로 기꺼이 해체와 퇴화의 길을 선택했다고 한다면, 이제 살펴볼 채길우와 김준현 시인은 주체와 관계 맺으면서 존재하는 대상의 세계에 대한 관심이 보다 두드러진다. 이들의 관심사는 어떻게 보면 대상과의 합일이라는 지향점을 가지고 있던 우리 시문학의 전통과 보다 직접적으로 맞닿아 있다. 또 다른 한편으로는 동일자의 범주 안에서 타자라는 이름의 불확실성들을 거세해 왔던 근대적 주체에 대/의한 탐색에 저항하는 태도와 닮아 있기도 하다.

현대문명이 발전의 방향에 놓여 있다고 믿는 지금의 우세한 인식 아래에서 '다른 것'은 주체의 영역 안에서 이해 가능태로의 변화를 강요당하거나, 인식의 바깥 영역으로 던져질 수밖에 없었다. 하지만, 그렇게 주체의 인식 가능 범위가 넓어질수록 역설적이게도 인식의 불가능성이라는 영역 역시 같은 크기로 확장된다. 어쩌면 이해 불가능의 지점에 아예 눈을 감아 버리고 마는 주체의 비극성도 바로 이 지점에서 태어난다. 김지명과 임솔아 시인이 집요하게 해체하고자 하는 주체의 모습이 바로 이와 관련되어 있다고 한다면, 레비나스가 '전체성(totalité)'이라고 부른 이 같은 상황에서 채길우와 김준현 시인이 대상을 향한 관심을 통해 겨냥하고 있는 것은 근원적인 차원에서 타자와의 윤리 관계 회복과 그 가능성이다. 따라서 두 시인이 흡혈귀나 좀비, 그리고 뱀파이어와 같은 존재에 공통적으로 관심사를 보이고 있는 것 또한 단순한 우연의 일치라고는 할 수 없을 것이다.

헌 옷이 헌 옷 위에 쌓인 함 속으로 팔을 넣는다 속이 깊으면 팬티라도 있을 줄 알았다 꽃잎이 쥐의 이빨만큼 박혀 있어도 좋을 텐데 눈 밖에 난 인형들은 옆구리나 배가 터져 있고 당신도 그렇다 쥐들이 튀어나온 솜을 물었다 놓아도 참는다는 건 눈에 띄지 않는다는 건데 나를 바라보는 눈빛이 있다 곧 빛이 옮는 저녁 빛이 옮은 밤 몰래 옷을 뒤지던 손을 씻고 약에 취한 당신의 바지를 벗기고 당신은 내 손가락을 입에 넣는다 침이 묻으면 바람이 어디서 오는지 알 수 있으니 풍향은 가장 잘 알려진 비밀 사람 냄새라도 맡자고 기웃거린 창문이 많은데 커튼까지 쳐 놓으면 창문은 모두 굳은살이다 커튼 뒤에서 당신은 반쯤 남긴 비누를 먹는다 김준현의 작품에는 무엇보다도 먼저 대상의 이미지를 어떤 식으로든 강하게 전달하고 싶어 하는 열망이 숨김없이 드러나 있다. 특히 이 작품은 '당신'을 끝까지 "커튼 뒤에" 남겨 둔 상태 그대로 주체가 매 순간에 인식하는 장면들로 이어져 있는 점이 흥미롭다. 연과 행의 구분 대신 문장과 문장이 구분 없이 연결된 상태 안에 놓인 주체는 제목 그대로 "좀비"처럼 '당신'에게 감염된 행위만을 지속할 뿐이다. 따라서 '당신'을 연상시키기 때문에 애를 써 가며 "옆구리나 배가 터져 있"는 "인형"을 외면해 가면서 "헌 옷"을 뒤지는 행위도 결국 "나를 바라보는 눈빛"으로 옮아갈 수밖에 없게 된다. 김준현 시인이 여러 작품에서 '옮다'라는 표현을 즐겨 사용하고 있는 것도 같은 차원에서 이해해 볼 수 있다. 가령, 「터번의 길이」에 드러나 있는 것처럼 그에게는 화장실 안에 있는 대상을 인지하는 것도 그의 "휘파람과 비누는 얼마나 허공으로 옮았는지"를 통해서 이루어지고 있는 장면처럼 말이다. 이처럼 시인에게 주체의 모든 행위는 대상으로 옮아가는 결과로 이어진다.

채길우의 「뱀파이어」 역시 마찬가지이다. 이 작품이 보여 주고 있는 이야기는 그대로 시 쓰기에 대한 하나의 알레고리로도 훌륭하게 작동한다. "나는 열등한 눈을 깨트리고/어디서든 보름달이 뜨는 세계에서/낡은 시력을 잃을 것이다"는 선언은 자못 엄숙하게 다가온다. 그리고 이 같은 선언은 이내 시인에게 "그림자는 나 없이 잠들어 있다./나는 일어나 조금 더 멀리 가 보"는 행위를 직접적으로 이끄는 계기가 된다.(「생각」, 『시와 사상』, 2014.가을.) 물론, 그 선언에 도달하기까지의 과정에 대한 관심이나 그가 걸어가면서 생겨날 일들에 대한 호기심을 보이는 것도 합당한 일이 될 것이다. 그러나 여기서 주목하고 싶은 것은, 이미 앞서 말했던 대로 다른 시인들과 구별될 만큼 강하게 드러나 있는 채길우 시인의 대상을 향한 관심이다. 영화적 상상력 속에서의 뱀파이어가 단순히 인간을 공격하고 위협하는 존재라고 한다면, 채길우의 작품 속에서 뱀파이어는 주체를 굴복시키는 강력한 타자인 동시에 떼려야 뗄 수 없는 관계로 다시 한번 주체와 관계 맺는 복합적인 존재로 등장한다.

좀비나 뱀파이어는 인간으로 태어나서 외관상 인간의 모습을 그대로 하고 있지만, 그 기능적 측면에서 인간과는 다른 존재라고 할 수 있다. 거기에서 나아가 김준현과 채길우 두 시인의 시선에서 이 '좀비'와 '뱀파이어'는 어떤 존재보다 더 인간과 관계를 맺으며 살아갈 수밖에 없는 대상으로 그려진다. 그들이 때로는 주체에게 매력적인 존재로 비춰지거나 또한 위협적인 존재로 등장할 때도 여전히 그들은 언제나 주체의 주위를 맴돌고 있기 때문이다. 프로이트에게라면 '네벤멘쉬(Nebenmensch)'라고 설명하기에 충분해 보이는 이 대상들은 그의 말대로 주체에게 유일한 도움을 주는 힘일 뿐 아니라, 주체에게 최초의 만족을 주는 대상 그리고 주체에게 최초의 적대적인 대상이기도 하는 지각의 복합체이다. 따라서 채길우가 '뱀파이어'와의 만남을 통해 보여 주는 "기꺼이 그의 안경을 끼고/감염된 피에 중독된 시선으로/칠흑 속을 살아가"는 모습은 타자와 마주치면서 관계를 맺음으로써 처음으로 주체가 구체적인 형태를 취하게 되는 모습을 보여 준다.

바로 이때 타자는 인식의 확산에 따라 주체의 내면에 등장하는 방식이 아니라 주체가 움켜쥐고 있던 현실의 어떤 의미나 맥락과 상관없이 현현(épiphanie)한다. 레비나스가 '절대적으로 다른 모습의 타자

성(absolument autre)'이라고 부른 것처럼 말이다. 이러한 타자들의 등
장이 이제 다시 어떤 모습으로 주체와 관계 맺게 될지 아직은 알 수
없다. 타자의 힘은 주체가 내세우는 인과성의 영향력 안으로 좀체
포섭되지 않기 때문이다. 다만, 김준현과 채길우를 통해서 타자를
포괄하며 넓어진 한국 현대시의 범주 안에서 우리는 윤리적 호소와
요청이 가능한 상황을 이제야 직면할 수 있게 되었을 뿐이다. 이것
이 우리 시의 새로운 가능성에 대한 탐색에서 너무 늦게 도착한 하
나의 좋은 소식이다.

약자는 어디에 있을까
—2010년대 한국시와 교차되는 것

1. 사라지는 시인의 이름들

2000년대 이후 우리 시문학은 그 어떤 시기보다 사회적 변화에 민감하게 반응했고, 또 민감하게 반응하기를 요구당해 왔다. 특히, SNS를 중심으로 한 온라인 소통 환경의 변화는 지금의 시문학에 가장 강력한 경쟁자로서 직간접적인 영향을 주고 있다. 가령, 인스타그램이나 트위터의 메시지 전달 창은 그 내용과 상관없이 조금의 노력만으로도 충분히 '시적'으로 정보를 전달한다. 행과 연 등 시문학의 오랜 전통은 이미 낡은 형식이 되었고, 지금의 수신자들에게 더 이상 구별되는 메시지를 만들지 못하고 있는 셈이다. 최근 활발히 열리고 있는 낭독회는 이에 맞서 수신자를 확보하기 위한 시문학의 대응이라고 할 수 있다. 발신자-시인이 작품보다 전면화된다고나 할까. 비평적 관점으로 유지되던 시적 화자와 시인의 동일시는 이제 시문학의 유통장에서 하나의 세일즈 포인트로까지 확대되고 있다.

2000년대 '미래파'와 관련된 논의 역시 이와 같은 '세일즈 포인트'

로서의 시인들이 처음으로 강조된 사례라고 할 수 있다. 그렇지 않다면, '미래파'가 처음으로 불리게 되었을 때부터 이후 논쟁으로 번져 가면서 일종의 전선이 생성되기까지 일관되게 그 의미가 비어 있다는 데에 동의하면서도 정작 구체적인 시인들의 이름이 호명되고, 또 다른 이름들로 확장되어 가던 일을 어떻게 말할 수 있을까. '미래파'는 처음부터 정체된 미학적 상태를 갱신하는 '이질과 혼종의 힘'[1]이었지만, 실제로 시인의 이름이 그 힘과 분리된 적은 없었다.

하지만 그것을 '호명'할 수밖에 없었던 것은, 다시 말해서 '세일즈 포인트'가 필요했던 것은 정작 시인이 아니라 평론가들이었다는 의심을 지울 수 없다. 미래파가 우리 시문학에 남긴 유산들이 '논쟁'의 비평 목록으로 대신하는 것이 가능한 것도 이 때문이다. 그 '논쟁'의 끝에서 시인들의 이름은 지워지고 결국 '시적 개별성의 투쟁을 지나치게 구획하고자 했던 시도'[2]라거나, '시의 근본적 관점에 대한 문제 제기'[3]라는 평가로 확산하면서 무화되는 방식으로 갈무리되는 것 또한 이를 방증한다. 시간이 지난 뒤 선택적으로 시인의 이름을 삭제하는 것이 간단하고도 가능한 일이라고 여기게 되는 것 또한 마찬가지이다.

자신의 이름을 되찾기 위한 시인 스스로의 고민과 노력은 이 같은 2000년대와의 시적 결별을 예비한다. 한 시인의 진지한 고민[4]이 그랬고, 그것은 평론의 목록 너머 시인들에게로 확산된다. 때로 필요

1 권혁웅, 「상상의 놀이들」, 『문예중앙』, 2007.가을.
2 이광호, 「비성년 커넥션」, 『문학동네』, 2013.여름.
3 조재룡, 「2000년대의, 시, 그리고 비평」, 『문학과 사회』, 2018.봄.
4 진은영, 「감각적인 것의 분배—2000년대 시에 대하여」, 『창작과 비평』, 2008.겨울.

를 넘는 사회적 요구마저 시인들이 기꺼이 자신의 이름으로 받아들이는 것이 가능했던 것도 바로 이 때문이다. 시인의 이름은 문학적 논쟁의 증거들로 제시되는 것이 아니라 '시민다운 시민'을 고민하게 만드는 힘이 되거나, 사회적 약자들과 마주할 때에는 그저 '부끄러운 이름'[5]일 뿐이다.[6]

요컨대 그들, 발신자-시인들은 연이어 발생하는 사회적 재난으로 인해 전면에 드러난 사회적 약자들 속에서 자신의 이름을 '전략적 포인트'로 만들어 낸다. 따라서 2010년대의 시인들은 국가가 작성한 '목록(블랙리스트)' 안에서 가장 구체적인 이름으로 존재하지만, 목소리를 낼 수 없는 자들과 만났을 때에는 자신의 이름과 목소리 모두를 기꺼이 그들에게 내주고 사라져 버리기도 한다.[7] 최근 이성혁은 이와 같은 2010년대 시의 특성을 '문학+성 바깥과의 연대'를 통해 보여 주는 '변화된 주체성'에 기반한 것으로 읽어 내고 있다.[8] 이들은 미학적이면서 동시에 '정치적 윤리'를 추구하는 특징적인 발화 방식 (Parresia)으로 존재한다는 것이다. 이 같은 문제의식이 흥미로운 것은 그 역시 2000년대 시의 가능성들을 '문학적·정치적 자의식이 결여

---

5 박준, 「용산, 두리반 그리고 '희망버스' 이후 작가들」, 『실천문학』, 2013.봄.

6 시간이 더 지나고 나면, 2000년대는 구조적 억압이 가시화되면서 힘없는 자들의 희생이 생중계되던 시기로 기록될 것 같다. 2009년의 '용산'과 '쌍용차'가 그 시작이었고, 2014년의 '세월호'와 2015년의 '백남기 농민'으로 끝없이 이어졌다. 그 때문에 많은 시인들이 실제 길 위로 나서면서 자신의 창작에 대한 고민을 하게 되었고, 국가는 창작에만 전념할 수 있도록 시인을 감옥으로 보내면서 우리 문학의 걱정을 해결하기 위해 구체적으로 대응했다.

7 '세월호 참사 작가 기록단'이 보여 주는 일련의 작업들과 단원고 아이들의 목소리를 그대로 담은 『엄마. 나야.』(난다, 2015)에서 시인들은 이름을 잃은 채로 존재한다.

8 이성혁, 「위기 속의 비평과 시의 미학적 윤리—2010년대 시인들의 시의 파레시아」, 『창작과 비평』, 2017.겨울.

된 세대론'에 매몰된 비평적 관심으로 읽어 내던 독해와 대립하고 있다는 점이다. 이처럼 2010년대 시인들의 목소리는 '시민'으로서 자신의 이름을 내세우는 자리에서부터, 시인의 이름이 더 이상 필요하지 않은 곳에 이르기까지 사회적 약자와 교차되어 나타나기 시작했다.

2. 약자들의 탄생

여기에서 다시 하나의 궁금증이 생긴다. '약자'란 대체 무슨 의미일까. 구체적인 사회적 현상들과 결부되어 나타나는 실제 대상인 사회적 약자의 의미에 대한 궁금증은 충분히 어리석어 보인다. 하지만 시문학에서의 약자는 어떤 형태로든 호명될 때마다 그저 사회적 의미망과 정확히 일치하는 방식으로만 존재할 수는 없다. 그렇다면 보다 정확하게 말해서 약자의 목소리와 교차되는 시문학의 의미란 무엇일까. 하나의 에피소드에서 시작해 보자.

2019년 4월 일본 도쿄대학의 입학식에서는 연설자로 우에노 치즈코(上野千鶴子)가 나섰다. 일본 사회의 보수성을 대표하는 도쿄대학에서, 여성학의 선구자로 알려진 그가 신입생들에게 축사를 하게 되었다는 사실은 그것만으로도 사회의 변화를 상징한다. 실제로 연설의 내용 역시 대학 내에 여전히 만연해 있는 성차별적 구조에 대한 구체적이면서도 신랄한 문제 제기가 이어졌다. 마지막 즈음에 그는 "페미니즘은 약자가 약자 그대로 존중받을 것을 요구하는 사상입니다"라고 말하면서 '약자'를 위해 자신의 능력을 발휘할 것을 신입생에게 당부하면서 연설을 마친다.[9]

---

9 이 문장을 포함한 단락의 전부를 옮기자면 다음과 같다. 연설 전문은 아래 도쿄대학의 홈페이지 참고. "女性を生んだのはフェミニズムという女性運動ですが、フェ

이 같은 그의 연설 내용이 적절했는지를 두고 당시 일본 사회와 도쿄대 내부에서는 의견이 충돌하기도 했다. 그중에서 나의 관심을 끈 것은 '약자'라는 표현을 둘러싸고 벌어진 사람들의 반응이었다. '여성학'에 대해 이해해 볼 생각조차 없는 무지한 사람들의 말이야 신경 쓸 필요도 없지만, '페미니즘'에 대해 제법 이해를 하고 있는 사람들까지 여성을 '약자'라고 부른 것에 대해 비판했기 때문이다. 어디에나 말의 진의를 이해하지 못하는 사람들은 있고, 또 여성이 받는 차별에 대해 철저하지 못한 순응주의적 시각이라고 오해한 것일지도 모르겠다.

여기에서 지적하고 싶은 것은 실제로 존재하는 약자의 이야기를 하기 위해서라면 먼저 '약자'가 존재하지 않아야 한다고 생각하는 시각이다. 이 같은 시선은 '약자'를 만드는 '강자'의 언어를 선취하고 기존의 억압적 관계를 역전시키는 방법일 수도 있을 것이다. 하지만 약자에게 더 이상 약자로 살지 않아야 한다는 강요는 구조적 모순을 개인적인 책임의 문제로 환원시키는 위험과 상존한다. 나아가 '약자'라는 말에 그 어떤 힘과 가능성이 부여될 기회가 차단됨으로써 결국 '약자'와 '강자'라는 구도 자체에는 어떤 변화도 이끌어 내지 못하게 될 뿐이다.

부산 영도 한진중공업 85호 크레인에서 김진숙 씨가 수백 일째 고공농성으로 기네스북 기록을 갱신하고 있을 때, 아이디어 많은 박점규

ミニズムはけっして女も男のようにふるまいたいとか、弱者が 者になりたいという思想ではありません。フェミニズムは弱者が弱者のままで尊重されることを求める思想です。" https://www.u-tokyo.ac.jp/ja/about/president/b_message31_03.html.

가 '고공클럽'을 제안했다. 그간 평지에서 살지 못하고 고공으로 올라간 사람 백 명만 엄선해 모아 보자는 계획이었다.

기륭전자 비정규직 투쟁 때 포클레인에 올라간 나도 당연히 회원일 거라 했는데 그만 탈락하고 말았다. 농성하다 떨어져 병원 신세까지 진 나를 왜 빼느냐고 항의하자, 거긴 5미터밖에 안 돼 자칫 '고공클럽'을 회화화할 수 있단다. 제일 높이 오른 이는 현대하이스코 비정규직으로 130미터. 정히 불만이면 '저공클럽'을 만들란다.

다른 후보의 탈락 사유는 정말이지 너무했다. 그는 부평GM대우 비정규직으로 한강 다리 난간에 매달려 있다 강으로 뛰어내리기까지 했다. "야, 나는 30m도 넘는데 왜 빼?" 하자 돌아온 대답이 걸작이었다. 거기는 고공이 아닌 '허공', 불만이면 '허공클럽'을 따로 만들라는 말에 모두 깔깔거렸다.

그렇게 피눈물 없이는 바라볼 수 없는 시절들이 모여 지상에선 존재할 수 없었던 아름다운 사람들의 클럽 하나가 만들어졌다.
　　　　　　　　　—송경동, 「허공클럽」(『나는 한국인이 아니다』, 창비, 2016) 전문

잘 알려진 대로 송경동은 우리 삶의 현장이자 구체적인 노동의 현장에 가장 근접해 있는 시인이다. 그러나 그가 보여 주는 현장에 어떤 의미를 부여하는 것보다 중요한 것은 그것을 읽는 우리가 단순한 노동과 삶의 기록들을 일정한 의미로 받아들이고 있다는 사실 그 자체이다. 외부의 특수한 조건들과 결부되어 있다고 할지라도 생존을 이어 가기 위해 경험하는 물리적이고 육체적인 삶의 시간들을 우리

가 항상 '의미'로 받아들이는 것은 아니기 때문이다. 그렇다면 어째서 송경동의 시에 드러난 삶의 현장이 의미를 갖게 되는 것일까.

현실의 자본은 무차별적인 상품화의 논리를 앞세워 발전이라는 절대 목표를 우리 사회에 부여한다. 이 속에서 우리는 일상의 얼굴이어야 할 노동의 현장을 삶의 뒷면으로 기꺼이 유배시킨다. 그리고 자본의 기획은 우리가 만든 이 노동의 뒷면에 아무런 거리낌 없이 '약자'들을 투기한다. 하지만 아무도 그들에 주목하지 않는 이유는 단순하다. 자본에 의해 버려진 약자들의 사회는 자본이 만들어 낸 목표들의 바깥에 존재하고 있기 때문이다.

송경동의 시가 의미를 만들어 내고 있다면 이렇게 우리 스스로 현실의 바깥으로 유기시킨 노동의 현장이자 자본의 뒷골목을 시적 언어로, 아니 약자의 언어로 그대로 길어 내려 애쓰고 있기 때문이다. 따라서 이 작품에서 전개되는 "고공클럽"의 모집 과정에 등장하는 '나'와 "부평GM대우 비정규직" 등은 표면상 특정 클럽의 회원이 될 자격에 미달하는 것으로 밝혀지지만, 결국 시인의 호명을 통해 현실을 살아가는 주체들로서 어떤 클럽이든 소속이 가능한 '약자의 자격'을 획득하게 된다. 이럴 때 현실의 약자들은 자본의 논리에 빼앗긴 목소리를 되찾아 저마다의 공동체를 꿈꾸는 복수성의 주체로 되살아난다.

이 같은 모습을 '민중적 연대'와 같은 익숙한 단어들로 쉽게 결론 내리지 않도록 주의해 보자. 현실의 합리성을 기반으로 한 목표 세우기란 이미 자본의 논리가 마련한 출발점으로 끝없이 되돌아오는 것과 같은 무의미한 일이기 때문이다. "고공클럽"의 회원 모집이 그 구체적인 과정에서 "저공클럽"과 "허공클럽" 등 예상치 못했던 세부 기준들을 만나 불가능해지는 모습을 보여 주는 이 시에서 중요한 것은 약자들이 끝없이 분화하면서 결국 "아름다운 사람들의 클럽"이 만들어지는 과정이다. 이를 통해 약자의 모습 그대로도 우리는 이 "지상에선 존재할 수 없"는 현실 너머의 모습들을 상상해 볼 수 있게 된다.

3. 약자의 상상력, 약자의 기억

십 년 넘게 기르던 개가
돌아오지 않았을 때
나는 저무는 태양 속에 있었고
목이 마른 채로 한없는 길을 걸었다
그때부터 그 기분을 싱고,라 불렀다

싱고는 맛도 냄새도 없지만
물이나 그림자는 아니다
싱고가 뿔 달린 고양이나
수염 난 뱀일지도 모른다고 생각한 적 있지만
아무래도 그건 싱고답지 않은 일

싱고는 너무 작아서
잘 알아보지 못할 때가 많다
풍선껌처럼 심드렁하게 부풀다가
픽 터져서 벽을 타고 흐물흐물 흘러내린다
싱고는 몇 번이나 죽었다 살아난다

아버지가 화를 내면
싱고와 나는 아궁이 앞에 앉아
막대기로 재를 파헤쳐 은박지 조각을 골라냈다
그것은 은단껌을 싸고 있던 것이다

불에 타지 않는 것들을 생각한다
이상하게도

           —신미나, 「싱고」(『싱고,라고 불렀다』, 창비, 2014) 전문

신미나의 작품들을 주의 깊게 살펴보는 일은 2010년대 우리 시와 교차되는 '약자의 상상력'이 어떻게 '시적'으로 전달되는지 확인하는 것과 다르지 않다. 시집의 제목으로 사용된 구절이 포함된 이 작품에서 '싱고'가 무엇인지 알아내는 일이 가장 먼저 필요한 일이다. 쉽지 않을지도 모를 것 같은 예상과는 조금 다르게 '싱고'는 일종의 "기분", 그것도 오래 기르던 개를 잃고 찾지 못하게 되었을 때의 기분이라는 아주 구체적인 정보를 만날 수 있게 된다. 그러나, '싱고'를 보다 자세히 드러내기 위해 이어지는 진술들을 지나면 이제는 '싱고'가 대체 무엇인지 종잡을 수 없는 지경에 다시 이르게 된다.

일종의 감정을 표현하고자 등장한 단어이니까 "맛도 냄새도 없"는 것이야 당연할지 모르겠지만, "뿔 달린 고양이나/수염 난 뱀일지도 모른다"면서 구체적인 형상을 떠올려 본다는 것은 이해할 수 없는 일이기도 하다. 화자 역시 구체적인 형상으로 '싱고'를 짐작해 보는 일이 "싱고답지 않은 일"이라고 말하면서도, 크기를 가늠해 본다든가 비유적으로 변화 양상을 표현해 본다든가 하는 모순적 진술이 지속되면서 우리는 점차 '싱고'가 주체에 귀속된 감정이 아니라 어떤

독립적인 개체임을 무의식적으로 받아들이게 된다. 그래서, "싱고와 나는 아궁이 앞에 앉아" 있다고 말하는 장면 역시 자연스럽게 인식된다.

그러면서 '싱고'의 의미와 정체를 파악해 보고자 했던 시 읽기는 변화를 겪을 수밖에 없게 된다. 유년 시절 서러웠던 순간과 또 그 순간을 참을 수 있는 것으로 만들어 줄 만큼 아늑하게 여겼던 공간과 그 순간 유일하게 나와 함께했던 애착의 대상에 대한 추억을 떠올려 보는 일로 말이다. 이처럼 구체적이었던 시적 대상이 이내 고유의 형상을 잃고 특정한 감정으로 변형되었다고 다시 보편적 경험을 이끌어 내는 일련의 과정은 신미나 시인만의 것이다. 이것을 '명사화를 거부하는 방식'이라고 불러 보자. 가령, 동사나 형용사는 속성이나 상태 등 어떤 것이라도 대상의 한 부분과 연관되어 있다. 따라서 이는 대상을 보다 정확하게 표현하기 위해서라면 지속적으로 또 다른 동사나 형용사를 필요로 할 수밖에 없다. 그에 비한다면 명사는 대상의 속성이나 외양과 사실상 아무런 관계가 없다. 말하자면, 명사는 그것을 지칭하고자 하는 강한 욕망 그 자체이며 언제나 대상을 억압한다. 현실의 약자들을 인지하지 못하는 것은 이처럼 명사의 힘으로 덮여 있는 세상에 살고 있기 때문이다. "막대기로 재를 파헤"치는 '어린아이 짓'으로만 보이는 약자의 상상력은 결국 '명사화된 힘'을 거부하고 그 힘에서 벗어나고자 하는 운동성을 통해 "불에 타지 않"고 살아남는다.[10]

---

10 신미나 시인에게 이와 같은 운동성은 그대로 시를 쓰는 원동력이자 시 쓰기의 방식이기도 하다. "응고된다는 것은/누군가 잰걸음을 멈추고/문득 멈춰 선다는 것이다"(「시」).

우리는 이제 이것들을 다시 '싱고'라고 부르기만 하면 된다. 신미
나의 작품들은 '싱고'-'나'를 찾기 위한 기록이자, '싱고'-'약자'들의
기록이 된다. 작품을 통해 다루고 있는 세계의 범주가 주로 '엄마,
오빠, 형부, 할아버지, 할머니' 등 혈육의 범위 바깥으로 성큼 벗어나
지 않는 이유도 여기에 있다. 가족으로 대표되는 관계야말로 명사화
의 과잉에 기대고 있는 동시에 항상 그것을 벗어나고자 하는 원초적
인 욕망이 대립하는 자리이기 때문이다. 그것을 배경으로 신미나 시
인이 보여 주는 것은 전통적인 가족의 거부와 단절이 아니라 약자
들의 감정이 발산되며 뒤섞이는 방식이며, 그것을 통해 억압적 구조
속에 하나로 묶여 있던 '가족'은 개개인의 약자들로 분화된다.

시인이 우리와 다른 경험을 하는 자들이기보다 동일한 경험을 다
른 방식으로 기억하는 자들이라고 한다면, 신동옥 시인이 보여 주는
기억의 방식은 독특하다. 그의 시 세계는 시적 주체와 시적 상황을
진술하기 위해 기대고 있는 기억들과의 관계가 전례 없이 느슨하다.
신동옥은 다변을 통해 복잡한 이미지들을 자유롭게 펼쳐 놓고, 또한
그 이미지들 간의 복잡한 관계들 속에서 겹치며 산란되는 날카로운
감각들로 독자들에게 아찔한 현기증을 불러일으킨다. 하지만 다시
한번 그의 진술들을 더듬어 가다 보면 다변 속에서도 미처 맺지 못
한 문장들을, 또한 그것을 따라 조각난 기억들을 만날 수 있게 된다.
이처럼 그의 시는 주체가 불분명한 기억들로 온통 조각조각 기워져
있다. 아니, 조각난 기억들 저마다의 주체들이 뒤엉켜 있다.

조각난 기억들과 그만큼의 주체들로 엮인 신동옥의 시는 결국 자
신의 기억을 타인과 나누어 갖는 방식이라고 할 수 있다. 그리고 그것
은 약자들이 타인의 기억을 몸으로 직접 공유하는 방식이기도 하다.

세면대에서
목 없는 몸이 일어난다
수납장을 열어 머리통을 꺼낸다
비눗갑에서 목울대를 꺼낸다
머리통에 목울대를 끼우고 부르는 노래

내가 욕조 속에 구겨진다
내가 변기를 타고 흐른다
머리통이 돈다
타월로 머리통을 밀자
두뇌에 묻어 둔 고백이 돋는다
앞으로나란히로 머리통을 받치고
모가지에 핏줄 다발을 덜렁
머리통 악보를 읽으며 부르는 노래

시작의 목울대에서
끝장의 목울대를 향해
아르페지오는 한없이 이어져 빼곡하다
목울대에 피리를 꽂고 부르는 노래
목울대에 삽날을 박아 넣고 부르는 노래

노래는 복수의 다짐 또는 다짐의 복수
대관절 누가 만든
머리통은 벙어리의 귀를 달고 있구나.
　　　―신동옥, 「합창」(『웃고 춤추고 여름하라』, 문학동네, 2012) 전문

이 작품에 드러나 있는 서사적 흐름을 따라가 보면 욕실을 배경으로 한 지극히 평범한 일상의 모습을 만나게 된다. 하지만 시인의 의도대로 울퉁불퉁해진 기억의 단면들을 따라 '미로'를 걸어가면서 그것들을 다시 매끈하게 맞추어 보는 일은 필요하지도 않고, 가능한 일도 아니다. 실제로 이 작품에 드러난 서사적 의미망을 추려 낸다 해도 그것이 시적인 의미 작용을 불러일으키는 직접적인 촉매로 기능하지 않는다. 이 작품이 어떤 의미를 발산한다면 그것은 오히려 일상적 모습 사이를 쐐기처럼 파고들어 의미들을 끊어 내는 그 지점에서 비롯된다. 하지만 다소 의아하게도 신동옥 시인의 작품에서 우리는 새로운 의미의 구성을 시도하고자 하는 적극적 의지를 찾아볼 수 없다. 시인은 일상의 경험들을 자신만의 기억을 통해 잘게 부수는 일 자체에 몰두하고 있는 듯 보인다.

결국 우리에게는 하나의 사건에 대한 경험이 반드시 단일한 주체와 일치하는지에 대한 질문이 남는다. 이는 그간 당연시해 왔던 기존의 의미 구성 방식 전반에 대한 질문과 다르지 않다. 질문의 직접적 계기는 제목과 내용의 절단면에서 발생한다. 앞서도 말했듯이 위의 작품은 욕실이라는 개인적인 공간을 배경으로 '내'가 경험하는 지극히 사적인 일의 범위를 벗어나지 않고 있다. 그러나 시인은 굳이 "합창"이라는 제목을 달아 둠으로써 작품 내부에서 일어나는 시적 주체의 행위와 의미 전부에 균열을 불러일으키고 있다. 이와 동시에 제목을 통해 작품의 내부로 진입하고자 하는 독자와의 사이에도 마찬가지 효과를 일으킨다. 따라서 작품에서 볼 수 있는 것처럼, 행위를 벌이는 시적 주인공의 "머리통"이 분리되고 "악보"가 되어 그것을 "읽으며 부르는" "합창"은 동일자적 주체의 모습에 사망을 선언하고 복수(複數)의 타자를 불러들이는 벽사진경의 노래와 다르지 않다.

물론 현실에서 이 같은 의미 그대로를 경험하는 것은 불가능한 일이다. 따라서 우리는 더욱더 시인의 기억에 기댈 수밖에 없는데, 인과적이고 직선적으로 축적되는 경험의 방식에서 벗어나 조각나고 뒤섞인 기억들의 파편 속에서 도래하는 타자들을 만날 수 있기 때문이다. 우리가 미로 속에서 출구를 찾기 위한 노력을 멈추지 않는다면 그것은 오히려 영원히 길을 잃고 헤매는 것과 같다. 주어진 미로 속에서 출구는 언제나 또 다른 미로로 연결되어 있을 뿐이기 때문이다. 하지만 그 안에서 같은 처지의 사람들을 만나기 위해 노력한다면, 그래서 실제로 무수히 많은 사람들을 만날 수만 있게 된다면 그것은 이제 전혀 다른 공간으로 변모될 것이다. 출구의 존재가 전혀 압박이 될 수 없는 곳, 각 사람들의 요청에 따라 새로운 길들이 생성되는 곳, 즉 약자들의 윤리적 호소와 요청이 가능한 곳으로 말이다.

이처럼 2010년대 시인들은 일상의 경험들을 쌓아 올려 타인이 범접할 수 없는 하나의 거대한 의미를 세우기보다, 복수(複數)의 존재들이 배를 붙이고 걸어갈 수 있는 작은 단위의 현실로 조각내는 일들에 몰두하고 있다.

4. 약자들로 일어나는 시

AI를 비롯한 인터넷 환경 속에서 '쓰기'의 변화에 주목한 오쓰카 에이지는 지금의 문학에서 '사회와 현실'이 보이지 않는 이유에 대해 문학을 하는 이들이 더 이상 소외당하고 있지 않기 때문이라고 냉소적으로 말한다.[11] 그에 의하면 '사회'는 소외되었을 때에야 비로소 보이는 법이기 때문이다. 따라서, 전혀 소외되지 않은 자들이 보여

---

11 오쓰카 에이지(大塚英志), 『감정화하는 사회』, 선정우 역, 리시올, 2020.

주는 지금의 문학은 최소한 사회의 약자들을 받아들인다는 점에서
는 그 기능을 완전히 상실했다는 것이다. 이 같은 상황에서 그는 실
질적인 작가의 소멸이 초래하는 이야기의 미래에 대해 예측해 보고
자 한다.

하지만 여기에서 우리가 소외되고 약한 자들의 언어와 시선이 갖
는 중요성을 짐작해 보는 것이 전혀 엉뚱한 일은 아닐 것이다. SNS
와 같은 온라인 소통이 활성화되어 가면서 시인들의 이름을 지워 나
가는 한편에서는 적어도 '세일즈 포인트'로서의 시인-발신자가 존재
하고 있기 때문이다. 최근의 십 년간 우리의 시인들은 자신의 이름
을 스스로 전략화함으로써 구체적인 사회 속에서 약자들과 직접 교
차하는 방식을 선택했다. 약자는 강자의 자리와 교체될 때만 의미
를 획득하는 것이 아니라, 약자의 모습 그대로 사회를 담아낼 때 하
나의 지속 가능한 힘이 된다. 시인들은 바로 그 힘의 방식을, 약자의
모습을 기꺼이 받아들인 것이다.

　　헤르베르트 그라프는 그의 아내에게 오로라를 보여 주고 싶었다

　　그가 나고 자란 고장에선 오로라를 볼 수 없었다
　　같은 고장에서 나고 자란 아내 역시 한 번도 보지 못한 그것을 끔찍
이 보고 싶어 한다는 사실을 그는 알고 있었다

　　결혼 3주년이 되던 날 근교로 나간 헤르베르트 그라프는 멀찍이 샛
노란 해넘이가 한눈에 들어오는 까페 테라스에 앉아 아내에게 말했다
　　죽기 전에 너에게 오로라를 보여 주고 싶어
　　그러자 아내는 검붉은 가을 수수밭 같은 목소리로 물었다

당신의 아내 혼자서 오로라가 보이는 곳으로 가도 된다는 말이야?

아내의 질문에 헤르베르트 그라프는 한쪽 머리가 아파 왔다

그렇지 나는 분명 아내에게 오로라를 보여 주고 싶었지

그렇지만 일찍이 스스로 오로라를 보고 싶단 마음도 갖고 있었어

그렇다면 내 말은 내가 오로라를 보기 위한 수단으로 아내를 이용하겠단 뜻일까

헤르베르트 그라프는 꼬았던 다리를 반대로 다시 꼬는 동안 상체를 아내 쪽으로 은근히 숙이며 말했다

죽기 전에 너와 오로라를 보러 가고 싶어

그러자 아내는 푸르르 떨리는 진보랏빛 유성 같은 입술로 물었다

당신은 오로라가 보고 싶은 거야, 오로라가 보이는 곳으로 가고 싶은 거야?

아내의 질문에 헤르베르트 그라프는 헷갈리기 시작했다

그래 오로라를 보는 일은 검색으로도 가능한 일이지

그래도 나는 태양의 입자와 지구의 자기장이 부딪는 곳에 서서 그것들의 발광을 목격하고 싶은 마음이었어

그래서 내 말은 오로라가 보이는 곳으로 가되 거기서 오로라를 보지 못해도 된다는 뜻일까

헤르베르트 그라프는 의자에서 일어나 아내에게로 걸어가 그녀의 팔걸이에 걸터앉으며 다시 말했다

죽기 전에 오로라가 보이는 곳으로 가 너와 함께 오로라를 바라보고

싶어

　그러자 아내는 북극점으로부터 불어오는 텅 빈 바람 같은 눈빛으로
물었다

　생애 단 한 번 맞이할 가장 아름다운 순간을 왜 당신과 함께해야 하
지? 지치도록 평생을 함께할 당신과 말야

　아내의 말에 헤르베르트 그라프는 한 손으로 자신의 무릎을 내리치
며 웃기 시작했다

　다시없을 이 밤 아내와의 귀갓길은 그에게 아프지도 않았고 기쁘지
도 않았고 허전하지도 않았고 가득하지도 않았다

　자신도 모르는 사이에 헤르베르트 그라프의 가장 아름다운 순간이
지나가 버리고 있었던 것이었다

―임경섭, 「플라스마」(『우리는 살지도 않고 죽지도 않는다』,

창비, 2018) 전문

이 대화에 귀 기울여 보자. 임경섭 시인은 이미 첫 시집(『죄책감』, 문
학동네, 2014)에서 절대적 대상에서 비롯하는 죄의식과 독백을 통해
오히려 그것을 무력화하고 해체하는 모습을 보여 주었다. 현실의 압
력과 무관한, 그래서 죄의식이 발현되는 내면의 가장 깊은 지점에
대한 그의 성찰은 다시 현실에 대해 가장 강력한 형태를 갖는 '약자
들의 질문'이 되었다. 이 작품에서 보다 구체적으로 반복, 강조되고
있는 것 역시 억압의 무의식적 기원이 해체되는 과정이다.

　두 인물의 대화는 상징계의 언어를 공유하는 방식으로 이루어지
지 않는다. 그러니 일상의 대화가 불가능해지는 것을 지속적으로 경
험하면서 무의식적 주체의 언어로 다시 재구성되는 지점에 우리의

관심을 두는 것이 보다 합당할 것이다(시인은 친절하게도 다른 글씨체로 그 부분을 강조해 두었다). "결혼 3주년이 되던 날" 아내에게 "오로라"를 보여 주고 싶다는 남편으로서의 진실하고도 애정 어린 말은 의외로 "한쪽 머리가 아파" 올 정도의 의사 불능 사태를 경험하게 만든다. 문제는 아내의 지적이 갖는 합리성이다. "오로라를 보러 가고 싶"다는 말에 "오로라가 보고 싶은" 것인지, "오로라가 보이는 곳으로 가고 싶은" 것인지 정확히 하라는 질문은 일상의 대화는 단절시키고 있지만, 지극히 논리적이고 합리적이다. 따라서 '헤르베르트 그라프' 에게 주어진 선택은 그것을 반박하고 상징계의 언어로 이루어진 질서 속으로 편입하기 위한 노력이 아니라, '합리적 질문'에 이어서 지속적으로 대답을 하는 것뿐이다. 그리고 그 질문의 끝에는 자신이 처음 던진 언어가 어떤 효용도 없이 무화되고 마는 파국의 지점이 준비되어 있을 뿐이다.

이 파국의 현장이 갖는 각별한 의미를 보다 세심하게 구별해야 하는 것이 우리에게 주어진 일일 텐데 사실 헤르베르트 그라프에게는 이미 백여 년 전에 도달했어야 하는 지점이기도 하다. 그를 '꼬마 한스'라고 불렀던 분석가를 통해 상징계 안으로의 편입에 이르게 되는 과정을 목격한 적이 있었다. 그 과정에서 상징계의 언어를 받아들이게 된 꼬마 한스는 결국 일상 전부를 죄의 현장으로 만들어 초월적 존재의 영역 안에서 삶을 이어 나가게 되었다. 우리는 곧 꼬마 한스가 이후 자신의 진짜 이름인 헤르베르트 그라프로 살아간 삶에 대해서는 무관심해졌다.[12] 명명된 존재인 '꼬마'로서는 초월적 존재 안에

---

[12] 그 삶에 대한 정당한 관심은 미셸 옹프레의 『우상의 추락』(전혜영 역, 글항아리, 2013)을 통해 일부나마 확인해 볼 수 있다.

서의 현실적 삶을 영위해 나갔을는지 모르지만, 이는 결국 주체에게 스스로 파국의 형벌을 선언하는 것과 다르지 않다. 절대적 존재를 기원으로 하는 죄의식이란 타인의 삶과는 고립된 자위의 형식에 불과하기 때문이다.

하지만 우리가 임경섭 시인을 따라 도달하게 된 이 파국의 새로움은 "아프지도 않았고 기쁘지도 않았고 허전하지도 않았고 가득하지도 않"은 상태, 그래서 "단 한 번 맞이할 가장 아름다운 순간"을 잡아 둘 언어조차 예비할 수 없는 데에서 비롯한다. 이처럼 언어를 포함해 현실의 억압적 조건들이 모두 해체되고 이어서 그 기원의 무의식적 토대마저 무너져 내리고 난 자리에서 우리 시는 이제 '약자들'의 이름을 다시 한번 쓰게 될 것이다.

오지 않을 미래를 준비하면서

1. 새로움의 조건

우리 시문학을 두고 새로움을 이야기할 때라면 이상과 김수영의 이름이 먼저 떠오른다. 어쩌면 이 두 시인 덕분에 시의 새로움을 이야기할 수 있게 되었다고 말하는 것이 더 적당할지도 모르겠다. 변화와 갱신의 역사 위에 놓인 언어의 속성에 힘입고 있는 언어예술로서의 시문학은 사전적 정의상 언제나 새로울 수밖에 없다. 그럼에도 유독 새로움과 두 시인을 결부시켜 보는 까닭은 새로움의 범주 안에 있는 의미와 조건들에 대해 보다 구체적으로 생각하게 만들어 주기 때문이다. 두 시인이 남겨 둔 말을 다시 한번 떠올려 보면 되는 일이다.

「오감도」를 연재하다가 원래 계획의 중도에 멈춰 서면서 남긴 이상의 말과 「반시론」에 들어 있는 김수영의 말이 그것인데, 내용과는 별개로 현실에 대한 냉소가 무엇인지를 보여 주려고 작정이라도 한 것처럼 보이는 시인의 태도 역시 인상적이다. 어쨌든 두 시인의 말을 통해 우리는 현실의 후진성에 대한 뼈저린 자각과 (이상), 이성적 사고에 기반하되 어떤 제한도 없이 무한대로 열려 있는 미래적 가능성을(김수영) 새로움의 두 조건으로 도출해 낼 수 있다.

엘리엇(T. S. Eliot)의 경우 이 두 가지의 조건, 그러니까 역사의식에 기반하여 현실의 문제점을 명확하게 파악하고 이를 바탕으로 미래에 다시 전통으로 인식될 영속적인 것에 대한 의식이 문학을 '현대적인 것'으로 만드는 본질이라는 점을 이미 제시했다(「전통과 개인의 재능」, 1919). 다른 누구와도 동일하지 않은 인간-예술가 고유의 내면에 바탕을 두고 있던 이전 시기 낭만주의적 관점에서라면 문학에서의 새로움은 당위적으로 달성되지만 동시에 예술 자체에 한정되고 만다. 개별적 특성이 전혀 없는 개인이란 존재하지 않는 법이고 따라서 모든 예술은 언제나 특정 개인의 새로운 결과물이기 때문이다. 당연한 것이라고 말할 수도 있겠지만, 이 두 조건은 우연에 기대거나 특별한 개인의 능력에만 의존하지 않고도 문학에서의 새로움을 기대하고 예측하는 것을 가능한 일로 만들어 준다. 다소 지겹게 반복되는 문학의 새로움에 대한 이야기들은 사실상 현대문학의 특성이라고 보아야 하는 것이다. 물론, 문학의 '새로움'이라는 것이 그 내부에 국한되는 것이 아니라 작품을 감상하는 사람들, 심지어 작품을 직접적으로 감상하지 않은 사람들을 포함하는 사회 전반의 인식 변화와 관련되어 있다고 믿는다면 말이다.

따라서 우리 시의 새로움을 이야기하는 일은 시인들이 어떤 무기를 들고 어느 대상과 맞서고 있는지를 파악하는 것과 다르지 않다. 현실을 억압하고 제멋대로 가공해 나가는 힘의 본질을 각성하고, 동시에 그와 싸우면서 만들어 나가는 미래를 꿈꾸게 하는 시적 인식들이 문학에서는 곧 새로움의 조건이자 결과물이라고 할 수 있다. 가령, 2010년대 우리 시의 변화들에 주목하는 글[1]에서 이와 같은 새로움을 '약자'에 대한 각성과 인식에서 찾아본 적이 있었다. '사회적 약자'란 그 의미를 인식하고 범주를 어떻게 규정할 것인지에서부터 그에 이어지는 제도적 대책과 구성원들의 행동에 이르기까지 광범위한 문제들을 포괄하면서 사회의 본질을 가장 직접적으로 보여 주는 기표라고 생각하기 때문이다. 특히 2009년의 '용산 참사'에서 2014년의 '세월호 참사'로 이어지는 비극적 사건들은 2010년대 후반 내내 그리고 불행하게도 지금에 이르기까지 우리 사회의 모순을 가감 없이 드러내고 있는데, 이를 통해 '약자'는 사회적 갈등이 증폭하고 교차되는 일종의 전쟁터가 되었다. 중요한 것은 대체로 일정한 거리감을 두고 유지되어 왔던 '시인' 역시 이 속으로 깊이 뛰어들기 시작했다는 점이다. '세월호' 희생자인 단원고 아이들의 목소리로 창작된 시집 『엄마. 나야.』(난다. 2015)가 그 단적인 증거라고 할 수 있을 텐데, 이처럼 2010년대 우리 시인들은 더 이상 시인의 이름이 필요하지 않은 곳에 이르기까지 자신의 싸움을 확장해 나가고 있다.

다만, 2010년대의 우리 시가 직면하고 있는 상황을 상반된 두 힘의 대립과 이어서 어느 한쪽을 목표로 하는 움직임으로 단순화시키지 않도록 주의할 필요가 있다. 앞에서 말했던 것처럼 이 모든 것들은 언어를 매개로 벌어지는 일이며, 미학적 갱신의 과정이라는 것을 잊어서는 안 된다. 그렇다면 칸트가 말한 대로 '미적 이념(ästhetische Idee)'을 통해 예술 행위의 궁극적인 목적을 향해서 나아가는 모든 노력들의 이면에는 이미 규정되어 있는 개념들이 전제되어 있을 수밖에 없다. 새로움을 향하고 있는 시 작품들이 종종 혼란스럽게만

---

1 남승원, 「약자는 어디에 있을까―2010년대 한국시와 교차되는 것」, 『현대시』, 2020.7. 이 글은 이 책의 제1부에 수록되어 있다.

보이는 것은 바로 이 때문이다. 따라서 시 작품에서 명확한 방향성을 찾는 것은 일종의 오류라고 할 수 있다. 새로움이란 과거와 현재, 전통에서 비롯된 것과 외부에서 수용된 것 그리고 시적인 것과 시적이지 않은 것 등 서로 다른 요소들 간의 교착에서 탄생하기 때문이다. 이상과 김수영의 시가 역시 그랬던 것처럼 말이다.

2. 다시, 현실에서

어떤 시인도 자신의 작품이 한시적인 생명력을 가지고 있기를 원하지는 않겠지만 오은, 임승유, 황인찬 시인의 경우 미래를 지향하는 시선이 조금 더 명확하게 드러나고 있다는 것을 먼저 공통점으로 지적할 수 있다. 「시인의 말」을 통해 직접적으로 확인할 수도 있는데, 가령 오은 시인의 경우 "꿀맛"의 의미를 미래의 시간과 결부시키면서 "달콤한 것"은 모두 "아직 오지 않은 미래"에 있다고 말하고 있다.[2] 하지만 이들의 시가 미래를 향하고 있다면, 앞서 말했던 것처럼 우리가 먼저 확인해 보아야 할 것은 시인들이 인식하고 있는 현실의 모습이다. 임승유의 「과거」는 이렇다.

> 언덕을 오르고 있었다. 내가 언덕을 오르고 있어서 언덕은 내려갈수 없었다. 고개를 숙일 수 없었다. 몰래 웃을 수도 없었다. 어디 가서 몰래 웃고 오기라도 한 것처럼 언덕을 오르면

---

2 오은, 『유에서 유』, 문학과지성사, 2016. 임승유 시인의 "다음엔 내가 너의 아이로 태어날게"(『아이를 낳았지 나 갖고는 부족할까 봐』, 문학과지성사, 2015)나, 황인찬 시인의 "나무는 서 있는데 나무의 그림자가 떨고 있었다/예감과 혼란 속에서 그랬다"(『구관조 씻기기』, 민음사, 2012)에서 역시 이들이 미래의 시간을 바라보고 있다는 점을 알 수 있다.

언덕은 먼저 가서 언덕이 되어 있었다. 기다리고 있었다. 기다리기
싫어서 먼저 안 간 어느 날

언덕이 사라지기라도 한 것처럼 눈앞이 캄캄한 적도 있지만 언덕을
보면서 언덕을 오르면

언덕은 어디 안 가고 거기 있었다. 한번 언덕이 되면 언덕은 멈출 수
없다. 가다가 멈춘 언덕이라면 언덕은 다 온 것이라고. 잠깐 딴생각을
하다가 언덕을 잊어버린 언덕처럼 앉아 있으면

네가 지나갔다.

시를 쓰면서 현실을 살아가기로 선택한 시인의 일상은 이 작품에
서 언덕을 오르는 것으로 상징화되어 있는데, 목표와 행위 등의 관
계 설정이 실제 일상과 다르다는 점이 흥미롭다. 무엇을 이루기 위
한 행위들은 시작되자마자 그 목적과는 이내 관련성을 잃게 되거
나, 목표로 처음 등장했던 "언덕"의 경우 거듭되는 시적 진술 안에서
하나의 독립된 행위자로도 그 지위가 변화한다. 작품 전체로 본다
면 여전히 어떤 목표를 향해 가는 진술로 이루어져 있지만, 시를 읽
어 가는 독자들에게는 실상 목표를 좇는 삶의 당위성이 해체되어 버
릴 수밖에 없는 셈이다. 따라서 임승유 시인에게 주어진 목표를 향
해 나아가는 현실의 삶이란 미래를 선취하기 위한 노력이 아니라 언
제나 의미 이전의 "과거"로 되돌아가는 과정이다. 그 속에서 시인이
그런 것처럼 우리 역시 손에 쥐어진 목표를 놓칠 수밖에 없고 "딴생

각"에 몰두하게 만드는 역설의 상황을 인식하게 된다.

꿈에 나온 사람들이 내 시를 가리켜 옛날 시 같다고 했다. 옛날 시?
얼마나 먼 옛날? 왜, 그 옛날 있잖아. 옛날 옛적에 할 때의 옛날? 그런
옛날 말고 우리가 흔히 말하는 옛날. 꿈에 나온 사람들이 배꼽을 잡고
웃기 시작했다. 나만 옛날과 동떨어져 있는 것 같았다. 나만 지금에 속
하지 못한 것 같았다. 옛날을 찾기 위해 적극적으로 꿈을 꾸었다. 옛날
에 도착해야 훗날을 기약할 수 있을 것 같았다. 아무리 뒤로 달려도 옛
날에 가닿지 못했다. 키가 점점 줄어들었는데도, 첫울음을 내지르기
직전까지 다다랐는데도 옛날이 나타나지 않았다. 옛날 시의 토씨조차
보이지 않았다. 옛날에 도착하지 못하면 옛날 시에 대해서도, 옛날 시
같은 시에 대해서도 알 수 없을 것이다. 나는 계속해서 옛날 시를 쓰게
될 것이다. 얼마나 먼 옛날인지 가늠할 수 없어서 앞을 내다보지 않고
내처 걸었다. 그 옛날로 가는 길에는 무수한 옛날이 있었다. (중략)
호랑이 담배 피우던 시절을 지나 마침내 태곳적에 도착했다. 그제야
그 옛날을 지나쳐 왔을지도 모른다는 생각이 퍼뜩 들었다. 지금에 다
다르기 위해 또다시 질주했다. 엄마의 자궁에서 미끄러져 다시 앞으로
아득바득 기어가기 시작했다. 몸이 옛날 같지 않았다. 내 시는 그 시간
만큼 옛날 시가 되어 있었다. 꿈에 나온 사람들이 또 다른 꿈으로 들어
가며 침을 뱉고 있었다. 옜다, 옛날.

오은의 「옛날 시」는 최근의 한국시에서 보기 드문 신화적 상상력
을 기반으로 활달한 서사를 보여 주고 있다. 자음과 모음이, 또 기표
와 기의가 느슨하게 만나는 관계 사이를 기어이 비집고 들어가는 그
의 집요한 언어 놀이도 여전하다. 이 덕분에 시를 쓰는 창조적 행위

이면에 존재하는 '이미 규정되어 있는 개념(bestimmter Begriff)', 그러니까 과거와 현재를 구분하는 데에 기여하는 인식들로 이루어진 세계의 모습을 우리도 가늠해 볼 수 있게 된다.

그것은 "옛날 시 같다"는 평가에서 시작한다. 비난으로 통용되는 이 평가는 그 대상자들로 하여금 다가올 미래를 가늠하는 데에 전력을 다하게 만들고, 예측의 확률을 높이기 위한 행위가 곧 발전과 새로움의 의미가 된다. 앨버트 허시먼(Albert O. Hirschman)의 경우 이처럼 '예측 가능성'을 높이기 위해 동원되는 사회적 노력이 자본주의적 구조를 지탱하는 가장 근본적인 힘이라고 보았다. 따라서 우리의 현실은 다가올 미래를 정확히 '예측'하는 것이 아니라 예측이 잘 수행되고 있다는 '가능성'을 제시하는 것만으로도 유지되는 일종의 기만적 구조라는 것이다.

"옛날에 도착해야 훗날을 기약할 수 있을 것 같았다"는 진술은 바로 이와 같은 현실 인식의 기만성에 대한 발랄한 도전이라고 할 수 있다. 이 도전은 "기원전"이나 "태곳적"으로 상징되는 인식의 기원에까지 이르게 되면서 결국 하나의 인식 기준으로 작동되어 왔던 "옛날"을 해체하게 된다. 오은 시인의 시 쓰기는 바로 이 위에서 다시 "질주"한다. 어떤 인식이나 상황을 마주하더라도 멈추지 않는 오은 시인 특유의 아찔한 속도감은 바로 여기에서 비롯한다. 그는 자신에게 다가오는 것들을 외면하지 않고 기꺼이 "아득바득 기어가"지만, 그것은 자신의 흔적을 남기기 위한 노력이 아니라 자신의 감각과 몸으로 직접 선험적 의미 위를 가로지르기 위해서일 뿐이다.

　(전략)
　그렇게 말하는 순간 지난여름에도 똑같은 말과 생각을 했단 것을 알

게 된다

그렇게 알아차리는 순간 이 알아차림을 평생 반복해 오고 있다는 것
을 알게 된다

그 순간마다 여름은 창턱을 떠나 날아갈 준비를 한다

이 계단은 집을 벗어난다

황인찬의 「아카이브」 역시 현실과 깊이 연관되어 있는 과정으로서
의 시 쓰기를 직접적으로 다루고 있다. 돌이켜 생각해 보면 그는 언
제나 시와 일상의 시공간을 동시에 바라보는 '이중의식'을 가지고 시
를 써 왔다(「듀얼 타임」). 따라서 시인의 현실에서 길어 올려진 하나의
의미나 이미지를 받아들이는 것이 보통의 시 읽기라고 한다면, 그의
시는 이와 조금 다른 감각을 우리에게 요구한다. 일상을 시 안으로
끌어들이거나 변형하는 방식이 아니라 마치 곤충의 겹눈이 기능하
는 것처럼, 세세한 일상의 장면들을 의미적 인과에서 해방시키고 독
립된 각각의 모습 그대로 되비쳐 놓기 때문이다. 요컨대 그는 현실
에 개입하는 것이 아니라 시적인 '구조' 속으로 현실을 옮겨 두는 연
습에 매진한다(「구조」).
평범한 생활의 단면을 담담하게 기록하고 있는 진술들로 이루어
진 이 작품 역시 마찬가지의 관점으로 볼 수 있다. 먼저 제목의 "아
카이브"는 사전적 의미에서 정보를 수집하고 기록하는 단순하고 가
장 기본적인 작업이다. 누구에게나 동일하게 축적되는 하루 만큼씩
의 삶이 마치 "아카이브"와 닮아 있는 것처럼 생각될지도 모르겠다.

하지만 시인에게 포착된 일상의 모습은 이와 좀 다르다. 그에 따르면 우리의 현실은 "평생 반복해 오고 있다는 것을 알게" 되는 일만 반복될 뿐이다. 중요한 것은 바로 그것을 깨닫는 순간 "계단을 오르면 집에 이"르게 되는 당연한 일조차 예측할 수 없게 되는 것처럼 더 이상의 "반복"이 불가능해진다는 사실이다.

다시 한번 시인이 주목하고 있는 아카이브 작업을 자세히 들여다보자. 예술 장르를 비롯하여 다양한 분야에서 실제 아카이브가 이루어질 때에는 필연적으로 목적이 먼저 정해지고 그에 따른 기준이 생기며, 다시 그에 맞추어 분류가 행해진다. 어떤 의도와도 무관하게 선택과 배제의 원리가 작동하게 될 수밖에 없는 것이다. 목적과 기준, 분류로 이어지는 이 과정이 사회적 제도의 탄생과 그대로 닮아 있다고 한다면, 황인찬 시인이 포착한 "아카이브"는 우리 현실을 작동시키는 이면의 원리를 들추어내고 작동 불능의 상황으로 이끈다.

3. 작은 싸움

이렇게 세 시인의 현실에 대한 인식은 조금씩 닮아 있다. 이들은 누구보다 멀리 '미래'를 내다보고 있지만, 시 쓰기의 출발은 지금 여기의 '현실'에서 벗어나지 않는다. 이들은 자본이 지배하는 사회구조에 균열을 일으키고 효율을 앞세운 기준을 해체하면서 발전을 위한 행위만 반복되는 것을 필사적으로 막아 세우고 있다. 왜냐하면 시인들이 살아가고 있는 지금의 시간은 바로 "백 년 전 엄마"[3]의 미래이기 때문이다. 정말로 내가 살아가고 있는 현실이 "엄마"가 원했을지도 모를 시간이라면 내가 꿈꾸는 미래를 기다리기보다 지금의 현실

---

3 임승유, 「백 년 후에, 메리 카마이클의 글쓰기」, 『작가세계』, 2014.봄.

을 바꾸기 위한 행위에 매진할 수밖에 없을 것이다. 이 같은 시인들의 노력이 결국 '약자'와 같은 전쟁터를 찾아 뛰어드는 행위로 이어지기 시작했던 것이다.

불안하고 섬세한 영혼의 아이들이 모험을 마치고 일상을 회복하였으며, 앞으로도 크고 작은 모험을 통해 작은 성장을 거듭해 나갈 것임을 암시하는

그런 여름의 대단원이다

(중략)

그리고 기나긴 스탭롤

검은 화면을 지나면 다시 첫 장면이다 앞으로 벌어질 마음 아픈 일들을 알지 못하는 방학 직전 어느 날의 교실

우리의 이야기는 이제부터 시작이야
여름을 통과하는 동안 우리는 또 어떤 성장을 할까,

그것을 궁금해하며

카메라는 천천히 여름의 푸른 하늘을 향해 움직인다
—황인찬, 「재생력」부분

"교실"은 2010년대 후반의 한국시에서 또 하나의 전쟁터가 되었다. 황인찬 시인에게 "교실"로 상징되는 공간은 "불안하고 섬세한 영혼의 아이들"이 머무는 곳이며 무엇보다 "작은 모험을 통해 작은 성장을 거듭해" 나가도록 도움을 주어야만 한다. 말 그대로 "교실"은 일상에서 모험으로 그리고 다시 모험에서 일상으로 순환하면서 성장의 과정을 보증하는 우리 사회의 가장 기본적인 공간이기 때문이다. 하지만 2010년대의 우리 사회는 변명의 여지 없이 그것에 실패하고 말았다. 성장이 가능한 "다시 첫 장면"으로 되돌리고자 하는 황인찬 시인의 개입은 바로 이 때문에 시작되었다. 이 같은 시인의 개입을 다시 새로운 희망이 시작되기 위한 의례적 노력으로 단순화시키지 않도록 유의해 보자. "벌어질 마음 아픈 일들을 알지 못하는 방학 직전 어느 날의 교실"로 되돌리고자 하는 그의 계획은 "스탭롤"에 적혀 있는 무수한 이름들에 맞서고 그 힘과 싸우면서 얻어 낸 일종의 전리품이기 때문이다.

동화의 이면에서 우리가 여과 없이 인간의 잔혹성을 읽어 낼 때처럼, 임승유 시인의 세계는 종종 강요된 순수함과 거칠 것 없는 폭력성이 맞부딪히는 세계와 직접적으로 맞닿아 있다.

　　개 패듯 패던 마을 사람들이

　　개천에 모여 살과 살을 섞어 끓이면 후후 불어 가며 천천히 먹었다
　아이들이 먹고 가면 노인들이 먹고 가고
　　　　　　　　　　　　　　　—임승유, 「건강하고 안전한 생활」 부분

이와 같은 지점들이 어쩌면 임승유 시인에게는 하나의 전쟁터인

것처럼 보인다.[4] 여럿이 모여 음식을 나누어 먹고 있는 이 장면에 주의를 기울여 보자. 기대했던 것처럼 아름다운 모습이 아니라 폭력의 가해자들이 모여 있는 상황이고, 자신들의 행위를 공유하면서 스스로의 정당성을 도모하고 있는 중이다. 보다 끔찍한 것은 이 모든 것들이 피해자들을 앞두고 벌어지는 중이며, 이 같은 폭력의 구조가 연속되고 있다는 사실이다. 따라서 제목에서 말하는 "건강하고 안전한 생활"은 언제나 가해자-권력자만 누려 왔다는 사실이 폭로되는 동시에 더 이상 그것이 불가능해질 미래에 대한 선언이 시작된다.

4. 우리, 식인종들

1928년 브라질의 시인이자 전위예술가이기도 한 오스바우지 지 안드라지(Oswald de Andrade)는 '식인종 선언문(Manifesto Antropófago)'이라는 제목의 글을 한 편 발표한다.[5] 비서구에서의 모더니즘 운동이 대체로 그랬던 것처럼 서구의 영향과 자국 전통 간의 갈등 속에서 새로운 방향성을 찾고자 했던 움직임 속에서 발표된 이 글은 브라질 문화의 특성을 대변하면서 동시에 이후 브라질 문화 전반에 걸쳐 큰 영향력을 행사한다. 외래의 영향에 대한 반발과 자국의 전통을 고수하려는 화해 불가능한 움직임 사이에서 그는 이 글을 통해 오랜 세월에 걸친 식민의 역사 속에서 형성된 내면의 이질적인 것들을 선

---

4 우리가 어쩌면 간과했을지도 모를 임승유 시인의 첫 시집 『아이를 낳았지 나 갖고는 부족할까 봐』에 대한 적절한 해석은 안지영의 「틀어막혔던 입에서」(『모:든시』, 2020.봄)를 통해 최근에야 도착했다.

5 전문은 *Latin American Literary Review*, trans. by Leslie Bary(Vol.19, No.38, 1991)의 영역본을 참고. 이와 관련해서 보다 상세한 내용은 「식인종, DJ 그리고 매시업 아티스트」(『문학과 의식』, 2020.봄)에서 다루어 보았다.

별하기를 멈추고 새로운 창조력을 발휘하면서 도약하고자 한다.

이 같은 능력으로서의 '식인성'은 16세기 브라질에 처음 파견된 한 포루투갈 주교가 식인종에게 잡아먹힌 날을 기원으로 삼는다. 실제 역사에서 이 사건은 포르투갈인들에게 브라질의 식민 지배를 정당화시켜 주는 야만성을 보여 주는 것이었지만, 안드라지는 이 '식인'의 행위를 이질적인 것들이 뒤섞인 채 새롭게 도약하는 창조적인 힘으로 전유한다.

백 년의 시간이 지난 후에라도, 그곳이 아니라 지금 여기에서라도 결국 새로움의 조건은 동일하다. 그것은 가장 좋은 것 하나를 고르는 도덕적 게임이 아니라, 현실을 구성하는 위계를 끊임없이 의심하고 일상의 모습들에 가로질러 있는 모든 경계들을 요동치게 만드는 '식인종'의 위협을 닮아 있느냐의 문제이다. 이제 막 "여백에서 시작"(오은, 「문법」)하고 있는 우리의 시는 얼마나 새로워지고 있을까.

제2부

사랑이라는 이름의 균열
—시가 사랑을 말하는 법

1. 사랑의 시대

　사랑에 대해 말할 수 있는 것은 오직 그것을 말할 수 없다는 사실 뿐이다. 사랑은 자신에게 결여된 것을 타자에게서 구하고자 하는 시도의 성취물이 아니라 라캉의 말대로 욕망과 그 대상 사이의 '부적합성', 다시 말해 주체와 타자의 균열이 들추어내는 일종의 사건이기 때문이다. 그 시작은 거울에 비친 상에 대한 매혹이다. 이때 사랑의 대상인 거울상은 일차적으로 주체 자신에게서 분리된 이미지로서 매개를 통해 다시 주체에게 지각되는 과정에 속해 있다. 본능적인 차원의 인식, 그리고 그것과 간극 없는 행동으로 이루어진 동물과 달리 무의식의 세계에 이르기까지 언어적인 존재로서 인간은 오로지 타자를 통해서만 자아를 확인할 수 있다. 따라서 사랑은 항상 이중의 어긋남을 포괄하는데 매개물에 대한 도착적 형태나, 매개물을 거쳐 증폭된 모습으로 주체에게 되돌아오는 나르시스적 방식이 바로 그것이다.

균열의 방식을 포함하고 있는 사랑은 스스로에 대한 질문을 끊임없이 던지면서 균열을 지속시키게 된다. 이 균열은 타자에게 자신이 가지지 않은 것을 제공할 수밖에 없는 주체와, 주체의 요구가 사랑인 것을 알지 못하는 큰 타자 속에서 동시에 발생한다. 따라서 균열로서의 사랑은 주체에게 타자가 나를 떠나지 않을까 하는 불안감과 함께 타자를 만나서 사랑을 확인받고자 하는 의지를 불러일으킨다. 결국 개별적 주체들은 사랑의 과정을 통해서 지속적으로 타자의 존재를 인식할 수 있게 된다.

사랑의 대상이자 사랑 그 자체인 한용운의 '님'이 갖는 불확정성(indeterminacy)이 잘 보여 주고 있듯, 근대문학의 초기에서부터 우리의 시문학은 타자에 대한 인식을 통해 개별적 주체들 간의 소통이 가능한 사건으로서의 사랑을 활용해 왔다. 그것은 '식민지-근대'라는 이중의 힘이 스스로를 유일한 기준으로 만들어 큰 타자의 자리를 점유하는 현실 속에서 '사랑'이라는 보편적인 현상을 통한 효율적인 대응 방식이었음은 물론이다. 하지만 해방 이후 벌어진 전쟁이, 비록 이면에는 당시 세계사적으로 충돌하고 있던 여러 힘들을 동인으로 가진 대리전의 양상이었다고 할지라도, 실제의 현실 공간에 노출된 체험적인 균열로 작동하면서 오히려 사랑을 지속시키는 균열들을 봉합하는 동시에 역사적이고 가시적인 결과물로서 사랑을 슬로건화한다.

슬로건으로서의 사랑은 더 이상 균열 저편의 타자에 대한 인식을 필요로 하지 않는다. 대신 주체의 기획 안으로 타자의 개성들을 편의적으로 전용한다. 1960년대가 시작되자마자 벌어진 4월의 시민혁명이 균열의 차이를 부정하는 이른바 '사사오입'의 획일적 논리에 대한 저항에서 촉발되었다는 사실은 '사랑의 세대(Love Generation)'라

자칭한 히피들과 마찬가지로 하나의 정치적 사건을 넘어 획일화의 불가능성 그 자체인 사랑에 반응한 사건이라고 할 수 있다. 하지만 오래지 않아 발생한 5월의 군사쿠데타는 전쟁이 그랬던 것처럼, 현실 이면의 모든 균열들을 봉합하면서 '독재-개발'이라는 새로운 현실적 가치를 그 균열들 위로 부상시킨다. 그리고 '국민'이라는 특수한 이름으로의 호명을 통해 개별적 주체들의 개성과 사랑을 전용하고 만다.

새롭게 부여된 발전 논리는 주체와 타자의 균열적 관계들을 교환 논리 안으로 수렴시킨다. 특히 1960년대 이후 실제 산업화가 급속하게 진행되면서 일반화된 노동의 형태인 분업은 신체에 직접 작용하면서 이전과는 다른 주체로의 변화를 강요하게 된다. 생산과정의 일부에서 파편적으로 행해지는 분업은 전체적인 과정으로 보면 개인들의 일면적인 생산을 보충하면서 교환 논리로 이루어지는 보다 광범위한 경제단위를 창출한다. 이를 통해 사회구조 전반이 경제단위 안으로 일원화되면서 궁극적으로는 개별적인 구성원들에게 공통적인 차원의 새로운 이해관계를 제공한다. 분업화로 이루어지는 상호 관계의 토대가 그것에 참여하는 구성원들 모두에게 평등으로 인식되는 행위 규정들을 제정하고, 이어 사회 전반에서 통용되는 것이 가능한 보편적인 가치라는 것에 대한 표상을 성립하게 된 것이다. 그것은 불확실성에 기초한 사랑보다는 짐멜이 지적한 대로 계산적 본질에 입각한 교환을 통해 삶의 요소들 간의 관계에서 동일한 것과 동일하지 않은 것을 규정하는 정확성과 확실성, 약속과 협정의 명확성이 지배하도록 만들었다.

경제 논리 안에서 사랑은 더 이상 교환되지 않는다. 마르크스의 지적을 빌려 보다 정확히 말하자면, 사랑은 오직 사랑하고만 교환되며 사랑을 생산함으로써만 유용하다. 즉, 사랑은 일반적인 교환의 회로가 멈추는 그 지점에서만 가능하다. 따라서 사랑은 교환의 체계를 멈추고 그 바깥에서의 삶을 가능하게 하는 증여와 닮아 있으며, 일반적인 발전 논리의 결과물로서 축적과 잉여를 불가능하게 만드는 소모(dépense)의 형태이 시문학과 한 몸이다. 따라서 1960-80년 대 우리 시와 사랑의 관계를 살펴보고자 하는 이 글은 그 시대에 치열하게 사랑에 반응하는 시들을 살펴봄으로써 작품들을 탄생시킨 시대적 조건들을 되돌아보게 하는 동시에, 특정 시대에 갇힌 특질을 벗어나서 시문학으로서의 보다 본질적인 가능성을 가늠해 보는 자리가 될 것이다.

2. 불가능으로서의 사랑

널리 알려진 대로 김수영 시에서 반복적으로 발견되는 주제는 자유와 사랑이다. 그것은 일차적으로 자유와 사랑을 누리지 못하도록 억압하는 시대적 환경에서 비롯된 것으로 여겨진다. 따라서 김수영 시에 나타난 자유나 사랑의 형상화 과정을 살펴보는 것은 어찌 보면 단순한 일일 수도 있다. 하지만, 그의 시문학이 당시의 시대적·정치적 상황에서 비롯된 반응이라고 했을 때 보다 중요한 것은 시인이 현실을 문제적 공간으로 파악하는 이유일 것이다.

김수영에게 당시 현실은 "주정꾼다운 주정꾼"도 찾아볼 수 없을 정도로 지나치게 경직된 사회이다. 짐멜이 모든 개별적 가치들을 교환 논리 안으로 수렴시키는 현대사회의 모습을 일컬어 '수평화의 비극(tragedy of every levelling process)'이라고 말한 것처럼, 김수영은 현실을 "〈근대화〉의 해독"이 만연된 사회로 파악했다. 이처럼 어떤 "혼란"도 용납하지 않는 사회가 시인에게는 무엇보다도 문제였던 것이다.

우리들이 명심해야 할 점은 〈혼란은 허용되어야 한다〉는 것이다. 나는 자유당 때의 무기력과 무능을 누구보다도 저주한 사람 중의 한 사람이지만, 요즘 가만히 생각해 보면 그 당시에도 자유는 없었지만, 〈혼란〉은 지금처럼 이렇게 철저하게 압제를 받지 않은 것이 신통한 것 같다. 그리고 보면 〈혼란〉이 없는 시멘트 회사나 발전소의 건설은, 시멘트 회사나 발전소가 없는 혼란보다 조금도 나을 게 없는 것 같은 생각이 든다.

— 김수영, 「시여, 침을 뱉어라」

여기에는 시인의 생각이 분명히 드러나 있다. 그에게 "혼란"은 "자유와 사랑의 동의어"이자, 이른바 "문화의 세계"를 이루기 위한 필요충분조건이며 경제적 효율성에도 앞선다. 이와 같은 생각은 다른 산문 「로터리의 꽃의 노이로제」에서도 "사랑이 없는 정치, 시가 없는 사회는 중심이 없는 원이다. 이런 식의 〈근대화〉는 그 완성이 즉 자멸이다."라고 반복해서 드러나 있다. 이처럼 시인에게 현실이 문제인 이유는 더 이상 "혼란"을 낳지 못하기 때문이다. 따라서 시인에게 시 쓰기란 현실에 "혼란"을 불어넣는 작업으로 인식된다.

그렇다면 김수영 시에 있어서 "혼란"은 구체적으로 어떤 의미일까. 흥미로운 점은 그가 "혼란"을 직접 언급하고 있는 위의 두 산문 모두 '참여시의 효용성'과 연관선상에서 발화되었다는 점이다. 따라서 그의 "혼란"에 대한 언급이 비단 '내용'과 '형식'의 경계를 깨기 위한 의도에서 비롯되었다고 할지라도, 단지 수사학적 의미만으로 이루어진 것만은 아니라는 것에 보다 신뢰를 둘 수 있다.

어둠 속에서도 불빛 속에서도 변치 않는

사랑을 배웠다 너로 해서

그러나 너의 얼굴은
어둠에서 불빛으로 넘어가는
그 刹那에 꺼졌다 살아났다
너의 얼굴은 그만큼 불안하다

번개처럼
번개처럼
금이 간 너의 얼굴은

—김수영,「사랑」전문

　직접적으로 "사랑"이라는 제목을 붙인 이 작품에서 시인은 "변치
않는/사랑"을 배운다. 하지만 "그러나"로 이어지는 2연에 오면 "사
랑"을 가르쳐 준 존재인 "너의 얼굴"이 "불안"해지는 과정이 긴박하
게 전개되면서 결국 "금이 간 너의 얼굴"이 되고 만다. 그만큼 이 작
품은 "변치 않는/사랑"에 대한 것이라기보다는, 그 "사랑"이 금이 가
고 변해 가는 과정 자체에 주의를 기울이고 있는 것으로 보인다. 실
제로 앞서 살펴보았던 것처럼 시인의 말대로 "사랑"이 "혼란"과 동
의어라면 "변치 않는/사랑"이라는 진술은 쉽게 납득하기 어렵다.
"혼란"이라는 것은 말 그대로 변하지 않는 것도 아니며, 배울 수 있
는 것도 아니기 때문이다.
　2연을 다시 살펴보면 특정 조건으로 보기에는 무의미할 정도인
'찰나의 순간'이 "너의 얼굴"이 "불안"해지는 전제 조건으로 제시되
어있다는 점을 알 수 있다. 그렇다면 이 조건을 거친 '불안한 너의

얼굴'이라는 것은 자의적인 동시에 그만큼 강렬한 사랑의 조건이라고 볼 수 있다. 자의성은 일괄적이고 효율적으로 작동하지 않을 수도 있지만 그것의 도래만큼은 어떤 것으로도 막을 수 없기 때문이다. 이것은 김수영 시인이 「시여, 침을 뱉어라」에서 "나의 모호성은 시작(詩作)을 위한 나의 정신 구조의 상부 중에서도 가장 첨단의 부분을 차지하고 있는 것이고, 이것이 없이는 무한대의 혼돈에의 접근을 위한 유일한 도구를 상실하는 것"이라고 밝히고 있는 것처럼 그의 창작 방법론에 기반한 의도로 여겨진다.

또 하나 간과하지 않아야 할 것은 '찰나의 순간'을 거친 "너의 얼굴"이 다시 "살아났다"는 점이다. 그럼에도 불구하고 "불안하"고 "금이 간 너의 얼굴"은 결국 "사랑"의 실패가 아니라 시인이 생각하는 "사랑"-"너의 얼굴"의 본질적인 형태라고 할 수 있다. 따라서 '금이 간 얼굴'은 피카소의 그림에서 확인할 수 있는 것처럼 사랑의 입체성을 보여 주는 것이며, 그에 대해 "불안하다"고 진술한 데에서 우리가 느끼는 두려움은 결국 효율성과 일관성을 좇으며 살아온 우리 인식의 크기와 정확히 비례한다. 이처럼 고정된 의미에 균열을 내고 "혼돈을 시작하는 것"이야말로 김수영 시인에게는 "자기를 죽이고 타자가 되는 사랑의 작업이며 자세"로서의 진정한 시 쓰기가 시작되고 완성되는 지점이다(「로터리의 꽃의 노이로제」).

> 삶은 계란의 껍질이
> 벗겨지듯
> 묵은 사랑이 벗겨질 때
> 붉은 파밭의 푸른 새싹을 보아라
> 얻는다는 것은 곧 잃는 것이다

먼지 앉은 석경 너머로

너의 그림자가

움직이듯

묵은 사랑이

움직일 때

붉은 파밭의 푸른 새싹을 보아라

얻는다는 것은 곧 잃는 것이다

새벽에 준 조로의 물이

대낮이 지나도록 마르지 않고

젖어 있듯이

묵은 사랑이

뉘우치는 마음의 한복판에

젖어 있을 때

붉은 파밭의 푸른 새싹을 보아라

얻는다는 것은 곧 잃는 것이다

—김수영, 「파밭 가에서」 전문

위의 작품은 외형적인 측면에서 단순한 통사 구조의 반복과 확장으로 이루어져 있다. 이 같은 방식은 읽는 이에게 핵심적인 구절을 반복적으로 전달하는 한편 그것을 둘러싸고 변주되는 주변의 시적 조건들도 효과적으로 전달하고자 하는 창작자의 의도로 보인다. 이를 감안하고 시적 구조를 단순하게 도식화해서 살펴보면 먼저 "붉은 파밭의" "잃는 것이다"는 구절이 항수로 고정되어 있다는 것을 알 수 있다. 그렇다면 이 부분이 일차적으로 작품이 의도하고자 하는 핵심적인 구절로 여겨진다. 이를 자세히 보면 여기에서도 시인의 독특한 관점이 드러나 있음을 알 수 있다. 그것은 우리에게 보다 익숙한 기존 깨달음의 방식, '잃는 것이 얻는 것이다' 내지는 '지는 것이 이기는 것이다'와 같은 경구들이 잃고 지는 것을 강조함으로써 집착이나 승부에서 벗어남을 강조하고 있지만, 사실은 '잃는 것'이나 '지는 것'조차 '얻는 것'-'이기는 것'이라는 강조를 통해서만이 무의식의 차원에서 교훈이 될 수 있는 현실을 우회적으로 비판하고 있다는 점이다. 즉, 시인에게 이 현실은 여전히 효율성과 유용성을 강조하는 있는 사회이며, 인식의 역전을 통해 현실을 지탱하고 있는 사고들의 선환을 기도하고 있다.

다음으로는 위의 핵심 전언을 둘러싼 외부적 조건들을 보자. 시인이 현실 인식의 역전을 노래하고 있다면, 그것은 '벗겨지든, 움직이든, 젖어 있든' 오직 "묵은 사랑"의 변화가 전제되어야 한다. 그런데 이 '묵은 사랑의 변화'는 또한 무의미할 정도로 일상적인 외부 현실과 긴밀하게 연결되어 반응한다. 그 외부적 현실의 의미들 하나하나를 해석하고 시적인 의미를 부여할 수도 있겠으나, 그것보다는 그 둘을 바라보는 관점 자체를 눈여겨보면 "묵은 사랑이 벗겨"지는 것이 "삶은 계란의 껍질이/벗겨지"는 것에 의해서라고 세계를 인드라망으로 바라보는 시인의 시선을 알 수 있다.

어찌 보면 김수영에게 중요한 것은 "사랑" 그 자체가 아니다. 더이상 타자와 관계 맺기를 멈춘 "묵은" 사랑이라면 말이다. 시인에게 "사랑"이 중요한 것은 그것이 "혼돈" 그 자체로서 타자와 그리고 외부와 끊임없이 소통하면서 바뀌는 몸이기 때문이다. 자신이 생각하는 시 쓰기를 시인이 "온몸을 밀고 나가는 것"이라고 말했을 때에도 바로 이러한 점을 염두에 두어야 할 것이다. 이 '금이 간 얼굴'로 끊임없는 '몸 바꾸기'를 통해 결국 시인은 "사랑"이라는 그릇에 "자유의 과잉을, 혼돈을" 흘러넘치게 한다. 그리고 주체는 "모깃소리보다도 더 작은 목소리로", 하지만 세이렌의 노랫소리처럼 그 어떤 것보다도 강력한 목소리로 타자의 모습을 가진 모든 존재들을 불러들이는 "아무도 하지 못한 말"을 건넨다(「시여, 침을 뱉어라」). 가시적인 것이라면 그 어떤 것도, 그리고 그 누구도 얻는 것이 불가능한 혼돈의 영역인 사랑의 지점에서 우리는 그 사랑에 몸을 던지는 타자들을 끝없이 확인할 수 있을 뿐이다. "사랑"은 오직 "사랑의 음식"으로만 존재할 수밖에 없기 때문에(「사랑의 변주곡」).

3. 증여로서의 사랑

김수영 시인이 사랑으로 열어젖힌 균열의 틈을 통해 1970-80년대 우리 시문학은 타자들을 만날 수 있는 다양한 기회들을 포착하게 된다.

이슬비 오는 날.
종로 5가 서시오판 옆에서
낯선 少年이 나를 붙들고 東大門을 물었다.

밤 열한 시 반,
통금에 쫓기는 群像 속에서 죄 없이
크고 맑기만 한 그 소년의 눈동자와
내 도시락 보자기가 비에 젖고 있었다.

국민학교를 갓 나왔을까.

새로 사 신은 운동환 벗어 품고

그 소년의 등허리선 먼 길 떠나온 고구마가

흙 묻은 얼굴들을 맞부비며 저희끼리 비에 젖고 있었다.

충청북도 보은 俗離山, 아니면

전라남도 해남 땅 漁村 말씨였을까.

나는 가로수 하나를 걷다 되돌아섰다.

그러나 노동자의 홍수 속에 묻혀 그 소년은 보이지 않았다.

그렇지.

눈녹이 바람이 부는 질척질척한 겨울날,

宗廟 담을 기고 돌다가 나는 보았어.

그의 누나였을까.

부은 한쪽 눈의 娼女가 양지쪽 기대앉아

속내의 바람으로, 때 묻은 긴 편지 읽고 있었지.

그리고 언젠가 보았어.

세종로 고층 건물 공사장,

자갈 지게 등짐하던 勞動者 하나이

허리를 다쳐 쓰러져 있었다.

그 소년의 아버지였을까.

半島의 하늘 높이서 太陽이 쏟아지고,

싸늘한 땀방울 뿜어낸 이마엔 세 줄기 강물.

대륙의 섬나라의

그리고 또 오늘 저 새로운 銀行國의
물결이 딩굴고 있었다.

　　　　　　　　　　—신동엽,「鐘路五街」부분

　신동엽이 보여 주는 "종로오가"의 풍경은 그대로 발전 논리에 내몰린 당시 1960년대의 한복판이 된다. 여기서 무엇보다도 의미 있는 것은 마지막 구절에 시인이 "노동으로 지친 나의 가슴에선 도시락 보자기가/비에 젖고 있었다"고 반복해서 명시적으로 보여 주고 있듯이, 시에 드러난 풍경이 관찰자로서 시인의 눈에 비친 평면의 영상이 아니라 시인의 몸을 울림통 삼아 퍼져 나가면서 같은 처지의 몸들을 울리면서 구성되는 입체적 화음으로 드러나고 있다는 사실이다. 따라서 자신의 "도시락 보자기"에서 울려 난 소리는 자연스럽게 '크고 맑기만 한 눈동자를 가진 소년'을 만나게 된다. 그것은 "충청북도"이거나 "전라남도"든 가리지 않고 퍼져 나가면서 소외되어 있는 타자들로서 '시인-소년-노동자'의 누이와 아버지를 만난다. 신동엽이 보여 주는 이 같은 특징은 1960년대에서 시작되어 197,80년대 우리 시문학을 관통하는 하나의 주요한 흐름이 된다. 이것이 중요한 이유는 당시의 시문학이 접한 현실 상황의 변화에서 비롯된다.

　분업이 전면적이 되는 산업화 이전 시기의 경제활동에서라면 노동의 주체들은 하나의 노동 현장에 참여하는 동시에 개별적인 특성 역시 희생당하지 않는 차원으로 존재한다. 하지만 이와는 반대로 분업화가 진행될수록 상호작용을 하는 사람들은 보다 자주, 그리고 임의적으로 교체된다. 이는 단순히 노동자의 도구화나 소외로만 설명할 수 있는 단편적인 과정이 아니다. 산업화 사회의 노동 주체들은 스스로를 강력한 개인주의 속에서 모든 특정인으로부터 훨씬 더 독립적인 존재로 느끼게 되기 때문이다. 이제 이것은 주체와 타자의 관계에서 상대방이 구체적으로 누구인가를 고려하지 않아도 되는 일방적 관계가 지속될 수 있음을 의미하는데, 이 과정에서 주체들은 타자와의 관계에서 완전히 떨어져 나와 상호 소외되는 동시에 익명성 뒤에 존재하도록 만드는 일종의 사회적 메커니즘으로 작용한다. 이 같은 현실에서 신동엽의 노력은 소외된 타자들을 불러들여 하나의 '가족'이라는 범주 안에 설정함으로써 현실의 균열된 모습을 다시 한번 인식하고자 하는 사랑의 과정에 대한 세심한 복기(復碁)로 여겨진다. 어떻게 보면 그가 서사시 「금강」의 세계에 도달하게 된 것도 역시 이러한 과정에서 최대한 타자들의 목소리를 많이 담아내고자 노력한 자연스런 결과로 보인다.

그렇다면, 신경림 시인이 보여 주는 농촌의 모습은 또 어떠한가. 시인은 산업화의 이면에 그만큼이나 빠른 속도로 소외되어 가고 있던 농촌 현장의 모습을 누구보다 먼저 깨닫고 가장 가까이에서 진실된 목소리로 전달하고자 노력했다. 그리고 우리는 시인의 목소리를 통해 농촌을 무대로 벌어지고 있던 산업화 시대의 부조리한 단면을 알게 되었다. 그런 신경림 시인의 작품을 조금만 더 자세히 살펴보면, 『농무』에서 볼 수 있는 것처럼 문제적 공간으로서의 농촌을 특징적으로 다루고 있다는 것을 알 수 있다. 그것은 「겨울날」이나 「씨름」, 그리고 잘 알려진 「농무」에서 쉽게 확인할 수 있듯이 원래대로라면 가장 바쁘거나 아니면 추수 후에 찾아오는 잠깐의 여유를 즐길 수 있는, 농촌에서의 가장 즐거운 순간들을 주로 그리고 있다는 점이다.

해만 설핏하면 아랫말 장정들이

소줏병을 들고 나를 찾아왔다.
창문을 때리는 살구꽃 그림자에도
아내는 놀라서 소리를 지르고
막소주 몇 잔에도 우리는 신바람이 나
방바닥을 구르고 마당을 돌았다.
그러다 마침내 우리는 조금씩
미치기 시작했다. 소리 내어 울고
킬킬대고 고래고래 소리를 지르다가는
아내를 끌어내어 곱사춤을 추켰다.
참다못해 아내가 아랫말로 도망을 치면
금새 내 목소리는 풀이 죽었다.
윤삼월인데도 늘 날이 궂어서
아내 찾는 내 목소리는 땅에 깔리고
나는 장정들을 뿌리치고 어느
먼 도회지로 떠날 것을 꿈꾸었다.

—신경림, 「失明」 전문

　이 작품 역시 시간적 배경이 되는 "윤삼월"이라면 한창 모내기를
하는 등, 겨우내 준비해 온 다음 한 해의 농사가 본격적으로 시작되
는 시기이다. 그 시기의 저녁나절에 벌어지는 술자리라면 하루의 힘
든 노동을 잊고 또 내일의 노동을 준비할 수 있도록 으레 즐겁기 마
련이라고 추측해 볼 수 있다. 실제로 이 작품은 다른 작품들에 비해
서 보다 카니발적인 상황들이 강조되고 있기도 하다. 카니발을 민중
적 에너지가 분출되는 장이라고 본다면 농촌에 관심을 두고 있는 신
경림의 시선이 이런 장면에 머무는 것도 이해할 만하다.

보다 자세히 살펴보자면, 도시에 비해 자연의 순환적인 리듬을 따라 살아가야 하는 농촌에서의 삶 중에서 위의 작품에 드러나 있는 것과 같은 순간들은 모스의 지적대로 증여경제를 기반으로 하는 사회에서 항상 존재하는 일종의 공희(供犧) 파괴 형태와 닮아 있다. 품앗이 등 전통 농경사회에서 행해지는 노동의 형태들은 여러 가지 측면에서 교환의 논리와는 어긋나 있음을 확인할 수 있기도 하다. 신경림의 「겨울밤」이나 「3月 1日 前後」 등에서 소재로 다루어지기도 하고, 실제 농한기의 농촌에서는 일상적 사건인 도박 역시 모스는 포틀래치의 한 형태이자 증여 제도의 형태로 파악하기도 했다. 즉 신경림은 농촌, 특히 위의 작품에서 볼 수 있는 것처럼 카니발적이거나 증여적인 형태로 벌어지는 농촌에서의 모습을 포착하고자 했다고 볼 수 있다. 그것은 단순히 농촌을 소외 지역으로 그리는 것과는 다른 지점을 환기한다. 시인은 보다 적극적으로 교환의 논리와 대척되는 공간으로서 농촌을 파악하고 있다고 보아야 할 것이다.

그런데 문제는 신경림 시인이 애써 그려 보이는 증여의 현장으로 교환 논리의 목소리가 틈입하고 있다는 점이다. 위 작품에서도 우리는 카니발적인 모습을 확인하게 되지만 적극적으로 동참하지 못하는 이유는 작품 안에서 그 현장에 불참하거나 오히려 괴롭힘을 당하는 것처럼 여겨지는 '아내'의 입장에 서게 되기 때문이다. 그것은 「농무」에서 "비료값도 안 나오는 농사 따위야/아예 여편네에게나 맡겨두고"라는 구절에서 받는 느낌과 동일하다. 즉, 증여와 카니발의 현장에 참여하지 못하는 존재가 항상 등장한다는 것이다. 게다가 증여의 현장에 참여한 '나' 역시 마지막에는 "먼 도회지로 떠날 것을 꿈꾸"고 만다. 결국, 신경림 시인이 이 증여의 현장을 그리는 궁극적인 목적은 그것을 실패라고 인식하게끔 만드는 우리 내부의 교환 논리를 발견하고자 하는 데에 있다. 교환의 대척점으로서 농촌의 실패는 사랑의 실패이다. 하지만 비록 교환가치로 이루어진 도시의 공간에 여전히 "쪼무래기 손님들과/극성스럽고 억척같은 어머니들"이 존재하는 "골목"이 있듯이, 우리의 내면 역시 타자의 발견에 이를 수 있는 균열로서의 사랑이라는 "골목"을 품고 있음은 물론일 것이다(「골목」).

4. 사랑이 남긴 것

사랑이 무엇보다도 먼저 그 가치를 상실해 가던 시대를 뒤돌아보았다. 고개를 다시 바로 해 보면 시대는 전혀 변한 것 같지 않다. 그러나 흔적조차 없어질 것 같은 사랑 역시 여전하다. 제도가 비대해질수록 주체와 타자가 공존해 가는 것이 점차 어려워지는 것은 사실이다. 효율성과 유용성의 뒤로 인간성을 감추어야만 하는 현실 제도의 입장에서 개성적이고 특수한 주체와 타자와의 관계들을 인정한다는 것은 스스로의 자멸을 의미할 수밖에 없기 때문이다. 이에 맞서 우리의 시문학은 다행스럽게도 사랑을 놓치지 않음으로써 현실에 균열을 도입하고자 애써 왔다. 균열에 대한 인식은 필연적으로 그것을 봉합하는 현실 제도의 부정적 힘을 뚫고 나와 무수히 많은 개별적 주체로서의 타자들을 벌거벗고 사랑할 수 있게 해 준다.

이제 여기, 사랑을 말하기 가장 어려웠던 시절에도 망설이지 않았던 우리의 현대시가 사랑이 "무기"로도 쓰일 수 있는 지점에 도달한다. 그것은 영어(囹圄)의 몸이었던 시인이 끝내 "봄을 기다"려 발견하기를 원했을 만큼, 그리고 "사과 하나 둘로 쪼개/나눠 가"지게 할 수 있을 만큼 강력한 무기이다(김남주, 「사랑은」). 결국, 사랑은 무수한 타자들을 만날 수 있는 방법이지만 무엇보다도 먼저 자신의 눈앞에 있는 사람을 "하염없이 쓰다듬"어 서로의 "몸"에 "생기"를 불어넣는 일에서부터 시작된다. 그리고 그 과정의 무한 반복을 통해 "행진곡" 처럼 퍼져 나가는 것이 바로 사랑의 과정이다. 어느 주말 저녁, 우연히 엿보게 된 어느 노동자 부부의 신혼 방 안에서 벌어지고 있는 슬프고도 아름다운 일처럼 말이다.

길고 긴 일주일의 노동 끝에
언 가슴 웅크리며
찬 새벽길 더듬어
방 안을 들어서면
아내는 벌써 공장을 나가고 없다

지난 일주일의 노동,
기인 이별에 한숨지며
쓴 담배 연기 어지러이 내어 뿜으며
바삐 팽개쳐진 아내의 잠옷을 집어 들면
혼자서 밤들을 지낸 외로운 아내 내음에
눈물이 난다

깊은 잠 속에 떨어져 주체 못 할 피로에 아프게 눈을 뜨면
야간일 끝내고 온 파랗게 언 아내는
가슴 위에 엎으러져 하염없이 쓰다듬고
사랑의 입맞춤에 내 몸은 서서히 생기를 띤다

밥상을 마주하고
지난 일주일의 밀린 얘기에

소곤소곤 정겨운
우리의 하룻밤이 너무도 짧다

날이 밝으면 또다시 이별인데,
괴로운 노동 속으로 기계 되어 돌아가는
우리의 아침이 두려웁다

서로의 사랑으로 희망을 품고 돌아서서
일치 속에서 함께 앞을 보는
가난한 우리의 사랑, 우리의 신혼 행진곡

　　　　　　　　　　　—박노해, 「신혼일기」 전문

서정의 불온성

반응 1. 뒤흔들기

서정의 본질이나 시와의 관계, 또는 그 관계의 범주와 의미에 대한 논의는 곧 우리 현대시 백여 년의 역사와 흐름을 같이한다. 서정의 문제는 시문학 내부에서 그것의 역할과 의미의 영역이 명확히 한정되기보다, 시문학의 영역 전반과 복잡하게 얽혀 있기 때문이다. 2000년대 이후 서정의 기존 인식에 균열을 일으키려는 의미 있는 시도들이 많이 있었음에도 불구하고 '시=서정=서정시'라는 인식이 여전히 어색하지 않게 받아들여지는 것을 보면, 그만큼 서정과 시문학이 그 특질에 있어서 최대치를 공유하고 있음을 짐작할 수 있게 한다. 그것이 곧 서정이 시에 의미를 부여하는 핵심이라는 절대적 관점을 의미하는 것은 아니지만, 서정과의 길항이 곧 시와 비시의 경계 확장과 시의 영역 확대에 기여했다는 김현자의 지적은 충분히 수긍할 만하다(「한국 현대시에 나타난 '서정'의 본질과 의미」).

서정의 불온성을 살펴보고자 하는 이 글에서 서정에 관련된 기존의 논의와 또 그것을 통해서 축적되어 온 의미 있는 결과들에 부연을 할 필요는 없을 듯하다. 다만, 한 가지 분명히 해 두어야 할 것은 서정이 특정 가치의 재현에서 나오는 것이 아니라, 다양한 대상들과의 '반응' 그 자체라는 점이다. 가령, 가장 단순한 차원에서 시문학이 인간 감정을 자연스럽게 드러내는 양식이라고 해 보자. 그때, 시인과 독자와의 관계만 염두에 두고 말하자면, 서정은 슬픔이나 기쁨 등의 감정이 전달 가능한 보편적 가치 형태로 갖추어졌기 때문에 발생하는 것이 아니다. 오히려 보편적인 감정 전달 체계를 벗어나거나 아예 논리적 감정 대응을 위반하는 시 작품에서 우리가 일종의 시적(서정적) 쾌감을 보다 더 느낄 수 있는 것을 보면 이는 명확해진다.

다시 말해, 슬픈 상황을 통해 슬픔을 전달한 결과물로 서정이 발생하는 것이 아니라, 다양한 감정의 요소를 내포하고 있는 불투명한 상황에 독자가 슬픔으로 반응을 하는 순간에 서정이 발생하는 것으로 보는 것이 타당하다. 나아가 그런 반응 자체가 서정이라고 할 수 있으며, 그것은 시를 둘러싼 모든 관계들에까지 같은 방식으로 확대 적용될 수 있다. 따라서 서정에 관련되어 가장 잘 알려진 '동일성의 문제' 역시 그것의 판단 여부를 떠나 논의를 가능하게 만드는 출발 지점, 즉 시문학에 근본적으로 전제되어 있는 주체와 대상 간의 '반응'에 우리는 보다 주목해야 한다. 왜냐하면, 이 '반응'이 대상을 압도하면서 의미를 구성해 내는 자기동일적 주체, 다른 한편 항상 주체에 의해 호명됨으로써만 드러나는 대상 양쪽 모두의 고정된 위치를 끊임없이 뒤흔들기 때문이다.

결국, 서정의 가장 중요한 특질은 시를 둘러싼 모든 관계들의 접점들을 의미의 결절 지점이 아니라 의미 생성에 대한 모든 의심이 끊임없이 발현되는 지점으로 만드는 데서 나온다. 그리고 바로 이것이 시가 가지고 있는 유일한 힘이자 서정의 가장 중요한 특질 중 하나인 불온성을 통해 획득되는 가치라고 믿는다. 이 글에서는 바로 이 불온성에 주목하면서 이것을 시인이 선택하고 사용하는 언어적 차원과, 다른 한편 보통 사람과 같은 일상을 살면서도 끝내 시를 구성하고 전달하는 시인의 자의식 측면에서 각각 살펴보고자 한다. 그 이전에 주체와 대상 간의 능동적 반응에 대해서 조금 더 자세히 언급을 해 보기로 하자. 재미있는 것은 이를 위해서는 어쩔 수 없이 다시 한번 주체 중심의 동일성 이론을 천천히, 보다 주의 깊게 통과해야 한다는 점이다.

반응 2. 진화하기

서정시를 시문학 내부의 중심에 두고자 하는 환원주의적 태도로 받아들여지는 김준오의 초기 시론에서 '거리의 서정적 결핍(lyric lack of distance)'은 서정(시)을 이해하는 핵심이라 할 수 있다. '세계의 자아화'(조동일)나 '회감'(슈타이거) 등을 스스로 파악한 (서정)시의 본질과 등가에 놓을 수 있는 것도 바로 서정을 이끌어 내는 주체의 지위를 먼저 확고히 하고 있기 때문이다.

하지만 김준오가 분명히 하고 있듯이 그에게 '동일성'이란 "통시적인 면에서 '變化'를 통하여, 공시적인 면에서 '葛藤'을 통하여 가치 개념으로 충격된다." 즉 세계(대상)의 변화에 한발 물러나 있는 주체 안으로의 무차별적 통합을 목표로 하는 동일성이 아니라, '변화와 갈등'을 포함한 역동적 관계로서의 동일성으로 보아야 한다. 따라서 우리가 서정에 관련된 논의에서 자기동일적 주체의 특권적 지위만을 읽어 내는 것은 오히려 시문학에 절대적이고도 특권적 지위를 부여하고자 하는 우리의 무의식과 보다 연관되어 있다.

이것은 그가 내세우고 있는 '탈(persona)'의 개념을 살펴보면 보다
명확해진다. 김준오에 의하면 원래 '탈'은 시적 자아와 시인의 경험
적 자아, 즉 시의 내부와 외부를 엄격히 구분하는 몰개성론의 현대
시관에 의해 형성된 용어이다. 그런데 흥미로운 것은 그러한 '탈'을
'동일성의 시론'을 보완하는 데에 사용하고 있다는 점이다. 김준오에
게 시인들이 경험적 자아와 다른 '탈'을 사용한다는 것은 실제 현실
의 자아로는 파악할 수 없는 '진실성'을 전달하기 위한 조건이다. 따
라서 '탈'은 '비자기(非自己, anti-self)'의 개념과 동일한 것으로서 '되고
싶어 하는 자아, 있어야 하는 자아'라고 정의할 수 있다. 이는 그가
'서정적 자아'를 텍스트 내부에서 텍스트 외부의 실제 시인으로까지
확장하면서 주체 중심의 동일성에 대한 관심을 지속하고 있음을 보
여 준다. 하지만 여기서 중요한 것은 "시의 중요성이 언어로 만들어
진 산문적 주장에 있지 않고 이 주장을 만드는 방법에 있다"고 본 김
준오의 말대로(「탈(Persona)의 詩論 序說」), 동일성이 구현된 '탈'의 모습
이 아니라 '탈'을 통해 시문학을 만들어 내는 조건, 즉 '탈' 뒤에 감추
어진 "분열, 갈등, 소외의 비극"과 자아가 벌이는 대결 그 자체라고
할 수 있다. 다시 말하자면 김준오 시론의 궁극적인 모습인 "자아와
세계가 조화를 이루는 일체감"은 자아와 세계가 서로 대조하는 "상
상적 관계"가 만들어 내는 운동성과 다름 아니다.

이 같은 사실은 김준오가 시의 구성 원리로 비유를 주목하고 있을
때에도 마찬가지이다. 그는 자아와 세계의 동일성에 기반하여 "가장
시적인 언어이며 시의 대표적 장치"로 비유적 언어를 들고 있다. 비
유의 근거 자체가 "두 사물 사이의 유사성 또는 연속성"에 있기 때
문이다. 따라서 비유는 동일성의 원리에 근거하고 있으면서 그 자체
로 "동일성의 서술"이다. 하지만 역시 그에게 보다 중요한 것은 시적

언어로서 비유가 일반적 진술을 '시적인 것'으로 만드는 그 역동적인 힘에 있다. 비유에서 동일성 못지않게 중요한 것은 "차이성"이며, 비유는 바로 이런 "차이성 속의 유사성(similarity of difference)을 필요 충분의 조건"으로 가진다. 김준오가 휠라이트의 논의를 따라 치환은 유(epiphor)와 병치은유(diaphor)로 나누어 설명하는 것도 결국 어원적인 차원에서 은유가 이미 '옮긴다(phora)'는 뜻을 공통으로 가지고 있는 역동적인 개념을 강조하기 위한 것으로 보인다. 이처럼 은유를 통해 시의 구성 원리 차원에서 운동성을 강조하는 그의 태도는 단순히 초역사적인 동일성의 추구에서 머물지 않고, 이후 「전이의 시론」에 이르면 시대적 상황과 발맞추어 변화하는 현대시의 사적 생명력에 대한 관심으로 확장된다.

이처럼 그의 '동일성'을 '역동성'과 같은 문맥 안에서 살펴보기 위해서는 통시적 차원에 대한 이해 역시 반드시 고려해야 한다. 동일성의 개념은 통시적 차원에서 시간의 흐름을 개입시키면서 필연적으로 '변화'와 '갈등'을 내포한 역동성을 갖게 되는 동시에, 좁은 개념의 '서정'을 벗어나 산업화 시대의 새로운 양상을 보이는 시문학과도 자연스러운 만남에 이를 수 있기 때문이다.

이와 같은 통시적 차원의 동일성은 무엇보다도 먼저 『한국 현대 장르 비평론』에서 불변하는 것으로서의 보편적 장르와 더불어 사적 전개에 따라 끊임없이 변화하는 하위 장르들에 대한 이해도 포괄할 수 있는 '역사시학'적인 관점으로 드러나고 있다. 여기서 그는 헤르나디에게서 차용한 '화법'과 '제시 형식'이라는 새로운 장르 분류의 기준을 통해 '다원적 분류 체계'를 내세운다. 이는 '동일성'을 통해 다른 장르와 서정 장르를 본질적인 차원에서 구별하고자 했던 이전과 달리 시대적 현실을 보다 반영한 것으로서, 가령 '서술시(narrative poem)'의 가능성도 받아들일 수 있게 된다.

동일성에 기반한 '서정시'와는 달리 근대 이후의 서사 양식을 받아들인 서술시는 근본적인 차원에서 이미 자기동일성의 주체가 분열되어 있을 수밖에 없다. 하지만 김준오는 서술시가 "살아 있는 실제의 인간"을 포괄하고 있다고 보고, 구비문학에서부터 비롯된 전통의 차원에서 대중성을 서술시의 근본으로 파악한다. 따라서 동일성의 차원에서 이를 경시한다는 것은 "서정시만 진정한 시라는, 곧 서정시를 특권화하는 태도의 산물이며 그래서 서술시를 부당하게 서정시와 대립시키거나 비교하려는 태도와 맞물려" 있다는 것이다. 이는 사적 전개 속에서 '화법'과 '제시 형식'을 고려한 장르 구분 방식이 특권적 위치의 서정시를 별도로 고려하지 않으면서 장르의 혼합이나, 더 나아가서는 해체까지 다루는 유연함을 보여 준다. 이와 같은 통시적 동일성은 결국 「서정, 反서정, 신서정」에 이르면, 서정은 변화하는 현대사회의 여러 가지 요인들과 적극적으로 반응하면서 세계를 파악할 수 있는 색인이며, 언제나 새로운 서정으로 전개되는 것이 가능한 동적 개념으로 진화한다.

반응 3. 자유롭게 읽기

「한 공산당원이 다른 사람들에게(A Communist to Others)」 등 정치성이 강한 작품으로 널리 알려진 오든(W. H. Auden)은 사실 공산당에 가입을 했다거나 구체적인 정치적 활동을 하지는 않았다. 그럼에도 1930년대 영미시를 적극적으로 수용하던 우리 시단에서 예이츠나 엘리어트에 비해 오든의 영향력이 상대적으로 적었던 것은, 당시의 사회적 상황을 고려해 본다면 이해할 수 있지만, 우리 현대시의 출발점에서부터 서정에 대한 논의 자체를 협소한 범위에 한정시킬 수밖에 없었다는 것을 짐작하게 한다. 하지만, 자신이 살아가고 있는 사회 현실과 일방적인 관계를 맺는 것보다 능동적인 반응을 중시했던, 그래서 결국 당시에는 불온적이라는 평가를 받을 수밖에 없었던, 오든의 시에 대한 언급을 상기해 볼 필요가 있다. 그에 의하면 모든 개인은 사회적·물질적 환경에 의해 지적·감정적 반응을 하며 이것이 결국 시를 만들어 내는 것이기 때문에, 다시 이 작품이 독자들의 반응을 이끌어 낸다면 바로 그것이 좋은 시라는 것이다. 따라서 시인이 살아가는 세상과 반응한다는 것을 멈춘다면 그것은 좋은 시를 쓰는 것을 멈춘다는 것을 의미한다고 강조한다.[1]

세상과의 능동적 반응으로 인해 일시적이나마 피할 수 없는 불온함을 감수하면서 언제나 '좋은 시'를 쓰기 위해 노력하는 시인의 목소리를 우리는 이기인의 작품에서 어렵지 않게 발견할 수 있다.

이기인의 첫 시집 『알쏭달쏭 소녀백과사전』을 통해 시인의 목소리를 단번에 알아들을 수 있었던 것은 무엇보다도 '소녀'라는 낭만적인 이름 때문이었다. 하지만, 그가 불러낸 '소녀'들은, 장석남 시인이 발문에서 적절하게 이야기했던 것처럼, 온통 '상처투성이'의 다소 이질적인 모습을 하고 있었다. 그러나 실제라면 바로 외면해 버리는 것이 오히려 타당할 이 상처 난 '소녀'의 모습을 통해 자본의 휘황찬란한 빛에 가려진, 아니 가려지길 원했던 우리 사회의 이면들이 2000

---

1 원문은 "Every individual is from time to time excited emotionally and intellectually by his social and material environment. (…) if such a verbal structure creates an excitement in the reader, we call it's good poem. (…) stop writing good poetry when they stop reacting to the world they live in." *The English Auden*, ed. Edward Mendelson, Faber & Faber, 1988. p.392. 논지를 명확하게 드러내기 위해 'excite', 'react' 모두 '반응'으로 번역했다.

년대의 한국시에서도 다루어질 수 있었다. 하지만, 여기에서 그 상처의 자세한 결들을 떠올릴 필요는 없겠다. 하지만 여기서는 그것들이 우리에게 왜 그토록 낯익은 모습으로 다가올 수 있었는지 시인의 시적 인식 방법에 대해 다시 한번 환기해 두고자 한다. 이를 통해서 궁극적으로는 최근 확연히 달라진 듯 보이는 시인의 시 세계에 대한 이해의 유효한 지점을 발견할 수 있게 되기를 기대하면서 말이다.

앞서 언급한대로 우리가 시인의 목소리에 돌아본 '상처투성이 소녀'의 모습은 실제라면 이질적인 존재로 느껴질 수밖에 없다. 하지만 우리가 현실에서 종종 상처를 입은 뒤에라야 자신의 신체이면서도 그간 무감했던 부위나 기능들에 대해 크게 자각하게 되는 일을 상기해 본다면 보다 다른 인식도 가능해진다. 상처가 단순히 외부의 자극으로부터 생겨나 치료를 받으면 없어지는 일회적인 사건이 아니라, 자신의 신체를 말단 부위에 이르기까지 실질적인 감각으로 느낄 수 있게 해 주는 가능성이라는 인식이 바로 그것이다. 즉, '상처 입은 육체'가 항상 회복만 염두에 두고 있는 비정상적 상황이라고 한다면 이기인이 주목하는 '상처의 육체'는 '상처'와 '육체'를 각각 독립적으로, 그리고 나아가 수평적 시선으로 그 둘의 관계를 사회적 의미망 안에서 상상할 수 있게 해 준다.

이기인의 시적 인식 방법은 후자에 확연히 기울어져 있다. 그는 '상처 입은 소녀'의 모습을 형상화하는 데에 몰두하기보다 '상처 + 소녀'라는 항목을 설정해 두고 이것이 각각 얼마나 더 많은 유사 항목들을 계열화하며 확장할 수 있는지의 가능성을 시도한다. 구체적인 노동이 벌어지는 삶의 현장에 대한 사실적 관찰을 거두지 않는 그의 시가 아이러니하게도 낭만적 분위기나 때로는 명랑한 어조를 시종일관 유지하고 있는 것 또한 이와 관련이 있다. '상처'와 연관 있는 우리 삶의 모습이 확장되는 만큼 '소녀'가 불러일으키는 순정한 이미지 역시 동일한 크기로 고스란히 겹쳐지면서 확장되기 때문이다. 가령, 첫 시집에 수록되어 있는 「학」은 의심할 여지없이 생계를 위해 자신의 육체를 상품으로 내놓을 수밖에 없는 '직업'의 현장을 다루고 있다. 하지만, 자본주의적 소외(alienation)를 가장 단적으로 보여 주는 이 매춘의 현장을 시인은 '학(鶴)-부드러운 담요-흰 날개' 등 소녀적 의미 계열체라고 부를 수 있는 단어들을 사용하여 이것들이 발산하는 의미와 동일한 크기로 포착해 낸다. 따라서 그의 작품들은 냉정한 현실의 날카로운 단면을 품고 있으면서도 할 수 있는 한 가장 따뜻한 서정적 온도를 유지한다.

이와 같은 이기인의 인식 방법은 사실 좀 더 강조될 필요가 있다. 앞에서도 잠시 언급한 것처럼, 2000년대 이후 관념적인 차원에서의 시적 방법론이 현실에 대응하는 보다 유효한 전략이 되어 버린 현실에서, 그가 마련한 방법을 통해 구체적인 노동의 문제들을 다루는 것이 우리 시에서 시대착오적인 일은 아니라는 점이 분명해졌기 때문이다. 그리고 두 번째 시집인 『어깨 위로 떨어지는 편지』에서도 그 대상이나 주제는 다양해지고 깊어져 갔지만, 그의 시적 방법론은 크게 달라지지 않은 것을 확인할 수 있다. 여기서 보다 주목하고 싶은 것은 최근 발표되는 이기인의 작품들이 단어의 선택이나 배열 등 보다 근본적인 차원에서 반응하고 있다는 점이다.

> 껴안아 보고 싶은 사십육 인 분의 흙 햇살 엉기는 돌멩이
> 흰머리의 언어를 잃어버리고 꿈틀거리는 눈썹 봄 사전 몸통 실오라기
> 버들의 무른 내장을 주무르는 물관 내용을 훔치는 사전 모의 바람

손가락

　　두 개의 귀를 감싸는 눈송이 하나에 달라붙은 연두 귓불

　　어떻게 벗었을까 솔방울 모자 풀어놓은 사랑방 손님 콧물

　　졸아드는 눈꺼풀 남쪽 벽 지팡이와 징검돌 옆구리 물소리 아홉

　　야옹이 마실 발톱 혀 아직 내밀지 않은 이파리 손수건

　　긁고 싶은 주름 화중(花中) 글자 사전에 없는 향긋 덟 주름

　　뇌파 혈 봄 옷자락으로도 마중을! 신문지처럼 납작한 체온

　　주전자 찌그러진 물을 기울여 탁자 위 컵에 공처럼 떨어뜨린다

　　찰랑거리는 빛 언어 수위 무릇 봄의 사투리 사진관으로 이동하는 표
정

　　이웃 담장 논을 찢고서 날아가는 기러기 목덜미 심상하다

　　　　　　　　　　—이기인, 「봄눈」(『시사사』, 2014.1-2) 전문

　먼저 위의 시에서 확연히 드러난 것처럼 조사의 사용을 극히 제한
하고 있는 것을 지적할 수 있다. 조사를 사용하여 문법적 관계나 의
미를 보다 명확히 하는 일반적인 우리말의 문장 구조를 시인은 최대
한 차단시킴으로써 문장 단위를 통해 자연스럽게 발생하고 또 전달
되는 의미 역시 지연시키고 있다. 다른 하나는 수식어와 피수식어의
관계를 가능한 중복시키고 있다는 것이다. 이것은 앞에서 말한 조사
의 제한적 사용으로 인한 부수적 효과로도 보이지만, 동시에 그것을
보완하는 역할도 하고 있다. 역시 일반적인 문장 구조에서라면 수식
어를 통해 피수식어의 의미가 보다 명확해지거나, 피수식어에 대해
가지고 있는 발화자의 생각과 의견이 드러나기 마련이다. 하지만 이
기인은 수식어와 피수식어 간의 정확한 관계 설정을 모호하게 만들
고 있다.

이처럼 다소 낯설게까지 느껴지는 시인의 새로운 시적 진술 방식은 의미 전달을 지연시키고, 이에 따라 시적 화자의 명확한 의도를 발생시키기보다 축자적 의미에 얽매이지 않은 독자들의 자율적 독해가 개입될 여지를 만들어 내고 있다. 두 권의 시집이 기존의 문법을 그대로 따르는 한편, 서로 다른 의미 계열체들을 가진 단어들을 활용하여 자신의 시적 세계관을 퍼뜨리는 데에 성공했다면, 이번에 시인은 문법적 규범을 넘어 다양한 세계관의 자율적 만남을 불러들일 수 있는 가능성에 주목하고 있는 것이다. 따라서 우리에게는 시인이 보여 주는 시적 진술에 무방비로 노출되는 기존의 수신자 위치를 벗어나 조금은 다른 독법을 시도해 보는 것이 무엇보다 중요해진다.

「봄눈」에서 시인의 진술을 그대로 따라가며 시적 의미를 파악해 보려 애쓰는 일은 다소 무의미한 것으로 보인다. 단절되어 뒤죽박죽 섞여 있는 것처럼 여겨지는 문장들로 구성된 이 작품을 읽다 보면, 그 단어들을 조합해서 부려 놓은 시인의 의도를 쫓는 노력은 자연스럽게 무력화되고 만다. 결국, 우리 앞에는 두 가지 독법만이 남는다. 첫 번째는 시인이 생략한 문법소들을 최대한 부활시켜 제목인 '봄눈'이 가지고 있는 의미 계열체들을 파악하며 읽는 법. 그게 아니라면 두 번째로는 레고 블록들을 이리저리 쌓는 것처럼 우리에게 주어진 단어들을 가지고 최대한 마음대로 의미를 재구성하며 읽는 것.

이렇게 본다면 최근 작품들을 통해 이기인 시의 변화라고 부를 수 있는 지점이 사실은 첫 시집부터 이어 온 그의 언어적 실험의 심화라고 보는 것이 보다 나을 듯하다. 다만 출간된 시집들에서는 그의 실험이 사회적 공통의 의미망 안에서 보다 안정적인 방식으로 행해졌었다면, 이후 행해지고 있는 최근의 실험은 보다 비규범적이라는 차이가 있을 뿐이다.

그리고 또 하나 흥미로운 것은 작품을 분석하고 의미를 드러내야 하는 이 글 역시 이기인의 시 앞에서 그 목적을 달성하는 것이 불가능한 지점으로 자꾸만 되돌아가게 된다는 것이다. 달리 표현하자면, 이기인의 작품은 에서(M. C. Escher)의 판화에서처럼 위상이 다른 무수한 지점들이 같은 층위에서 실현되는 입체성을 가지고 있다. 따라서 우리가 정한 하나의 목적지에 도달한다고 하더라도 그것은 또 다른 하나의 목적들로 열려 있는 출발 지점이 되는 셈이다.

다시 「봄눈」으로 되돌아가 보자. 그리고 이 작품이 '봄눈'의 형상성 중에서도 땅에 닿으면 이내 녹을 듯 떨어지는 미약한 움직임을 표현하고 있다고 생각해 보자. 그러면 이내 우리는 그것과 연관 지을 수 있는 단어들로 하나의 의미 계열체들을 만들 수 있다. 물론 이 역시 시인이 생략한 의미소들을 자의적으로 부활시켜 가며 찾아야 하는데, 예를 들면 '연두(빛으로 변한) 귓불 – 사랑방 손님(이 흘리는) 콧물 – 징검돌 옆구리(를 스치면서 흘러가는) 물소리 – 사전에 없는 향긋(한 냄새) – (외부에서는 감지할 수 없는) 뇌파' 등이 그것이다. 이를 통해 우리는 시인이 다양한 단어들을 사용해서 '봄눈'을 입체적으로 표현하고 있다는 결론에 다다를 수 있다. 하지만 우리는 이와 같은 봄눈의 형상을 받아들이게 되는 동시에 그것과 어쩔 수 없이 연계된 시적 의미로서의 '봄눈'을 추적하는 발판으로 내딛게 된다. 그것은 단 하나의 완전한 문장으로 이루어진 유일한 행인 "주전자 찌그러진 물을 기울여 탁자 위 컵에 공처럼 떨어뜨린다"라고 할 수 있다. 만일 이 연결과 도약에 동의를 한다면 앞서 파악한 '봄눈'의 형상성은 어떤 구체적인 공간, 즉 주전자를 올려 둔 난로가 있는 훈훈한 공간으로 우리를 이끌고 이내 주전자의 물을 떨어뜨리는 형상과 일치하며 의미를 발산한다. 겨울 추위를 견디며 생명력을 품고 있는 "버들의 무른 내장을 주"물러 싹을 틔우는 존재라는 의미를, 마치 춥고 목마른 자들에게 따라 주는 따끈한 물 한 잔처럼 말이다.

이와 같은 방식이 이기인의 최근 작품들을 이해하는 데에 유효한 것인지에 대해 확신할 수는 없지만 같은 지면에 발표된 다른 작품들(「실감개」, 「일요일 아령」, 「중절모 어색 빛」)에 동일하게 적용하는 것은 가능해 보인다. 특히, 「일요일 아령」의 경우 '아령'이 놓여 있는 시간과 공간의 질감을 최대화시켜 보여 주는 언어적 계열화가 탁월하게 이루어져 있다. 한산한 일요일의 어떤 평범한 가정집을 배경으로 하는 이 작품에서는 사용된 거의 모든 단어들이 '응접실 아령'으로 연결되고 있다. 그러면서 마치 노출 시간을 길게 해 두고 찍은 사진에서 움직임의 흔적들이 모두 살아나는 것처럼, 집의 곳곳에 배치된 사물들과 또 그것을 이용하면서 삶을 살아가는 사람들의 이력이 고스란히 한자리에 기록되고 있다.

흥미로운 것은 시인의 이런 방식이 독자에게는 결국 동일한 즐거움을 선사한다는 점이다. 그것은 시적인 것을 일방적으로 전달받기보다 우리의 내면에서 시적인 것을 형성해 나가는 즐거움, 시 작품을 감상하는 데에 가장 필요하고 어쩌면 유일한 덕목이지만 이제껏 외면당해 왔던 즐거움이다.

반응 4. 시인에서 벗어나기

앞에서 우리는 시인과 독자와의 관계를 아주 기본적인 차원, 즉 단어 선택과 문장 구성의 방식을 뒤흔들고 있는 작품들을 살펴보았다. 이를 통해 관습적으로 인정되는 시적 문장을 구사하는 시인이나 규범적 독법에 갇힌 독자를 벗어나, 자유로운 문장 조립 방식을 통해 한없이 불온한 지점에서 만나게 되는 시인과 독자의 모습을 확인할 수 있었다. 하지만, 그럼에도 불구하고 시 장르는 기본적으로 작품의 외부와 내부를 넘나드는 시적 주체의 강한 영향력을 피할 수 없다. 서구적 전통에 기반한 기존의 서정에 대한 논의에서 '자아'로 대변되는 주체상이 강하게 제시될 수밖에 없는 이유도 여기에 있다. 하지만 기본적으로 동일자적 주체는 그 결과의 차원에서 실패와 성공의 경우만 존재할 뿐, 불온함을 내재한 다양한 선택지의 형식으로 존재할 수 없음은 물론이다. 다음에서 끊임없이 시적 주체로서의 역할을 위반하고 있는 장이지의 작품을 통해 살펴보고자 하는 것은 시인의 자의식적 차원에서 벌어지는 위반의 형식이다.

먼저, 우리가 소설을 읽을 때를 떠올려 보자. 우리는 소설 작품 속에 등장하는 인물이나 공간적 배경 등을 받아들일 때 작가적 상상력의 차원에서 받아들인다. 그것이 심지어 자전소설로 명시되어 있을지라도 말이다. 예를 들어, 아우슈비츠의 생존자로서 여러 작품을 남긴 프리모 레비의 소설이 주는 표현할 수 없을 정도의 깊은 감동을 생각해 보자. 우리는 그의 증언이 그가 직접 겪은 끔찍한 일들에 대한 완벽한 사실 전달이라는 것을 알고 있다. 하지만, 독자에게 수용될 때는 그것이 사실 그대로 받아들여지는 것이 아니라, '유대인' 내지는 '일부 독일인'에 머물러 있는 편협한 경험의 세계를 뛰어넘어 보편적인 '이야기'의 형태로 받아들여진다. 즉, 소설가의 그 어떤 특수한 경험도 문학적 허구성의 단계 안으로 편입됨으로써 진정한 의미를 갖게 된다. 그럴 때, 문학적 허구성은 우리의 삶과 유리된 것이 아니라 다시 구체적인 현실과 관계를 맺는 방식으로 존재할 수 있음은 물론이다.

시의 경우 이와는 조금 더 복잡한 양상을 가지고 있다. 우선 시인의 경험은 소설에 비해 현실과의 연관성에서 보다 자유롭다. 동서양을 막론하고 어떤 깨달음에 도달한 존재를 시인의 전범으로 삼는 것이 낯설지 않은 이유도 여기에 있다. 하지만 동시에 시문학은 기본적으로 현실의 형상화 작업을 벗어날 수 없다. 가장 급박한 상황을 맞은 현실에서 문학으로 돌파구를 찾고자 할 때 시의 형태가 먼저 선택되는 일이 당연하게 여겨지는 것처럼, 그 어떤 초월적 기표도 현실과 동떨어질 수 없는 것이다. 즉, 어떠한 시적 상징도 현실적 원관념의 세계와 더 많은 접면을 가져야만 더욱 큰 시적 힘으로서의 서정이 발현된다는 사실은 자명하다. 시인의 말이 자신의 것인 동시에 타인의 것이므로 역사적일 수밖에 없다고 한 파스의 말을 상기해 보면, 서정은 결국 사회적 생산물이자 사회의 전제 조건이라는 상호 보완적이고 분리 불가능하며 모순적인 두 차원에서 발생한다고 볼 수 있다. 그러나 시문학이 진정으로 흥미로운 것은 그 역의 관점에 서게 되면, 즉 현실의 투박함 속에서 서정을 말하고자 할 때면 우리는 다소 난항을 겪게 된다는 점이다.

안현미의 아들은
이번에 고등학교를 졸업했다.
코밑에 제법 가뭇한 것이 돋았으리라.

졸업식에 못 가 본다고
용돈을 몇 푼 그 어머니 편에 보냈더니
'사리사욕' 채우는 데 쓰겠노라고
고맙다고 문자 메시지를 보내왔다.

제법 귀여운 짓이다.

그 어머니가 곁에서 시켰으리라.

그런 생각을 해 본다.

코밑에 수염이 돋은 아들을

지긋이 바라보는 어머니의 눈을.

안현미의 아들은 벌써 스물인데

내게는 자식이 없다.

외삼촌의 옷을 물려 입고 다니던 내 스무 살의 시간 위에

문득 무당벌레 한 마리 내려와 앉았다가

한참 후에야 날아간다.

그 선연한 빛깔 아래 부서질 듯한 날개…….

유예의 시간은 흐른다.

잠이 달아난다.

*안현미(1972-): 시인. 시집으로 『곰곰』, 『이별의 재구성』이 있음.

—장이지, 「졸업 선물」(『현대시』, 2014.5) 전문

장이지 시인은 이 작품의 첫머리를 "안현미의 아들은/이번에 고
등학교를 졸업했다./코밑에 제법 가뭇한 것이 돋았으리라"고 시작
한다. 이어서 '안현미의 아들'과 관련된 '현실'의 진술이 그대로 이어
지고 있다. 학교교육을 통한 시의 보편적 감상법에 익숙한 독자들이
라면 아마도 곧 등장할 '시적 전환'을 기다릴 법하다. 5연 즈음에 이
르면 "안현미의 아들은 벌써 스물인데/내게는 자식이 없다"라고 말

하면서 실제로도 이른바 시적 전환 내지는 시적 깨달음을 준비하는 것처럼 보인다. 말해질 수 없는 그 시적 감동은, 시인의 눈에 꽉 차 있는 무당벌레의 "선연한 빛깔 아래 부서질 듯한 날개"처럼 뿌듯하면서도 처연하리만큼 쓸쓸하고 아름다운 감정이라고 할 수 있겠다. 그리고 이 같은 감정의 공유 역시 일종의 시적 깨달음으로 보아도 무방할 것이다.

그러나, 이와 동시에 「졸업 선물」을 읽게 된 우리는 내내 의아한 기분, 즉 평범한 일상 그대로의 진술이 과연 '시적 힘'을 가질 수 있겠는가 하는 의문을 떨칠 수 없다. 지금 진술한 것처럼 최대한 모범적인 감상법을 동원하여 시적 깨달음을 얻고 난 뒤에도 아마 이 의문은 쉽게 사라지시 않을 텐데 바로 이 지점이 앞에서 말한 대로, 소설과 달리 시가 현실과의 관계를 맺는 방식이 다소 복잡해지는 부분이다. 다시 한번 말하자면, '형상화' 과정을 통해서 외부적 현실이 시의 세계 안으로 진입하는 길은 우리가 수월하게 따라갈 수 있다. 반면에, 형상화 과정을 거치지 않은 날것 그대로의 현실을 시적 진술 안에서 만났을 때에는 그것의 시적인 힘에 선뜻 반응하기보다는 의심의 눈길을 보내게 된다. 게다가 이 작품의 마지막에서 만나게 되는 구절, "안현미(1972-): 시인. 시집으로 『곰곰』, 『이별의 재구성』이 있음."을 보면 시인은 '안현미'를 가공의 시적 인물로 염두에 두었던 독자들의 감상을 그나마도 여지없이 무너뜨리고 싶어 하는 듯 보인다.

독자들이 어떤 깨달음의 상태에 이르는 것에 대한 거부감의 구체적인 표현들로만 이루어진 듯한 이 작품을 통해 독자들은 일반적인 시적 경험에서 벗어나게 된다. 즉, 깨달음과 공감의 구조를 벗어나 원하지 않아도 꼼짝없이 실제 '안현미'와 '안현미의 아들' 그리고 시인 '장이지'와 「졸업 선물」 속의 시적 인물들 모두를 포괄하는 아주 복잡한 관계를 인식하게 되는 것이다. 그리고 그 속에서 심지어 시가 무엇인지 길을 잃게 되는 상황을 맞게 될지라도 자신의 구체적 행동과 경험을 작품에 맞대어 보는 행위만은 오히려 피할 수 없게 된다. 시의 가치를 비난하게 되는 순간에도 그것을 판단하는 기준에 자신의 삶을 적극적으로 끌어오게 된다는 것이다. 어쩌면 이것이야 말로 우리 시문학이 추구하는 의미의 최대치로 보인다. 파스의 말을 조금 더 끌어와 이야기하자면, 바로 이런 방식으로 시 작품들은 원초적 경험을 보여 주면서도 그것을 통해 그 뒤에 오는 모든 개별적인 행동과 경험의 총체들을 중재하는 불가사의한 역할을 수행하는 것이 가능하기 때문이다.

근래에 발간된 장이지 시인의 시집 『라플란드 우체국』에는 이와 관련되어 「생활의 안쪽 2」라는 인상적인 작품이 있다. 시인(서정춘)의 시 창작과 관련된 일화가 중심 내용인 이 작품 역시 "시에 덧대워져 기워"진 것이 바로 "깊디깊은 생활의 안쪽"이라는 진술을 통해 시의 탄생 지점이 얼마나 복잡한지, 동시에 그것이 현실과 얼마나 직접적으로 연결되었는지를 우리에게 잘 알려 주고 있다. 바로 이런 방식, 즉 "생활의 안쪽"을 직접 시에 덧대는 방식을 통해 자신의 개별적인 체험들을 독자들 스스로 시적인 경험 안으로 끌고 들어가는 것이 가능하도록 만들고 있다. 벤야민의 문제의식을 공유하는 차원에서 말하자면, 이것은 경험(Erfahrung)이 사라진 시대에 우리의 시문학이 새로운 시적 역할을 확장해 나가고 있는 과정으로 이해해 볼 수 있다.

이를 통해 결국 시를 읽는 우리는 단순한 깨달음을 얻는다거나, 힘든 현실과 견주어 위안을 얻게 되는 일보다 훨씬 복잡한 감정을 가지게 된다. 그것은 마치 시와 현실이 다양하고 복잡하게 얽혀 있는 이해의 미로에 빠져드는 것과 마찬가지이다. 아마도 서정(성)을 느낀다는 것은 바로 이 미로에서 길을 잃는 것이 가장 정확한 표현일 것이다. 이 때문에 작품을 읽는 우리는 평면적으로 드러나는 작품의 단순한 주제 의식과는 달리, 복잡하게 얽혀 있는 이해의 지점들을 가질 수밖에 없게 된다.

어쩌면 이처럼 서정과 일상이 종횡으로 뒤섞인 상태는 어쩌면 일종의 혼란 내지는 시적 의미 전달의 미숙으로 보일지도 모르겠다. 하지만, 서정이 현실과 분리되어 시 안에서 자족적으로 존재하려면 최소한 시 안에서 일상은 완전한 통제가 가능해야 할 것이다. 비록 그것이 현실적인 거부감을 일으키거나 보편적인 정서적 감응에 실패하게 될지라도 말이다. 하지만 그런 방식은 결국 현실과 점점 동떨어져 서정은 자족적인 체계로만 존재하게 될 것이다. 그럴 때 일상은 또한 서정에 몸을 내어주기를 예비하는 공간으로 전락한다. 하지만, 위에서 살펴본 장이지 시인의 태도는 서정과 일상의 경계를 스스로 무화시키고 수많은 이해의 관점을 도입하고 있다. 그리고 그 관점들이 일으키는 돌발적인 공명을 준비하고, 또 그것을 즐기고 있다. 무엇이 '서정'인지, 무엇이 '일상'인지 묻는 우리를 조롱한다.

파스의 말을 한 번 더 빌려 오자면, 그것은 경험을 함부로 추상화하지 않는다. 그리고 모든 순간들을 환원이 불가능한 특수성에 가득 차게 만들고, 동시에 다른 순간에도 같은 크기와 의미로 반복되고 재생산이 가능하도록 만든다. 그리고 끊임없이 새로운 순간들을 만들어 낸다. 우리의 서정은 이제 여기에 도달했다.

현대시의 구조와 숭고

1. 균열 구조로서의 숭고

숭고를 통해 우리 현대시의 한 면모를 살펴보기 위해서 그 개념의 오랜 역사를 다시 정리해 볼 필요는 없겠다. 다만 숭고가 구별적인 하나의 개념으로 발견된 그 순간부터 이미 그 안에 포함되어 있던 균열의 지점들을 확인해 보자. 먼저 숭고를 가장 처음 하나의 개념으로 정립한 것으로 전해지고 있는 책 『숭고에 관하여』에서 '숭고함'은 다른 사람을 설득하거나 감동을 주기 위한 언어적 표현의 보편적 가치 기준으로 제시된다. 그래서 이 책은 숭고의 정의보다는 그것이 어떻게 발현되는지와 관련된 구체적인 사항들을 이야기한다. 특히 숭고의 구체적 원천을 다섯 가지로 나누어 살펴보고 있는데, 어법이나 문체 등의 기술적 원리를 제외하고 나면 '위대한 것을 만들어 내는 (사고) 능력'과 '강렬한 파토스'가 바로 숭고를 유발하는 중요한 부분이다.[1] 우리에게 숭고의 가장 기본적인 조건이면서 표상의 근원으로 잘 알려진 '무한한 크기(absolute magnum)'의 문제 역시 여기에

서부터 비롯되었는데, 『숭고에 관하여』에서는 실제로 '크기'와 '숭고'
의 용어가 그 의미를 구별하지 않고 동의어처럼 사용되고 있기도 하
다.[2]

하지만 우리가 지금 주목하고 있는 것은 '숭고함'의 내용을 자세
하게 설명할수록 점점 더 그것이 불가능한 지점들을 발견하게 된다
는 사실이다. 형이상학적 무한의 크기를 가진 숭고로서의 대상은 어
쩌면 인간의 본능적 차원에서 선명한 문제일 수 있지만, 그것이 어
떤 형태로든 외적으로 형상화되는 지점에서 발생되는 결손을 방지
할 수는 없게 된다. 그런데 흥미롭게도 이 결손의 여부는 '숭고함'을
훼손하지 않는다. 『숭고에 관하여』에서 말하는 '숭고'는 그 자체로 위
대하기 때문에 그것에 다가가고자 하는 일체의 노력을, 비록 그것이
실패한다고 하더라도 전혀 문제가 되지 않는다. 오히려 '흠'이나 '실
수'는 숭고함을 실현하는 행위에 내재되어 있는 필연적 조건이기도
하다.[3]

1674년에 『숭고에 관하여』를 처음 번역, 출간하면서 숭고를 본격
적인 논의의 대상으로 만든 부알로를 거쳐, 버크나 칸트를 관통하면
서 점차 미학의 핵심 개념이 되는 동안 위대함과 왜소함, 무한성과
유한성 그리고 두려움과 쾌감 등이 대립하면서 일으키는 균열의 지
점들은 이제 숭고미를 지탱하는 구조로 남게 된다. 특히 헤겔은 숭

---

1 나머지 세 가지는 생각과 표현의 어법, 고상한 언어 선택과 문체 그리고 위엄 있고
고양된 문장 구성 등이다. 「숭고에 관하여」, 천병희 역, 『시학』, 문예출판사, 2002,
pp.284-286 참고.
2 김상봉, 「롱기누스와 숭고의 개념」, 『서양고전학연구』 9호, 한국서양고전학회,
1995, pp.209-212.
3 「숭고에 관하여」, pp.360-371 참고.

현대시의 구조와 숭고 141

고함이 외적 형상화 과정에서 소멸될 수밖에 없다고 말하면서, 무한한 것을 현실의 영역에서 나타내고자 할 때 적합한 대상을 찾지 않은 채로도 표현하려는 시도 그 자체를 숭고함으로 보기도 했다.[4] 가라타니 고진이 '전도(顚倒)'를 통해 근대를 설명하고자 했을 때 이 역시 숭고에 내재된 구조, 즉 숭고의 대상과 그것을 하나의 미감(美感)으로 인식하는 주체 간의 균열로 인해 가능할 수 있었던 셈이다.

고대의 수사학에서 형성되어 근대 미학의 주요 범주로까지 발전하게 된 숭고는 리오타르에게서 아방가르드의 예술 원리로도 전유된다. 모노크롬 작품으로 유명한 뉴만의 그림을 통해 그는 대상을 구성하거나 의미를 확정하는 힘이 아니라 무언가가 끊임없이 일어나고 있다는 사실만 존재하는 비결정성에 주목한다. 숭고에 내재된 이중의 정서인 불안감(두려움)과 쾌락 역시 무언가가 일어난다는 사실 자체까지 삭제되어 '그것이 일어나는가?'라는 방식만을 남기는 '박탈의 상태'에서 생겨난다는 것이다.[5] 이는 칸트가 숭고를 도덕적 이념과 결부시킴으로써 해소시켜 버린 균열의 지점을 리오타르가 다시 한번 되살린 것이라고 할 수 있다.

2. 능력에서 힘으로

살펴본 것처럼 '숭고'를 지금의 예술, 그리고 우리 현대시와 연관 지어 살펴본다는 것은 위대하고 압도적인 대상의 존재 여부나 시인의 특별한 재능을 판별하기 위한 것이 될 수 없다. 한 편의 시 안에

---

4 G. W. F. 헤겔, 『헤겔의 미학 강의 2』, 두행숙 역, 은행나무, 2010, pp.137-138 참고.
5 장 프랑수아 리오타르, 『포스트모던의 조건』, 유정완 외역, 민음사, 1992, pp.203-228 참고.

어떤 위대함이 표현될 수 있겠지만 그것이 곧 시문학 자체의 가치로 이해되지는 않기 때문이다. 하나의 미학적 관점이, 숭고가 그런 것처럼, 사실과 가치가 연관되어 있는 관계라고 한다면 중요한 것은 그 균열 지점에서 발생하는 실천적 영역의 가능성이다.

그렇다면 지금의 우리 시가 가진 힘을 보여 줄 수 있도록 숭고를 다시 한번 전유하는 것이 가능할까. 그 과정에서 미학적 판단이 가지고 있는 실천성의 결여를 비판하면서 멘케가 그 대안 개념으로 말하고 있는 '힘(kraft)'을 살펴보는 일은 흥미롭다.[6] 그는 '힘'을 고대 그리스의 예술론에 기원을 두면서 '능력(Vermögen)'과 대비시킨다. 능력이 사회적 훈련을 통해 획득될 수 있으며 주어진 보편적 형태의 실현에 집중해서 뚜렷한 목적을 달성하기 위한 원리라고 한다면, 그와 반대로 힘은 일종의 유희로서 자신이 만든 형태조차 모두 변형시킨다. 특히 예술적 힘을 이해하기 위해서 열광의 대상과 주체가 서로 전이되는 과정을 강조하고 있는데, 이는 앞서 말한 숭고의 구조와 깊이 연관되어 있음을 알 수 있다. 따라서 그에게 예술은 '능력'에서 '힘'으로 전이가 일어나는 시간과 장소이며, 그 무엇으로부터도 자유의 상태인 영역이 된다.

멘케가 네오 라우흐의 그림 「관직(Amt)」으로 '예술의 힘'에 대한 자신의 견해를 구체화하고 있는 부분을 조금 더 살펴보자.[7] 잘 알려진 것처럼 라우흐는 구동독 출신으로 지금은 라이프치히를 중심으로 활동하면서 독일 현대미술을 대표하는 화가 중 한 명이다. 대형 작업을 주로 하는 그의 그림은 구상적 묘사를 통해 대상을 선명하

---

6 크리스토프 멘케, 『예술의 힘』, 신사빈 역, W미디어, 2015, pp.10-15 참고.
7 크리스토프 멘케, 『예술의 힘』, pp.84-95 참고.

게 보여 주는 동시에 이질적·대립적 배치 등을 통해서 일관된 내러 티브를 만들지 않는 특징으로 설명될 수 있다. 멘케는 이 그림 역시 서로 다른 세 개의 공간이 각각 이질적인 대상을 중심으로 분할되어 있음으로써 그것들이 서로 충돌하면서 긴장감을 일으킨다고 본다. 작가가 자신의 회화에서 '해명되지 않은 영역'을 강조하는 것도 이와 관련되어 있다.

하지만 이 같은 방식이 미확정성으로 나아가는 균열을 일으키는 것이 아니라 대립으로 인한 긴장감 산출이라는 단순한 공식으로 작 동하고 만다는 점을 그는 지적한다. 또한 색의 차원에서 찾아볼 수 있는 일관된 배치의 원리는 아쉽게도 모든 수수께끼를 이해의 영역 으로 끌고 들어온다. 여기서 멘케가 말하는 '수수께끼'란 균열의 지 점에서 지속적으로 발생하면서 모든 판단의 자기 확신을 거부하게 만드는 '힘'과 연관되어 있는데, 이것이 수용의 차원으로 전환되면서 결국 비결정성의 유희 속으로 판단 주체들을 이끄는 '힘'도 멈춰 버 린 것이다. 그가 강조하는 예술의 '힘'은 이처럼 대상에서 시인 그리 고 독자에게 이르는 전이의 과정 속에서 스스로를 견딜 수 없게 만 들고, 모든 판단을 유보시킨다. 요컨대 현대 예술에서 숭고의 문제 는 내용과 형식, 본질과 현상, 그리고 대상과 가치 등 인과적으로 통 합되어 있다고 여겨온 관계들 간의 균열(그리고 흠, 박탈, 수수께끼들)과 관련된 것으로 전환된다.

3. 박탈된 의미와 행위의 지속

안태운의 두 번째 시집 『산책하는 사람에게』(문학과지성사, 2020)를 통해 이와 같은 숭고의 구조를 들여다보고자 한다. 이 시집에는 일 상적 공간을 배경으로 주체의 행위들이 아주 구체적으로 묘사된 작품들이 많이 등장한다. 산책을 하고, 편지를 쓰거나 또는 아무 일도 하지 않고 하루를 보내는 등 우리의 일상 속에서도 흔히 벌어지고 있는 그 행위들은 말을 건네는 방식의 문장 구성과 함께 비교적 길이가 긴 작품들도 독자들이 쉽게 받아들일 수 있도록 만든다.

그런데 흥미로운 지점은 그 행위들을 따라가다 보면 이상하게도 어떤 인과적 결과나 논리에 의지하지 않으면서도 전혀 다른 행위로 도약하게 되고, 결국에는 행위와 결부되어 있다고 믿었던 일상의 공간들까지 그 구체적 위상을 잃고 만다. 그 구체적인 모습을 따라가 보자면 다음과 같다.

> 공터를 잃었네. 있있는데. 옆 사람과 흰 개와 함께 공터 밖을 서성이고 있었는데, 공터를 잃었고 옆 사람을 회상하고 있다. 흰 개는 잃은 공터를 향해 짖고, 못내 짖다가도 지치기를, 나를 바라며 기다렸지만 이내 흰 개를 내버려 둔 채 옆 사람과 함께 공터 밖을 산책한다. 둘레의 움직임을 만들면서 걷고 걷다가 내가 바라보는 건 과거의 공터, 고개를 천천히 돌리면 옆 사람을 비우는 공터, 계속 걷자 공터를 처음 잃었던 지점에 도착했는데, 흰 개는 없었다. 짖음도 없었고. 흰 개야. 아무도 없어서, 흰 개가 어디로 갔는지 물어볼 사람도 없어서 나는 흰 개마저 잃어버렸네. 옆 사람은 나를 쓰다듬었지. 상심하지 말라고, 엎드려 흰 개의 흉내를 내며.
>
> ―「공터를 통해」 전문

'나'는 "흰 개"와 그리고 또 다른 누군가와 함께 "공터 밖을 서성이고" 있는 중이다. 이들 모두에게 '공터'는 당연하게도 분명한 공간이고 따라서 그 바깥에서 서성일 때도 그것을 가능하게 해 주는 일종의 기준점으로서의 명확성을 가지고 있다. 하지만 실제로 이 작품은 "공터를 잃었네"라는 하나의 선언으로 시작되었다는 점에 유의해야 한다. 그러니까 지금껏 우리가 명확하게 인식하고 있었던 '공터의 바깥'을 서성이는 행위는 그것이 불가능하다는 사실의 인식과 동일한 순간의 모순된 지점에서 양립하고 있었던 것이다. 따라서 '공터'를 중심으로 세 주체인 '나'와 "옆 사람"과 "흰 개"의 행위를 인지하게 되는 순간은 곧 그 행위가 중지하거나 다른 행위로의 변화를 수용하게 되는 것과 동일하다. 그리고 '공터' 밖을 서성이는 동일 행위로 모여 있었던 주체들의 연결고리 역시 관계의 의미를 강화하는 기능을 잃고 어떤 방식으로든 변화를 수용할 수밖에 없다.

작품의 마지막에 이르면 "흰 개마저 잃어버"린 '나'를 "옆 사람"은 ("흰 개" 대신?) "쓰다듬"으면서 위로하는데, 일방적일 수밖에 없는 위로의 구조에서조차 "엎드려 흰 개의 흉내를 내"는 대상이 모호해지면서 주체의 구분이 불가능해진다. 이 작품을 읽어 가면서 생겨나는 묘한 긴장감은 리오타르가 말하고 있는 것처럼, 인과율의 적용이 불가능한 우연한 사건들이 나열되면서 결국 아무것도 발생하지 않을 가능성에서 비롯한다.

흰 개가 있어. 나와 함께 공터를 산책한다. 흰 개는 나의 개이자 공터의 개 그러므로 나와 함께 공터를 산책하지. 산책하며 서로 사라지기도 하지. 나는 흥얼거리며 흰 개를 두고 달렸다. 흰 개는 나를 따라 달렸다. 하지만 흰 개가 따라올 수 없을 정도로 더 빨리 달려. 더 빨리, 나는 속으로 외치며 더 빨리 달렸어. 흰 개는 쫓아오다가 쫓아오기를 그만두고 멈춰서 나를 쳐다보기만 한다. 고개를 갸우뚱거리며. 나는 흰 개에게 되돌아가지.

흰 개는 나를 잊은 것 같다. 나를 잊은 척하나. 나는 흰 개를 쓰다듬고 안아 들었다. 이윽고 바라본다. 흰 털과 눈과 입술을. 흰 털과 눈과 입술을 지닌 개는 내가 안은 흰 개 그러나 흰 개는 입술이 검은 개. 그런데 입술 위로 검은 게 나 있다. 이건 검은 털이구나. 흰 개인데 검은 털이 하나 나 있다. 그게 너무 신기했어. 흰 개도 늙어 가나 보다. 검은 털이 났다는 게 늙어 감의 증표인가 보다. 나는 놀라워하며 나도 모르게 소리쳤지. 흰 개한테 검은 털이 났어요. 사람들은 나와 흰 개 주위로 몰려들었다. 흰 개를 바라보는 사람들과 사람들을 바라보는 나와 멀뚱한 흰 개가 있는 공터에서 나는 흰 개의 검은 털을 가리킨다. 사람들은 검은 털을 살펴보려 하지. 줄을 서서 그것을 만져 보려 한다. 줄이 길어. 줄이 나무 뒤까지 나 있어. 나무가 사람들 뒤까지 나 있어. 사람들은 끝도 없이 서 있었고 나는 그만 지쳐서 옆 사람에서 흰 개를 맡긴다.

—「흰 개를 통해」 부분

이 작품은 「공터를 통해」에 이어서 배치되어 있다는 점에서도 흥미롭다. 앞서 살펴본 것처럼 안태운 시인이 보여 주는 특징적인 시적 구조, 즉 어떤 시적 장면이 의미로 통용되기 위한 일반적인 구성 요소들(주체와 행위 그리고 공간적 배경)의 관계 소멸이 한 작품을 넘어 시집 전반으로 확산되고 있다는 분명한 표지처럼 보이기 때문이다.

'나'의 산책하는 행위에 동반된 "흰 개"는 여러 면에서 「공터를 통해」와 연속성을 갖는 것처럼 보인다. 하지만 "나의 개"일 뿐만 아니라 "공터의 개"이기도 한 "흰 개"는 소유 관계로 인해 확인할 수 있는 의미로 이어지는 것은 아니다. 그보다는 바로 그 관계에서 자유롭고 또 그 때문에 이질적인 것들과의 수평적 관계 맺기가 가능하다는 점에서만 유사성을 갖는다. 따라서 "흰 개"를 통해서 우리가 확인하게 되는 모든 관계들은 어느 한쪽의 목적이 확인되는 순간 그 분열이 예정되어 있다는 사실로만 존재할 뿐이다. "흰 개"라는, 외부에서 확인될 수 있는 정보로만 규정되어 왔던 주체가 그 정의로 완성되는 순가 "검은 털"의 변형을 시작하고 그것으로써 수많은 다른 사람들과 새롭게 만나게 되면서 '나'와의 관계에서 벗어나는 장면은 그것을 상징적으로 보여 준다. 동시에 이것은 단순히 도식적인 관계의 종식을 보여 주는 것이 아니라 새로운 관계 맺기로 언제든 전환될 수 있는 가능성에 초점이 맞추어져 있다는 것 또한 눈여겨볼 필요가 있다.

이처럼 재현의 지연과 지속적인 실패로 만들어진 안태운의 시적 구조는 우리의 인식과 감각의 내면에 충격을 불러일으킨다. 이것은 숭엄의 특징인 고통과 쾌락의 동시성에서 발생하는 긴장감의 구조와 유사하다. 그렇다면 이제 문제는 이와 같은 균열의 지점들이 그것을 봉합하는 현실 사회의 공격을 견딜 수 있는 '힘'으로 기능할 수 있는지의 여부라고 할 수 있다.

숭고를 아방가르드 예술의 원리로 파악했던 리오타르는 자본의 과잉을 그것에 대한 또 다른 형태의 공격으로 보기도 했다. 단순하게 말해서, 안태운의 시를 통해 살펴보았던 것처럼, 숭고의 감정이 불안과 공포 속에서도 우리에게 인식과 감각의 자율성을 부여해 주는 것과 관련되어 있다면, 자본주의 경제는 무한한 부를 전제로 인간 주체의 경험들을 모두 경제적 이해관계 속에서 단순화된 목표를 수행하기 위한 예측 가능의 범주로 만들어 버리기 때문이다. 나아가 이글턴은 현대 자본주의 사회에서 '돈'이 척도 없음과 무한함의 유일한 기준으로 작동하고 있는 문제점을 지적한다. 따라서 마르크스의 미학적 관점이라면 감각의 주체성을 되살릴 수 있는 방법은 오직 역사적 변혁으로만 가능하다는 것이다.[8] 인간의 감각은 그 자체로 이미 복잡한 물질적 역사의 산물로 구성되어 있기 때문이다. 그렇다면 자본의 소유가 모든 감각적 표현의 전부이고, 인식의 자율성은 소비와 구매의 충동으로 대체된 현실에서 균열의 구조는 어떻게 지속될 수 있을까.

오늘 나는 하루 종일 카페에 앉아 있었습니다. 이 편지를 쓰려고 했어요. 나는 상황에 처하는 걸 좋아합니다. 상황이 나를 어떻게든 이끌어 가도록. 그렇게 어떻게든 상황 속에서 나는 내가 변모해 나가는 걸 좋아하는 것 같습니다. 직면하면서 갱신해 나가길. 나는 카페에서 편지의 상황에 처해 있었습니다. 편지의 상황은 이상해요, 편지의 말은요. 그래서 빠져들 것 같았죠. 읽기만 해도 내가 쓰고 있는 것 같아서. 나는 언젠가 편지를 받은 적 있고 답장을 해야 하는데. 잘 모르겠습니다. 나는 당신과 잘 아나요. 아니면 모르는 사이가 되나요. 거리감이 있어서 편지를 쓸 수 있는 것 같나요. 아니면 실감이 있어서. 나는 나를 실험하고 있습니다. 나는 나를 실험하고 있었어요, 카페에서. 실험하면서 쓰기 위해서는 무언가 일어나야만 합니다. 장면들이 있었는데 그래도 일어나지 않는 장면이라면 발생하게 해야 했습니다. 장면들 속에서 장면을, 그 장면 속에 있을지도 모르는 또 다른 장면을, 그 장면이 강이 될 때까지. 그리고 나는 그 과정을 보여 줄 수는 없어요. 나는 어떻게든 쓰지만 과정을 보여 줄 수는 없었습니다. 불현듯 강이 되고 그 강은 이미 검은 강이 되어 버렸으니.

−「그 편지를」 부분

---

8 테리 이글턴, 『미학사상』, 방대원 역, 한신문화사, 1995, pp.216~237 참고.

이 작품에서 역시 우리는 행위와 공간의 균열을 징검다리 삼아 건너가는 시인의 모습을 먼저 확인할 수 있다. 가령, '편지'를 쓰는 것이 표면적인 목적으로 제시되어 있는데 그렇다면 작품의 전체적인 배경인 '카페' 또한 목적과 연관되어 있는 장소일 수밖에 없다. 하지만 앞서의 방식에서처럼 시인은 이 둘을 우연의 관계성 속으로 이끈다. 이를 통해 행위에서 공간은 분리되고, 이어서 행위의 목적 역시 서로의 연관성에서 독립되어 버린다.

그런데 이 같은 균열의 구조가 곧 행위의 증발이나 공간의 무용성, 또는 새로운 목적의 추구를 의미하는 것은 아니다. 우리가 주의를 기울여서 확인해야 하는 것은 이 같은 구조 자체를 그가 하나의 방법론으로 보여 주고 있다는 점이다. 그것을 시인이 말하고 있는 그대로 하나의 "상황"이라고 부를 수 있을 텐데, 이는 목적이 삭제되어 버리고 공간을 통해 구성되어 있던 사회적 의미망 역시 힘을 잃은 상태에서도 "나를 어떻게든 이끌어 가"면서 '행위'를 지속시켜 나가는 힘이 된다. 시인이 "직면하면서 갱신해 나가길" 바라는 것은 정확하게 바로 이 '힘'이라고 할 수 있다.

그래요, 친구는 친구이고
나는 나예요
연습해야 합니다 나를
시퀀스
멀리 있는 친구의 시퀀스를 떠올려 보면서
그 무엇이라도 떠올려 보면서
나는 무슨 연습을 해 볼 수 있을까
집이니까 그 무엇이라도 할 수 있죠

연습이란 걸 해 보자 하면

선풍기를 연습해 봐야지

생태시를

제로 웨이스트를

도마를 연습해 봐야지

우리의 환경에 대해서

시계를 연습해 봐야지

시퀀스를

시퀀스

익숙해져야지

그래 인상 쓰시 말고

그게 중요합니다.

어떤 동작이든 시퀀스

—「집에서 시퀀스를 연습하세요」 부분

이 작품에서 '시퀀스'는 따라 해야 할 어떤 것, 또는 무언가를 연습하는 행위 그 자체이거나 행위의 기준 등 다양한 의미 차원으로 제시된다. 영화 용어로 사용될 때에도 시퀀스가 단순하게 몇몇 신(scene)이 합쳐진 단위이기도 하지만 그 자체로 완결성을 가지고 있는 독립적 역할을 의미하기도 하는 것과 유사하다. 하나의 시퀀스가 독립성을 유지하면서도 전체 영화의 특징을 대변할 수 있는 것처럼, 이 작품에서도 '시퀀스'는 부분이면서도 전체이거나 행위인 동시에 목적으로 사용된다.

'시퀀스'가 '나'의 개인적인 행위이면서 "멀리 있는 친구"의 행위와도 고스란히 겹쳐지는 것이 가능한 부분은 특히 인상적이다. 우리가 살펴보고 있는 대로 숭고가 현실에서 하나의 '힘'으로 지속될 수 있으려면 그 균열의 구조를 덮어 버리는 구체적 현실과의 갈등을 피할 수 없다. 하지만 그 과정이 스스로 무한한 숭고의 대상이 되어 버리는 것을 말하는 것은 아니다. 안태운 시인이 그려 보이는 '상황' 또는 '시퀀스'는 스스로 아무 의미도 만들지 않지만, '친구'와 함께 끝없이 "연습"만을 반복하게 만드는 것으로서 의미가 있다. 그럴 때 "생태시"나 "제로 웨이스트", 또는 "우리의 환경"들은 그 하나만으로 완결되는 목적이 아니라, 숭고의 구조 속에서 끝없이 나아가도록 만드는 '힘'의 다른 모습들이다.

그렇다면 지속하는 '힘' 속에서 교차된 '나'와 '친구' 두 주체의 모습은 숭고를 통해 탄생한 하나의 미학적 공동체라고 부를 수 있을 것이다. 목적의 일치가 아니라 단지 행위를 지속해 나가는 가능성으로서의 방법만을 공유하고 있을 뿐인 공동체 말이다. 멩케의 말 그대로, 우리가 서로 공유하는 것은 오직 우리 자신과의 분열이며, 무언가를 통해 스스로를 주장하는 주체로서의 우리 자신에 대한 반감이어야만 한다.

길 위에 선 시인들

내 이름은 누군가와 아무나이다.

나는 천천히 걷는다.

너무 멀리 떨어진 곳에서 오기 때문에

자신도 목적지에 도착하기를 기대하지 않는 사람처럼.

—호르헤 루이스 보르헤스

1. 시인, 동시보행의 존재

이동을 위해 걷는 것은 음식물 섭취를 통해 생존을 지속해야 하는 생명체들에게 자연스러운 일 중의 하나이다. 하지만 인간만이 재배를 통한 정착 생활을 만들어 나가면서 걷는 행위는 이내 뚜렷한 목적, 즉 일정한 생활의 영역이나 범위를 한정하는 것과 결부된다. 라틴어에서 '정원(hortos)'이라는 말이 '들판(ager)'에 앞서 나왔다는 사실을 통해 경작 행위가 인간 사회를 형성하는 가장 근원적인 사실이었음을 지적한 사람은 모건(L. H. Morgan)이었다. 이어서 그는 '정원'의 뜻이 전적으로 제한된 공간(inclosed space)만을 가리키고 있으며, 소위 '문명사회'로의 발전이라는 것은 결국 경계와 한계로 둘러싸인 공간의 구획과 결합을 의미한다고 지적한다. 이를 통해 명확히 이해할 수 있는 것처럼, 인간은 애초부터 걷는 움직임 자체보다 그것을 통해 획득할 수 있는 제한된 공간의 구성에 주목하게 되었다. 유목민들의 삶을 끝없는 유랑 생활이라고 표현하기도 하지만 오히려 그들의 이동은 삶의 조건에 맞는 공간으로의 자리바꿈에 가까우며, 그들이야말로 누구보다 생존에 적합한 공간의 범위에 대한 인식을 가장 확고히 가지고 있다고 볼 수 있다. 인공적 이정표가 없이도 방향과 위치를 파악하던 그들의 탁월한 감각 역시 여기에서 기인한다.

요컨대, 정착을 위해 시작한 보행 이동은 인류가 어느 정도 안정적인 정착을 이룬 뒤에는 다시 그것의 안정성을 확인하기 위한 행위로 수렴되는 셈이다. 자신이 속한 공간을 벗어나고자 하는 행위인 여행 역시 마찬가지라고 할 수 있다. 다른 공간에 대한 욕망을 전제로 출발해서 궁극적으로는 자신이 속한 공간으로 되돌아오는 것을 목표로 하는 행위가 바로 여행이기 때문이다. 귀향의 구조가 서사의 출발과 연관되어 있다는 사실도 이와 무관하지 않다. 이야기의 탄생은 낯선 세계를 향한 발걸음이 아니라 이질적인 두 공간이 충돌을 일으킨 결과에서 비롯된다.

이 같은 상황에 처한 인간의 특징을 하이데거가 '세계-내-존재'라고 말한 것처럼, 하비(D. Harvey)나 르페브르로 이어지는 주체(와 타자)의 양태를 이해하기 위한 철학적 노력이 한정된 공간에 대한 연구와 깊이 연관되어 있는 것 또한 이를 방증한다. 가장 단순하면서도 지속적으로 이루어지는 기본적인 인간 행위로서의 걸음은 이처럼 삶의 조건이나 인식의 범위 그 어떤 것이든 일정한 공간의 구성을 향한다.

이처럼 제한된 공간 구성이 인간 사회의 발전 과정을 집약적으로 보여 준다고 했을 때, 그것의 전모를 가장 가시적으로 드러낸 형태는 물론 도시이다. 자연 그대로의 모습에 한계를 부여하고 살아가던 이전의 공간과는 달리 도시는 실제 그곳이 삶의 터전이 아닌 사람에게도 균질화된 공간 경험을 가능하게 한다. 즉, 공간을 만드는

데 가장 중요한 요소였던 사람, 보다 정확히 말해서 사람의 보행 이동은 공간(도시)의 완성 이후 역으로 공간에 종속된 행위가 된다. 따라서 '산책자(flâneur)'가 근대 도시인의 전형적인 존재 양상인 것은 어찌 보면 당연한 일이다. 산책자의 의미를 보들레르처럼 근대 도시(metropolis) 속 진정한 예술가의 모습으로 보든, 벤야민의 언급대로 균열되어 파편적 경험만 남은 현실에서 진정한 관조자의 시선을 가진 존재로 보든 도시에서는 걸음을 걷는 단순한 행위조차 공간에 내재된 작동 원리에 따라 배치되는 힘의 영역에서 자유롭지 못하다는 점이다.

근대의 시문학은 바로 이 지점에서 탄생한다. 균열과 통합의 시선이 공존하는, 그래서 다소 불가능해 보이는 시문학의 기본적인 특질역시 바로 이 때문이라고 할 수 있다. 그러나 '보행하는 인간(Homo Ambulans)'과 관련된 시문학의 특질을 살펴보고자 하는 이 글에서 보다 주목하고 싶은 것은 '걷는 행위' 그 자체의 의미이다. 그것은 앞서 설명한 것처럼, 특정 공간을 만들어 내는 구성적 능력이 아니라 지금 우리의 공간을 재구성하고 탈구축하고자 하는 힘을 말한다. 다시 말해서, '걷는 행위'에 의미를 부여할 수 있는 유일한 순간은 '공간-기계' 너머를 향하는 것이 가능한 움직임일 때뿐이다. 그것은 어쩌면 시문학이 짊어진 고유의 책무에 가까울지도 모르겠다. 애초에 시를 쓴다는 것은

　이런 동시보행(同時步行) 아시는가 나는 앞으로만이 아니라 뒤로도
　걷고 있었음을 오늘 또한 알았다 전망의 시간에 추억의 시간을 동량
　(同量)으로 포개고 있었다 여기까지 걸어온 만큼 흘러온 나날들 쪽으
　로 그만큼 걸어가 있었다

—정진규, 「느티의 결」(『무작정』, 시로여는세상, 2014) 부분

는 시인의 고백에 직접적으로 드러나 있는 것처럼, 공간을 구성하는 물리적·시간적 질서에 얽매이지 않는 "동시보행"을 하는 것과 다르지 않기 때문이다. 따라서 시인이 길을 나서는 것은 어떤 목적의 수행이나 귀환의 보장 등에 대해 "마음먹은 게 아니라/모두가 마음을 놓고 가는 길" 위로 걷기 위해서이다(이병률, 「여행의 역사」, 『눈사람여관』, 문학과지성사, 2013).

2. 무능한 순례자

신체적 기능의 지속과 그 결과에서 벗어나 걷는 행위 자체에 의미를 부여하게 된 사건으로 주목해야 할 것은 순례이다. 종교적 의미가 부여된 공간이 완성된 이후 시작된 순례는 그 어떤 여행보다 걷는 행위를 목적에 귀속시키는 강한 힘을 가지고 있었다. 그럼에도 순례에서 우리가 주목해야 할 것은 애초 단 하나의 목적지에 부여되었던 참회, 감사, 구원 등의 의미들이 그곳을 향한 수많은 갈랫길 위에서 고스란히 되살아난다는 점이다. 길을 그저 텅 빈 통로로 전락시키고 마는 현대의 관광과 비교해 보면 이것은 쉽게 이해될 수 있다.

이와 더불어 우리가 또 주목해야 할 것은 순례를 위해 이동하는 자들이 가질 수밖에 없는 외부자 또는 이방인으로서의 정체성이다. '순례자(pilgrim)'를 부르는 말이 외국인을 뜻하는 라틴어 'peregrinum'에서 시작되었다는 것을 떠올려 보자. 예나 지금이나 필시 순례자들은 그 행색부터 쉽게 구별되었을 것이며, 때로는 거주자들에게 환영받지 못하는 경우도 있었을 것이다. 지속적으로 다른 지역이나 국가들을 관통해서 목적지를 향하는 순례자들은 실제 국

적 여부를 떠나서 거주자, 즉 걸음을 멈추고 자신들이 만든 공간 안에 정주한 자들과는 다른 외부인의 시선을 자연스럽게 가지게 된다. 실제로도 지금 우리에게 널리 알려진 순례길에서 순례자들은 조가비나 지팡이 등 다른 상징물들을 이용해서 스스로를 나타내거나, 그 길에서 통용되는 별도의 증명서를 지닌다. 강제되는 것이 아닌데도 말이다. 결국 '순례'는 자신이 거주하고 있는 곳에서 발급하는 문서 등으로 스스로를 증명하는 통상적인 사회적 방식을 거부하는 것에서부터 시작한다. 통용되는 언어의 체계를 거부하고, 새로운 자신만의 상징체계를 이용해서 자신이 속해 있는 공간을 흔들고자 하는 시인의 운명과 비슷하게 말이다.

이문재 시인의 다섯 번째 시집 『지금 여기가 맨 앞』(문학동네, 2014)은 이 같은 순례자의 걸음을 가장 잘 보여 주고 있다. 무엇보다도 이문재 시인은 유독 낡은 신발이나 상처투성이 맨발 등의 이미지를 강하게 가지고 있다. 자세히 헤아려 본 적도 있었는데, 실제 그의 이전 시편들에는 '길'과 같은 단어가 유독 빈번하게 등장한다. 때문인지 시인을 떠올릴 때면 묵묵히 길을 걷고 있는 순례자의 모습과 자연스레 겹쳐지게 된다. 두 번째 시집 『산책시편』(민음사, 1993)을 통해서 확신할 수 있었던 순례자로서 시인의 모습은 다음의 시에 오면 직접적으로 드러나 있다.

길 위에서 관광객은 남은 돈을 세고
여행자는 더 가야 할 길을 그리워하며 신발을 살핍니다.
우리는 언제 새벽별을 보고 길을 나서는 여행자로 돌아갈 수 있을까요.
우리는 언제 다시 해 지는 낯선 마을로 들어가 마을 사람들의 환대를 받으며 저녁 밥상에 마주 앉을 수 있을까요.

이 자리에서 순례자를 떠올리는 것은 무례하다 못해 불경스러운 일
이겠지요.
자기의 그림자와 함께 묵묵히 길을 걸어 나가던 순례자 말입니다.
제 그림자를 보며 태양의 존재를 떠올리던 천지간의 순례자 말입니
다.
오래된 마을이 도와주고 땅이 응원해 주던, 그리하여 끝까지 홀로
걸으며
"나는 결코 혼자가 아니다"라며 길 끝에서 다시 태어나던 순례자 말
입니다.

—「순례—관광 엽서에 급히 씁니다」부분

시인은 길 위의 사람이나 그 사람들이 품고 있는 여러 사연과 필
연적으로 마주칠 수밖에 없던 '무전여행'은 어느새 사라지고 '관광'의
시대가 되었다고 말한다. 과거의 일이나 또는 먼 나라에서 겪은 이
야기를 길 위에서 전달받는 것이 가능했던 여행은 더 이상 불가능한
일이 되어 버린 것이다. 경험의 불가능을 이야기한 벤야민의 말처
럼 우리는 그저 "관광을 하고 나서도 관광객"으로 돌아올 뿐이다. 그
리고 '길'이 가지고 있던 풍부한 의미나 서사성과 단절하고 지금 현
재만을 추구하는 시스템에 종속되는 방식을 기꺼이 선택한다. '빛을
본다'는 단어 풀이 그대로 "오로지 두 눈만 사용하는" 관광은 겉으로
는 새로운 것을 추구하는 듯 보이지만 결국 "남은 돈을 세"거나 "여
권과 신용카드를 잃어버릴까 봐 전전긍긍"하는 행위에 불과하다. 앞
서 순례자와 관광객을 대립시켰던 한병철이 그것에 이어서 우리 사

회의 문제점을 외설적이라고 진단한 것 역시 관광을 위해, 즉 목표를 향한 가속성을 추구하기 위해 스스로 투명해진 것에 대한 지적이다. 위에 인용한 시에서 풍부한 의미와 서사성을 좇는 행위인 '순례'가 외설적인 현대사회 속에서 상상조차 불경한 것으로 여겨지는 것도 같은 이유라고 짐작할 수 있다.

이처럼 시인을 통해 현실의 문제점을 비춰 보는 일이 그리 어려운 일은 아니다. 작품에 드러난 진술을 시인의 그것과 별반 다르지 않게 보는 것에 어지간한 수준의 동의가 이미 이루어졌기 때문이다. 그런데, 이 점을 고려해 본다면 우리는 인용한 작품을 읽을 때 생기는 작은 난관을 피할 수 없게 된다. 관광의 행태를 비웃고 여행을, 나아가 순례의 의미를 상소하는 진술은 작품의 마지막에 이르면 아주 자연스럽게 '관광산업'의 어불성설을 비웃는 사회적인 진단으로 나아간다. 하지만 그 순간 우리는 진술의 주인공이 사실상 단체 관광을 온 일원이었음을 알게 되면서 이제껏 작품을 버텨 왔던 순례에 대한 가치 부여가 고스란히 무화되는 것을 느끼게 되는 난관 말이다. 그러고 보니 이미 시인이 부제를 통해 작품을 "관광 엽서" 위에 한정시켜 두었던 것도 뒤늦게 눈에 들어온다. 게다가 관광객의 입을 통한 작품의 전체 진술은 '인솔자'가 부여한 잠시 동안의 자유 시간 내로 한정되었기에 끝까지 이어질 여유조차 없을 정도이다.

어째서 시인은 작품의 중심으로 '순례'의 가치를 꼽으면서도 구태여 '관광'과 뒤섞인 현장에 두게 된 것일까. 물론, 반어적 상황을 통한 강조로 이해하는 방법도 옳은 일이겠지만, 여기서 우리는 이문재 시인이 차지하고 있는 특징적인 자리를 짐작해 내는 것이 보다 타당할 듯하다. 그것은 한 문장으로 표현하자면, '할 수 없는 것'을 하는 예술가로서의 자리이다.

보다 선명하게 말하기 위해 예술에 대한 니체의 정의를 빌려 보자. 니체에게 예술은 무엇보다도 가상(schein)을 향한 선한 의지를 구체화시킨 것이며, 예술을 통해 가상에 도달하는 것이 가능해야 한다. 때문에 예술가들은 무엇보다도 먼저 가상-올림포스 전체를 숭배하고 믿어야 하는 존재들이다. 그렇다면 실제 예술작품을 마주한 우리는 또 한 번의 가상-예술을 만날 수밖에 없게 된다. 이때 미학적 차원에서 실현된 가상은 재현된 것으로서 가상과 겹쳐지거나 유사 형태로 가상과 나란하게 되는 것이 아니라 가상과 충돌하는 무엇인가를 통해 산출된다는 점을 놓치지 않아야 한다. 예술에 대한 니체의 말을 완전한 이상의 세계로 건너가는 방식으로 이해하지 않기 위해서 말이다. 그보다 예술을 접하는 우리에게 중요한 것은 바로 이 충돌을 통해 모든 상징적 힘들이 해방되는 일종의 '도취(Ruschgefühl)'이다. 예술가에게는 생리학적 전제 조건인 이 도취는 어떤 목적(그것이 비록 가상을 향해 나아가는 것이라 할지라도)을 실현시키고자 하는 '행위'와는 아무런 관련 없는 '힘'의 상승과 충만의 상태(우리에게는 디오니소스적인 것으로 잘 알려진)를 말한다. 즉, 도취적 활동에 빠져 있는 예술가는 본질적으로 무능(Unfähigkeit)한, '할 수 없음'만을 할 수 있는 존재이다.

대학 본관 앞
부아앙 좌회전하던 철가방이
급브레이크를 밟는다.
저런 오토바이가 넘어질 뻔했다.
청년은 휴대전화를 꺼내더니
막 벙글기 시작한 목련꽃을 찍는다.

아예 오토바이에서 내린다.

아래에서 찰칵 옆에서 찰칵

두어 걸음 뒤로 물러나 찰칵찰칵

백목련 사진을 급히 배달할 데가 있을 것이다.

부아앙 철가방이 정문 쪽으로 튀어 나간다.

계란탕처럼 순한

봄날 이른 저녁이다.

—「봄날」 전문

　가령, 이 작품을 읽는 순간 단번에 시의 아름다움에 매료되는 사람은 나뿐만이 아닐 것이다. 하지만 아름다움의 정체에 대해서는 쉽게 말할 수 없었는데, 단순화시켜 보자면 '꽃'을 키워드로 해서 현실을 바라보았을 때 우리는 누구나 그 속에 내재된 아름다움을 느꼈다고 할 수 있을 것이다. 그리고 총 4부로 구성된 시집을 보았을 때, 특히 이 작품이 포함된 첫 부분에 이와 같은 작품들이 상당수 포함되어 있다. 문제는 이것만으로 설명하기에는 충분하지 않다는 것이다. 이 시의 아름다움이 핵심을 이루는 특정 단어나 또는 시적 진술이 완성되어 가는 과정의 깨달음에서 비롯되는 것이 아니기 때문이다. 보다 구체적으로 말하자면 이 작품의 아름다움은 "백목련"의 그것과도 닮아 있지 않으며, "철가방"으로 상징되는 피곤한 일상의 삶이 "백목련"을 만나며 극복되는 어떤 순간에 산출되는 것도 아니다. 말하자면 그것은 "백목련"과 "철가방"과, 또 "백목련"을 찍는 "휴대전화"와 이 모든 것을 바라보고 있는 '나'의 시선이 우연히 만나 얽히고 충돌하는 과정에서 발생한다. 말하자면 그것은 우리 일상의 식탁 위에 놓인 "계란탕"이 그런 것처럼, 스스로 나서지 않으면서도 다른 음식들과 "순한" 조화를 이루며 존재하는 데서 느낄 수 있는 아름다움이다.

여기서 확인해 보고 싶었던 시인의 자리에 가장 근접한 것이 바로 여기이다. 시인은 자신의 진술을 통해 어떤 깨우침을 전달하기보다 한정된 공간과 시간 안에서 단어들이 내포한 의미들이 뒤죽박죽 엉키고 충돌하는 어떤 상태를 그대로 보여 주는 '무능'을 선택한다. 이를 통해 우리는 현실에 매몰된 관광의 행태를 스스로 비판하는 것도 가능하고, 무전여행이 가능했던 과거의 추억에 빠져 보는 것도, 또는 불가능해 보일지라도 순례를 나서기 위해 새 등산화를 구입하는 것도 가능해진다. 그리고 '꽃'을 바라보는 시선에서도, 삶을 유지하기 위해 위태롭게 "좌회전"을 하는 순간에도, "계란탕"을 놓고 식구들이 둘러앉은 식탁 위에도 아름다움이 존재하게 된다.

중요한 것은 어떤 것을 선택하고 판단을 기다리는 것이 아니라, 시인이 그랬던 것처럼 다양하고 무한한 선택지 앞에 설 수 있게 된다는 점이다. 거기에서 '할 수 없음'에 충만해진 시인은 우리에게 말을 건넨다. 엉뚱하게만 느껴지던 그 길이 목표를 향한 우리의 발걸음을 수월하게 만들어 주는 기능도, 고통을 감내하며 홀로 묵묵히 걸어가는 고행의 수단도 아니라고. 시인에게 길은 그저 온갖 상징들에서 해방된 의미들이 들끓는 삶의 현장 그 자체가 된다. 언제나 우리 앞에 펼쳐져 있었으며 다른 사람들과 함께 걷는 것이 가능한, 사람들 사이에 존재하고 있었던 그 길 말이다. 이처럼 『지금 여기가 맨 앞』을 통해 우리가 확인한 시인의 발걸음은 수없이 많은 사연들을 부지런히 실어 나르기 위한 잎맥처럼 사람들 사이로 아름답게, 그리고 촘촘하게 펼쳐져 있다.

3. 질문으로 살아가는 법

따라서, 시인들의 발걸음은 삶과 가장 무관한 길을 걷는다. 보다 경제학적으로 말하면 시 쓰기는 법적 최저생계비를 보장받지 못하는 노동 아닌 노동이며, 보다 철학적으로 말하면 시적 상상력은 사회 구성원(politeia)들이 도달하고자 하는 내재적 진리를 방해하는 모방적 사유, 즉 사유의 허상에 불과하다. 외부 현실과의 관계 속에 내던져진 주체들의 논증적 사유(dianoia)와 견주어 보면, 서정적 주체의 내적 독백 양식은 '서정'이라는 이름의 놀이터에서 혼자 노는 어린아이의 주절거림처럼 여겨지기도 한다. 플라톤이 일찍이 시 장르와의 불화를 선언한 것도 바로 이 지점이다. 바디우(A. Badiou)는 플라톤의 이와 같은 태도가 시 장르를 수학소(mathème)와 대립시켜 생각한 오해의 결과라고 말한다. 그러나 이 둘의 관계는 플라톤조차 자신의 논증적 사유를 위해 시적 말하기의 힘을 빌릴 수밖에 없을 정도로 고정적인 대립 관계에만 머물러 있지 않다. 또한 바디우가 보기에 현대인인 우리는 이미 말라르메 같은 시인을 통하여 시 장르가 가지고 있는 지적인 사명을 이해하고 있다고 본다. 이제 바디우에게 시는 사유의 의무가 된다.[1]

여기서 잠시 외부 현실이나 철학과의 관계항으로서의 시에서 벗어나 보다 근본적인 시의 성질로 눈을 돌려 보자. 그것을 '미메시스'라 말하든, '궤변'이나 '광기'라고 말하든 우리가 시의 근본에서 발견

---

1 말라르메를 중심으로 한 바디우의 시와 철학 간의 관계에 대한 논의는 알랭 바디우, 『비미학』, 장태순 역, 이학사, 2010, 2장 참조.

할 수 있는 것은 현실에 기대고 있으면서도 동시에 현실과 완벽히 겹쳐지는 것을 피할 수 있게 하는 동력이다. 이는 모든 실체에 항상 잔상이나 그림자를 만들어 내는 역할을 감행한다. 시인에 대해서 애매하고 모호한 태도를 보이는 플라톤이 유독『국가』에서 강한 비판을 가한 것도 같은 맥락에서 이해해 볼 수 있다. '국가'의 시선으로는 실체를 가진 그 어떤 강력한 적보다도 내부의 목소리를 파편화시키는 것에 대한 경계가 보다 우선일 테니까 말이다.

시는 삶과 무관하다. 보다 정확히 말하면 생계와, 가장으로서의 벌이와 무관하다. 하지만 바로 그 때문에 시에 담겨 있는 발걸음은 자본의 기획이 제시하는 박제된 삶의 포획에서 벗어날 수 있게 된다. 그리고 인간의 피와 땀으로 구성된, 수많은 잔상과도 같은 개별자들의 삶과 기꺼이 같이 걸을 수 있게 된다. 그리고 수많은 개별자의 삶들이 펼쳐 보이는 차이와 간격 그대로 시는 우리의 삶 속으로 걸어 들어온다. 송경동의 첫 시집『꿀잠』(삶이보이는창, 2006)을 통해 우연히 들춰볼 수 있었던 동네 슈퍼의 외상 장부에 누군가 써 놓은 "일기"처럼 말이다.

> 셋방 부엌 창 열고
> 샷시문 때리는 빗소리 듣다
> 아욱, 아욱국이 먹고 싶어
> 슈퍼집 외상 장부 위에
> 또 하루치의 일기를 쓴다
> 오늘은 오백 원어치의 아욱과
> 천 원어치 갱조개
> 매운 매운 삼백 원어치의 마늘맛이었다고

쓴다. 서러운 날이면
혼자라도 한 솥 가득 밥을 짓고
외로운 날이면 꾹꾹 누른
한 양푼의 돼지고기를 볶는다고 쓴다
시다 덕기가 신라면 두 개라고 써 둔
뒷장에 쓰고, 바름이 아빠
소주 한 병에 참치캔 하나라고 쓴
앞장에 쓴다
민주주의여 만세라고는 쓰지 못하고
해방 평등이라고는 쓰지 못하고

—송경동, 「외상 일기」(『꿀잠』) 부분

　이렇게 송경동의 시는 주관적 내면의 세계에서 서성대기보다는 자신이 직접 마주한 현실로 발걸음을 내딛고자 한다. 그래서 이들의 시는 이미지로 현실을 기억해야 하는 가장 근본적인 시의 굴레까지도 자신들의 작품이 겨냥하는 질문의 범주에 적극적으로 포함시킨다. 너무 늦어 부끄러운 고백이지만 "미장이목수철근곰빵질통전기조적방통공구리덴죠닥트선반칠도배"(「마지막 술집」, 『꿀잠』)를 어떻게 끊어 읽어야 할지, 그리고 무슨 뜻인지도 모르는 나를 포함해서 말이다.

　첫 시집에서부터 두 번째 시집인 『사소한 물음들에 답함』(창작과비평, 2009)에 이르기까지 송경동은 언제나 삶의 현장이자 구체적인 노동의 현장에 서 있었다. 그런데, 그것보다 중요한 사실은, 그것에 어떤 의미를 부여하든, 그것을 읽는 우리가 노동의 기록들을 일정한 의미로 받아들이고 있다는 사실 그 자체이다. 생존을 이어 가기 위해 경험하는 물리적이고 육체적인 삶의 시간들을 우리가 언제나 '의미'로 받아들이는 것은 아니기 때문이다. 그렇다면 어째서 송경동의 시에 드러난 노동의 현장이 의미를 갖는 것일까.

현실의 자본은 무차별적인 상품화의 논리를 앞세워 발전이라는 절대 목표를 사회 구성원들에게 심어 주는 데 성공한다. 이제 "양장 고운 『체 게바라 평전』"도 "3년째 천막농성을 하다 구속당한/전자공장 여성 노동자들의 안부와 무관하게" "불티나게" 팔리는 사회가 된 것이다(「그해 늦은 세 번의 장마」). 이 속에서 우리는 일상의 얼굴이어야 할 노동의 현장을 삶의 뒷면으로 기꺼이 유배시킨다. 그리고 자본의 기획은 우리가 만든 이 노동의 뒷면에 아무런 거리낌 없이 자신의 '문제점-본질'을 투기한다. 일상을 유지해 나가는 우리의 걸음은 이렇게 언제나 폐기물들을 양산하는 방식으로 전진한다. 하지만, 아무도 그것에는 주목하지 않는다. 이 문제점들로 이루어진 거대한 쓰레기장은 실상 우리 스스로 만들어 냈기 때문이다. 송경동의 시가 의미를 만들어 내고 있다면 이렇게 우리 스스로 유기시킨 노동의 현장이자 자본의 뒷골목에서 서성대고 있기 때문이다.

아침이면 다시 지하방에서 솟아오른 사람들이 공단으로 피와 땀을 팔기 위해 활기차게 넘던 그 고가, 그 길밖에 없었던, 젊은 날들을 다 보낸, 지금은 테크노밸리가 된 굴뚝 공단에 흉물처럼 남아 있는, 나처럼 남아 있는, 나는 아직도 그 불우하고 불온했던 삶의 고가에서 내가 잊혀질까 두렵다
—「이 삶의 고가에서 잊혀질까 두렵다」(『사소한 물음들에 답함』) 부분

위의 시에는 송경동 시인이 걷는 길의 모습이 극단적 대립을 통해

잘 드러나 있다. 예전 "가리봉2동 닭장촌에서 남부순환도로를 넘어 공단으로 가는" 유일한 길이었던 "고가"는 시인의 기억 속에서 노동이 으레 그렇듯 고통과 희망이 하나로 연결된 길이었다. 그 "고가"를 배경으로 시인은 "월세"를 내기 위해 "젊음"을 담보로 살아왔고, "맑스와 레닌과 모택동과 호찌민과 중남미혁명사와 한국근현대사를 월경"하기도 했고, "두 번이고 세 번이고 수음을" 하기도 했다. 그러나 자본은 상품화가 불가능한 것에 대해서는 가치평가를 하지 않는다. 현실에서 젊음은 실질적인 담보물이 될 수 없으며, "맑스"와 "중남미혁명사"는 신분 질서의 월경(越境)을 오히려 불가능하게 만든다. 앞서 말했듯 자본에게 중요한 것은 '지속적 발전 가능성'이기 때문이다. 그리고 이는 "공단"이 "테크노밸리"로 변하듯 노동자들의 처지와는 아무런 상관없이 표면적인 이름 변경만으로도 충분히 가능한 것으로만 구성된다.

시인이 "두렵다"고 한 것이 바로 이 때문이다. 그리고 그 두려움 속에서 "흉물"로 낙인찍혀도 끝끝내 "남아 있는" 시인은 "고가"를 지나다닌 수많은 사람들과 또 그만큼의 노동들을 기억해 낸다. 이를 통해 송경동은 "테크노밸리"라는 이름(목표)에 도달하지 못한 수많은 '개별자-노동자'의 잔상들을 길 위에 만들어 두는 데 성공한다. 첫 시집에서부터 『사소한 물음들에 답함』에 이르기까지 송경동이 보여 주는 이 효과는 객관적인 노동의 장면에서도 빛을 발한다. 그리고 그 빛은 우리가 만들어 낸 자본의 뒷골목을 걸어갈 수 있게 만들어 주는 환한 빛이다.

①
어둠 깔린 가리봉 오거리

버스 정류장 앞 꽉 막힌 도로에
12인승 봉고차 한 대가 와 선다
날일 마친 용역잡부들이 빼곡이 앉아
닭장차 안 죄수들처럼
무표정하게 창밖을 보고 있다

(중략)

어떤 빼어난 은유와 상징으로도
그들을 그릴 수가 없다
그들은 아무 말도 하지 않았다
　　　　　　　—「그들은 아무 말도 하지 않았다」(『꿀잠』) 부분

②
용산4가 철거민 참사 현장
점거해 들어온 빈집 구석에서 시를 쓴다
(중략)

허가받을 수 없는 인생

그런 내 삶처럼
내 시도 영영 무허가였으면 좋겠다
누구나 들어와 살 수 있는
이 세상 전체가
무허가였으면 좋겠다

두 권의 시집에서 각각 골라낸 위의 시들을 보자. 두 편의 시 모두 송경동의 다른 대부분의 시들이 그러하듯 구체적인 삶의 현장들을 담고 있다. 그런데 ①에서는 그 현장을 그려 낸 말미에 결국 현실에 대한 시적 관여에 대한 어려움을, 나아가 현실과 시적인 것이 그려 내야 하는 이미지 간의 근본적인 불화를 드러낸다. 아마도 시인은 그 불화를 드러내는 것이 시적 언술을 놓치지 않으면서도 실제 노동의 현장을 배반하지 않는 방식으로 인식했던 것 같다.

하지만, ②에 오면 시인은 점거 농성 중에 "시를 쓴다". 그리고 이어지는 기억 속에서 그간의 점거 농성을 더듬던 시인은 현실에 대한 구체적 해결책보다는 지금, 여기-용산에서도 멈출 수 없는 시 쓰기에 대한 바람을 드러낸다. '시인-노동자', 또는 '노동자-시인'이 우리 시문학에서 다시 새롭게 탄생하는 순간이다. 이 탄생은 자신이 겪고 있는 구체적 노동의 현실이, 그리고 그것을 옮긴 자신의 시적 사유가 자본의 뒷골목을 비추리라는 믿음이 없이는 불가능하다. 그리고 우리는 그 뒷골목의 구두 수선공 "손톱 밑에"서, 미싱사 가족의 저녁 찬으로 나온 "노란 단무지 조각"에서, "노숙인들 긴 행렬 속에"서, "재래시장 골목" "그 길바닥"에서도 시가 탄생하는 위대한 장면을 직접 목격할 수 있다(「가두의 시」).

이러한 송경동의 믿음은 발전 논리에 얽매인 자본의 기획이 만들어 낸 구체적 참상들에 보다 주목한다. 첫 시집 역시 노동자들의 현실이 고스란히 드러난 것은 사실이지만, '지하 토목공사, 땡볕 공사장, 정오 지하철 공사장, 공단 철망길' 등의 배경들은 읽는 이들에게 다분히 추상적이고 보편적인 기능을 한다. 이 공간이 그대로 그의 시 세계를 보편화시킨다는 말이 아니다. 다만, 위의 ①을 통해 지적했던 것처럼 시인의 개성적 시 세계가 자신이 마주한 현실에 보다 적극적으로 관여하기 이전이었다는 것을 말해 두고자 한다.

이제, 송경동이 가진 믿음은 보다 직접적이고 구체적인 현실들과 적극적으로 만난다. 특히, 3부에 묶인 11편의 시들은 각각의 부제들이 정확히 지칭하는 것처럼 위장폐업을 한 회사에 맞선 노동자들, 진압 경찰에게 죽임을 당한 노동자, 노점상 철거에 괴로워하다 스스로 목숨을 끊은 노점상인, WTO 세계 각료 회의 반대 시위나 한미 FTA 반대 시위에서 역시 스스로 목숨을 끊은 열사 등 구체적인 개인의 이름들에 바쳐진 시들이다. 그러나 여기서 각각의 시편들이 다루고 있는 현실을 이야기하는 것은 다소 무의미하다. 시의 말미에 설명까지 붙어 있는 주인공들의 사연을 이야기하는 것 역시 마찬가지이다. 이것들을 이야기할 때 오히려 시적 진술의 효과는 반감되기 때문이다. 보다 중요한 출발은 시인이 이들을 잊지 않고 되살려 내고 있다는 것이다. 그리고 현실을 살아가는 주체들은 시인의 호명과 추모의 과정에 동참하여 자신의 기억을 죽은 자들의 그것과 일치시켜 보게 된다. 이럴 때 기억의 주체들은 현대 자본의 논리에 덮여 있던 단수화(單數化)된 주체에서 벗어나 복수성의 주체 그대로의 상태에 놓이게 된다.

따라서 시집의 제목과는 달리 송경동의 『사소한 물음들에 답함』에는 시인의 답보다는 스스로에게 던지는 질문으로 가득 차 있다. 때로 그 질문은 "어떤 탈주도 꿈꾸지 않고 복종하겠다는 가장 확실한 약속"을 하는 "비겁"한 "돼지" 같은 자기 자신에게 던지는 비판이며 (「도살장은 무죄다」), "학교폭력은 안 되지만, 한 남성으로/원조교제는 싫지 않"은 나의 내면에 살고 있는 일상의 괴물에게 던지는 축사(逐

邪)이다(「당신은 누구인가」). 부디 송경동의 이런 질문이 거듭되지 않기를, 시인이 자신의 노동 현장에서 시를 쓰지 않아도 충분히 행복하기를 진심으로 빌어 본다.

4. 우연성의 최대화

현실을 통제·유지하는 권력의 힘에 의해 끊임없이 (재)배치되고 있는 공간이 바로 우리의 현주소라고 했을 때, 우리 시문학의 가장 중요한 임무로서 그 공간을 가로지르며 걸어가는 모습을 살펴보고자 했다. 앞에서 주목한 두 시인의 세계는 그 관심에 걸맞게 각각의 방식으로 그 역할을 훌륭히 수행하고 있었다. 하지만, 조금은 불행히기도 최근의 우리 시에서 나는 그 걸음이 더디어지고 있음을 느낄 때가 있다. 별도의 지면이 필요한 일이겠지만, 거칠게 표현해서 공간의 구성력이 강해질수록 그것을 파편화시키는 시인의 의도 역시 그에 준하는 응전의 힘을 갖추어 나가는 것은 분명 환영할 만한 일이다. 따라서 최근의 우리 시인들은 두려움이나 불안함의 문제들을 피하지 않고, 좀 더 신중했던 이전 시기 시인들과는 달리 공간 속에 '배치'된 대상의 의미화 과정을 역으로 추구해 나가는 데 망설임이 없는 편이다. 이것은 우리에게 그간 느껴 보지 못했던 뜻밖의 미학적 쾌감을 안겨 주기도 한다. 이 같은 움직임은, 다시 한번 일반화의 오류를 감안하고 평가하자면, 시적 주체나 대상 모두를 입체적으로 만드는 효과를 준다. 최근 우리 시가 거둔 성과 중의 하나라고 보이는 이 '입체성'은 묘하게도 부피가 없는, 말하자면 어떤 의미의 공간도 만들지 않는 입체성이다. 문제는 이것이 결국 현실 공간의 반작용에 그치고 말 때이다. 현실 공간의 결과물로서 대응하는 일에서 우리는 종종 그 대상의 속성마저 닮아 가는 것을 피할 수 없기 때문이다.

마지막으로 강조해서 말하자면, 우리가 '걷는 행위' 그 자체에 주목하는 것은 개별적 사건들의 극복과 전환을 의미하는 것이 아니라 '걷는 행위'의 지속 그 자체에 대해 관심을 기울이기 위해서이다. 그것은 우연성에 기대어 생성되는 결과물로 이루어지는 아이러니의 세계를 꿈꾸었던 로티(R. Rorty)의 말대로, 우리가 접속을 통해 만들어지는 자유로운 확장의 세계를 새롭게 만들어 가는 일이며 그 속에서 진리는 자연스럽게 그 모습을 드러낼 것이기 때문이다.

새벽별과 새벽과 아침이 젖었다 새벽별과 새벽과 아침을 고루 적신 이슬점과, 나, 수평이다

다시 만난 것들과 날개가 꺾인 것들과 또 아픈 것들과 아직도 나는 것들과, 나, 수평이다

폐선이 묻힌 개펄과 돌들이 넘어진 폐허와 하늬바람이 눕는 빈 들과, 나, 수평이다

날빛 뒤로 스러지는 놀과 놀 뒤에서 어두워지는 하늘과 먼 데서 돋는 불빛과, 나, 수평이다

나뭇잎이 지는 날씨와 하루가 수척한 것과 마지막에 빛나며 사라지는 것과, 나, 수평이다

나비가 날개무늬를 찍어 둔 하늘과 풀벌레들의 울음소리가 닿는 높이와, 나, 수평이다

땅 아래에 잠든 짐승의 곤한 체위와 땅을 누르고 있는 고요의 무게와, 나, 수평이다

구름 덮인 들판을 걸어가는 흰 소의 큰 눈과 길게 우는 울음과 천둥과, 나, 수평이다

손금에 흐르는 물소리와 움켜쥔 물의 결과 물고기들이 돌아오는 물의 길과, 나, 수평이다

돌아와서 당신 곁에 눕는 나의 회유, 이미 누운 당신과 이제 눕는 나와, 우리, 수평이다.

　　　　　　　　　　　　　　　　　—위선환, 「수평을 가리키다」(『수평을 가리키다』,

　　　　　　　　　　　　　　　　　　　　　　　문학과지성사, 2014) 전문

이 작품은 앞에서 언급한 '자유로운 확장의 세계'를 구체적으로 그려 보는 일을 가능하게 해 주고 있다. 다른 작품에서 위선환 시인이 "땅바닥에 잎 자국이 찍힌다. 나란히, 나의 발자국도 찍혀 있다"(「깊이」)고 한 것에서 알 수 있는 것처럼, 반복과 확장으로 이루어진 접속의 세계에서라면 수직의 깊이에 이르는 차원에까지 아우르며 그야말로 "나란히" 놓일 수 있기 때문이다. 이 작품을 따라 그것은 '수평의 모습'으로 선명하게 요약할 수 있겠다. 이 작품에 등장하고 있는 '새벽별, 폐선, 개펄, 노을, 풀벌레, 흰 소, 천둥, 물고기' 등 수많은 시적 대상물들은 그 자체로는 어떤 의미도 갖지 않는다. 심지어 그것을 호명하고 있는 화자와도 어떤 관계를 맺고 있지 않다.

하지만 이 대상들이 시인의 움직임을 따라 무한대로 접속되고 반복하면 놀랍게도 "나와, 우리"가 모두 "수평"으로 만날 수밖에 없는 곳에 이른다. 그곳에서 모든 대상들은 처음으로 현실의 위계를 벗어나 자신의 모습 그대로 나란히 놓일 뿐이다. 우리 시문학이 만들어 낸 아름다운 장면 중의 하나를 서툰 발걸음의 끝에 놓아둘 수 있어서 다행이다.

질문들의 곁에서

1.

몇 해 전 한 국제문학제에서 대만의 유명 여성 시인을 만난 적이 있습니다. 유약한 인상의 시인은 실제로도 건강이 좋지 않아서 고국에서도 도시를 떠나 인터넷이나 전화도 되지 않는 깊은 산속에 거주하고 있다고 했습니다. 행사 초청을 위해 몇 번 전자우편을 주고받았을 때 남편을 통할 수밖에 없어 의아해했었는데 그제야 이유를 짐작 하게 되었습니다. 이런저런 이야기 끝에 여러 출판사에서 시인선을 운영하는 등 시집 출간이 활성화된 한국의 문단에 대한 이야기에 시인은 아주 놀라워했습니다. 대만에서는 시인도 아주 적을뿐더러, 시집을 낸다면 자신을 포함해 거의 모두 자비로 출간을 하기 때문에 아무래도 대만에서 시문학은 대학교수나 직간접적으로 문학에 관련이 있는 직업 종사자 등 창작에 시간과 비용을 들일 수 있는 사람들로 한정되어 있다는 겁니다.

대만의 시인은 우리의 시단을 부러워했지만, 사실 대만이나 우리나 '시인'이 특정 직업을 부르는 말이라고 할 수 없는 것은 마찬가지인 듯합니다. 실제로도 우리는 여러 시인들의 작품을 통해 가장으로서 역할을 하지 못하는 '전업 시인'들의 민망함을 잘 알고 있습니다. '매문(賣文)'이라는 말이 비난의 의도를 가지고 있는 데서 알 수 있듯이, 시인들은 때로는 적극적으로 자신을 생계의 범주와 먼 곳에 두려고 하는 것처럼 보이기까지 합니다. 그럴 때 오히려 시인들은 스스로를 '시인'으로 여기고 있는 듯합니다. 이 때문인지 우리는 오랜 시간 동안 시인을 직업이나 인물 그 자체보다 정서적으로 고양된 어떤 상태로 인식해 온 것도 사실입니다. 낭만주의 시대, 물질세계를 완전히 거부해야만 마음이 그에 맞는 세계(milieu)를 창조할 수 있다고 한 블레이크의 말이 시대와 바다를 건너와도 전혀 낯설지 않게 들리는 것 또한 이와 연관되어 있습니다.

그런데, 시인이 직업이나 벌이와 무관하게 어떤 정신 상태를 지칭하는 것에 보다 가깝다면 대체 그들은 왜 시를 쓰는 걸까요. 보다 정확히 말하자면 '물질세계'를 거부한 시인들이 어째서 그것을 다시 기꺼이 상품으로 내놓으며, 다른 사람의 도움이 없이는 여행을 하기 힘들 정도의 몸으로도 타국의 사람들 앞에서 시에 대해 말하기 위해 굳이 비행기에 몸을 싣게 되는 걸까요. '물질세계'를 거부하기 위해 다시 그것을 증거로 삼아야 하는 시인들의 모순적인 작업은 언뜻 어리석게 보이기까지 합니다. 따라서 올해 우리 시단을 진단하고 전망해 보고자 하는, 원래 이 글에 부여된 임무를 앞에 두고 제가 할 수 있는 것은 그저 그들을 따라 질문을 반복하는 일뿐이라는 사실을 말하고 싶습니다. '시인'으로서 살아가는 의미를 직접 알 수 있는 방법에 끝내 실패한 저로서는 이것이 유일한 방법이라고 믿고 있습니다.

2.

바람의 깃털로 흩어지고자 했으나
꽃의 빛깔로 흘러가고자 했으나
새의 날개로 떠오르고자 했으나
오직 하나의 춤이 되었다

애당초 이 자리를 원했던 건 아니다

저 기찻길을 정면으로 바라볼 수 없으므로
저 돌멩이를 받아안을 수 없으므로
이 밤의 거미 문신을 불태울 수 없으므로
화염병처럼 가스통처럼

홀로 불타는 춤이 되었다

멀찍이 비켜 걷던 발걸음 저쪽에
재개발 구역의 담벼락과
붉은 머리띠의 함성이 있었다
돼지고기 구워 먹던 불판이 나뒹굴고

누구나 이 자리를 원하는 게 아니다

멀찍한 발걸음과 함께
내 사랑스런 종종이와 함께

내가 숨겨 놓은 철면피의 국민연금과 함께
고린도전서 13장을 봉독하고 싶었으나

타오르는 춤의 형벌을 껴안게 되었다

멀찍한 발걸음의 외곽이 무너지고
손바닥 두드리며 울어 볼 절벽이
가랑이 사이로 빠져나가는 게
보였다

—오정국, 「타오르는 춤」 전문

　달성 가능한 목표들을 부인하고 스스로 "형벌을 껴안"는 삶. 오정
국의 시를 통해서 먼저 확인하고 싶은 것은 바로 이와 같은 불가사
의한 욕망이 점차 강하게 드러나는 방식을 통해서 답을 제시하기보
다 자신에게 던져지는 질문들을 끝없이 반복하게 만드는 시인들의
방법입니다.

　작품의 처음에서부터 우리는 위에서 언급한 것처럼 시에 대해 가
지고 있는 기존의 생각, 즉 물질적 가치를 뛰어넘은 고양된 정서 상
태에 도달할 수 없는 시인의 고백을 만나게 됩니다. 흥미로운 것
은 그가 "바람의 깃털" "꽃의 빛깔" "새의 날개"가 되어 자연과 조화
를 이루며 사는 삶을 원했음에도 "오직 하나의 춤"밖에 될 수 없었
던 자신의 운명을 불가피한 것으로 받아들이고 있다는 점입니다. 시
적 구조에 주목해 보면, 시인이 처한 운명적 상황을 단호하게 하나
의 행으로만 드러낸 연들을 자신이 원했던 가치 또는 자신이 뛰어들
고 싶은 외부적 현실들 사이사이에 배치하고 있는 점도 눈에 들어옵

니다. 이는 결국 처음부터 원하지 않았던 시인의 운명을 적극적으로 "껴안"을 수밖에 없는 과정으로 인식하게 만드는 데 효과적입니다.

시인이 원하지 않았음에도 처음부터 밀려나 서게 된 자리에서의 '춤'은 그렇다면 시대와의 불화를 온몸으로 뚫고 나가고자 하는 의지의 표현이라고 할 수 있을까요. "화염병처럼 가스통처럼//홀로 불타는 춤"이 피할 수 없는 시인의 처지라고 이해한다면 그렇게 결론을 내리는 일이 어려운 것은 아닙니다. 그리고 그것은 다음 이영광의 시를 통해서 확인할 수 있는 것처럼 우리의 현실 속에 미시적 장면으로 뿌리내리는 데 성공을 거두기도 합니다.

> 문일 씨는 성신지체장애 2급 동네 아재다
> 일곱 살들과 잘 노는 쉰일곱,
> 나만 보면 담배 달라고 한 지
> 십오 년이다.
> 십 년쯤 전인가, 빚이며 재산 분할에 시달릴 때
> 식전부터 담배 줘, 하던 그에게
> 맡겨 놨어요?
> 싸늘히 한마디 쏘아붙이고 나서부터는
> 미안해요, 담배 좀 줘요, 한다
> 여자를 알려 줄 수도 돈을 알려 줄 수도 있었는데
> 미안을 가르쳐 주고 말았다
>
> 하느님은 유구히 상한 정신 안에 깃들어 계신다 했으니
> 나는 강산이 변하도록 하느님에게 사과를 받고 산다
> 담뱃값이 두 배가 되도록

미안이라는 폭력을 당하고 산다

—이영광, 「하느님의 미안」 부분

    주변에서 쉽게 볼 수 있을 만한 이 장면에는 사실 우리가 자각하지 못한 채 따르고 있는 사회적 가치관들이 복잡하게 뒤얽히고 미묘하게 어긋나 있습니다. 먼저, "정신지체장애"라는 판단의 유일한 증거로 언급되는 것이 어린이들과 "잘 노는" 것일 뿐이라는 사실은 '장애'에 대한 기존 판단의 전복적 사고를 바탕으로 하고 있습니다. 따라서, 이어지는 '문일 씨'의 행위와 그것에 응대하는 '나'의 모습에 대한 가치판단 역시 현실과는 다르게 다소 복잡한 양상을 가질 수밖에 없습니다. 비난의 대상이거나 종종 처벌에까지 이르는, 대가 없이 무엇을 원하는 행위에 대해 다시 한번 생각하게 만들기 때문입니다.

    앞에서 언급한 것처럼, 몸소 시대와의 불화를 경험하고 또 그것을 극복하고자 하는 의지를 가진 시인들에 의해 사회적 부조리의 강제가 미치는 일상의 지점을 우리는 경험할 수 있게 됩니다. 그리고 이것은 우리가 시문학을 통해서 지속적으로 기대해 왔으며, 앞으로도 변하지 않을 시의 목적에 포함시킬 수 있다는 데에 큰 이견은 없을 겁니다. 하지만 보다 중요한 것은 하나의 행위에 대한 전복적 판단에 멈추지 않고 마침내 '미안함'을 둘러싼 압력들의 위계에 이르게 된다는 사실입니다. 즉, 시비를 가리고 결과에 승복함으로써 유지된다고 인식해 온 경쟁과 제도의 '공정성' 속으로 의문을 도입하게 만든다는 겁니다. 따라서 이영광의 작품을 통해 얻게 되는 교훈이나 감동은 일방적인 전달 방식을 넘어 우리를 둘러싼 사회의 부조리한 지점들에 대한 내재적 각성 상태의 선행, 그리고 바로 이 같은 질문의 지속 가능성을 말하는 것과 다르지 않습니다.

다시 오정국의 시로 되돌아가 보겠습니다. 문제적 현실에 저항하는 시인의 의지로 '춤'을 이해하자마자 이제 우리는 역시 질문을 던질 수밖에 없는 지점에 서게 됩니다. 그것은 현실에 대해 적극적으로 개입해 있다고 생각한 시인이 실상은 "멀찍한 발걸음"으로 "재개발 구역의 담벼락과/붉은 머리띠의 함성"을 피하고 싶었을 뿐, 자신을 포함해 누구도 원하지 않은 것이었다는 고백 때문입니다. 이어서 시인은 자신의 사소한 애착("종종이")과 지극히 기본적인 의식주에 대한 필요("국민연금")만 충족된다면, 그것을 제외한 것에 대해서라면 한없이 넉넉한 사랑("고린도전서 13장")을 베풀 수 있다는 소시민적인—하지만 가장 합리적인 욕망 안에 스스로를 가두기 원했던 것으로도 보입니다. 그런데, 사적인 '욕망'이 과연 시적인 형태로 표현되는 것은 가능한 일이며, 가능하다면 또 어떻게 나타나게 될까요?

시인은 싸우지 않으면서 전선을 무한으로 확장한다. 시인의 타깃은 바로 너이고 시인 자신의 손가락이다. **시인은 그저 쓸 뿐이고 그게 전부다. 시인이 쓴다는 것은 시에 절반의 생명력을 부여하는 것이다.*** 절반의 생명은 네게로 향한다. 들어라, 절망하면서 꿈꾸며 항소할 것이다. **시인들은 언제나 옳다. 역사는 그들의 편이다.*** 시인에게 법칙**이란 없다. 모든 행위가 허용돼 있다. 모든 방법을 동원하자. 모든 정의와 토대가 저마다 우릴 부른다. 태양이 꽃과 정확하게 교접한 다음에, 조용히 죽기를 바란다면 사랑하지를 말라.***

(*순서대로 호세 E. 파체코, 니콜라이 부하린, 트리스탄 차라를 인유했다.)

—신동옥, 「비트 8—꽃잎의 시」 부분

전체 6연으로 이루어진 이 작품은 위에서 인용한 부분 외에도 페르난두 페소아, 칼 마르크스, 신동문, 헨리 D. 소로, 김수영, 위르겐 테오발디 등의 수많은 인물들의 언급을 인유하고 있습니다. 하지만, 정작 이 작품을 읽고 난 우리는 시인의 표시가 없었다면, 익숙한 유명인들의 말을 인유한 구절과 그렇지 않은 부분의 차이를 거의 느낄 수 없습니다. 그 이유는 우선 이 작품에 기록된 말들이 모두 시인과 시의 가능성에 대해서 최대치를 상정한 말들이기 때문입니다. 또 이들은 일제히 선언문적으로 발화되고 있는데 시에 대한 직접적인 언급이나 또는 그렇지 않은 것들, 그리고 그것을 '인유'의 방식으로 지금 현재 옮겨 적고 있는 시인-신동옥의 진술 모두는 결국 '시' 또는 '시인'에 의미를 부여하고자 하는 강한 욕망을 매개로 하고 있기에 동일한 크기로 전달되고 있는 것입니다.

보다 주목해야 할 지점은 작품을 통해 건네받는, 더할 나위 없이 유의미하고 아름답기까지 한 '시인'의 가능성들을 접하는 바로 그 순간입니다. 시적 언술들이 비판을 통해 스스로 이룩하고자 했던 바로 그 지점에서 시인이 애써 조립해 낸 진술들은 스스로 비판하고자 했던 대상의 부정적 가치와 정확하게 자리바꿈하고 있습니다. 의미로 가득 찬 진술들은 결국 그것에 대한 모든 질문들을 끌어들일 수밖에 없다는 점이 바로 여기에서 명확해집니다. 의미가 무화 내지는 상쇄된다거나 하는 단순한 변증적 인식과는 달리 더욱 복잡한 단계를 거칠 수밖에 없는 이 과정을 통해 우리는 근본적인 차원에서 시적 진술이 애초에 사적인 욕망의 세계를 직접적으로 형성하는 것이 불가능하다는 것을 이제 알게 됩니다.

「타오르는 춤」의 마지막 부분으로 다시 돌아갈 준비가 되었습니다. 결국 소시민적 욕망의 표출은 고스란히 "타오르는 춤의 형벌"

과 자리바꿈합니다. 나아가 '물질세계를 배격한 정서적 상태 - 부조리한 현실의 극복 의지 - 개인적 욕망의 성취'로 이어지는 목표들의 불가능성에서 도출된 이 '형벌'은 자연스럽게 시시포스를 연상시키면서 '시인'의 상태를 끝없는 질문만이 존재하는 차원으로 이끕니다. 그리고 질문은 마침내 "멀찍"하게 서 있는 것을 가능하게 만드는 경계로서의 "외곽"을 공격하고 무너뜨리는 데에까지 이르게 됩니다.

그 마지막에는 다시 하나의 질문이 준비되어 있을 뿐입니다. 그렇다면 이것은 '시인'에게, 그리고 우리에게도 행복한 일이 될 수 있을까요.

창이 내 옆구리를 찌르고, 꼬리는 빠져 시큰하고
벌건 불 속에서 갈비뼈를 드러낸 채
울고 있는 날들을 일상이라 부를까.
고통은 모두 참을 수 있지만, 뿔은 아니지.
뿔, 하고 혼잣말을 되뇌면 한동안 행복했는데.
잠깐이라도 내 머릿속을 텅 비어 놓을 수 있었는데.
너덜너덜해진 빈 육체가 되어 울고 있네.
뱀이 몸을 휘감아 숨을 수가 없네.
일상이 일상을 읽는 밤.
내 몸이 불어 터져 고통을 읽는 밤.
뿔을 잃고 읊조리는 밤.

—이재훈, 「뿔」 부분

일상의 시간들을 "오직 죽기 위해 춤추는 날들"로 인식하고 있는 이재훈은 자신에게 주어진 시간 모두를 "고통"으로 바꾸어 놓고 있습니다. 그것은 오정국의 '춤'이 그랬던 것처럼 시인으로서의 자신을 끝없는 '형벌' 속에 스스로 가두는 것과 동일한 행위입니다. 그리고 그 '형벌'을 묵묵히 감내하는 '시인'은, 시시포스에게 형벌을 내린 제우스조차 그에게 질문을 하지 않을 수 없게 만든 것처럼 궁극적으로는 모든 질문들을 끌어들입니다. 이때, 이재훈의 작품에서 두드러지는 "뿔"의 존재를 눈여겨보고 싶습니다. 무엇보다 먼저 "뿔"은 시인에게 고통을 감당하고 잠시나마 "행복"을 느끼게 해 줄 수 있는 대상입니다. 문제는 이것이 '드러난 갈비뼈'처럼 비록 고통을 수반할지라도 확실한 육체성으로 인식되는 것도, "꼬리"처럼 지금은 만져 볼 수 없지만 퇴화의 흔적으로나마 존재하는 것도 될 수 없다는 점입니다. 결국 이 작품의 마지막 진술에 이르면 "뿔"은 지금 겪고 있는 고통-질문을 지속시키는 힘이었다는 사실이 드러납니다. 질문을 통해 다다른 마지막 지점에서 우리는 이렇게 '형벌'과의 역전을 통해 또 한 번 시적 과정 전부를 새로운 질문 속으로 던질 수밖에 없게 됩니다. 이처럼 오늘도, 그리고 내일도 시인들은 그 고통 속에서 자신의 육체를 끊임없이 "뿔"로 밀어 올리며 시를, 질문을 쓰고 또 쓰고 있습니다.

3.

앞에서 저는 시를 쓰는 욕망을 포함하여 모든 욕망들이 퇴적된 층이면서도 어떤 단일한 욕망의 흔적을 남기지 않은 채 가능성 그 자체로만 존재하는 자들로서 시인을 이해해 보았습니다. 그들은 시대와의 불화를 고스란히 자신의 고통으로 섭취하면서도, 끊임없이 반복되는 질문의 자리를 예비하는 것이 분명해 보였습니다. 충분히 이해하기에는 부족하지만 이 같은 행위를 일종의 '시적 행위'라고 부를 수 있다면, 우리는 바디우를 따라 시인의 모습에서 '사도'를 읽어 낼 수 있을 겁니다.

　신이 되기 위해 필요한 것은, 예수가 그랬던 것처럼, 상처 입기 쉽고 언제라도 죽음을 피할 수 없는 나약한 육체가 먼저입니다. 죽음으로 증명되는 이 신적인 역설은 바디우의 지적대로라면 진리를 구성하기 위해 존재하는 항수로서의 법이라는 것이 존재할 수 없으며, 우리에게 내재적으로 구성되어 있는 그 어떤 관념의 부분도 진리 안에 포함되지 않음을 보여 주고 있습니다. 그럴 때, 신의 죽음은 그것을 믿는 특정인에게 오는 기적이 아니라 누구에게나 도래할 수 있는 '보편적 개별성'의 사건으로 드디어 전환되는 것을 의미하게 됩니다. 우리는 이 지점에서 바디우가 바울을 '사도'로 불러낸 것에 동의할 수 있게 됩니다. 그의 말 그대로 사건적인 진리는 그 자체로 존재하는 것이 아니라 그것을 선언하고 구조화의 가능성을 탐구하는 자, 즉 사도를 통해서 도래하기 때문입니다. 다음의 시 작품에서 사도로서 시인의 역할이 보여 주는 가능성을 살펴보고자 합니다.

　　먹물인가 했더니 맹물이다

　　소흥 왕희지 사당 앞

　　노인이 길바닥에서 논어 한 구절을 옮겨 놓고 있다

　　페트 물병에 꼽은 붓으로

　　한 자 한 자 그어 내리는 획이

　　왕희지체 틀림없다

　　앞선 글자들이 지워지고 있는 걸 아는지 모르는지

　　노인은 그저 그어 내리는 순간들에만

　　집중하고 있다

사라지는 것이 두려워 쓰는 글이 있다면
사라지지 않는 것이 두려워서 쓰는 글도 있구나
드러나는 순간부터 조금씩 지워져 가는,
소멸을 통해서만 완성되는 글씨체
스치는 붓으로 바닥을 닦는다
쓰고 지워지길 골백번
붓을 밀대걸레 삼아
땡볕에 달아오른 바닥의 열기를 식히며
날아오르는 왕희지체

　　　　　　　　　—손택수, 「물로 쓰는 왕희지체」 전문

　서양에도 물론 캘리그라피(calligraphy)라는 분야가 예술적인 의미
로 폭넓게 받아들여지고 있지만 동양, 특히 한자문화권에서 서예(書
藝)는 서양의 그것과 조금 다른 차원에서 이해되고 있습니다. 글자
를 단순한 의사소통의 수단이 아니라 조형적 미의 관점으로 상승시
키는 것은 공통적입니다. 하지만 동양에서는 글씨를 쓰는 것이 사람
의 됨됨이를 파악하는 기준이 된다거나, 또는 그 자체로 내적 수양
의 방법이 되는 등 보다 정신적인 차원의 문제로 여깁니다. '서도(書
道)'라는 단어에서 직접적으로 드러나 있는 것처럼, 글쓰기는 곧 절
제의 방식을 통해 이상과 현실의 균형이라는 고양된 정신 상태 자체
이자 그것에 도달하기 위한 방편이기도 합니다. 따라서 쓰는 '행위'
못지않게 중요한 것은 쓰는 '내용'입니다. 글씨를 쓰는 것 자체가 수
양의 방법이라면 쓰는 내용은 당연히 그와 직접적으로 관련된 이치
를 담은 것이어야 하기 때문입니다. 결국 서예는 내용과 형식의 자
의적 결합 형태인 글자의 한계를 뛰어넘어 정신적 가치와 형식, 나

아가 그것을 쓰는 과정에 이르기까지 모든 것을 필연적인 형태로 한 단계 고양시킨 것으로 보아야 마땅합니다.

손택수의 시선이 머물러 있는 곳은 바로 이와 같은 예술로서의 글쓰기가 벌어지고 있는 현장입니다. 한눈에 봐도 수십 년을 반복했을 것으로 짐작이 가능한 한 '노인'이 '맹물'을 먹물 삼아 글씨를 쓰고 있는 길거리의 모습은 중국을 여행하다 보면 어디에서라도 심심치 않게 마주칠 수 있는 광경입니다. 이때 시인의 눈을 사로잡은 것은 먼저 쓰고 있는 내용이 『논어』라는 것, 그리고 글씨가 서체의 기틀을 확립했다고 추앙받는 서성(書聖) 왕희지체라는 사실입니다.

하지만, 어떤 것이 완성되고 나면 종종 그 단계에 도달하기 위해 지나쳐 왔던 과정의 의미들은 무시되고, 똑같은 수준의 반복만이 강조될 때가 있습니다. 한편으로 그것은 정전(cannon)이 확립되는 과정으로 여길 수도 있을 텐데, 문제는 자본주의적 현실에서 정전의 확립이 진리와 무관하게 하나의 표준으로 작동하는 논리 속으로 매몰될 위험과 상존하고 있다는 것입니다. 자본은 가치들의 차이를 화폐 형식 안에 일원화함으로써 무차별적으로 매개가 가능한 지대의 확산과 재편성을 유일한 목표로 설정하고 있기 때문입니다.

이 작품에서 손택수가 다시 시인으로서 개입하고 있는 곳은 바로 이 지점입니다. 시적 진술을 통해 선명하게 보이는 대로 '시인'은 바라보고 있던 풍경을 "사라지는 것이 두려워 쓰는" 행위가 아니라 "사라지지 않는 것이 두려워서 쓰는 글"로 읽어 내고 있습니다. 즉, 정전을 만들고 반복하는 것이 아니라 열린 가능성에 순수하게 충실한 사도로서 스스로 '시인이라는 가능성'을 확장하고 있는 장면의 목격자가 되고 있는 것입니다. 따라서 우리는 '노인의 글쓰기'를 완성에 도달하려는 움직임보다는 그저 끝없이 "바닥을 닦"는 행위로서 보다 주목할 수밖에 없는데, 이를 통해 현실에서 표준이라는 이름 아래 가치들이 상품 목록처럼 체계화되어 가는 일련의 과정들이 "조금씩 지워져 가는" 경험을 하게 됩니다. 결국 시를 읽어 가던 우리는 마지막 장면에 이르러 시인이 "틀림없다"고 힘주어 말했던 왕희지체가 "날아오르는" 장면에서 진리가 고양된 하나의 이미지가 아니라, 글자에 결부되고 축적되어 온 의미들이 모두 부서져 나가는 이른바 '실재의 지점'을 목격할 수 있습니다.

> 화장실을 사실로 만들기 위해 나는 요의를 느낀다
> 요의를 사실로 만들기 위해 오줌은 새어 나오고
> 오줌을 사실로 만들기 위해 사타구니는 벌어진다
> 슬리퍼를 신기 위해 발가락이 자라난 것은 아니라고 해도
> 결국 당신은 눈물을 위해 눈동자를 깜빡이며
> 박수를 위해 손바닥을 마주치게 될 것이다
>
> —황성희, 「발가락 마술」 부분

의미를 기억하고 하나의 정전으로 보존하는 것과 거리를 둔 글쓰기를 통해 우리가 만나는 것은 '바울의 텍스트'를 만나는 일과 유사합니다. 위의 시에서 화자는 '소파, 빨래건조대' 등 자신에게 익숙한 사물들이 배치된 익숙한 공간('거실')에 앉아 있습니다. 하지만 어째서인지 자신의 처지에 골몰한 화자는 논리적 인과관계가 녹아든 일상적 절차 내지는 사물을 비롯하여 기관(organ)에 이르기까지 사회와 결부되어 있던 모든 의미와 위계에 전도(顚倒)를 선언합니다. 이것은 바디우가 상세히 밝히고 있는 사도의 역할을 상기시킵니다. 황성희의 시에 명확하게 드러나 있는 것처럼, 사도는 기존의 정황

적 사태와는 무관하고 또한 그것들과 연계되어 있는 그 어떤 조직 (organization)으로부터도 빠져나올 수 있도록 '사건'을 선언하는 자를 의미합니다. 황성희의 시를 통해 우리는 무엇보다도 먼저 새롭게 진리를 구성하기 위해서는 전적으로 주체적이어야 한다는 사실을 재확인할 수 있기 때문입니다. 그것은 다음 이병률의 시에서도 마찬가지입니다.

비밀 하나를 이야기해야겠다

누군가 올 거라는 가정 하에서
가끔 버스를 다고 터미널에 산다는 비밀 하나를

어디서 누가 올 것인지
그것이 몇 시인지

남의 단추를 내 셔츠에
채울 수 없는 것처럼 모른다

녹으려는 시간을 붙잡자며
그때마다 억세게 터미널엘 나갔다

한 말의 소금을
한 잔의 물로 녹이자는 사람처럼
출발하고 도착하는 시간들을 기다렸다

떠난다는 말도 도착한다는 말도

결국은 헛된 말일 것이므로

터미널에 가서 봄처럼 지냈다

나직하게 비밀 하나를 이야기하자면

가끔 내가 사라지는 것은

그곳에 가기 위해서다

이렇게 말하는 것으로 오해가 걷힐 것 같아

최선을 다해 당신에게 말하건대

나는 가끔씩 사라져서

터미널에 나가 오지도 않는 사람을 기다린다

—이병률, 「이구아수 폭포 가는 방법」 전문

일상의 진술이라면 이 시는 그 목표, 즉 말없이 사라지는 자신의 행적에 대한 오해의 해결을 달성하지 못할 것처럼 보입니다. 누가 몇 시에 오는지도 모르는 채 "누군가 올 거라는 가정 하에" 터미널을 간다는 사람의 말을 곧이곧대로 믿는 사람이 있을 것 같지는 않습니다. 하지만, 우리는 '시인'의 진술에 보다 집중할 필요가 있겠습니다.

시인은 분명히 '비밀'을 '이야기한다'고 서두에서 밝히고 있습니다. 제목을 같이 고려해서 판단해 보면 이것은 ① 내밀한 자신의 개인적인 가치(비밀)를 드러내는 동시에 ② 그것의 일반적인 확산(이야기)과 더불어 ③ 구체적인 목표를 새롭게 재구성(이구아수 폭포 가는 방법)해서 드러내는 것에 이르기까지 시 전체를 세 가지 전략 아래 두고 있습니다. 그리고 이는 우연의 일치라고 하기에는 너무나도 명백하게 바디우가 진리를 사유하는 데에 제시한 세 가지 개념에 대한 진술과 닮아 있습니다. 그의 말을 『사도 바울』에서 그대로 옮겨 '시인'의 진술과 나란히 두어 보겠습니다.

진리를 사유하기 위해서는 세 가지 개념이 필요하다. 선언하는 순간에 주체를 명명하는 개념(피스티스. 통상 '믿음'으로 번역하지만 '확신'으로 하는 것이 더 적절하다)과 이 확신을 투쟁적으로 말 건네는 순간에 주체를 명명하는 개념(아가페. 통상 '자애'라고 번역하지만 '사랑'으로 하는 것이 더 적절하다) 그리고 마지막으로 진리 과정은 완성된 성격을 가진나는 가성에 의해 주체에게 부여되는 전위(轉位)의 힘에 따라 주체를 명명하는 개념(엘피스. 통상 '희망'이라고 번역하지만 '확실성'으로 하는 것이 더 적절하다).[1]

일상적 배경으로서의 '터미널'에서라면 우리는 그곳을 명확한 목적 아래에서만 이해 가능한 공간으로 여깁니다. 그렇게 함으로써 자신의 행위와 의미, 나아가 '터미널'에 이르기까지 접촉하고 이용하는 모든 것들을 논리적(현실적)으로 이해 가능한 하나의 체계 안에 둘 수 있기 때문입니다. 하지만 실상 '터미널'은 우리의 이해를 벗어난 곳에서도 여전히 그 기능(출발과 도착, 떠남과 만남)을 언제라도 반복하고 있음은 물론입니다. 따라서 "누군가 올 거라는 가정 하에서" "시간들을 기다"리는 행위야말로 진정한 '터미널'의 가능성을 명명함으로써 '진리'를 사유할 수 있도록 만들어 주는 일이라고 할 수 있겠습

---

1 알랭 바디우, 『사도 바울』, 현성환 역, 새물결, 2008, p.34.

니다. 이때 드디어 우리는 '터미널'을 일상적 배경이 아니라 '보편적 개별성'의 의미가 도해(圖解)된 사건적 공간으로 받아들일 수 있게 됩니다.

죽는다면, 저는 도시에서 죽게 될 것입니다. 죽음은 더없이 더러운 것들을 왼쪽으로, 왼쪽으로 휘감으며 밀폐된 방에 차오를 것입니다. 누군가 그 문을 열게 된다면…….

아들의 죽음을 전해 들은 어머니가
시체를 찾기 위해
여러 대의 버스를 갈아타고
아들의 방을 찾아 헤매고 계시는 모습이 문득 떠오릅니다.
어디나 비슷한 관 뚜껑 같은 얼굴의 집들을 어머니는
부은 다리를 절며 돌아보고, 돌아보고 하실 것입니다.

장례식장 가는 길은 눈에 설고,
차가운 것들이 잔뜩 하늘에서 내려와
지상에서 잠시 빛나는데,

그렇습니다.
저는 어머니의 죽음에 대해서만은,
차마 상상할 수조차 없습니다.

—장이지, 「문상 가는 먼 길」 부분

하지만, 우리에게 사도로서의 시인이 필요한 이유가 '아버지의 담

론'을 소거시킨 자리에서 '진리'를 사유하고 사건을 선언하는 소거의
능력에만 달려 있는 것은 아니라는 점을 잊지 않아야 하겠습니다.
그것은 오히려 장이지의 시에서 볼 수 있는 것처럼, 자신의 죽음을
구체적이고 냉정한 자신의 현실로 껴안는 순간에도 "어머니의 죽음"
은 "상상할 수조차 없"는 능력에 달려 있습니다. '문상'을 가는 길에
서 자신의 죽음을, 그리고 자신의 죽음에서 보편적인 죽음을 이끌어
내지만 종국에는 차마 "어머니의 죽음"에 이르지 못하는 바로 그 나
약한 능력 말입니다. 바로 이 같은 '시인'의 '나약함'만이 절대적으로,
아무 이유 없이도 자신의 안에 타자를 받아들이는 전제 조건이자 유
일한 방편이며, 이것을 상기시키는 것만이 우리 시의 유일한 전망이
되어어 한다고 저는 생각합니다.

4.

　시에 관해 이런저런 말들을 하다 보면 지금 이 순간에도 끊임없이
쓰이고 있다는 사실만이 말할 수 있는 유일한 것이라는 생각이 듭니
다. 시를 비롯한 문학과 예술 장르 모두를 염두에 두었을 때도 이 같
은 사실은 별반 다르지 않아 보입니다. 하지만, 곰곰이 생각해 보면
우리는 시 장르에 조금은 다른 시선을 가지고 있는 듯합니다. 특히
문학작품이 현실과 만나는 지점에 주목한다면, 시 장르의 현실적 연
관성에 대해 우리가 보다 복합적인 평가를 내리고 있다는 것을 명확
하게 느낄 수 있습니다.

　가령, 우리는 소설을 읽을 때 작품 속 등장인물이나 공간적 배경
등을 작가적 상상력의 차원에서 받아들입니다. 심지어 자전소설이
라는 명목으로 작품을 썼을 때조차 말이지요. 아우슈비츠의 생존자
로서 여러 작품을 남긴 프리모 레비의 소설이 주는 표현할 수 없을

정도의 깊은 감동 역시 이와 연관되어 있습니다. 그의 '증언'은 개인이 겪은 끔찍한 일들에 대한 완벽한 사실 전달이지만, 동시에 '유대인' 내지는 '일부 독일인'에 머물러 있는 편협한 경험의 세계를 뛰어넘어 보편적인 '이야기'의 형태로 받아들여지게 됩니다. 즉, 소설가의 그 어떤 특수한 경험도 문학적 허구성의 단계 안으로 편입되어야만 진정한 의미를 갖게 됩니다. 그럴 때, 문학적 허구성은 우리의 삶과 유리된 것이 아니라 다시 구체적인 현실과 관계를 맺는 방식으로 존재할 수 있음은 물론입니다.

시의 경우 이와는 조금 더 복잡한 양상을 보입니다. 무엇보다도 우선 시인의 경험은 소설에 비해 현실과의 연관성에서 보다 자유롭습니다. 우리가 시인이라는 존재나 또는 개별 시 작품을 대할 때 정서적으로 고양된 상태를 먼저 떠올리는 것만 보아도 쉽게 알 수 있습니다. 동서양을 막론하고 어떤 깨달음에 도달한 존재를 시인의 전범으로 삼는 것이 낯설지 않은 이유도 여기에 있습니다. 하지만 이것을 단순한 초월적 깨달음과 혼돈하지 않도록 주의해야 하겠습니다. 시가 보여 주는 '각성'의 세계관은 현실을 뛰어넘어 존재하는 어떤 깨달음을 우리에게 가슴 시리도록 효과적으로 전달합니다만, 현실의 '형상화' 작업을 벗어날 수 없기 때문입니다. 가장 급박한 상황을 맞은 현실에서 문학으로 돌파구를 찾고자 할 때 시의 형태가 먼저 선택되는 일이 당연하게 여겨지는 것처럼, 그 어떤 초월적 기표도 현실과 동떨어질 수 없습니다. 아니, 시적 세계 안에서 고고히 바람에 나부끼는 '깃발'은 그 때문에 오히려 현실에서 그대로 동일한 의미를 가진 채 그 '깃발' 밑에 사람들을 모으고, 끝내는 피를 흘리는 일도 마다하지 않게 만듭니다. 즉, 상징은 현실적 원관념의 세계와 더 많은 접면을 가질수록 더욱 큰 '시적 힘'을 가질 수 있다는 사실이

자명해집니다.

여기서, 그 누구보다 시의 본질에 대해 진지한 탐색을 했던 옥타비오 파스의 말을 같이 떠올려 보면 도움이 될 것 같습니다. 그는 시인의 말이 자신의 것인 동시에 타인의 것이므로 역사적일 수밖에 없다고 말합니다. 따라서 시 작품 역시 역사적 말의 구성체이지만, 동시에 사회의 실존에 앞선 조건이기도 하다는 것을 지적합니다. 그렇기 때문에 시적인 말은 결국 사회적 생산물이자 사회의 전제 조건이라는 점에서 상호 보완적이고 분리 불가능하며 모순적인 두 차원에서 모두 역사적이라는 것입니다. 그의 말대로라면, 글의 처음에 고백한 것처럼 시는 달성될 수 없는 목표를 내재하고 있기 때문에 끊임없이 쓰일 수 있는 것일시노 모르겠습니다.

시와 현실(역사)이라는, 양립 불가능한 듯 보이면서도 같이 존재하는 시의 특성에 대해서 이야기해 보고 있습니다. 이해하기에 그리 어려운 일은 아니지만, 시선의 무게추를 옮겨 보면 여기서 다소 흥미로운 지점이 또 하나 생겨납니다. 시 작품이 현실과 최대한 멀리 떨어진 상태에서 의미를 추구하는 방식의 이해가 비교적 손쉽게 이루어진다면, 거꾸로 형상화의 힘이 소거된 현실의 투박함 속에서 '시적 힘'을 말하고자 할 때 우리는 다소 난항을 겪게 된다는 점입니다.

결국 시를 읽는 우리는 단순한 깨달음을 얻는다거나, 힘든 현실과 견주어 위안을 얻게 되는 일보다 훨씬 복잡한 감정을 가지게 됩니다. 그것은 마치 시와 현실이 다양하고 복잡하게 얽혀 있는 이해의 미로에 빠져드는 것과 마찬가지입니다. 아마도 '시적인 경험'이라는 것은 바로 이 미로에서 길을 잃는 것이 가장 정확한 표현이라는 생각이 듭니다. 이 때문에 작품을 읽는 우리는 평면적으로 드러나는 작품의 단순한 주제 의식과는 달리, 복잡하게 얽혀 있는 이해의 지점들을 가질 수밖에 없습니다. 바로 이 지점에서 우리의 시문학은 자신의 개별적인 체험들을 독자들 스스로 시적인 경험 안으로 끌고 들어가는 것이 가능하도록 만드는 데 주력하고 있는 것처럼 보입니다. 벤야민의 문제의식을 공유하는 차원에서 말하자면, 이것은 경험(Erfahrung)이 사라진 시대에 우리의 시문학이 새로운 시적 역할을 확장해 나가고 있는 과정으로 이해해 볼 수 있습니다.

이처럼 우리의 시인들이 어떤 욕망이나 목표를 성취하기 위한 구조물을 쌓아 올리는 방식으로 시를 쓰는 것은 아니라는 것을 어렴풋하게나마 알게 되었습니다. 그들은 '가능성' 그 자체를 다양하게 실험해 보고 싶어 하는 것처럼 보였습니다. 그것이 바로 경제적 이익과는 무관한 작업을 지속시키는 유일한 원동력으로 이해해 보았습니다. 그런 그들에게서 언뜻 바디우가 말한 '사도'의 모습을 엿볼 수도 있었습니다. 모든 의미와 위계에 그들이 도전장을 내미는 것처럼 보였기 때문입니다. 그들은 눈앞에 닥쳐올 죽음을 두려워하는 나약한 존재이면서도, 진리를 좇는 안전한 길보다는 '사건'의 선언에 동참함으로써 '보편적 개별성'에 뛰어들고 있었습니다.

사실 '보편적 개별성'의 개념을 썩 잘 이해하고 있지는 못합니다. 다만 '사도'로서 현실과 관계 맺는 양상을 살펴보았을 때에 결국에는 '율법'과 '현실'이, 또한 '시적인 것'과 '일상'이 종횡으로 뒤섞인 상태 바로 그것이 '보편적 개별성'의 선행조건이자 최종 결과물이라고 생각하고 있습니다. 그것은 어쩌면 일종의 혼란 상태로 보일지도 모르겠습니다. 하지만 '인간으로서의 예수(역시 사도라고 할 수 있을 겁니다)'가 당시에는 혼란 그 자체로 받아들여진 것을 떠올려 보면 이해에 도움이 될 것 같습니다.

율법의 입장에서 일상은 완전한 통제가 가능해야 합니다. 비록 그것이 육체적 고통이나 정서적인 거부감을 불러일으킬지라도 말이지요. 그런 방식으로 점점 현실과 동떨어져서 율법은 자족적인 체계로 존재하게 됩니다. 그럴 때 일상은 율법에 몸을 내어주기를 예비하는 공간으로 전락합니다. 이제 거꾸로 일상의 인간들은 율법에 다다르기 위해 육체적 고통이나 정서적인 거부감을 기꺼이 감내하게 되는 믿을 수 없는 역전을 받아들이게 됩니다. 하지만, 시인-사도는 이것의 경계를 스스로 무화시키고 수많은 이해의 관점을 도입합니다. 그리고 그 관점들이 일으키는 돌발적인 공명을 준비하고, 또 그것을 즐기고 있습니다. 무엇이 '시적인 것'인지, 무엇이 '일상'인지 묻는 우리를 조롱합니다.

우리의 시인들이 도달한 곳이 바로 여기입니다. 파스의 말을 한 번 더 빌려 오자면, 그들은 경험을 추상화하지 않습니다. 그리고 모든 순간들을 환원이 불가능한 특수성에 가득 찬 동시에 다른 어떤 순간에도 같은 크기와 의미로 반복되고 재생산이 가능하도록 만듭니다. 그들은 끊임없이 새로운 순간들을 만들어 내고 있는 존재들입니다. 그러나, 무엇보다도 중요한 것은 그들 역시 우리와 마찬가지로 힘겨운 현실을 살아가는 나약한 사람들이라는 점입니다. 그들은 자신의 일상을 우리와 같이하면서 잠시, 아주 잠시 시인이 되었을 뿐입니다. 우리의 시가 어떤 모습을 보일지, 또 어떤 질문들을 반복할지 알 수는 없지만 그들을 따라가는 길이 그렇게 어렵게만 느껴지지 않는 유일한 이유입니다.

단 하나의 점, 단 하나의 글자

　십여 년 전, 김환기의 작품이 우리나라 근현대 미술품 경매가 최고액을 기록한 적이 있었다. 그전의 최고가 미술품은 우리에게 널리 알려진 박수근의 「빨래터」. 당시 김환기의 그림 경매가액은 그해 우리나라에서 경매로 거래된 전체 미술품 중 두 번째로 높은 금액이기도 했다. 이후 김환기의 작품은 다시 경매 최고액을 경신했는데, 이로써 그의 그림들이 가장 금액이 높은 한국 근현대 미술품의 상위를 모두 차지하게 되었다. 미술품의 실제 가치와 거래 금액 간의 불일치에 대한 논쟁은 잠시 차치해 두고, 이를 통해 단적으로 알 수 있는 것은 구상에서 추상으로의 세계사적 흐름이 우리 미술계 내부에서도 완전히 정착하게 되었다는 사실이다. 다양한 방식을 실험해 온 김환기의 작품 중 유독 전면점화가 높은 금액으로 거래된 점 역시 이와 관련되어 있다고 할 수 있다.

　하지만, 실제 전시회의 현장에서 추상에 대한 관람객들의 볼멘소리를 듣는 일이 그리 드문 일은 아니다. 그것은 생존을 위한 행위들

너머로 숨어 버리게 된 인간 스스로의 복잡한 내면이 최대한 생존과
관련 없는 움직임과 만나 표출된 미술의 역사와 관련 있다. 그 오랜
시간 동안 미술의 생명력은 강한 소망을 대신하거나, 또는 집단의
가치를 응축하고 있거나 그리고 때로는 너무 내밀해서 드러낼 수 없
었던 개인의 욕망이 일정한 형태로 포착되는 즐거움으로 담보되었
던 셈이다. 카메라의 등장처럼 미술에 직간접적인 영향을 준 기술적
특이점은 물론, 여러 가지 외부적 조건들의 변화가 그 형태에 다양
한 변주를 불러일으키는 것은 당연한 일이다. 그러나 향유의 차원에
서 근본적인 변화라고 할 만한 것이 일어나지 않았음에도 불구하고,
그 형태 면에서의 지속적인 변화는 종종 예술과 수용자를 유리시키
는 현상으로 귀결되기도 한다.

　이는 우리의 시문학이 지금 겪고 있는 일들과 아주 유사하게 느
껴진다. 돌이켜보면, 생존을 위한 경제적이고 규칙적인 언어 사용에
대한 공감이 전면적으로 확대되면서 우리의 내면과 보다 직접적으
로 연관된 부분들은 아이러니하게도 조금은 다른 언어의 사용에 맡
겨 두게 되었다. 시적 언어가 '국가'와의 대치를 통해 두드러지게 된
것이 단순한 우연은 아닌 것이다. 문제는 시의 형태가 흡사 미술에
서의 추상이 그랬던 것처럼 외부의 자극에 민감하게 반응하면서부
터이다. 언어적 차원에서 벌어지는 시적 형태의 변화는, 그 의의와
는 별개로 독자들이 가지고 있던 시의 언어에 대한 근본적인 믿음과
어쩌면 가장 결정적으로 차이가 생겨난 계기일지도 모른다. 미술이
나 시를 막론하고 예술의 수용자란 언제나 물질적 현실을 살아가야
하는 한계와 맞닥뜨린 존재일 수밖에 없을 테니까 말이다. 만일, 이
러한 특징이 예술의 보편적이고도 역사적인 흐름이라고 한다면 미
술이, 그리고 시문학이 자신의 극단을 실험해 보는 가장 아름다워야

할 순간에 예술은 향유로 활성화되는 출구를 폐쇄하고 스스로 죽음을 선언하게 될 것이다.

예술에 내재된 이 같은 움직임에 대해 독일의 미술사학자 보링거(W. Worringer)는 우리에게 조금 더 흥미로운 견해를 제시한다. 그에 의하면 예술에 대한 의욕은 인간의 근원적 심리 욕구에 해당하는데, 그 욕구는 다시 두 가지 심리적 충동에 의해 실현된다. 인간이 자신의 외부와 유기적인 아름다움을 통해 만족감을 얻는 '감정이입충동(Einfühlungsdrang)'과 이와는 반대로 삶의 부조화에서 오는 '추상충동(Abstraktionsdrang)'이 그것이다. 때문에 각각의 충동에 따라 미술에서의 양식들이 서로 다른 방식으로 결정될 뿐, 특정한 전형으로 고정되어 있지는 않다는 것이다. 처음 듣게 된다 해도 쉽게 추측할 수 있듯이, 두 충동은 각각 자연주의적 미술 양식과 추상적 미술 양식을 성립하게 된다. 이처럼 '추상'을 미술의 용어로 끌어들인 그 덕분에 20세기 이후 미술은 다시 한번 발전을 할 수 있게 되었다.

여기서 보링거의 의견을 중요하게 다시 떠올려 보는 이유는, 예술에서 형태의 실험이나 변화가 예술가의 자의적이고 독단적 결과물이 아니라, 인류 공통의 내면 심리와 변화하는 현실이 만나서 빚어낸 역동적 관계의 산물임을 알 수 있기 때문이다. 그에 따르면, 앞서 우리가 우려했던 예술에서의 극단적 실험, 특히 추상충동에 의한 실험들은 오히려 우리 내면에 잠재된 고유의 감정을 보다 직접적으로 표현하는 행위로 이해해 볼 수 있다. 어떤 이미지도 만들어 내지 않고 선과 점의 차원에서 멈추는 것, 또는 어떤 의미도 전달하지 않고 기표 그 자체로 소멸되는 것. 지금의 우리 시문학과 미술은 바로 이 지점에서 잠시 같은 길을 걷고 있는 것처럼 보인다.

이 자리에 놓여 있는, 시와 미술의 관계를 사색하는 지금 우리 젊은 시인들의 고민에 귀 기울여 보자. 다소 편차는 있겠지만, 이들 모두 "없는 너를 위해"(김성호, 「하나」) 쓰는 성공 불가능한 실험을 염두에 두고 있으면서, 동시에 "생의 정중앙"에 "언제나 타인"을(채길우, 「간단히 말하기」) 두고 상상하는 지극한 소통의 자리를 마련하고 있다는 데에는 조금 놀랄 수밖에 없다. 이들의 노력은 우리가 '추상'을 대하며 갖게 되는 오해의 영역에서 이루어지고 있는 것이 아니다. 앞서 살펴봤던 것처럼, 시인들은 가장 근본적인 충동의 방식으로 언어에 얽매이지 않았던 우리 고유의 내면을 복원하는 가능성에 대해 고민하고 있기 때문이다.

노트는 곡선이고
고양이수염은 흰 선이다
시집은 파란색이다
나는 바다를 마실 것인가
파란 술을 마실 것인가
탁상은 반듯한 탁상이고
어느 붉은 빛깔은 테두리도 붉다
오늘은 목요일 그림자
잠자는 소음은 없다
눕는 소절 속으로 돌아눕는 이 없고
눈을 깜빡이는 달이 있다
시를 쓴다는 것은 놀라운 일이고
놀라운 일은 지루한 시 속에만 있다
내가 본 연기는 흰빛이고
나는 왜 사라지는가

울음은 욂을 운다는데

지금 쓰는 숨은 궁지를 위해 쓴다

없는 너를 위해

한 줄을 쓰는 밤을 만들기도 할 것이다

어떤 활자는 둥그스름하고

어떤 활자엔 매무새가 있다

푸르스름한 것을 놓치다 하고

한가한 굴절을 그려 넣는다

가장 투명하고

가장 투명하게 보이는 것이

가장 투명한 밑과 같겠다

이젠 왜 전부가 밀려드는 건지 모르겠다

손가락이건 핏줄이건 환하다

적당한데 난해하다

짧은데 자유롭다

단조로워 가뿐하다

즉흥적이면서도 즉흥곡처럼 일목요연하다

그 옆에 잔은 하나이다

—김성호, 「하나」 전문

조금 더 자세히 살펴보자면, 김성호 시인의 「하나」 첫머리에 제시되고 있는 것처럼, 우리는 종종 시인의 명명을 통해 낯익은 일상의 사물들이 그 모습 그대로, 하지만 새롭게 의미를 부여받은 기묘한 공간으로 불쑥 들어서는 경험을 하게 된다. 특히, 이 작품에서는 '선'과 '색'이라는 회화적 차원의 가장 기본적이라고 할 수 있는 요소들을 이용함으로써 독자들에게 한층 더 낯선 경험을 제시한다. 문제는 "노트는 곡선"과 같은 시인의 언어를 우리가 받아들이는 순간에 발생한다. "노트"와 "곡선" 간에 벌어진 간극 사이로 통상적인 상식이나 또는 앞선 독서의 경험을 통해 체득한 의미를 순간적으로 채워가기 때문이다.

물론, 그 과정에서 발생하는 새로움을 또 하나의 의미로 받아들이는 것도 무의미한 일은 아니다. 때로는 시인의 의도와 어긋나는 그대로 독자와 만난 작품이 보다 넓은 의미의 스펙트럼을 갖추게 되는 일도 가능하다. 그러나, 이와 같은 방식에 내재되어 있는 한계점을 각성해야 한다는 것이 보다 중요하다. 어떤 의미를 산출한다고 하더라도 아니, 어떤 의미라도 추적해 내기 위해서라면 필연적으로 두 단어 간의 의미에 위계를 설정해야 하기 때문이다. 말하자면 우리가 인식을 확장해 나가는 방식, 즉 은유와 환유의 연쇄 축은 결국 의미의 위계 속에서 어느 한쪽을 왜곡해 나가는 과정과 동일하다. 따라서 "노트"와 "곡선"(그리고 "고양이수염"과 "흰 선", "시집"과 "파란색") 간의 의미를 파악하기 위한 노력은 서로의 의미 대응 관계를 완전히 벗어날 때 더 정당하다고 할 수 있다. 만일 우리가 "없는 너를 위해/한 줄을 쓰는 밤을 만들"게 된다 하더라도 그것은 그저 의미를 찾아 헤매는 막연한 몸부림이 아니라, 고정된 의미에서 풀려나 '쓰기'의 가능성을 무한대로 테스트해 보는 실험에 동참할 수 있게 된다.

이처럼 '특정되지 않은 대상을 향한 최소한의 발화'가 가능하다면, 그것이야말로 완전한 소통의 형태가 아닐까. "손가락"이나 "핏줄"이 생존이라는 목표 아래에서는 하나의 '생명-기관(organ)'을 유지하기 위해 서로의 희생을 담보로 할 수밖에 없겠지만, 김성호 시인의 '테스트-추상'에서라면 "손가락이건 핏줄이건" 모두 자신을 그대로 드러내어 "환하"게 존재하는 것이 가능해진다. 결국, 시인이 도달하게 된 "하나"란 바로 그 불가능하게만 보이는 아름다움에 도달하기 위한 가장 최소한의 무기이며, 이를 통해 우리 역시 "즉흥적이면서도 즉흥곡처럼 일목요연"한 시인의 세계에 동참하게 된다.

*

나는 일인칭의 자화상이 아닌 만다라
낮달에서 빠진 넋이 모두 노랑이 되고 있을까

하고 싶지 않은 생각의 힘이
수많은 글씨를 모았다
모래의 수와 존재의 수가 다른
모래라는 두 글자를

약 먹을 시간 쪽으로 향하는 시곗바늘의 움직임으로
위를 올려다보았다
흰 쪽으로 뒤집히는 눈동자 미만의 화자처럼
10포인트의 난쟁이처럼
"나는 말하지 않겠어" 귓속말하고
사선이 사선인 종이 속에서
액체가 뜻이 될 때까지 글씨가 메마르고

*

나는 만다라
이인칭의 자화상이 바라보는 죽음

이후의 만다라

*

고려가요를 아홉 장 복사한 고려가요로
한 번을 부를 수 없는
위 증즐가 대평성대 위 증즐가 대평성대
다른 세기의 종이 위에서 메마르는 세계를
빨대가 모르는 빨대의 호흡으로
살고 있는 삶을

읽을 수 있으면
잃을 수 있으니
잊을 수 있다

0에 가까운 사흘의 호흡을
운명선과 생명선이 다른 손바닥으로
쓸어버리는
조금 후의 죽음이란 것
조금 후의 진심이란 것
생각에 빠져
생각 밖을 바라보는 것

시체라도 혈육이 될 때까지 짓이기는 삶에서 살까지
노랑과 핏빛의 감정이
다다르지 못하는 삶 이후가

00, 혹은 영영

없을 곳이란 미래 시제로 말했다

뜻밖에도 살아 있는 게 있다고 말했다

　　　　　　　—김준현, 「만다라가 아닌 만다라가」 전문

　김준현 시인의 경우 「만다라가 아닌 만다라가」에서 '만다라'에 대
한 해석을 통해 보다 직접적으로 자신의 고민을 드러내고 있다. 시
인이 간략하게 안내해 둔 것처럼, 만다라는 불가에서의 깨달음을 구
현한 그림으로 알려져 있다. 산스크리트어의 어원으로 살펴보아도
만다라는 '본질(maṇḍa)'을 가지고 있는 것이라고 할 수 있다. 하지만,
우리는 이 작품으로 인해 조금은 다른 시인의 고민을 들여다볼 수
있게 된다. 그것은 바로 만다라가 어떤 본질을 가장 적확하게 구현
한 그 순간에도, 창작자의 깨달음이라는 일방성에 필연적으로 균열
된 지점을 내재하고 있다는 점이다. 따라서 중요한 것은 그 균열로
'만다라'는 창작자에 의해 구현되는 "일인칭의 자화상" 내지 일방적
수용의 방식이 적용된 "이인칭의 자화상"을 모두 넘는 가능성으로
인식되어야만 한다. "읽을 수 있으면/잃을 수 있으니/잊을 수 있다"
는 시인의 전언은 어쩌면 만다라를 탄생시킬 수밖에 없었던 정황을
압축적으로 전달하는 동시에, 지금의 우리에게는 만다라에 구현된
추상의 세계에 대한 가장 유용한 사용 설명서이다. 즉, 만다라는 그
자체로 본질적인 의미나 진리를 구현하고 있는 것이 아니라, 스스로
를 부정하고 극복하는 추상의 과정인 것이다.

　앞선 두 시인을 통해 간략하게나마 알 수 있었던 것은, 시문학으
로 달성되는 언어적 추상의 세계가 우리의 내면을 전혀 다른 방식으
로 드러내고 있다는 데에 좀 더 유의해야 한다는 사실이다. 그럴 수

만 있다면, 우리는 애써 의미를 부여하지 않고도 스스로의 삶의 방식 그대로 인간다움의 본질에 자연스럽게 다가갈 수 있게 된다. 채길우 시인의 「간단히 말하기」와 정은기 시인의 「우산 밑으로 굴러 들어오는 바퀴에 대하여」에서 공통적으로 발견할 수 있는 태도 역시 이와 관련되어 있다. 특히, 정은기 시인의 작품에는 생존을 위해 스스로를 소외시킨 우리의 일상이 고스란히 드러나 있다. 이어서 시인은 그 평범한 일상의 공간 사이로 '검은 봉지, 바퀴, 우산, 채찍, 기도, 책장' 등 익숙한 명사들을 낯설게 끼워 넣음으로써 하나의 추상적 장면을 완성해 낸다. 가령, 작품의 첫 구절에서 빗속을 걸어가는 사람들의 평범한 풍경이 "검은 봉지"로 인해 일상적 의미망을 손쉽게 빠져나가게 되는 것처럼 말이다. 시인이 애써 끼워 넣은 이 단어들은 결국 작품에서 보이는 것과 꼭 닮아 있는 우리의 일상들 사이로 무수한 간극을 만들어 낸다. 눈여겨보아야 할 것은 이로 인해 "첨탑보다 먼저 두 손을 모으고 무릎을 꿇"는 간절함과 "뒷모습을 향해 조용히 마음을 보태 주"는 진심의 모습들이 일상 위로 자연스럽게 떠오른다는 점이다. 이것은 채길우 시인의 단정적인 진술처럼, "인간"의 본질에 대한 질문을 환기하는 동시에, "도넛"처럼 "가운데가 텅 빈 우리"의 모습이 폭력적으로 작용하게 될지 또는 "구멍 튜브"로 기능할지에 대한 끊임없는 질문 위로 우리를 이끈다.

밤 부엽토 잘 지내나요*
엎드려 자는 이곳은 바닥이 천장처럼 멀군요
잠을 부축하는 기분으로 눈을 뜨면
우리는 나선형 사랑을 할 수 있다
거창하고 거추장스러운 직선 위에서 떨어져

무엇인가가 흔들린 게 분명하다고
눈뜨고 잠꼬대하는 밤 부엽토 안녕하신가요
어둠에 다다랐을 때 나무의 세입자들처럼
열매로 보이고 싶은 거울 앞에서
백태 낀 혀를 내밀어 보는 잠깐의 환함으로
부끄러운 것을 잔뜩 끌어다가
잠 속에 두고 오는 피로를 기꺼이 우리는 할 수 있다
행복한 죽은 이들의 정원**에서 피어나는
편지 한 줄은 그것을 비료로 피어나지요
밤 부엽토 잘 지내나요
그 들판을 건너가면 모든 직선이 기쁘게 죽고
슬픔을 곡선처럼 다루는 기예를 볼 수 있겠군요
우리는 그것을 사랑의 쇼라고 부르고
천장에 올라서 위태롭게 포옹할 수 있다
두 직선이 하나의 곡선으로 이어질 때
우리는 서로의 눈금을 나란히 두었군요
아무도 흔들어 깨우지 않는 잠을 자고 있나요
버리고 싶은 것을 잔뜩 데리고
야간 기차를 탄 당신의 지루한 여행길에
온종일 내리고 싶은 마음은 비가 많은 구름에서
나는 나무를 위해 우산을 쓴 바쁜 사람
밤 부엽토 잘 지내나요

*훈데르트바서 作,「10002 밤 부엽토 잘 지내나요」
**훈데르트바서 作,「행복한 죽은 이들의 정원」

서윤후 시인이 「밤, 부엽토, 비」에서 오스트리아의 화가이자 건축가, 그리고 생태운동가이기도 한 훈데르트바서의 작품을 원용하여 그려 내고 있는 장면은 바로 이 질문에 대한 하나의 대답으로 기억해도 좋을 것이다. 훈데르트바서는 인공과 자연, 건축물과 나무 그리고 인간과 환경의 공존에 대한 자신의 희망과 도전을 다양한 결과물로 표현해 왔다. 그래서인지, 개인적인 견해이지만, 그의 작품은 건축물이나 회화를 막론하고 언제나 마치 꿈속의 장면을 재현한 것 같은 느낌을 준다. 서윤후 시인 역시 그의 세계관을 마치 꿈결의 진술로 바꾸어 놓은 것처럼 여겨진다. "할 수 있다"는 말이 작품 안에서 여러 번 반복되며 시인의 의도를 분명하게 전달하고 있으면서도, 강한 다짐보다 부드럽게 느껴지는 이유도 여기에 있다. 특히, 직선을 '신의 부재'라고 했던 훈데르트바서의 말을 가져오자면, 이 같은 노력은 곧 직선이 만들어 냈던 위계의 죽음을 선언하고 이른바 "곡선"의 세계를 만들어 내는 것도 가능하다. 서윤후 시인이 "사랑의 쇼"라고 부르고 있는 것처럼, 이 같은 '곡선의 세계'에서라면 우리는 아무리 불가능해 보이는 상황에서라도 기꺼이 서로의 몸을 내주는 "포옹"을 완성할 수 있을 것이다.

제3부

키치 소년 성장기
—장이지의 시 세계

1. 새로운 감각의 주파수

장이지의 시 세계 전반을 이해하기 위해서는 조금 다른 감각이 필요하다.[1] 만일 시인을 이해하기 위한 방편의 하나로 대표적인 작품을 정하고자 노력해 본 사람이라면 쉽게 동의할 수 있을 것이다. 그것이 불가능에 가까울 정도로 어렵기 때문이다. 물론 한두 편의 작품으로 시인을 이해하는 것이 항상 옳은 것은 아니겠지만, 그의 시 세계는 분명 소수의 작품만으로는 이해할 수 없을 정도로 일관되지 않다.

이제껏 그를 읽어 온 독자들에게는 장이지의 시가 일관되지 않다는 말에 선뜻 수긍하기 어려울 것이다. 화염병을 던지다 죽는 것을

---

[1] 이 글은 장이지 시인의 『안국동울음상점』(랜덤하우스, 2007), 『연꽃의 입술』(문학동네, 2011), 『라플란드 우체국』(실천문학사, 2013) 세 권의 시집을 중심으로 한다. 글에서 작품을 인용할 때 시집 표기는 각각 『안국동』, 『연꽃』, 『우체국』으로 줄여서 표기한다.

더 멋지게(「하늘을 보렴」, 「연꽃」) 생각했던 시인은 어떤 상황에서도 세상의 바닥에 배를 바짝 붙인 채 시를 쓰는 방법을 고수한다. 그렇기 때문인지 그는 시를 쓰는 것이 전혀 보람되지 않다고 말하면서도(「눈치우기」, 「우체국」) 오랜 시간을 우리 옆에서 시인으로 보내 왔다. 더구나 장이지는 다른 시인들과 구별될 만큼 연작시를 유달리 많이 써오기도 했다. 시인으로서의 자신을 구성하게 된 외부적 자극들을 적극적으로 드러낸 첫 시집(개인적으로는 장이지 시인의 첫 시집에 수록된 작품 거의 모두를 연작시로 보는 것이 타당하다고 생각한다)에 이어, 『연꽃의 입술』에서는 '구원(久遠)', '한양호일(漢陽好日)', '굳세어라 금순아' 등의 인상적인 세 가지 시선을 통해 세상을 조망하는 데 시집 전부를 아낌없이 할애했다. 『라플란드 우체국』에서도 그는 역시 '플랫'이나 '우편' 등의 연작을 통해 세상을 바라보는 자신의 시선을 고스란히 보여 주고 있다. 연작시라는 것이 말 그대로 작가의 일관된 시적 인식을 반영한 결과라고 한다면, 그의 시 세계가 일관되지 않다고 한 언급은 다소 미숙하게 들릴지도 모르겠다.

하지만 문제는 그 연작들을 통해 시인을 전체적으로 이해해 보려는 시도들 역시 언제나 실패로 끝난다는 점이다. 장이지의 시편들은 대중문화적 기표들을 비롯하여 1930년대 우리 시문학의 감수성과 맞닿아 있는 북국(北國) 정서, 그리고 최근 우리 시에서는 찾아보기 힘든 역사적 인식에 이르기까지 꽤나 큰 시적 진폭을 보이기 때문이다. 단순하게 정리해 보자면, 장이지의 시는 대중문화적 지향성을 선명하게 드러낸 이미지와 고졸(古拙)함이 그만의 방식으로 조합되어 있다. 앞에서 그의 시를 이해하기 위해서는 다른 감각이 필요하다고 한 이유가 여기에 있다. 말하자면 이 글은 그의 시가 무엇을 말하는지 애써 알아내기 이전에 시인이 어떻게 감각하는지 그것과 동일한 주파수 대역으로 들어가기 위한 노력이다.

2. 매일매일의 재난

조금은 에둘러 가더라도 다음의 장면에서 시작해 보자. 2005년 8월, 최고 시속 280㎞에 이르는 강풍을 동반한 초대형 허리케인 카트리나(Katrina)가 미국 남동부를 강타했다. 특히 해수면보다 지대가 낮은 뉴올리언스 지역에 피해가 집중되었는데, 제방이 무너지는 바람에 도심 대부분이 물에 잠겼으며 사망·실종 등의 인명 피해만도 2,500명에 이를 정도로 큰 재난이었다. 정부의 늑장 대응과 안일하고도 차별적인 대처가 시민들의 분노를 불러왔고, 결국 폭동에 이르게 된 과정까지 우리에게도 잘 알려진 사건이다. 여기서 주목하고자 하는 것은 재난 이후 수습의 책임이 있던 사람들이 벌인 일이다. 어이없게도 그들은 이 재난을 일종의 기회로 여겼다. 이 지면을 차고 넘칠 정도로 사례들은 많지만, 노벨 경제학상 수상자(1976년)이자 자유방임형 시장 경제원칙의 대부라 불리는 밀턴 프리드먼의 발언은 그야말로 충격적이다. 『월스트리트 저널』에 기고한 글의 첫 부분을 그대로 옮겨 보면 다음과 같다.

대부분 폐허가 된 뉴올리언스의 학교는 그곳을 다니던 아이들에게는 집과 같은 곳이었다. 이제 아이들은 뿔뿔이 흩어지게 되었다. 이것은 분명 비극이다. 하지만 이것은 또한 교육 시스템을 전면적으로 바꿀 수 있는 기회이기도 하다.[2]

---

2 M. Friedman, "The Promise of Vouchers", *The Wall Street Journal*, 2005.12.5.

그들에게 재난은 도시 빈민이 입주하고 있던 임대주택 문제, 공립학교 중심의 교육 시스템 등 시장경제에 반하는 그간의 공공정책과 관련된 문제들을 한 번에 해결(사실은 개발)할 수 있는 기회일 뿐이었다. 그리고 실제 복구 정책도 그들의 주장대로 이루어졌다.[3] 이처럼 자본주의의 가장 '좋은 점'은 상상만 하던 모든 것들을 우리 눈앞으로 직접 불러낸다는 사실이다. 현실에서 마주하기 싫을 성노로 너무 끔찍한 것들까지 포함해서 말이다. 문제는 우리가 살아가고 있는 현실에서 스스로 원했던 것과 그렇지 않은 것과의 경계를 구분하는 것이 아예 불가능해졌다는 데에 있다.

근대사회의 근본적인 문제점들 중 하나인 소외(alienation)의 경우를 생각해 보자. 삶의 질적 개선에 대한 욕구가 개인적 소유와 잉여 축적의 개념 등을 상상해 냈을 때, 화폐를 기준으로 하는 자본주의적 소유 개념이 등장하게 된다. 이후로는 우리가 알고 있는 그대로이다. 현대인들은 유례없이 많은 것들을 소유하게 되었고 또 수많은 물건들을 소비하며 살아가게 되었지만, 그 누구도 스스로는 자신의 소유와 소비의 한계를 설정할 수 없는 지경에 이르렀다. 소비와 소유가 끝없이 순환하는 일상에서 개인의 의지와 관련된 문제들은 극히 제한적인 범위에서 다루어질 수밖에 없을 때 누구나 소외를 경험하게 된다.

하지만 소외가 우리 시대의 문제점인 진정한 이유는 보다 신중하

---

3 이미 눈치챘겠지만, 나는 굳이 다른 나라의 이야기를 예로 들고 있다. 우리 가까이에서 현재진행형으로 벌어진 일에 대해서도 이야기하지 못할 만큼 나는 비겁한 존재이기 때문이다. 다만, 어떤 정치인의 '불행이 아니라 좋은 공부 기회'라는 발언은 여기에 남겨 두고자 한다. 한 사람의 말실수가 아니라 나를 포함한 현대인들의 재난에 대한 감각을 대변하고 있다고 생각하기 때문이다.

게 접근할 필요가 있다. 소외는 우리 삶의 단순한 오류가 아니라, 우리가 선택한 삶의 방식 자체가 그것을 자동 생산하는 구조로 변화되었음을 알려 주는 지표이기 때문이다. 소외를 비롯하여 현실 사회가 안고 있는 거의 모든 문제점들 역시 마찬가지이다. 지금 우리에게 현실의 삶이 끔찍한 것은 구체화된 경험에서 비롯하기보다 이런 지표들로 구성된 것이 바로 일상임을 뒤늦게 알아 버린 망연자실함과 동일하다.

한쪽에선 원전이 폭발해도 다른 한쪽에선 여전히 원전 건설의 합리성을 주장하고 있는 아이러니한 세상에서, 그것을 이용하지 않을 선택권조차 박탈당한 현대인들이 불안감을 해결할 수 있는 방법은 오직 그것을 일상의 구조 안으로 포함시키는 방법뿐이다. '차 조심하라'는 간절한 당부가 어느새 '밥 먹었느냐'는 일상적 안부에 지나지 않게 변화된 것처럼 말이다. 소비가, 그리고 소비를 이끄는 욕망이, 나아가 그 모든 결과물로서의 재난이 일상화된 사회. 이른바 '재난 자본주의'(나오미 클라인) 시대에 우리의 감각은 닳고 닳아 자본주의적 마케팅의 대상으로 전락하고 만다.[4] 현대사회의 부조리가 이렇게 진행되고 있다면, 카뮈가 지적한 것처럼, 부조리는 세계만큼이나 인간에게도 근거하고 있다는 사실을 기억해 두자. 장이지 시인이 자신의 시 가장 깊은 곳에 그것을 저장해 두고 있는 것처럼 말이다.[5]

---

4 최근 라자라토(M. Lazzarato)는 『부채인간』(허경·양진석 역, 메디치, 2012)에서 선과 악이라는 도덕적·윤리적 개념의 측정 기준마저 경제적 지불 능력과 관계된 것으로 대체되었다고 지적했다. 라자라토가 현대 자본주의적 사회에서 '부채'를 중심으로 변화된 감각을 설명하고 있다면, 일찍이 허쉬먼(A. O. Hirschman)은 '자본-국가'가 우리의 사회적 감각을 '열정(passion)'에서 '이해관계(interests)'로 바꾸어 놓는 데 성공하면서 성립할 수 있었다고 보다 근본적인 차원에서 진단했다(『열정과 이해관계』, 김승현 역, 나남, 1994).

3. 아이스크림이 녹으면

이제 대상을 향한 우리의 감각이나 그 감각을 표현해 내는 작가들의 행위 역시 재난의 결과에서 자유로울 수 없다. 어떻게, 또는 무엇을 써야 하는가에 대한 고민에 앞서 어떻게든 무엇을 쓰고 있는 자신의 감각에 대해 의심할 수밖에 없게 된 셈이다. 말하자면, 재난을 피하지 않고 작품을 생산할 수 있는 길이 근본적으로 차단된 상황에서 장이지 시인은 자신만의 시적 감각이 태동하는 지점을 재설정한다. 그곳은 첫 시집 『안국동울음상점』을 펼치자마자 「명왕성에서 온 이메일」, 「군함 말리(軍艦茉莉)의 우주여행」을 통해 선명하게 확인할 수 있는 것처럼 '명왕성'이다.

『안국동울음상점』이 나올 무렵 우리는 다소 의외의 사건을 경험했었다. 천문학을 전공하는 사람들 사이에서야 의외가 아닐 수도 있겠지만, 국제천문학연맹(IAU)에서 그간 태양계의 행성 중 하나였던 명왕성에 행성의 지위를 박탈하고 공식 명칭을 '왜소행성(dwarf/minor planet) 134340 플루토'로 변경했다. 인간이 세운 기준으로 자연물을 분류하는 것이 그리 낯선 일은 아니지만, 마치 모임의 회원을 받아들이는 것처럼 천체도 일정한 자격 요건에 맞지 않아 탈락한다는 것이 다소 어처구니없는 일처럼 보이기도 했었다. 시스템이 구성원의 필요에 부응하여 작동되는 것이라고만 알고 있었다면, 구성원의 개별적 의지나 조건과 상관없이 자의적으로 움직이는 것이 보다 시스템의 본질에 가깝다는 것을 당시 사람들에게 가장 단적으로 보여 준

---

5 가끔은 먹이를 주던 길고양이가 사람이 놓은 독을 먹고 죽어 가는 것을 보면서도 시인은 시를 포기하지 않는다. 하지만 "반(反)인간의 시를 써야" 하는 것은 아닌지 스스로를 책망하는 것이 시인만의 시 쓰기가 된다.(「담벼락 고양이」, 『연꽃』.)

사례라 할 수 있겠다. 그러든지 말든지 명왕성은, 아니 어떻게 부르든 예나 지금이나 같은 모습으로 존재하고 있음은 물론이다. 그것이 우리에게는 또 다른 기준을 들이대야 할 변화를 겪게 된다 해도 말이다.

따라서 "잊혀진 별"이 보낸 '이메일'을 그대로 옮겨 둔 시인의 첫 기록을 우리는 보다 신중하게 기억해 두어야 한다. '명왕성'이 체계의 바깥에서 '내'가 쓴 것들을 기억하고, 또 그것을 "지운 울음 자국들"까지 고스란히 간직한 채 "오로라로 빛나는" 존재라고 한다면(「명왕성에서 온 이메일」), 그것은 곧 현실의 시스템(재난을 지속시키는)에 포획되지 않는 지점, 따라서 시스템 자체의 무력화를 예견하는 것이 가능해지는 지점과 다르지 않기 때문이다. 그럴 때, 시인의 "우주선"은 "워프"를 준비하는 것이 가능해진다. "3차원의 공간을 2차원으로 구겨 버"리는 공간이동(워프)이 '명왕성'을 출발점으로 한다는 것은 시스템이 스스로 한계를 드러내는 지점으로서의 의미를 보다 명확히 해 준다. 동시에 '명왕성' 바깥으로의 이동이라는 것은 "지도에 없는 별로 가는 길이 나온 지도"(「군함 말리의 우주여행」)를 따라가는 것처럼 목적 달성을 향한 이동과도 조금은 다른 의미를 갖게 된다. 그것은 마치 자본주의 시스템이 갖춰지기 이전의 (도시공동체적) 네트워크 체계에서 볼 수 있는 '횡단 일관성(trans-consistence)'에 대한 우주적 비유로도 보인다.[6] 이를 통해 "조타실이 반파"된, 즉 목적 달성이

---

6 관료제를 중심으로 조세, 화폐 시스템을 포획하는 데 성공한 영토국가는 이전의 도시 간 네트워크 체계에서 보이던 '횡단 일관성'과 달리 '내-일관성(intra-consistence)'를 갖는 체계이다. 즉, 도시들이 수평적 네트워크 속에서 서로 의존하는 점들로 존재한다면, (영토)국가들은 서로 분리되어 수직적 체계를 가진 종단 면들을 만들어 낼 뿐이다. 현실 자본주의의 네트워크는 이 종단면을 심화시키는

불가능한 상황이 되었음에도 불구하고 "군함 말리"의 항로가 여전히 "아름다운" 이유를 짐작해 볼 수 있다.

　의사소통 체계로서의 언어가 오히려 사랑의 장애물로 기능할 수 있음을 보여 주는 인어 공주 모티프나(『진실 게임』), 반복되는 일상에서의 '피곤'을 백인에 의해 절멸된 호주 원주민 "태즈메이니아 유민(流民)의 사랑 노래"에 빗대고 있는(『피곤』) 작품들을 이어서 기억해 두자. 그리고 그것을 하나의 이미지에 집중시켜 본다면 "셔벗 랜드"가 적당할 것이다.

　　파인애플 셔벗 위를 나는 걷고 있었다. (중략)

　　꽃 지네, 꽃이 지네. 씨방에 액상의 꿈에 싸인 낯선 남자가 웅크리고 있었다. 셔벗 랜드는 곤죽이 되어 파인애플 냄새나 풍겼고……. 날개가 셋, 다리가 여섯인 눈먼 개가 와서는 떨어진 꽃의 향기를 맡고 있었다. 하얀 이마에 손을 얹어 주었더니, 나를 보았다. 눈도 없는데 온몸으로 나를 보고 있었다. 비로소,

　　비로소 이야기가 시작되려는 참이었다.
　　　　　　　　　　　—「셔벗 랜드, 글쓰기의 영도」(『안국동』) 부분

　3연으로 구성된 시의 전개는 단순하다. 시간의 흐름을 따라 '셔벗 랜드가 있다—그 셔벗 랜드가 녹는다—이야기가 시작되었다'를 중심으로 한 내용들이 순서대로 각 연에 대응되어 있다. 물론 "셔벗 랜

　것으로써의 기능만으로 연결되어 있을 뿐이다.

드"에서도 이런저런 일들이 벌어지고 있는데, 정리대로라면 "이야기"를 전개시키는, 그러니까 시인에게 시를 발생시키는 계기에 집중되어 있다는 사실이 확연히 드러난다.

조금만 더 자세히 살펴보자면, 처음 겨울과의 친연성이 두드러지는 "셔벗 랜드"에서 꽃을 피우기 위해 노력하는 나무가 등장한다. 모든 나무가 그렇듯이 지금은 비록 "시린 발"이지만 그것을 견디면서 "햇빛"을 기다린다. 그러나 "햇빛" 대신 "감빛이 도는 비"가 내리면서 "셔벗 랜드는 곤죽이 되어" 버린다. 표면적으로 보자면 뿌리를 내리고 있던 토대가 무너지고 꽃을 피우는 목표 역시 실패한 상황임에도 불구하고, 오히려 기다리고 있던 대로 "이야기"를 출발시키는 적절한 계기가 된다. 앞서 말했듯이 시인에게 중요한 것은 레시피대로 구성된 현실 체계의 작동 가능성이 아니기 때문이다.

실제 셔벗을 만드는 것처럼 집어넣어야 할 것과 그렇지 않은 것들의 명확한 기준으로 구성된 사회는 불가능하다. 만일 그것이 가능하다면 오직 수용소의 형태로 존재하는 것이 유일한 방법일 것이다. 따라서 "셔벗 랜드"가 "곤죽이 되어 파인애플 냄새나 풍"기는 상황이야말로 수용소 같은 현실의 탈출을 의미하는 진정한 알레고리가 된다. 요컨대 장이지 시인의 시적 관심은 현실을 지탱하고 있는 체계가 온전히 작동되지 않는 누수의 지점들을 포착하고 있다. 시인의 쓰기가 시작되는 순간이 바로 여기이다. 모든 것이 녹아내림으로써 레시피 속에서만 존재하고 있었던 개인들이 모두 자신의 목소리를 되찾게 되는 순간, 바르트가 말한 언어의 원형이 모두 회복되는 지점, 그리하여 시인 역시 부조리한 현실을 가로질러 자유로운 영점(零點)에서 '하얀 글쓰기(ecriture blanche)'가 가능해진다.

4. 소년 + 키치 + n

　시인은 이 세계를 지탱하는 힘들이 누수되고 있는 축축한 곳에 발을 딛고 있다. 더 이상의 누수를 막기 위한 노력을 할 수도 없으며, 자신만이라도 누수가 없는 세계로 몸을 옮길 수도 없는 딜레마적 상황이다. 그에게 누수는 오류투성이의 세계를 인지할 수 있는 유일한 방법이며, 따라서 누수 없는 다른 세계란 글쓰기가 불가능한 공간이기 때문이다. '곤죽이 된 셔벗 랜드'에서 시인은 녹아내린 모든 것들을 손에 쥐고 마치 레고 블록을 가진 아이처럼, 새로운 가능성을 향해 끊임없이 조립을 거듭한다.

　실제로 장이지의 많은 시편들은 미성년의 세계를 포함하고 있다. 그것은 유년 시절의 추억이나, 대중문화에서 차용된 소재들 또는 화자의 어조 등을 통해 꽤 직접적으로 드러나 있다. 이처럼 문학작품들에서 종종 특징적으로 나타나는 유년기적 태도나 정서를 신체적·사회적 기준으로 보는 것과 구별하기 위해 우리는 '비성년'이라는 말을 쓸 수도 있다.[7] 그리고 멜빌의 바틀비(Bartleby)가 그랬듯이 원하든 원하지 않든 '성년'이라는 말이 가진 오류와 한계를 넘을 수 있는 문학적 가능성을 부여하는 것도 가능하다.

　장이지의 시 세계가 가지고 있는 미성년 정서 역시 기능상으로는 이와 비슷하다고 볼 수 있다. 하지만, "어떤 것이 하나 있는데 그것은 입이 없고 당연히 혀도 없다. 그것은 없는 것으로 우리를 감싸고 있다"(「여래장(如來藏)」, 『우체국』)는 말에 비추었을 때, 그의 미성년 세계는 배타적인 기능보다 모든 개체들의 내면에 깃들어 있는 근본적 성

---

[7] 신해욱의 산문 『비성년열전』(현대문학, 2012)과 이광호의 「비성년 커넥션」(문학동네, 2013.여름)을 참고할 수 있겠다.

질을 겨냥하고 있다. 불가(佛家)의 말대로 비정(非情)을 포함하여 누구에게나 존재하는 불성(佛性)처럼 말이다.

어릴 때 저는 집이 싫었어요.
친구들에게 우리 집은 기생집이라고
지금 어머니는 계모라고
우리 할아버지는 화교라고 둘러댔어요.
길을 잃을 때까지 헤매고 다녔어요.

어린아이 특유의 우울과 변덕과
어쩌면 슬픔.
고양이가 그려진 엽서에 띄워 보냈는데
어린 시절에.
아직 도착하지 않은
어린아이 특유의 우울과 변덕과
어쩌면 슬픔.

그래서 아직도 저는
어린아이 같은 어른이 좋아요.
아무도 보지 않는데
길 위에 뺨을 대 보는.
어린아이 특유의 우울과 변덕과
어쩌면 슬픔.

제가 보냈어요.

고양이가 그려진 엽서.

제 사인도 거기 있는걸요.

—「우편 3」(『우체국』) 부분

『라플란드 우체국』역시 미성년 정서를 배경으로 하고 있는 시편들이 다수 포함되어 있다. 특히「우편」연작시들은 미성년 세계에 정박된 채 미처 발신되지 못한 시인의 전언을 다시 한번 되새기고 있는 듯하다. 인용된 시에서 살펴볼 수 있는 것처럼 "어린아이 특유의 우울과 변덕과/어쩌면 슬픔"의 정서는 "아직도 저는/어린아이 같은 어른이 좋아요"라는 직접적인 진술로 강조되고 있다. 그리고 '우울, 변덕, 슬픔'의 구체적인 내용이 살림집과 구분이 없던 중국집에서 유년 시절을 보낸 사실이라는 것도 쉽게 확인할 수 있다. 그 유년 시절이란 "바쁠 때는 우리 식구가 자는 방"까지 들어오는 "발냄새 나는 어른들"의 세계가 가진 폭력성에 고스란히 노출된 세계이다. 게다가 그 폭력성이란 "장삿집"이기 때문에 "물에 밥을 '말아 먹으면' 안 되"는 것처럼 자의적으로 작동한다.

그러나 이 작품을 통해서 확인하고 싶은 것은 '우울, 변덕, 슬픔'의 내용이나 의미보다 그것을 대하는 "어린아이 특유"의 감각이다. 현실에서도 흔히 그렇듯 '아이'는 자신을 둘러싼 괴로운 현실을 '기생집, 계모, 화교'라는 거짓말로 대응한다. 그런데 그 거짓말을 자세히 살펴보면 다소 엉뚱한 점을 발견할 수 있다. 거짓말이라면 보통 자신의 괴로움을 완전히 감추거나 아니면 자신이 평소 원하던 다른 사실들로 바꿔치기를 할 것이다. 하지만 '중국집'을 '기생집'으로, '어머니'를 '계모'로, 그리고 '할아버지'를 '화교'로 속이는 거짓말들은 이 둘 모두에 해당하지 않는다. 실제라면 오히려 자신이 싫어했던 지금의 현실보다 더한 괴로움을 안겨 줄지도 모를 일이다. 따라서 우리 가 보다 주목해야 할 것은, 시인의 '거짓말'이 앞서 언급한 것처럼 이 른바 '원어의 원형'을 가지고 새로운 가능성을 실험해 보는 방식이라 는 점이다. 이것은 미성년의 세계와 더불어 장이지 시인에게는 하나 의 기법으로 각인되어 있다.

시인 특유의 기법으로 보다 확실히 이해하기 위해 이것을 키치 (kitsch)라 부르기로 하자. 하지만 기존의 키치 개념이 가지고 있는 역사적 배경이나 의미 또는 다양한 현대 문화 장르에 응용되는 구 체적인 형태는 최대한 배제해야 하는 점을 주의해야 한다. 특히, 부 르주아 계층의 집단적 기호(嗜好)와는 전혀 상관없다.[8] 그럼에도 시 인의 기법을 키치라고 하는 이유는 위의 작품에서 볼 수 있는 것처 럼 키치와 공유하고 있는 축적성, 중층성 등의 특징을 환기시키고자 하기 때문이다. 시인은 이질적인 것들을 최대한 끌고 들어와 현실에 접합시킴으로써 본래의 것과 부속된 것과의 위계를 무화시키는 키 치적 특징을 사용한다. 현대를 살아가는 우리에게는 이를 통해 사물 과의 관계를 다시 생각해 보는 것이 가능하며, 결국 '소외'로 빚어진 현실의 삶에서 '인간'을 되돌아볼 수 있는 계기가 된다.[9]

---

8 키치의 역사나 배경, 기존 의미에 대한 설명 등은 아브라함 몰르의 『키치란 무엇인 가?』(엄광현 역, 시각과언어, 1994)를 참고하였다.

9 '모든 오브제는 인간을 닮아 있다'는 말이 시인의 방식을 가장 잘 설명해 준다. 뉴 욕에서 활동하는 미술가 변종곤이 한 말이다. 삼십여 년 전에 도미한 그는 부처의 두상에 인체 해부 모형을 붙인다든가, 모나리자가 샤넬 향수병을 들고 있는 그림 을 그린다든가 하는 키치적 성향을 가진 이른바 오브제 작품으로 유명해졌다. 사 실주의 화가였던 그는 어느 날 모든 물건들이 결국 인간을 닮아 있다는 생각이 문 득 든 이후 작품 성향을 지금처럼 바꾸었다고 한다. 지금도 그는 중고 물품 매장 등을 다니면서 작품의 영감을 받는다고 한다. 국내에서는 2014년에 처음으로 그의 개인전이 열렸다.

이제야 시인의 감각과 동일한 주파수를 가지게 되었다. 따라서 우리는 '한양호일(漢陽好日)'이라는 부제를 붙여 둔 7편의 연작시(『연꽃』)에서 다소 엉뚱하게 삽입되어 있는 대중문화적 기호들이나 만화 속 캐릭터가 보여 주는 어투, 그리고 만화적인 문제 해결 방식[10] 등도 이해하는 것이 가능해진다. 그것은 '한양'이라는 상징적 공간에 우리가 지금 현실에서 겪고 있는 모순들을 그대로 도해(圖解)시켜 보고자 하는 시인의 의도와 다르지 않다. 뿐만 아니라, 같은 시집에 수록된 「굳세어라 금순아」 연작(3편)이나, 「어떤 귀소(歸巢)」, 「'좀삐'의 여인들―종군위안부의 넋이 '당신'에게」 등이 한국전쟁 이후에서부터 지금에 이르는 우리나라의 과거 역사를 전형적인 인물 중심으로 다루고 있는 것 또한 이해 가능한 일이다.

> 쌍, 소리를 하면
> 받은 주먹을 돌려줄 준비를 한다.
> 할아버지는 평안도 사람.
> 아버지는 야쿠자.
> 나는 그보다 강한 잡종.
>
> (중략)

---

10 '한양호일' 연작시들은 시 안에 닥쳐온 문제들에 대해서 시트콤이나 만화에서 자주 볼 수 있는 격하고도 다소 우스꽝스러운 감정적 반응을 보인다. 가령, FTA를 앞두고 계속 괜찮다고만 말하는 "구름 아저씨"에게 "아저씨! 뭐가 괜찮아요! 닥치고 코밑에 빠진 콧물이나 좀 닦아요!"라고 외치는 식이다(「사이코지만 괜찮아―한양호일(漢陽好日) 2」, 『연꽃』).

피를 본 주먹이 울음을 그친다.

보지 못한 임진강에서 눈물이 솟는다.

이 계집애야, 그 노래를 다시 불러 주렴.

나는 잡종, 임진강은 내 혈로를 흐르는 노래.

뜻도 모르고 흐르는 노래.

쌍, 소리를 하면

받은 주먹을 돌려줄 준비를 한다.

할아버지는 평안도 사람.

아버지는 야쿠자.

나는 그보다 강한 잡종.

—「Line」(『연꽃』) 부분

   이 작품은 일제의 지배를 받게 된 우리의 어두운 역사적 사실을 배경으로 하고 있다. 특히, 징용으로 끌려간 뒤 해방이 되어도 끝내 조국으로 돌아오지 못한 채 대를 이어 고통받고 있는 재일조선인의 이야기를 다룬다. 시인이 직접 다섯 장면으로 구분해 놓은 이 작품은 우리 근대 시기의 서사시적 전통과도 맞닿아 있다. 시간의 흐름에 따라 펼쳐지는 이야기는 그것에 맞추어 변하는 화자에게 직접 진술을 맡기고 있는데, 인용된 마지막 부분에 이르면 재일조선인 3세가 등장해서 스스로 '잡종'을 외치고 있다는 점이 흥미롭다. 역사를 재현한다는 측면에서라면 시 안에서도 찾아볼 수 있는 정보를 따라 '잡종'의 의미는 금방 드러난다. 하지만, 장이지 시인 특유의 키치적 방식과 연관 지어 보면, 그가 역사를 다루는 이유가 어떤 정보를 전달하거나 절절한 정서적 감응을 불러일으키고자 하는 데에 머물러 있지 않다는 것을 알 수 있다. 그는 역사에 대한 관망에서 벗어나 역사가 던진 질문에 "모든 것을 말해 줄 수 있"는(「'좀뻬'의 여인들」) 주체의 자리로 몸을 바꾸는 것이 가능한 '잡종되기'의 가능성을 실험한다.

그러한 자각이 아예 불가능해 보이는 상황에서는 어떨까. '플랫, 원자력 시대의 시, 기계들'이라는 부제가 붙은 연작시(『우체국』)들은 모두 '잡종되기' 조차도 불가능해진 현실을 다루고 있다. 이 시들이 도달한 현실에서 우리는 해고 통지서를 끝없이 문자 메시지로 받는다거나(「백일몽—플랫」), 선한 것은 아예 상상조차 불가능하거나(「아스트로 보이—원자력 시대의 시」), 먹을 것을 살 동전이라도 찾기 위해 반지하 방의 세간을 모두 옮겨 보는(「기아 진영—기계들」) 존재들일 뿐이다. 이렇게 시인의 키치적 방식에 의해 정체를 드러내게 된 상황은 우리가 눈멀어 있던 현실을 압도함으로써 현실의 비정함을 낱낱이 꺼내 놓게 된다.

5. 떠오르다

애틋한 것이 살고 있는 곳으로 가기 위해서는
눈물의 방에 흔히 서식하는
부력(浮力)이 필요하다고.
허우적거리는 것처럼 보이지만
뜨고 있는 것이라고.
뜨는 것이라고.

　　　　　　　　　　　—「눈물의 부력」(『우체국』) 부분

결국, 장이지의 시를 읽는다는 것은 나의 일상을 유지시키는 기준들이 모두 무너져 내리고 있는데도 그 원인이 어디서 비롯되는지 전혀 알 수가 없으며, 따라서 이 상황을 피하고자 하는 노력 모두가 고스란히 이 현실을 지속시키는 유일한 원인이 되는 이해 불가능의 지점에 서게 되는 것을 의미한다. 그럼에도 시인은 더 "지독하게 더러운" 삶이 되기를(「시이나 링고」, 『연꽃』), 그래서 "너의 지옥보다 더 지독해져서" 마침내는 "혼자 버티고 서 있기도 어려워"지는 삶이 되기를 바란다(「충옥(蟲獄)」, 『우체국』). 바로 그럴 때 우리는 허우적거리면서도 다시 떠오를 수 있기 때문이다. 지나치게 낙관적인 생각일까. 하지만 장이지가 시인으로서의 첫걸음을 내딛었을 즈음, 이미 그의 "발바닥이 새카매진 걸 발견한" 사람들이라면(「권야(捲夜)」, 『안국동』) 시인이 나의 지옥보다 더 지독한 시옥을 이미 경험하고 떠오르는 중이었음을 믿을 수밖에 없을 것이다.

욕심과 기억
—장석남의 시 세계

 장석남 시인에게 또 그의 작품에 더 이상 어떤 덧붙임이 필요할
까. 사실, 오랫동안 그를 따라다녔던 말들 역시 그렇게 필요한 일이
었다고 생각하지는 않는다. 벌써 오랜 시간이 흘렀지만, 우리 시단에
처음 등장했을 때부터 지금껏 그는, 그리고 그의 시들은 다른 지지대
없이도 온전한 모습 그대로 우리 곁에 있어 왔기 때문이다. "너와 나
사이의 거리가/꽃이고 향기지/멀면 멀수록/너와 나 사이가/큰 꽃이
요/큰 향기지"(「距離」, 『왼쪽 가슴 아래께에 온 통증』, 창비, 2001)라고 말하는
시인의 세계란, 문학의 영역 안에서 기본적으로 존재해 왔던 시인과
독자와의 거리마저 무화시키는 아름다운 능력으로 충만하다.
 지금은 이제 기억을 하는 사람도 많지 않은 듯하지만 한때 그의
시 세계가 보여 주는 그 아름다움을 '신서정'이라는 이름의 가장 앞
에 두었던 적도 있었다. 그 평가 자체가 잘못되었다고 할 수는 없
다. 하지만, 그것은 특정한 시대를 관통하고 있던 그에게 잠시 부여
된 이름일 뿐, 이제 와 생각해 보면 장석남이 보여 주는 세계의 본

질을 열기에는 여러모로 옹색해 보인다는 것에 쉽게 동의할 수 있을 것이다. 자신이 머물고 있던 시대와 격렬하게 부딪침으로써 마침내는 자신의 몸 그대로 새로운 시대를 향해 밀고 나갔던 다른 위대한 일들이 그랬던 것처럼 말이다. "나는 나의 뒤에 발자국이 찍히는 것도/알지 못하고 걸었다"(「맨발로 걷기」, 『새떼들에게로의 망명』, 문학과지성사, 1995)는 그의 고고성(呱呱聲)에서 많은 사람들이 이미 예견했던 것과도 크게 다르지 않을 것이다.

잘 알려져 있는 대로 그가 처음 이 같은 목소리를 낸 것은 저 '87년'이고, 1990년대에 들어와 첫 시집을 내면서 이후 최근에 이르기까지 꾸준히 활동을 하고 있다. 우연일 뿐이라고도 할 수 있겠지만 시기를 고려해서 말해 보자면, 상석남은 문학이 감당하는 것이 당연했던 시대적 책무들에서 어찌 보면 조금은 더 자유로울 수 있었던 첫 세대라고 할 수 있다. 특히, 이른 나이에 등단해서 그 시기들을 온전히 시인으로서 받아들일 수밖에 없었던 그에게 독자인 우리가 바랐던 지점 역시 조금은 남다르다고 할 수 있을 것이다. 커튼이 두꺼울수록 일단 열어젖히고 나면 앞을 분간할 수 없었던 이전의 어둠은 쉽게 잊히고 마는 것처럼 말이다.

하지만, 이것은 다른 의미로 시인에게 마냥 축복이라고는 할 수 없다. 갑자기 찾아온 밝은 빛 속에서는 어둠 속 세계를 다시 떠올리는 것도, 아니면 다른 빛을 찾아 나서는 것도 곤혹스러운 일일 수밖에 없음을 쉽게 짐작할 수 있기 때문이다. 어둠 속에서의 고통과 절망을 뭉치고 뭉쳐 결국에는 그 속에서 한 줄기 빛을 상상하는 것이 가능하게 만드는 것을 시문학의 일들 중 하나라고 한다면, 장식남의 경우 그 어둠과 빛까지도 스스로 다시 만들어야 하는 상황에 직면하게 된 셈이다. 그의 시에서 낯설지 않은 소재와 정서를 발견하게 되었을 때조차 새롭다고 말할 수밖에 없었던 것도 이 같은 사정에서 기인한다.

요컨대, 장석남은 '자수성가형 시인'이다. 앞선 시대의 시적 성과를 물려받지도 못한 채 자신만의 새로운 시대를 열어 나갈 수 있었다는 점에서 그렇다. 결국 그가 이룩한 것들이란, 자신이 태어난 곳에서 생성되고 소멸하던 모든 것들에 대한 절절한 기억과 그것을 현실로 재현하고픈 시적 욕심들 그 자체이다. 미리 말해 두자면, 이 글은 여기 놓인 작품들 속에서도 여전히 찾아볼 수 있는 시인의 바로 그 기억들과 욕심을 재확인하는 데에 그치기를 희망한다.

나의 춤은 작고
말을 참듯 둥글지

——춤아 나를 업어 다오
——무겁지 않아
——말을 튼 듯 가볍지

근데 네 신발이 너무 크군
벗을 수 있을까?

——춤아
——어, 어디 갔어?
——어,

나의 리듬은 옅고

말을 잃은 듯 맑아라

　　　　　　　　　　　　　—「모닥불에서」전문

　먼저, 「모닥불에서」를 보자. 첫 시집 『새떼들에게로의 망명』에 있는 시인의 말을 여전히 기억하고 있는 사람들이 많겠지만, 다시 한번 그 전부를 떠올려 보는 것만이 가장 타당할 것이라고 생각한다. 이 작품을 가장 정확하게 이해하기 위한 방법이라고 믿기 때문이다. 거기서 그는 "타오른다는 것, 아니면 깊이깊이 고요해진다는 것, 어떤 충만함으로 타오르며 그 속에서 파르라한 自己 존재의 떨림을 감지한다는 것"의 중요함을 말한다. 그런데 시인은 '말(言)'이나 도덕에서부터 자유롭고 즐기운 깃'을 통해서만이 여기에 도달할 수 있다고 본다. 또한 이를 위해 시를 쓰게 되었지만, 시보다는 "춤이나 음악"이 보다 그것에 가깝게 다가갈 수 있는 방법이라고 믿는다. 결국 시는 그에게 '춤과 음악'에 도달하기 위해 사용되는 "아름다운 뗏목"과 같은 이중의 의미를 갖는다.

　이를 통해 시인이라는 이름에 강하게 붙들려 있었던 당시 그의 심경을 이해할 수 있는 동시에, 「모닥불에서」에 이르기까지 자신의 다짐대로 오랜 시간 그 힘을 놓치지 않고 있는 모습을 다시 한번 확인하게 된다. 무엇보다도 먼저, 시적 진술이 이루어지는 배경이자 대상인 '모닥불'이 그 형태상 위에 그대로 인용해 둔 '시인의 말'에서 지향했던 것과 동일하기 때문이다. 그에게 '모닥불'은 그 어떤 것보다도 충만하게 타오르지만 동시에 "말을 참듯 둥글"어지면서 내면을 향해 고요해지는 본성을 나타낸다고 할 수 있다. 실제 작품 안에서 이것을 '춤'이라고 명명하고 있는 것과 더불어 짐작해 보면, 다소 간략해 보이는 이 시가 사실상 현재까지 변함없이 이어지고 있는 장석남의 시적 여정 전부를 담아내고 있다는 것을 알 수 있다. 따라서 시 안에서 지속적으로 묘사되는 상황들은 어떤 의미를 표현하기 위한 것이 아니라 "자유롭고 즐거"워지는 과정의 심화라고 보아야 한다. 특히, 말(言)과 관련된 언급들을 눈여겨볼 필요가 있겠다. 시를 쓰는 행위 자체는 이미 언어를 통해 의미를 쌓아 가는 과정으로 이루어질 수밖에 없다. 이 같은 제약에도 불구하고 "말을 참듯 둥글지" "말을 튼 듯 가볍지" "말을 잃은 듯 맑아라"라는 진술들로 구성되고 있는 이 작품은 시인이 바란 대로 말과 도덕에서부터 자유로워지고자 하는 자신의 욕심을 한껏 드러내고 있다.

연을 달리하면서 진행되는 '나'와 '모닥불'의 대화를 좇다 보면 보다 흥미로운 사실 하나가 또 드러난다. 읽고 나면 어느새 화자와 대상의 구별이 모호해지고 마는데, 이것을 정확히 구분해 보기 위해 작품을 다시 읽어 보는 일은 무의미해 보인다. 그것은 바로 이 작품에서 표면적으로 등장하는 화자인 '나'와, 대상이면서 동시에 '나'가 추구하는 가치의 구현물이기도 한 '모닥불'은 상동성(homology)을 가진 기관처럼 작동하고 있기 때문이다. 즉, 역할상 구분되어 있는 '나'와 '모닥불'은 작품 전체를 통해서 "자기 존재의 떨림을 감지"해 내는 동일한 기능을 수행하고 있는 것이다. 그렇게 본다면 제목이 다소 모호하게 가리키고 있는 장소의 의미도 보다 확연해진다. 통상적인 상황을 지칭하기 위해서라면 '모닥불가에서'와 같은 쓰임이 보다 정확할 것이다. 하지만 시인은 '모닥불' 자체를 직접적으로 가리킴으로써 내용 전체를 특정한 장소에서 벌어지는 이야기가 아니라, 스스로 부여한 '모닥불'의 의미를 심화하는 방식으로 구성하고 있다.

나는 초록……

이거 큰일입니다
내 입에서도 이 말이 터져 나오고 말았습니다
내 몸뚱이 어디
찌든 간과 쓸개, 어느 심장 기슭에 숨었던 말인가
나는 초록……
이거 아주 큰일입니다

나는 초록,
초록되어 해야 할 노래 많았고
초록되어 품어야 할 눈동자가 많았습니다

—「나는 초록」 부분

　「나는 초록」에 오면 「모닥불에서」를 통해 확인했던 의미 심화 방식이 보다 확장되고 있다는 것을 알 수 있다. '내'가 온통 '초록'으로 변해 가는 과정을 보여 주고 있는 이 작품이야말로 장석남이 이제껏 유지해 오고 있는 시 세계에 대한 전반적인 관점 안에서 이해하는 것이 필요하다. 우선 '초록' 자체에도 의미를 부여할 수 있겠지만, 그보다 중요한 것은 모든 것이 초록으로 변해 가기 시작한 계기이다. 그것은 "빨간 혀가 낼름 나왔다가는 이내 숨고" 나서부터라는 구절이 명확히 하고 있는 것처럼 자의적으로 의미가 구성되는 모든 방식에 대한 거부 내지는 초월이라는 의미를 갖는다. 더구나 색채감에서도 '혀'와 대비를 이룸으로써 '초록'은 앞선 '모닥불의 춤'보다 모든 면에서 확연하게 시인의 의도를 드러낸다.
　두 번째 연의 "말은 필요 없"이 '초록'으로 모든 것을 "덮고 버리고 잊"는 단계를 거치고 나면 현실에서 의미의 영역을 차지하고 있을 수밖에 없던 언어를 '초록'이 대체하는 지경에 이른다. 이와 같은 과정을 새롭지만 또 다른 '언어'의 등장으로 이해하는 우를 범하지 않도록 주의할 필요가 있다. 우리가 확인해 본 것처럼 '초록'은 언어의 기능이 다한 지점에서부터 출발한 것은 물론, 일반적인 언어의 기능과 다르게 발화자의 의도 안에서 머물러 있지 않음을 보여 준다. 모든 것이 '초록'으로 변해 가는 중에 "내 입에서도 이 말이 터져 나오"게 되자 "이거 큰일입니다"라고 반복적으로 말하는 화자의 언급에서 오히려 발화자의 의도를 뛰어넘어 진정한 "노래"를 지향하고 있다는 것을 알 수 있게 된다. 그럴 때, 하나의 의미를 전달하기 위해 애쓰지만 결코 언어가 도달하지 못하는 곳에 '초록'은 여러 개의 자유로운 길들을 만들어 "빛도 구름도 형제나 자매처럼/눈코입을 달고 너그럽고 넉넉"해진 세계에 도달한다.

장석남이 한껏 욕심을 부려 도달한 이 세계는 처음부터 그랬듯 여전히 우리에게 낯설지 않다. '모닥불'이나 '초록'에서 알 수 있는 것처럼 그의 시선은 우리의 전통적인 공간을 쉽사리 벗어나지 않는다. 그의 시 세계가 오랜 시간 동안 우리 곁에서 호흡을 같이하고 있는 것도 이와 깊은 관련이 있다. 때로 우리는 전통과 맞닿아 있는 것들을 흔하게 생각하고 지나쳐 버리는 적도 있다. 하지만, 더딘 몸으로 세계를 받아들이는 것들에 대한 관심은 곧 시인의 모든 감각을 벼려서 현실의 빠른 변화들을 섬세하게 파악한 결과라고 생각하는 것이 옳다. 우리에게 익숙했던 것들이 낡아 가는 모습이 아니라 새롭게 살아나는 것으로서 등장하는 장석남의 시 속에서라면 더욱 그렇다.

날이 뜨겁던 이유를 서로 풀어놓으니
스물 안팎 친구에게 그런 이유란 없다 하고

노인은 비가 오려 그랬다 하네

나비는 꽃을 부지런히 순회하던가?
꽃은 나비를 야단쳐서 보내던가?

비는 여러 가지 얘기를 한꺼번에 쏟다가
아무 귀담아들을 얘기는 없다고
웃고는 가네

뉘우침 후처럼
맑고 서늘한 길가에 바위
놓여 있네

ㅡ「소나기 오는 날」 전문

　가령, 「소나기 오는 날」에 등장하고 있는 '바위'를 보면 이것이 잘 드러난다. 앞선 두 작품과 비슷하게 시인은 역시 우리가 의미를 부여하는 통상적인 과정에 대해 의문의 눈길을 보낸다. 다소 익살스럽게 보이는 첫 부분의 상황을 주시하면, 그는 치기 어린 열정으로 가득 찬 "스물 안팎 친구"나 또는 자연의 섭리를 깨친 "노인" 역시 제한적이고 자의적인 의미망 속에 머물러 있다고 생각한다. 하물며 '소나기'처럼 정확한 예측이 불가능한 자연을 대상으로 하고 있을 때, 어떤 이성적 판단도 사후적일 수밖에 없다. 자연의 일이란 인간의 언어가 만들어 내는 모든 의미도 "아무 귀담아들을 얘기는 없다고/웃고는 가" 버리고 말기 때문이다. 그런데 이를 통해 시인과 독자가 소통하는 중심에 있는 것이 바로 '바위'이다. 실제 시를 다 읽고 나면 처음부터 이 작품이 '바위'에 시선을 고정한 채 진행되고 있었다는 것을 알게 된다. 마지막 연에 등장하는 소재인 '바위'를 통해 시상이 집중되고 마침내 작품이 마무리되기 때문이다.

'바위'의 등장이 우리 시문학에서 분명 낯선 일은 아니다. 시적으로 발산되는 의미 자체도 그리 동떨어져 있는 것처럼 보이지는 않는다. 하지만 전통적 시상 안에서 등장하는 자연물이 오히려 당대의 이상적 의미 구현체로 기능하고 있다면, 「소나기 오는 날」을 비롯하여 「모닥불에서」나 「나는 초록」에 등장하는 중심 소재들은 기존의 의미가 무화되는 어떤 경계에 서 있다는 점에서 확연히 구별된다. 그리고 이내 그 경계에서 "방향도 갈래도 여럿"(「나는 초록」)인 미지의 지점을 향하게 된다. 앞선 언급에서처럼, 이것은 장석남 특유의 개성적 지점이라고 할 수 있다. 그의 시 세계가 전통에 기대고 있으면서도 독자들에게 항상 새롭게 다가오는 이유도 바로 여기에서 찾을 수 있다.

이 같은 장석남의 시 쓰기 방식을 가능하게 만드는 원동력은 다소 역설적이게도 한사코 붙들고 있는 고향에 대한 기억이다. 고향에 기댄 그의 시적 정서에 관한 타당한 언급들은 등단 이후부터 지속되어 왔다. 다만 여기에서 한 번 더 환기하고 싶은 것은 그에게 고향이란 개인적 사연이 얽혀 있는 특정 장소라거나, 또는 현실의 부정적 면모들을 초월해서 존재하는 이상적 공간은 아니라는 점이다. 물론, 그 의미를 애써 부인하고 있다는 것은 아니다. 다만 그가 힘껏 기억하고 있는 고향은 그저 태어나서 성장하고 이내 소멸하고 마는, 생명에게 주어진 과정이 끝없이 반복되는 공간이다. 이것은 또 우리가 '자연'으로 지칭하는 공간과도 다르다. 경제적 이익을 최우선으로 고려하고, 또 이윤의 끝없는 확장이 유일한 목표로 구성되는 이 거대한 가상현실 같은 공간에서 시인이 기억하는 고향은 탄생과 죽음이 반복되는 우리의 유일한 진짜 현실을 되비춰 준다. 그가 발견한 진짜 현실에서라면 "대장간 앞을 그냥 지나"치지 못하고 "불이 어머니처럼 졸고 있"는 것에 눈길을 돌리게 만드는 것이나(「대장간을 지나며─古代」), "솥뚜껑이/열리고/닫히는/사이에/크고도 깊은 쓸쓸한 나라를 세"우는 과정 전부를 읽어 내는 것도(「녹슨 솥 곁에서─古代」) 가능해진다. 이처럼 우리의 '진짜 현실'에 눈을 돌린다는 것은 어쩌면 '대장간'에서 "사랑을 하나 부탁"하는 어리석은 '주문'이 가능한 세상을 만들어 가는 것과 같은 의미인지도 모르겠다. 당연한 것으로만 보이는 이 생사의 과정이 장석남을 만나 우리에게 큰 울림으로 다가올 수 있었던 것도 바로 이 때문이다. 부디 그의 시를 따라 우리의 어리석은 삶이 지속되기를.

이단자의 사랑
—김윤이의 시 세계

　한 권의 시집이나 어떤 시인에 대해 이런저런 평가를 주고받을 때가 있습니다. 그럴 때면 시인이 보여 주는 다양한 방식의 개성이나 시집 한 권에 수록된 시편들이 가진 저마다의 색깔들에 대해서는 어쩔 수 없이 못 본 척을 하기도 합니다. 냉정하게 말해서 '평가'는 다양함이 빚어낸 결과에 던져지는 것이기 때문입니다. 그러다 보니 우리는 시가 보여 주는 가능성에 대한 확신을 손안에 가득 쥐고 있는 순간에도 그 작품 한 편 한 편을 완성해 낼 때마다 동일하게 바쳐졌을 시인들의 마음은 어쩔 수 없이 놓치게 됩니다. 연과 행을, 그리고 작품들을 건너뛰면서 평가를 내리는 우리처럼 시인들 역시 정해 놓은 결과를 향해 쓸 리 없다는 사실을 뻔히 알고 있으면서도 말이지요.

　김윤이 시인의 작품들을 읽고 나서 먼저 든 생각을 말하자니 이렇습니다. 마침 그가 최근에 펴낸 두 번째 시집 『독한 연애』(문학동네, 2015)를 이제 막 다 읽고 났기 때문인지도 모르겠습니다. 이렇게 말하면 정작 시인에게는 어떨지 알 수 없습니다만, 『독한 연애』에는 쉽게 공인될 수 있는 문학적 문법을 따라가는 전지적 창작자의 모습이 희박합니다. 대신, "숱한 불면의 연속"(「사랑」) 속에서 "외형적으로 변화를 일으킬 날들"(「배타적 영역, 도시」)을 부대끼며 살아가는 우리의 모습이 가득합니다. 지금 '우리'라고 했나요? 사실은 시인을 말하려고 한 것이었는데 이렇게 말실수를 할 만큼 우리의 모습과 아주 닮아 있는 자연인으로서 시인의 모습이 가득합니다. 따라서, 평범한 우리의 삶이 그러하듯 『독한 연애』에는 기대하는 대로 되는 것은 하나도 없지만 또 그럼에도 최선을 다해 주어진 시간을 살아가는 열정과 체념, 기대와 실망 등의 감정이 날것 그대로 뒤섞여 있습니다. 이 자리에 놓인 시인의 작품에서도 먼저 느낄 수 있었던 것은 이와 유사한 감정이었습니다.

사실 저는 김윤이 시인의 첫 시집(『흑발 소녀의 누드 속에는』, 창비, 2011)에서부터 그를 동사와 명사, 그러니까 자신의 내면에 꿈틀거리고 있는 것이 분명하지만 아직은 어떤 이름도 부여받지 못한 움직임과 누구에게나 시적인 것으로 분명히 인식되는 것이 가능한 형태 사이에서 갈등하는 시인이라고 생각하고 있었습니다. 이것은 어떤 작품에서의 "말과 글 사이에 낀 내 몫의 처사는 달게 받겠다 했다"(「움」)라는 구절에 강하게 붙들린 탓인데, '평가'를 하자면 그는 시 앞에서 서툴고 낯설어하며 바싹 다가가는 것을 어색해하는 시인입니다. 두 번째 시집을 낸 지금까지도 말이지요. 평가는 결과에 부여된다는 앞선 말에 동의한다면 이것은 조금 이상한 일입니다. 김윤이 시인에 대해 말하다 보면 어떤 결과나 성과를 향하는 것이 아니라 시를 향해 손을 내밀고 있는 그 처음의 순간으로 자꾸만 되돌아가기 때문입니다. 요컨대 그의 시는 시에 대한 시인의 '떨림' 자체에 대한 기록이며, 따라서 그가 창작을 통해 이루어 내는 모든 의미 역시 고스란히 그 출발점으로 다시 되돌아오는 것이 가장 온당한 일이 됩니다. 두 번째 시집을 지나 여기 놓인 작품들이 모두 '특별한 관계'나 '연애', '사랑' 등의 상황을 어떻게든 포함하고 있다는 사실이 단순한 우연으로 볼 수 없는 것처럼, 시인 또한 이를 분명히 자각하고 있는 것으로 보입니다. 떨림에 대한 기록은 어쩔 수 없이 사랑에 관련될 수밖에 없을 테니까요.

　네, 맞습니다. 김윤이 시인의 시는 사랑을 말하고 있습니다. 아니, 보다 정확히 말해서 사랑을 하고 있습니다. 하지만, 우리가 살아가면서 경험하는 구체적 사건이나 행위로서의 사랑과는 조금 구별을 할 필요도 있을 것 같습니다. 미국의 시인 조이 하조(Joy Harjo)의 말에 잠깐 귀를 기울여 보겠습니다. 잘 알려진 대로 조이 하조는 아메리카 원주민 혼혈 시인이자 색소폰 연주자로도 활동하면서 미국 원주민 시단을 대표하는 작가 중 한 명입니다. 그는 모든 시는 사랑시라고 말했습니다. 그 이유는 무엇보다도 먼저 독자를 향한 시인의 애정이 포함되어 있기 때문이라는 겁니다. 생태적인 관점으로 볼 수 있는 작품을 많이 남긴 시인이기에 별다르지 않아 보이는 말도 꽤나 묵직한 울림으로 다가옵니다.

　김윤이 시인의 작품에 대한 이해와 관련되어 보다 주목하고 싶은 것은 다음의 이유입니다. 그는 시어를 통해 어떤 문제를 해결할 수 있다는 믿음이 있는 한 시 작품들은 사랑시가 될 수밖에 없다고 말합니다. 놀라운 깨달음이라고밖에는 할 수 없겠습니다. 유년 시절 조이 하조는 백인도, 인디언도 아닌 혼혈로 살아갈 수밖에 없는 자신의 처지를 원망도 많이 했다고 합니다. 하지만 그는 결국 그 어떤 하나를 선택하는 것은 불가능하다는 사실을 알게 되었고, 자신의 피에 흐르고 있는 이 역설과 절망을 그대로 미워하면서도 동시에 그대로 사랑할 수 있게 되었습니다. 그리고 마침내 그는 서로 모순된 것들을 연결하는 다리로써 시를 인식하고 나아가 모든 시를 사랑시라고 할 수 있었던 것입니다. 대상과의 합일에서 유발되는 만족감에 집중하기보다 모순된 것들이 뒤섞인 그대로를 받아들이는 것, 김윤이 시인이 보여 주고 있는 사랑의 현장이 바로 이와 같은 모습이라고 할 수 있습니다.

화폭이 담배 연기와 사람들로 꽉 막혀 있었다
카페테리아 벽면 〈Nighthawks〉를 눈으로 더듬으며 나는 건성으로 그의 말을 듣고 있었다
그가 말하는 특별한 관계란 식으로
귀엣말 속닥이는 남녀와 발라드가 우리 사일 참견하고 있었다
이웃한 남녀 웃음이 멍한 정신과 뒤엉켜 나는 바람에 카운터에 쌓인 찻잔을 우리의 초상화로 앞당겨 보고 있었다

앉아 있기가 영 불편한 의자, 현재가 튀어나온 구상화 같았다

나는 마치 상감 세공된 액자의 누군가인 듯
사랑의 음각으로 들어간 이별 남녀를 눈으로 더듬고 있었다
그는 내 딴생각을 알아채고 얼굴에 맞지 않는 슬픔을 덧칠하고 있었다 하지만 여태 남은 밑바탕이 얼굴 밖으로 삐져나오고 있었다
째깍째깍, 현재는 저마다 다르게 흩어지고 있었다

격무에 시달린 형상의 사람들이 창밖으로 지나갔고
밖에선 정다워 보일 법한 그림처럼 우리는 한 평면에 진열되고 있었

다

　　뽀얀 담배 연기로 현재는 모였다 흩어지고 있었다

　　티라미수가 녹아내릴 때까지
　　나는 아이스 잔에 쏠린 물기로 다탁에 눈동자를 그리고 있었다
　　화를 내고 있는 그의 손가락은 정직하게 불쑥 드러나 냅킨으로 내
　눈동자를 지우고 있었다
　　물기가 꿈틀거릴 뿐 형상을 만들지 못하고,
　　침묵으로 그림의 균형은 흩어지고 있었다

　　무엇이 문제죠, 그가 내 눈동자를 다 지우자
　　지친 나는 숙인 얼굴로 내가 남인 듯 묻고 있었다
　　고르지 않은 음질로 음악은 계속 흩어지고 있었다
　　현재가 시간이 지켜보고 있는 그림 같았다
　　액자 속 눈동자에는 언제까지고 눈빛이 빠져나오며 고여 있었다
　　　　　　　　　　　　　　　　　　　　　　　　　ㅡ「발견」 전문

　　호퍼(E. Hopper)의 그림이 중요한 소재이자 시적 현실을 끌어내는
매개로 사용되고 있는 「발견」에서 그 모습을 보다 자세히 볼 수 있
을 것 같습니다. 연인으로 보이는 '나'와 '그'가 한 카페에 마주 앉아
있습니다. 다른 사람들이 본다면 즐거운 시간을 보내고 있는 다정한
사이로 보일 테지요. 하지만 "격무에 시달린 형상의 사람들이 창밖
으로 지나갔고/밖에선 정다워 보일 법한 그림처럼 우리는 한 평면
에 진열되고 있었다"는 구절을 통해 알 수 있듯이, 밖에서는 아무리
보아도 알 수 없는 사정이 있는 것이 당연합니다. 작품 안에서 이들

의 관계를 짐작할 수 있는 것들은 사실 외부로 드러난 것들에 불과합니다. 오히려 그들의 테이블 가까이 다가가 보니 대화 없이 "아이스 잔에 쏠린 물기로 다탁에 눈동자를 그리고 있"다거나 그 행동까지도 마음에 들지 않는 것인지 상대방은 화를 내면서 "눈동자를 지우"기도 하는군요. 우리가 흔히 만날 수 있는 광경일 겁니다. 실제 카페에서 다투고 있는 연인이나 또는 그 같은 사정을 알지 못하고 유리창 너머로 지나쳐 가는 사람 양쪽 모두 다 말이지요.

그렇다면 우리는 이 일상의 흔한 장면을 통해서 무엇을 알 수 있을까요. 시인은 대체 이 장면에서 우리가 무엇을 "발견"해 주기를 바라고 있을까요. 유일한 단서는 호퍼의 그림뿐입니다. 그의 그림은 이 작품에서 중요한 소재이자 시적 현실을 작품 밖으로 끌어내는 매개로 사용되고 있습니다. 그중에서도 「발견」의 배경인 "카페테리아 벽면"에 걸려 있는 그림은 그의 대표작이라고 할 수 있는 「Nighthawks」입니다. 어두운 밤, 도시의 골목 모퉁이에 널찍한 유리창을 가진 카페에서 흘러나오는 불빛 그리고 그 너머로 카페 안에 앉아 있는 손님들과 바텐더. 등을 돌리고 혼자 앉아 있는 한 남자의 뒷모습이 당장이라도 머릿속에 생생하게 떠오를 것입니다. 호퍼의 그림은 보는 순간 단박에 우리 마음을 사로잡고, 시대와 문화를 달리하는데도 불구하고 우리의 일상적인 모습으로 오랫동안 기억에 남습니다. 그래서인지 단순하면서도 절제된 그의 그림은 오히려 수많은 이야기들을 내포하고 있습니다. 아마도 이 때문에 우리는 호퍼의 그림을 좋아하게 되는 것인지도 모르겠습니다.

'도시를 살아가는 현대인의 소외와 고독을 그렸다'는 그에 대한 일반적인 '평가'는 이때 전혀 별개의 문제가 됩니다. 비록 틀린 말은 아니지만 그것이 그의 작품을 좋아하는 이유가 될 수는 없기 때문입니다. 소외되거나 고독한 존재를 그렸다는 사실은 어찌 보면 이미 그 대상을 향한 작가의 애정과 연민이 담겨 있다고 보는 것이 타당하지 않을까요. 그리고 우리 역시 그 같은 시선에 공감을 하게 됨으로써 작품을 마음속에 담게 되는 것은 아닐까요. 김윤이 시인은 이처럼 호퍼의 그림을 자신이 만들어 낸 시적 현실과 고스란히 겹쳐두고 있습니다. 이를 통해 우리는 일상의 장면들을 보다 선명하게 만나는 동시에 작품 속 인물이 겪고 있는 일들과 실제 삶의 구분이 무화되는 지점에 들어서게 됩니다. 이것은 우리가 만날 수밖에 없는 힘겨운 일들을 어떻게든 극복해야 한다고 강조하는 차원의 문제가 전혀 아닙니다. 그보다 「발견」은 온갖 모순된 것들이 존재하는 우리의 삶 바로 그 위를 건너가는 일에 대해 이런저런 이야기를 하고 있을 뿐입니다. 그리고 저는 이것을 김윤이 시인의 사랑 방식이라고 말하고 싶습니다.

먼 훗날 눈떠 보면 사이프러스 사이일 거야
내 사랑의 종착은 구릉진 들판 지나
방치된 묘지에 자란다는 수십 미터 사이프러스 숲일 거야
무모히 그를 잡겠단 눈물은 새끼 쳐 실뿌리쯤 심겼을까
하, 나의 한숨은 소로(小路)에……
독백이 된 사랑을 향해 이 밤도 흘러들 것 같아

밤에 말이야
사이프러스는 부부처럼 홀로 남겨진 시신을 살핀대
수십 세기 이녁을 저버리지 않는 사랑의 형상
못난 사랑은 세상 변해도 변경에서 자리 지키는 그런 거니까

후에, 훨씬 후에 자취 없이 말랐거니 싶어 눈 번쩍 떠도
퍽은 그렁그렁 고인 슬픔의 묘지

한시도 그 없이는 못 살지만
맘속으론 울고 눈이고 코고 입술로는 웃을란다
달궈진 나무못 박아 입관된 사랑을 티 내진 않을란다
사이프러스식으로 그이 주변에만 서성이던 내 사랑에 관하여

—「사이프러스식 사랑」 부분

　모든 것을 솔직하게 이야기하는 자리라면, 현실이 요구하는 기준을 따라 어쩔 수 없이 선택히는 삶이 아니라 언제라도 죽음에 대해서 말하는 것 역시 당연한 일일 겁니다. 「사이프러스식 사랑」에서 볼 수 있는 것처럼 말이지요. 제목 그대로 이 작품이 어떤 '사랑'을 말하고자 하는지에 대한 기대를 가지고 있었다면 처음부터 다소 의외의 상황을 만나게 될 겁니다. 별다른 정보도 주어지지 않은 상태에서 "그와 헤어질 일 생각"하고 있는 장면을 만나게 되기 때문입니다. 그런데 조금 더 지나가 보면 헤어질지도 모른다는 생각만이 아니라 이미 정해진 이별에 대해서 말하고 있다는 것을 알게 됩니다. 사랑의 감정이 변한다거나 하는 일이 생기지 않아도 유한적 생명을 부여받은 존재들인 우리는 어쩔 수 없이 정해진 이별을 경험해야 합니다. 육체적이고 따라서 일시적인 것이라고 부를 수는 있어도 그것을 피할 수 있는 것은 아니지요. 그 때문에 이 작품의 "먼 훗날 눈떠 보면 사이프러스 사이일 거야/내 사랑의 종착은 구릉진 들판 지나/방치된 묘지에 자란다는 수십 미터 사이프러스 숲일 거야"라는 구절로 미루어 보면 영원한 사랑을 노래하고 있는 것처럼 여겨집니다. 실제

'사이프러스 나무'는 서양에서 무덤가에 심는데, 그리스 신화의 키파리소스 이야기에 따르면 이 나무는 '영원한 슬픔' 또는 애도의 의미를 가지고 있기도 합니다.

이처럼 그 대상이 죽은 뒤에, 그럼에도 불구하고 변치 않는 사랑을 노래하는 것이 생소한 것은 아닙니다. 하지만 이 작품은 사랑하는 사람의 죽음을 경험하고 난 뒤에 변치 않는 사랑을 다짐하고 있다기보다 마치 사랑에 대해서 처음으로 말하고 있는 듯 느껴집니다. 만약 그렇다면, 첫 사랑 고백에서 '죽음'을 언급하는 것은 조금 의아한 일이 아닐 수 없습니다. 그러나 시인은 그것을 "사랑함으로 사랑하"는 방식이라는 믿음과 확신을 가진 것처럼 보입니다. 사랑이 대상을 강렬하게 경험하는 것이라고 한다면 "사랑을 뒤쫓다 땅끝까지 파 내려가고 또 파 내려가"는 것쯤이야 당연한 일일 테고, 그것은 결국 처음으로 하는 고백에서도 '죽음'을 염두에 두지 않을 수 없기 때문입니다. 사랑하는 대상의 무덤가에서 영원한 푸르름으로 죽음을 애도하는 사이프러스 나무에서 오벨리스크처럼 대상을 향한 숭배의 형태를 읽어 낸 사람은 화가 고흐였습니다. 김윤이 시인 역시 삶과 죽음, 찬양과 슬픔이 뒤섞여 있는 사랑의 이 복잡한 형태를 "사이프러스식 사랑"이라고 부르고 있습니다.

그것은 다시, 그저 우리 삶입니다. 잘 익은 '석류'처럼 보일지라도 어딘가 "개중에서 덜 자란" 것을 언제나 포함하고 있는 현실 말입니다. "충족되지 못한 욕구불만"과도 같은 우리 인생 말입니다.(「이빨의 규칙」) 때로 우리는 이와 같은 것들을 극복하기 위해 사는 것이 올바른 삶의 방식이라고 믿습니다. 그 길에서 우리는 무수한 선택을 강요받습니다. 하지만 진짜 그런 것일까요. 선택만 잘하고 나면 문제들은 해결이 되는 걸까요. 혹시 아무것도 선택할 수 없는 상황이 두려웠던 우리가 스스로 만들어 낸 선택지들은 아닐까요. 움켜쥐고 있는 것이 빠져나갈까 두려운 이유는 외부에서 오는 것이 아니라 힘주고 있는 내 손에서 오는 것일지도 모릅니다. 최선을 다해 사랑하면서 동시에 최선을 다해 죽음을 기다리는 것, 그것이 김윤이 시인이 보여 주는 "사이프러스식 사랑"입니다. 사랑은 무엇을 선택하는 것이 아니라 모든 것을 다 받아들이는 것일 테니까요. '사랑'을 말하고자 하려면 수피즘의 창시자인 루미를 빼놓을 수 없을 겁니다. 그 역시 진정한 사랑은 모든 이질적인 것들을 다 모아 놓은 상태 그대로라고 생각했습니다. 사실, 그것이 어떤 형태인지 저는 짐작도 할 수 없습니다. 다만, 시인들을 통해서 그것을 어렴풋이나마 들여다볼 수 있어서 다행이라고 생각합니다. 이제 저는 이 서툰 글쓰기에서 벗어나 김윤이 시인의 「사이프러스식 사랑」을 천천히 다시 한번 읽어 볼 작정입니다. 루미의 무덤 비문에 새겨진 그의 시 한 편이 내내 머릿속을 떠나지 않습니다.

오라, 그대가 누구든 그 무엇이든 오라. 이교도나 불을 숭배하는 자, 사악한 우상을 숭배하는 자 모두 오라. 다시는 죄를 짓지 않겠다는 약속조차 수백 번 어겼을지라도 오라. 우리들의 집은 불행과 절망의 입구가 아니니, 그대여 오라.

의미의 성운
—이장욱의 시 세계

이장욱의 이름으로 발표된 작품들을 읽다 보면, 거의 반사적으로 세 개의 책상이 떠오른다. 그것은 책상들을 이리저리 바꿔 앉아 가면서 소설이며 시를, 또 평론을 막힘없이 써 내려가는 작가의 모습에 대한 혼자만의 상상에서 비롯했다. 엉뚱하게 들릴 일이겠지만 이같은 상상의 도움이라도 받지 않는다면 각각의 문학 장르에서 이미 확고한 자신만의 목소리를 가지고 있는 이 '신비한' 이름을 손에 쥘수 있는 방법이 내게는 별로 없다. 혹여 그의 이름을 이해 가능한 문학적 세계 안으로 불러들이는 데에 이미 성공을 거둔 현명한 이들이 있다고 하더라도, 나는 그들에게 이 '세 개의 책상'을 같이 떠올려 보기를 권하고 싶다. 각 책상에서 완성되는 개별 작품에 대한 의미를 이해하는 일이 불가능한 일은 아니겠지만, 어떤 인터뷰에서 이장욱이 말한 대로 '서로 다른 체계에서 발산되는 상이한 매력'을 행여 놓치는 일이 없기를 바라면서 말이다. 이처럼 장르를 넘나들면서 자연스럽게 생성되는 다성적 목소리는 이장욱의 문학 세계로 들어서는 가장 첫 번째 입구라고 할 수 있다.

그렇다면, 그의 시 작품을 앞에 둔 우리에게는 조금 다른 안내도가 필요한 것처럼 보인다. 최대한 길을 잃고, 그래서 조금 더 그 안에 머물게 되어 거쳐 가야 할 지점들이 서로 충돌하고, 출입구의 의미나 기능조차 지속적으로 연기시키는 안내도라면 적당할 듯하다. 주요 목적지들을 순서대로 거쳐 출구로 나올 수 있도록 효율성을 내세운 일반적인 안내도와는 상관없이 말이다. 그도 그럴 것이 우리 앞에 시인으로 처음 등장했을 무렵부터 그는 이미 "이야기는 언제나 끝이어서야 시작하는 이상한 나라"를 기획하고 있었던 것처럼 보인다(「이상한 나라」, 『내 잠 속의 모래산』, 민음사, 2002). 시인 이장욱에 의해 만들어진 그 "이상한 나라"에서는 무의식에서 발생하는 근원적인 공포조차 "금성사 텔레비전"과 같은 아주 구체적인 사물과 직접 연결된 일상의 세계를 벗어나지 않으면서도(「어떤 공포에 대한 나의 자세」, 『내 잠 속의 모래산』), 동시에 당연한 일들만 벌어지는 현실이 가장 "어리둥절한 풍경"으로 고스란히 치환된다(「리얼리스트」, 『내 잠 속의 모래산』). 말하자면 그의 '나라'에서는 일상과 일탈, 현실과 비현실이 뫼비우스의 띠처럼 맞물린 이야기 아닌 이야기 속에서 끊임없이 접촉하고 역전되면서 하나의 의미로 고정되기를 거부한다. 형태상 뫼비우스의 띠가 그런 것처럼, 하나의 이야기를 완성하는 서사의 시작과 끝은 이 안에서 그저 임의로 지정될 수밖에 없으며, 그 둘은 서로를 증명하는 조건으로서만 존재한다. 바로 이렇게 우리는 영원히 머무는 것이외에는 별다른 도리가 없게 될지도 모른 채 그의 세계에 발을 딛게 된 것이다.

네 번째 시집 『영원이 아니라서 가능한』(문학과지성, 2016)에서도 이 같은 그의 기획은 변함없이 유지되고 있다. 다만, 자신의 존재까지 포함하는 "모든 것의 사이"를 확인하는 집요함이 두드러진다(「기린과/기린이 아닌 모든 것의/사이에서」). 결론부터 말하자면, 이 '사이'에는 어떤 의미도 존재하지 않는다고 할 수 있다. 하지만 단순히 무의미한 공간이 아니라 의미들을 적극적으로 끌어들이고 충돌시킴으로써 모든 의미들이 가장 격렬한 방식으로 존재하는 동시에 그로 인해 소멸하면서 의미 가능성의 상태로 잘게 부서져 존재하는, 의미의 싱운이라고 할 수 있겠다. 그 속에서 일반적 기준들은 다시 한번 쓸모없어지겠지만, 때로는 무심한 배경들이 숨겨진 의미로 불쑥 다가오는 낯선 경험들도 가능해진다.

다음에서 살펴볼 이장욱의 작품을 비롯한 최근작들은 『영원이 아니라서 가능한』에서 보여 준 대로 자기동일성에서 발생하는 일방적 의미 전달의 과정을 해체하고, 의미들이 생성되고 소멸하는 끊임없는 운동의 장을 다시 한번 뚜렷이 확인시켜 주고 있다.

나는 과도해서 길을 걸어갔다.
과도해서 꿈을 꾸고 과도해서
당신에게 전화를

안녕, 여기는 거리입니다 지하입니다 성층권입니다.
손차양을 하고 전방을 바라보았을 뿐인데
자꾸 신비로운 것이 있습니다.

무엇이 보여요? 보여요 무엇이?
아랍 사람이 의아하게 나에게 물었다. 미국 사람이 궁금해서 나에게 물었다. 중국 사람이 놀란 표정으로

나는 대답을 하려고 했지만

내 입에서 나오는 문장들이 뱀처럼 얽히고설켰다. 내 눈에 비치는 사물들이 처음과 끝을 한꺼번에 잃어버렸다. 익숙하고 천연덕스러운 고구마처럼

악몽이

나는 비명을 지르려고 합니다.

정오를 견디지 못하려고 합니다.

갑자기 노인에 도달합니다.

아랍 사람과 미국 사람과 중국 사람이 손차양을 하고

정오의 신비한 물체를 바라보았다.

그것은 고구마처럼 침묵하는 것이며 또

눈에 뜨이지 않는 것이었는데

아주 가까운 곳에서 우리 모두가 그것에

포함되었다.

여보세요?

여보세요?

수화기 저편에서 당신은 오래

신비로운 질문을 던지고 있었는데

*정오의 신비한 물체: 아핏차퐁 위타세타쿤.

—「정오의 신비한 물체」 전문

그랬을 때, 「정오의 신비한 물체」는 시인 이장욱이 보여 주었던 이전까지의 세계관을 종합해서 보여 주는 동시에 앞으로 펼쳐질 문학적 방향성을 가늠할 수 있게 해 주는 특징적 작품으로 기억해 두어야 할 것이다. 앞서 말했던 것처럼, 이 작품에서 가장 먼저 눈에 띄는 것은 일반적으로 의미를 구성하는 문장의 단위들이 모두 어긋나 있다는 점이다. 가령, "과도"했기 때문에 "길을 걸어"가는 것처럼 말이다. 시적 진술로서의 의미를 파악하기 위해 노력을 기울이고, 또 그것에 어느 정도 성공했다고 하더라도 이내 그 노력들을 무용하게 만드는 진술이 이어지면서 파악한 의미들은 곧 무화된다. '길을 걷는 것'과 '꿈을 꾸는 것' 또는 '전화를 거는 일'이 모두 같은 원인에서 비롯된다고 보는 것은 타당하지 않기 때문이다.

의미가 무화되는 구조 그 자체를 조금만 더 자세히 볼 필요가 있다. 우리가 1연의 전체를 하나의 의미로 받아들이지 못하는 것은 평소 우리의 서사적 인식 방법에서 비롯되었다고 할 수 있다. 즉, 여러 행위들과 그것을 불러일으킨 하나의 원인이 현실적인 인과관계를 형성하지 못하고 있기 때문에, 그것을 읽는 우리는 최소한 그 구절을 통해서는 의미 파악이 불가능해지는 경험을 우선 하게 된 것이다. 하지만, 이런 방식으로 서사적 조건들을 충돌시키는 진술들이 거듭되면 단순히 표면적 의미가 무화되는 것을 넘어 이를 지속시키는 구조 자체가 의미의 차원과 만나게 된다. 말하자면, 의미를 실어 나르는 효율적 방식으로서의 구조라는 관계가 깨지면서 일반적 의미는 무화되지만, 그 자체로 의미이면서 구조인 그래서 모든 것들에 열려진 관계가 그 위에 새롭게 형성되는 것이다. '의미의 성운'이라고 불러 본 시인 이장욱의 특징적 방식이 바로 이와 직접적으로 연관되어 있다.[1]

태국 출신의 영화감독이자 비디오예술가인 아핏차퐁 위라세타쿤의 첫 번째 장편영화의 제목을 그대로 사용하고 있다는 사실도 빼놓을 수 없다. 시인들이 인접 장르에서 제목이나 구체적인 시의 구절, 또는 포괄적인 모티브 등을 차용하는 것은 흔한 일이지만, 이장욱은 특히 동명의 영화가 가진 구조를 이 작품과 그대로 겹쳐 두기를 원하는 것처럼 보인다. 단정적으로 말하자면, 「정오의 신비한 물체」에 대한 앞선 언급들은 그대로 아핏차퐁의 영화가 보여 주는 특이한 구조와도 정확히 일치한다. 이 영화는 배우와 스태프, 배역으로서의 등장인물과 배우, 영화를 위해 꾸며 낸 이야기와 등장인물의 실제 경험담, 그리고 다시 영화 속 인물들이 지속적으로 꾸며 내는(것이 분명한) 이야기, 영화 속 인물의 목소리와 그 바깥에서 촬영을 진행하는 사람의 목소리 등 영화를 구성하는 모든 요소들이 하나의 이야기 안에서 충돌을 일으키는 방식 그대로 뒤섞여 있다. 마치 거대

---

1 간략한 그림을 그려 이해해 보는 것도 가능하다. 언급한 것과 관련해서 1연과 2연의 의미 구조를 도식하자면 각각 다음과 같을 것이다.

	→	길을 걷다			→	거리
과도하다	→	꿈을 꾸다		여기	→	지하
	→	전화를 걸다			→	성층권

여기서 화살표를 인과관계라고 한다면 그것이 불가능하기 때문에 일단 의미 성립이 거부된다. 하지만 작품 전체에서 이 구조가 반복되면, 다음에서처럼 먼저 그 내부에서 의미의 차원과 충돌하게 되고 결국 무한대에 수렴하면서 일반적 의미를 "과도"하는 구조가 이어서 생겨나게 된다.

	→	a'			↔	
A	→	a''		A	↔	∞
	→	a^n			↔	

최종적으로 이 무한대의 '의미＝구조'는 시 안에서 명시된 것 이외의 모든 '의미＝구조'들과 겹쳐지는 가능성으로 충만하게 된다.

한 미스테리와도 같은 이 영화에서 유일하게 말할 수 있는 것은 충돌을 일으키는 구조 그 자체에서 모든 의미들이 발생하고 있다는 점이다.[2] 이 같은 방식은 우리 앞에 놓인 동명의 시와 영화 모두의 내면에서 일반적 의미 관계를 끊어 내고, 그 위에 말 그대로 '신비한' 의미를 현현시킨다. 영화로 구체적인 예를 들자면, 전혀 계획적이지 않게 보이는 무심한 카메라의 움직임 속에서 언뜻 정치인들의 얼굴이 인쇄되어 있는 현수막이 흔들리며 스쳐 지나간다. 서사적 인과를 통해 의미를 부여받지 못했기에 그저 우연히 카메라에 잡힌 배경에 불과했을 이 장면은 서사적 인과를 벗어난 바로 그 자리에서 '의미'로 현현하여 영화를 보는 내내 관객의 시선을 파고든다.

이와 관련해서 정치적 주제들을 말하는 것은 손쉬운 일이다. 하지만 그것보다 의미 있는 것은 일상과 허구를 넘나드는 시적 진술들 속으로 현실적 문제들이 자유롭게 틈입하고, 또 그것에 대해 지속적으로 "질문을 던지"는 일이 가능해졌다는 점이다. 특히, "질문"이 발생하는 양상에 주목해 보자. "신비로운 것"을 보고 있는 내게 처음 던져진 질문은 역시 앞서 설명한 시인만의 방식을 따라 '아랍 사람 → 미국 사람 → 중국 사람'으로 이어지면서 무한대의 질문으로 확장된다. 그리고 곧이어 "질문"을 중심으로 하는 관계 모두가 반복되는 속에서 결국 '나'와 "아랍 사람과 미국 사람과 중국 사람"이 동일한 행위를 하는 주체들로 겹치며 확장된다. 이렇게 확장된 주체들은 여기에서 멈추지 않고 "아주 가까운 곳에서 우리 모두가 그것에/

---

2 어쩌면 영화라기보다 영상 편집물이라고 불러야 좋을지도 모르겠다. 실제 영화의 크레딧에서 아핏차퐁은 스스로의 역할을 'director'라고 하지 않고, 'conceived and photographed'로 밝히고 있다.

포함"되면서 대상과의 경계도 허문다. 형태적으로 이 작품의 구성을 이끌어 가는 "신비로운 질문"은 바로 이처럼 전통적인 시적 화자가 무너지고 확장되면서 외부의 주체들에게까지 자신의 자리를 내어주는 바로 그 자리에서 탄생해서 지속되고 있는 셈이다. 허구와 진실의 경계를 넘나드는 '이야기 꾸며 대기(fabulation)'를 통해 재구성되는 집단적 발화행위를 곧 정치적 시도로 이해한 들뢰즈를 따라 본다면, 시적 조건들의 경계를 넘나들면서 이장욱 시인이 던지고 있는 "질문"이야말로 가장 시적인 방식으로 선취된 가장 정치적인 목소리를 담고 있다고 할 수 있다.

「정오의 신비한 물체」를 강조해 본 것은 앞서 말한 것처럼 이 작품의 구조에 대한 이해가 최근 이장욱의 문학 세계를 살펴보는 가장 유효한 방법이기 때문이다. 수식이 제한된 문장들과 일상적이고 친숙한 공간으로 이루어진 그의 작품들은 특유의 건조하고 담백한 목소리와 어울려 천천히 소리 내어 따라 읽는 것만으로도 묘한 울림을 준다. 아마도 그것은 우리와 비슷한 일상을 공유하고 있는 자의 독백을 대하는 것 같은 느낌 때문일지도 모르겠다. 하지만 「서해의 개입」이나 「판교」에 등장하는 '서해', '고구마'처럼 시적 진술을 이끄는 중심 소재들의 의미 파악에 힘을 쏟고 나면 우리는 어쩐지 시인과 동떨어진 곳에 이르고 만다. 그의 작품에서 중심 소재들은 시 안에서 벌어지는 행위들의 결과나 원인으로 존재하지 않기 때문이다. 이장욱은 서사적 인과를 중시하기보다 시를 구성하는 내외부의 모든 조건들이 모이고 부딪치기 위한 어떤 경계면을 설정하기 위해 중심 소재를 이용하고 있다. 따라서, 그의 시를 읽고 난 후 우리 손안에 쥐어진 어떤 단어들은 하나의 의미가 아니라, 경계선 넘어 숨죽이고 있던 다른 의미들이 기존의 의미들과 충돌하고 피 흘리고 있는 현장 그 자체라고 할 수밖에 없다. '세 개의 책상'을 사용하며 고정된 주체로서의 작가라는 역할과 의미를 스스로 충돌시키는 것까지 포함해서 말이다. 글쓰기의 행위를 통해 작가가 스스로 경계의 지점까지 물러나 타자들에게 기꺼이 자신의 자리를 내주는 이장욱의 문학은 정치적 함의의 가능성을 가장 높은 수준의 미학에서 확인시켜 준다.

고통의 수신기
―이재훈의 시 세계

　미국을 대표하는 프리마돈나 르네 플레밍이 언젠가 한 인터뷰에서 "모든 예술은 결국 문학적으로 전달된다"는 말을 듣고 깊은 공감을 한 적이 있다. 그래서인지는 몰라도 스스로를 풀 리릭 소프라노(full lyric soprano)라고 말하는 그의 목소리는, 화려한 콜로라투라가 넘쳐나는 오페라의 세계에서 개성이 없다고 말할 수도 있겠지만, 오히려 풍부한 감수성과 남달리 깊이 있는 호소력으로 우리에게 다가온다. 다른 오페라 가수와 달리 TV 쇼 출연 같은 대중적 활동도 마다하지 않는 것 역시 어쩌면 같은 차원에서 이해해 볼 수 있겠다.

　이재훈 시인의 『벌레 신화』(민음사, 2016)를 앞두고 단번에 르네 플레밍이 떠올랐던 이유는, 그의 시 작품들이 의미 관계에서 자유로워진 기표들의 발산에서 빚어지는 다채로운 기교들을 앞세운 최근의 우리 시문학에서 보기 드물게 선명한 주체의 목소리를 내고 있기 때문이다. 따라서 그의 작품들은 기교와 함께 독자들에게 스며들 수 있는 길을 찾기보다, 시를 읽는 독자들 내면에 잠재된 고유의 목소리와 어떤 방식으로든 충돌의 길을 걷게 된다. 즉, 이재훈 시 세계의 의미들은 독자들의 내면과 부딪히고 얽히는 움직임의 장에서 발생하고 있으며, 이와 같은 움직임을 일관되게 만드는 운동성이 『벌레신화』를 관통하고 있는 특징이라고 할 수 있다. 그렇다면, 다시 한번 르네 플레밍의 말을 떠올려 보면서, '모든 시문학은 결국 서정적으로 전달된다'고 말해 보는 것은 어떨까. 이재훈의 시 작품들은 대상을 표현하는 방식이나 주제에 대한 고민과 더불어, 가장 적극적인 차원에서 독자와의 반응을 기대하면서 '서정적'으로 전달되기를 간절히 바라고 있기 때문이다.

실제 서정의 본질이나 시와의 관계, 또는 그 관계의 범주와 의미에 대한 논의는 곧 우리 현대시 백여 년의 역사와 흐름을 같이한다. 그만큼 서정의 문제는 시문학 내부에서 명확히 한정되어 있는 어떤 특성이라기보다, 장르의 전반과 복잡하게 얽혀 있는 본질적 문제라고 할 수 있겠다. 특히 2000년대 이후 서정의 기존 인식에 균열을 일으키려는 의미 있는 시도들이 많이 있었음에도 불구하고 '시=서정=서정시'라는 인식이 여전히 어색하지 않게 받아들여지는 것을 보면, 그만큼 서정과 시문학이 그 특질에 있어서 최대치를 공유하고 있음을 짐작할 수 있게 한다.

하지만, 그것이 곧 서정이 시에 의미를 부여하는 핵심이라는 절대적 관점을 의미하는 것도 아니다. 중요한 것은 서정과의 길항을 통해 지금 우리가 마주하고 있는 새로운 시적 현실, 즉 시와 시가 아닌 것(非詩)들 간의 경계 확장이 요구되는 현실에서 다시 한번 시의 영역을 도약시킬 수 있을지의 문제라고 할 수 있다. 따라서 이재훈의 『벌레 신화』에 특징적으로 감지되는 시적 운동성을 우리 시의 또 다른 가능성으로 받아들일 수 있는 것 역시, 그의 시 세계가 특정 가치

를 재현하고 있어서가 아니라 다양한 대상들과 일으키는 반응 때문
이며, 나아가 시를 둘러싼 모든 관계들에까지 확대 적용되는 이 반
응이야말로 그 자체로 서정이라고 할 수 있다. 결국, 서정의 가장 중
요한 특질은 시를 둘러싼 모든 관계들이 반응하는 접점에 의미를 결
절시키는 데에서가 아니라, 의미를 생성시키는 힘에 대한 모든 의심
이 끊임없이 발현되도록 만드는 데에서 나온다.

> 묵시의 날들은 자주 온다.
> 존재하지 않는 몸들의 방랑.
> 여기 있고, 여기 없다.
> 있거나 없거나 한 몸의 일부.
> 찬미의 노래를 불러도
> 깊은 바다의 침묵을 길어 올려도
> 변하지 않는 뼈.
> 수난이 없는 몸은 역사가 없다.
> 내 머리칼을 쥐고 흔드는 소리들.
> 본인이 중심이라 믿는 비겁자들.
> 열등의 망막이 세계로 나 있는 유일한 창.
> 거리 한가운데서 벌거벗은 사내를 보았고
> 손가락들은 늘 굽은 채로 있었다.
> 오직 죽기 위해 춤추는 날들.

—「뿔」부분

「뿔」을 보면 이것을 좀 더 명확하게 이해해 볼 수 있다. 진화의 흔
적을 보여 주는 인간의 신체 기관에 대한 상상력을 바탕으로 하고

있는 이 작품은, 시집의 첫 부분에 배치됨으로써 시집 전체를 관통하는 '충돌의 움직임'을 이끄는 역할도 하고 있다. 특히, 두 개의 연으로 나누어진 구성은 이 상상력을 둘러싸고 있는 대립적 요소들, 즉 '기원과 현재' 또는 '희망과 고통', '이상과 현실' 등의 충돌을 보다 적극적으로 일으킨다. 이를 통해 우리가 그토록 애써 가면서 유지하고자 했던 평범한 일상이 사실은 현실과의 타협을 강요하면서 고유한 가치들을 기꺼이 스스로 퇴화시키게 만드는 폭력성을 감추고 있었다는 진실이 어렵지 않게 드러난다. 그리고 이어 끝까지 퇴화를 거부함으로써 현실의 고통 위로 두드러지고 있는 "뿔"을 시적 상상력의 범주에 포함시켜 작품을 통해 드러난 폭력적인 일상 속에서도 어느 정도 희망의 가능성을 보여 주는 데로 나아간다.

하지만 앞서 말한 것처럼, 이재훈의 작품이 시문학을 둘러싼 요소들의 충돌이라는 일관된 움직임을 가지고 있다면, 우리가 주목해야 할 부분은 충돌이 빚어내는 어떤 결과물이어서는 안 된다. 결과물에 주목하게 되는 바로 그 순간은 그것을 만들어 내던 힘이 소멸되는 순간과 정확히 겹쳐질 수밖에 없기 때문이다. 그렇다면, 「뿔」에서 우리는 이 힘의 중심이자 충돌의 기원으로 거슬러 올라가야만 하고, 그곳에서 결국 "수난이 없는 몸은 역사가 없다"는 시인의 인식과 만난다. 이를 통해 "수난"과 "몸"이 언제나 하나일 수밖에 없으며 따라서 그것을 피할 수도 없고, 또 그렇기에 우리의 '일상'이 곧 '고통' 그 자체인 현실이 밝혀진다. 흥미로운 것은, 이 같은 사실이 그대로 압축된 대상으로서 "뿔"이 내세워지고 있다는 점이다. 우화 속에서 일어났던 일처럼, 우리에게도 "뿔"은 일상을 지속시키는 힘인 동시에 우리에게 가해지는 일상적 고통을 수신하는 안테나의 기능으로 작동하게 되는 것이다. 표제작을 비롯하여, 시집의 가장 처음에 등장하는 「벌레」에

서 시인이 "지옥"과도 같은 일상을 "피" 흘리며 기어가는 삶을 보여
줄 때에도 "뿔"의 상징과 겹쳐지면서 보다 명백하게 전달된다.

> 낙인이 찍혀 온 것은 아니다.
> 비는 내렸지만 땅은 단단하다.
> 분(憤)은 모든 일을 억울하게 만들고
> 억울함은 더러운 말들을 만든다.
> 더러운 말들을 먹는 나이.
> 나는 높고 깊은 산골짜기에서 별들의
> 충만한 꿈을 안으며 아주 천천히 자랐다.
> 천천히 자란 몸이 허덕거리고 있을 때
> 오래된 성을 찾아 떠난다.
> 저 오래된 돌의 분량대로 오래된 시간을 되뇌인다.
> 성 밑의 마을엔 교회와 학교가 있지만
> 그곳은 이미 희롱과 진노의 말들만 더펄거리는 곳.
> 높이 오를수록 숨이 차고 근육이 당긴다.
> 땅과 멀어질수록 그립고 아득하지만
> 더 높은 곳이야말로 화답이 존재하는 곳.
> 이제 혼자만 중얼거리지 않겠다.
> 매일 새롭게 돋아나서 병이라 여기던 공상도
> 얘기하며 울고 웃겠다.
> 이곳은 풍조가 없고 책망이 없다.
> 당신과 내가 오래되고 깊은 성에 무릎 꿇고
> 오래오래 기도하면 된다.
>
> ─「하이델베르크」 부분

"뿔"을 통해 드러난, 고통으로 직조된 우리의 일상은 과연 어떤 모습일까.「하이델베르크」에서 시인은 "성 밑의 마을"로 표현된 일상의 모습을 특히 "오래된 성"과 대비시켜 잘 보여 주고 있다. "희롱과 진노의 말들만 더펄거리는 곳"으로 압축된 일상의 공간은 "책망이 없"고 "화답이 존재하는 곳"인 "성"과의 위상학적 배치, 또 "오래된 성을 찾아 떠"나는 시적 주인공의 행위와 더불어 우리에게 선명하게 다가온다. 그런데, 이처럼 시인이 만들어 둔 일상의 모습은 문득 K, 카프카의 바로 그 K가 마주했던 상황과 고스란히 겹쳐진다.(시인은, 다소 익살스럽게, 그곳을 가 보지 않은 어느 누구라도 지명을 듣는 순간 "성"의 모습을 떠올릴 수밖에 없는 독일의 소도시를 제목으로 삼고 있기도 하다.) 시에 드러나 있는 것처럼, "마을"을 벗어나 "성"에 오르는 일은 결국 "저 마을의 시간"과 분리되지 않고 반복될 수밖에 없는 행위이기 때문이다.

카프카를 경험해 본 사람이라면 중차대한 법적 소송을 앞두고 있으면서도 그 이유조차 전혀 알 수 없다거나, 또는 오랫동안 기대해 왔던 목표 바로 앞에서 달성이 무기한 지연되는 상황을 맞닥뜨린 적이 있을 것이다. 카프카는 이처럼 일상이 갑작스럽게 무너지는 데에서 출발하고 있지만 그 원인이 어디에서 비롯되는지는 전혀 드러나지 않으며, 따라서 그 상황을 피하고자 하는 모든 노력이 오히려 그 상황을 지속시키는 유일한 원인이 되는 이해 불가능한 상황에 우리를 몰아넣는다. 카프카가 꼼꼼히 만들어 둔 일종의 미로와도 같은 상황 속에서 어쩔 수 없이 그랬던 것처럼, 이재훈의 시 세계를 관통하고 난 우리 역시 평안했던 일상 전체를 의심하고 스스로에게 끝없는 질문을 던지게 된다. 이처럼 시 안에서 던져진 질문과 그것을 읽는 독자 내부의 질문이 충돌하는 바로 이 지점에서 그의 시가 가진 힘이 발산되고 있다.

『벌레 신화』전반에 걸쳐 있는 '동굴' 이미지 역시 이와 관련되어 있다. 「햇칼」, 「빙하의 고고학」, 「구렁」 등에서 직접적인 소재가 되고 있을 뿐만 아니라, 다른 많은 작품들에서 '구멍 – (어두운) 숲속 – (어둠에 잠긴) 강 – (깊은) 방' 등의 이미저리들로 확산되면서 '동굴'은 중요한 역할을 하고 있는데, 그것은 무엇보다도 '어둠과 밝음, 안과 밖' 등을 구분 짓는 경계인 동시에 그 둘의 구분을 모호하게 만들어 충돌을 일으키는 공간이기 때문이다. 단적인 예로, 「햇칼」에서 볼 수 있는 것처럼 '동굴'은 바깥의 '햇살'이 가득한 공간과 쉽게 대조를 이루고, 또 그 때문에 "황홀하"게만 보이는 바깥의 세계를 꿈꾸게 만든다. 하지만, 제목에서도 알 수 있는 것처럼 바깥의 세계는 '동굴' 속 '나'에게 그대로 '길'로 작용하면서 고통과 희생을 통하지 않고서는 '동굴' 밖으로 나올 수 없게 만든다. 마지막 부분에 이르러 "끝이 보이지 않는 텅 빈 계곡을 날고 싶다"는 바람이 아름답게 보이는 것은 물론이지만, 이재훈의 시에서 보다 중요한 것은 이처럼 언제나 이면에서 그것을 발생시키는 "고통스"러운 순간과의 충돌 그 자체라고 할 수 있다.

앞서 언급한 것처럼, 지속적으로 '충돌'을 발생시키는 이재훈의 시는 독자들을 수동적인 상태에 머무르지 않게 만들고 필연적으로 적극적인 반응을 불러일으킨다. 이를 위해 그는 우리의 일상 속으로 '고통'을 끌어들이는 것을 마다하지 않고 있는 것이다. 여기에서 우리가 유의할 것은 그가 '고통'에 직접적인 관심을 두고 있다는 오해를 하지 않아야 한다는 점이다. 모든 개인은 자신을 둘러싼 사회적·물질적 환경과 지적·감정적 반응을 하며 이것이 결국 시를 만들어내고, 이렇게 만들어진 시 작품이 다시 독자와의 반응을 일으키는 것이 시의 올바른 방향이라고 했던 오든(W. H. Auden)의 말대로, 이재훈에게 '고통'은 독자들에게 능동적인 반응을 불러일으키기 위한 일종의 장치인 셈이다.

숨을 쉬기 위해
몸의 온갖 구멍들을 찾아다녔다.
기댈 데라곤 엄마뿐인 아이들의 흐느낌이
귓가에 자욱하다.
고통은 존재와 다른 물질.
높은 곳에 올라 떨어진다면,
아무도 기억할 수 없는 곳에 떨어지지 않을까.
이렇게 늙고 싶지 않다.
어깨가 부딪히는 좁은 욕실에 엎드려
구역질을 하는 마지막 풍경.
도도하게 병과 싸우고
홀연히 아무도 기억나지 않게 웃고 싶다.
몸속 여기저기 웃음이 들렸다.
이 몸이 전부 붉어지면,
책으로 변할 수 있을까.
연민을 받고 싶지 않기에
온 힘을 다해 높은 곳으로 올랐다.
병든 사람들이
발끝을 모으고 난간 위에 서 있다.
곧 떨어질 것 같지만
아무도 떨어지지 않는다.
또다시 극렬한 두통이 밀려왔다.

화창한 하늘에 구토를 할 수 없다.

급히 좁은 화장실을 찾아 들어갔다.

더 나쁜 인간이 되었다.

―「나쁜 병」전문

「나쁜 병」에서 그가 "고통은 존재와 다른 물질"이라고 말할 때 이는 보다 분명해진다. '고통'을 끌어들인 이유가 평범한 일상 뒤에 가려진 폭력적이고도 비인간적인 얼굴을 폭로하기 위함이라면, 중요한 것은 스스로 맞아들인 '고통' 그 자체가 아니라 '고통'과 반응하는 우리의 모습일 것이다. 따라서 시인에게 '고통'의 전제가 우리의 '존재'와 동등한 독립적 차원이라는 사실은 중요할 수밖에 없다. 그럴 때만이 어느 한쪽의 일방적 영향력이나, 또는 그 둘의 관계에서 만들어지는 일종의 결과물에 관심을 두기보다, '일상'과 '고통'이 동등한 차원에서 만나 벌어지는 반응들이 지속될 수 있기 때문이다. 그리고 우리는 다양하게 벌어지는 이 반응들에 참여하게 되면서 때로 자신의 삶과 고통을 견주어 보기도 하고, 또 때로는 시문학의 새로운 가능성을 고민해 보는 일도 가능해진다.

이재훈 시인이 만들어 둔 길을 따라가는 일은 목적과 무관한, 반응 그 자체를 처음으로 경험하는 것과 다르지 않다. 반응이 결과로 이어지는 보편적 상식의 세계에서라면 이는 어쩌면 막연한 두려움을 동반하게 될지도 모르겠다. 말 그대로 '반응' 안에는 최대한의 고통이라는 범주까지 포함되어 있기 때문이다. "내 몸은 살이 찌는데, 풀잎은 쪼그라들"기만 하는, 그래서 "소망"이 이루어지기 위해서라면(「벌레장(葬)」) 어느 한쪽을 반드시 포기해야만 하는 제로섬 사회를 살아가면서 우리는 언제나 고통을 남의 몫으로 미루어 왔다. 결국,

『벌레 신화』를 통해 고통마저 적극적으로 포함할 수밖에 없는 '반응'을 경험하게 된 우리는 다음과 같은 아름다운 장면을 만나게 된다.

우리는 맛보는 공동체.

비밀을 말하지 않아도 맛보면 다 아는 것이지. 꿈을 맛보고, 슬픔을 맛보고, 춥고 서글픈 때를 맛보는 사람들. 겨울이 지나면 봄이 온다는 약속을 맛본다네. 그 어떤 약속도 폐기할 수 없다고 쓴다네. 어느새 입 안이 까끌하고 씁쓸한 봄이 성큼 와 있다네.

—「맛보는 공동체」 부분

'맛을 본다'는 것은 그 어떤 이해의 방식과도 전혀 다르다. 같이 눈물을 흘리거나, 혹은 안아 주거나 손을 잡아 줄 때조차, 냉정하게 말해서 타인의 고통에 직접 참여할 수는 없다. 하지만, 시인이 이야기하고 있는 것처럼, '맛을 본다'는 것은 우선 나의 감각을 직접 참여시키는 거의 유일한 방법이다. 또한 맛보는 행위에는 자신이 싫어하는 특정 맛이 그 대상에 들어 있다고 하더라도 그것을 피할 수 없다는 것을 의미한다. 따라서 일단 맛을 보게 된다면, 자신의 의도가 전혀 없었던 순간에조차 "맛보는 사람들"과 동일한 '공동체'에 참여할 수밖에 없다. "꿈을 맛보"는 것과 같은 순간이거나 "춥고 서글픈 때"처럼 가장 고통스러운 순간을 가리지 않고 말이다. 달콤한 희망보다 "입안이 까끌하고 씁쓸한 봄"을 노래하는 이재훈의 시 세계가 더 아름답고 서정적으로 전달되는 이유가 바로 여기에 있다.

무책임한 무츠키
―임경섭의 시 세계

당신과 '무츠키'의 괴로움에 대해 먼저 말하고 싶다.

무츠키가 다섯 살 되던 해의 일이었다
애벌레가 꿈틀거리는 가을이었고
달이 환한 밤이었다
무츠키는 부모와 함께
비탈진 사잇길을 걷고 있었다
한 손으로는 어머니의 검지를 쥐고
다른 손으로는 중지와 약지 사이에
잠든 잠자리의 날개를 끼워 든 채
무츠키는 울창하게 웃자란 낙엽송 사이로
부서진 달빛을 바라보면서
부모를 따라 걷고 있었다
내리막이 시작되자 달빛 대신 여러 채의

다락이 있는 집들이 뿜는 희미한 불빛이
별자리처럼 흔들렸다 무츠키가 달빛을 놓치고
마을 쪽으로 고개를 돌릴 즈음이었을까

무츠키의 머리 위로 털 한 뭉치가 떨어지는 것이었다
가던 걸음을 멈추고 무츠키의 부모는 허리를 굽혀
자식의 정수리를 내려다보았다
그것은 털이 아니었다
무츠키의 부모는 머리털이 곤두섰다
그것은 꿈틀거리고 있었다
무츠키의 어머니는 혼신의 힘으로 팔을 휘둘러
자식의 머리통을 휘갈겼고
무츠키의 아버지는 사력을 다해 두 발로
바닥에 떨어진 송충이를 여러 차례 짓이겼다
무츠키에겐 날벼락과도 같은 일이었다
무츠키의 부모는 흉측한 벌레로부터
자식을 구해 낸 것에 안도했지만
무츠키는 달랐다
그는 부모가 징그럽다고 하는 것이 왜
징그러워야 하는지 알 수 없었고
자신을 때리고 밀치면서까지 고요를 짓밟아 버린
부모를 언제까지 미워해야 할지 알 수 없었다

세 식구가 지나간 자리 위로
울퉁불퉁한 비탈길이 환하게 꿈틀거리기 시작했다

　그가 다섯 살이 되던 어느 해였다. 다른 사람들도 그렇듯 그 순간의 일들이 '무츠키'의 기억 속에서 선명하지는 않지만, 그는 제법 행복감을 느끼고 있었던 것 같다. 밤의 숲길을 걷고 있었음에도 유난히 환하게 비추던 달빛과 꼭 쥐고 있는 엄마의 손에서 전해지는 온기 덕분에 무섭지 않았던 것도 같다. 하지만, 바로 그 순간이었다. 송충이를 떼어 내고자 하는 엄마의 손동작에 '무츠키'의 머리는 가격당했고, 도처에서 흔하게 보이던 송충이였을 뿐인데도 아빠는 징그럽다면서 발로 짓밟았다. '무츠키'는 바로 조금 전까지 고요함 속에서 분명하게 느끼고 있었던 충만한 행복감이 순식간에 사라져 버렸다고 생각했다. 충만함의 전부였을지도 모를 바로 그 엄마와 아빠 때문에. 어쨌거나, 이제 '무츠키'는 조금 다른 '무츠키'가 되었을 것이다.

　그럼, 이건 또 어떤가.

　　무츠키의 생일은

　　가을이 시작되는 동시에 새 학기가 시작되는 무렵이었네

　　초등학교 2학년이 된 무츠키는 어머니의 바람대로

　　같은 반 친구 몇을 집으로 초대했네

　　그렇게 가을볕에 발갛게 그을린 다섯 명의 아이들은

　　학교를 마치고 무츠키의 집까지 걸어왔네

　　(중략)

　　아이들은 손뼉 장단에 맞춰 생일 축하 노래를 시작했지만

무츠키와 그의 어머니는 손뼉을 치지 못했네

노래가 끝나고 아이들이 음식을 먹기 시작하자

무츠키가 말했네

욕을 하면 어떡해 그것도 남의 집에서

곤이 말했네

우리가 남이냐 너도 욕 잘하잖아

우리 반에서 너만큼 욕 잘하는 애도 없을걸

즐거운 생일날이었네

무츠키의 어머니는 말없이 안방으로 들어갔고

무츠키의 친구들은 와자지껄 음식을 해치우기 시작했지만

무츠키 혼자만 음식에 손끝 하나 대지 못했네

무츠키는 그동안 숨겨 왔던 자신의 정체를

어머니에게 들켜 버린 것 같아 괴로웠네

무츠키는 비밀을 누설한 친구 곤보다

생일상을 준비한 어머니가 더 미웠네

친구들을 집으로 부르지만 않았더라도

무츠키는 괴로울 일이 없었네

—「불붙은 작은 초 아홉 개」 부분

그의 초등학교 2학년 생일이었다. 엄마의 바람인지 자신이 원했
던 것인지 알 수 없지만, 같은 반의 친구 몇이 초대되었다. 작은 초
들이 나이와 같은 숫자대로 꽂혀 있는 케이크 앞에서 축하 노래를
부르기만 하면 제법 파티 분위기가 될 것 같았다. 그 순간 한 친구
가 욕을 했고, 욕을 지적하는 '무츠키'에게 욕이라면 네가 우리 반에

서 제일 잘하지 않느냐는 답변이 돌아왔다. 악의 없이, 친근함의 표시로. '무츠키'는 순간 평소의 자기와는 다른 모습을 엄마에게 들킨 것 같아 괴로워졌다. '무츠키'는 친구를 탓해야 할지, 저런 친구를 초대해서 파티를 열어 준 엄마를 탓해야 할지 알 수 없어 더 괴로웠다. 어쨌거나, 다시 한번 '무츠키'는 조금 더 달라진 '무츠키'가 되었을 것이다.

말하자면, 이렇다. '무츠키'와 다른 '무츠키'와, 또 다른 '무츠키' 사이에서의 괴로움. 이제, 당신에게 그 괴로움을 이해했는지 묻고 싶다. 나부터 이야기해 보자면, 이 같은 괴로움의 존재 자체를 생각해 보지 못했다. 행복과 같은 긍정적인 감정들은 종종 내면을 압도한 뒤에도 흘러넘쳐서 나를 확장시켜 나가지만, 괴로움은 이와 다르게 내면 안으로 깊이 파고들어 가 아주 작은 점에 도달하게 만든다고 생각했다. 괴로움과 직접 연결된 아주 작디작은 점 하나에 말이다. 그 작은 점을 뚫어져라 들여다보느라 결국 그 점 안에 갇혀 버린 나의 모습이 다시 나를 괴롭히고. 어쩌면 그래서 당신과 나는 잠을 줄이기도 하고, 때로 속마음과는 다른 웃음도 지으면서 열심히 살아왔는지도 모르겠다. 그 작은 점 하나쯤이야 무시하거나 덮어 버린다면 언제나 행복하게 살 수 있을 것이라고 믿으면서.

어느 날, 당신과 나는 임경섭 시인의 시집을 읽게 되었을 것이다. 단순히 『우리는 살지도 않고 죽지도 않는다』(창비, 2018)는 제목에 이끌렸을지도 모를 일이다. 살지도, 죽지도 않는다니. 시집이 손에 들어온 뒤에도 바쁜 일상 때문에 한동안 읽지 못하다가 펼쳐 든 시집 속에서 우연히 두 편의 시를 통해 '무츠키'를 만나게 된 것이다.

그날, 당신은 평소처럼 커피를 마시면서 사람들과 남의 흉을 보기도 하고, 또 같은 시간에 잠이 들었는지 문득 궁금하다. 그날의 나는, 시집을 좀 더 뒤적였다. 어쩌면 당신도 그리고 나도 그 나이 즈음에 겪었을 만한 특별할 것 없는 경험들인데, 유독 괴로워하는 '무츠키'를 좀 더 이해해 볼 수 있지 않을까 하는 마음으로.

우연의 순간들이 사건을 만들고, 만들어진 사건들은 당신과 나의 하루를 결정한다. 그러니까, 사실 당신과 나는 우연의 존재들이다. 당신의 일기에 오늘이 행복한 날로 적힌 것도, 나의 일기는 그렇지 않은 것도 우연일 뿐이다. 내일의 당신과 내가 정반대로 된다고 해도 이상하지 않은 것처럼. 그러니, 우연한 일이 벌어진 것뿐인데도 불구하고 작디작은 자신의 괴로움에 집착하는 것처럼 보이는 '무츠키'가 낯설지 않을 리 없었다. 그 낯선 괴로움이 궁금해서 나는 시집을 좀 더 읽다가 "어디에도 괴로움이 있지 않다는 게 괴로웠다"는 말도 만나게 되었다(「형벌」). 아무리 찾아도 괴로움이 없다면, 그럴듯한 하루를 보낸 것으로 여겨도 충분할 텐데. 그렇다면, 시인은 오히려 괴로움을 기다리고 있는 것인지 당신의 의견도 들어 보고 싶다. 기다리고 있던 것이 가까이, 너무 가까이 다가와서 두렵고 괴로워진 나머지 이제는 그것으로부터 도망칠 수밖에 없었다는 이야기에(「비행운」) 혹시 당신도 밑줄을 쳐 두었는지. 기대와 희망이 최대치가 된 그 순간을 괴로움의 양과 동일하게 만드는 수식에 골몰하고 있는 것처럼 보이는 임경섭 시인에 대한 나의 평가를 당신은 어떻게 생각하는지 묻고 싶다.

오늘은, 당신과 나 사이에 시인의 또 다른 작품들이 놓여 있다. 시인은 그간 자신의 수식으로 만든 답안을 찾았을까. 우연적 사건들의 어지러운 교차를 어떻게든 괴로움이 지속될 수밖에 없는 필연성으로 전환시켰던 시인의 인식은 어디에 도달할 수 있을까.

간단하면서도 복잡하고, 흐릿하면서도 선명한 이야기들이 지속되고 있어서 반갑고 난감했다. 우리가 읽은 시집에서 그랬던 것처럼, 당신과 나는 여전히 임경섭 시인의 작품이 붓질을 거듭한 유화처럼 느껴진다. 그의 시는 멀리서 보면 구분선이 명확해서 대상을 선명하게 표현한 그림처럼 보이지만, 어지럽게 덧칠해진 붓질이 일단 시선에 들어오고 나면 모든 경계선이 사라져 버린다. 멀리서 보고 있었던 그림을 자세히 확인해 보고 싶어 가까이 다가가면, 좀 전에 내가 확인했던 것들의 의미가 무산되어 버리는 경험이 마냥 유쾌하지만은 않다고 생각한다.

　　은영은 물살에 삐져나온 머리카락을
　　수영모 안으로 밀어 넣고 있었다

　　새로 산 실리콘 수영모는
　　은영의 긴 머리카락을 단단히 잡아 주었지만
　　삐져나온 것들을 정리하거나 수경을 고쳐 쓸 때마다
　　손가락 몇 마디에 낀 머리카락이 몇 가닥 뽑혀 나가기 일쑤여서
　　은영은 레인을 한 번 왕복할 때마다
　　레인 끝에 기대서서
　　조심스레 벗은 수경을 목에 걸치고
　　앞머리와 옆머리와 뒷머리를
　　차례로 수영모 안쪽으로 천천히 집어넣어야 했다

　　이미 여러 번을 왕복한 은영은 마지막 왕복을 위해
　　레인 끝에 서서 머리카락을 정리하고 있었다

자신의 뒷머리를 마지막으로 정리하며 은영은

물속에서 일렁이고 있는 타일들을 내려다보고 있었다

몇 번을 왕복했는데

일렁이는 타일들이 왜 이제야 보였을까

생각하며 은영은 뒷머리를 찬찬히 정리하고 있었다

머리를 정리한 은영은

마지막 왕복을 위해 물속으로 들어갔지만

물속에서 타일들은 더 이상 일렁이지 않았다

수영을 멈춘 은영이 몸을 돌려 물 밖을 내다보자

물 밖의 천장이며 천장의 철제 구조물이며 구조물에 매달린 조명이며

창문으로 들어오는 햇살이며 햇살 옆으로 지나가는 사람들이며

사람들의 그림자며 목소리며 하는 것들이

온통 일렁이고 있었다

　　　　　　　　　　　　　　　—「너는 나의 지어지지 않은 집」 전문

「너는 나의 지어지지 않은 집」에서 '은영'의 수영 장면이 그렇다. 당신은 어떤지 모르겠지만, 집 근처의 수영장에서 '은영'과 같은 행동을 하는 이를 만나는 것은 어려운 일이 아니다. 수영모를 고쳐 쓰고, 레인을 왕복하고, 다시 수영모를 고쳐 쓰고 또 레인을 왕복하고. 출근 전이나 퇴근 후에 수영에 골몰하고 있는 사람들의 모습을 보면 내심 대단하다고 생각한다. 몸을 움직이며 얻은 활력으로 주어진 하루를 살아가는 사람들이라니. 특히, 물살을 가르며 레인을 왕복하

고, 젖은 수영복을 밤사이 말렸다가 다시 챙겨 넣고 수영장에 나오는 사람들은 단순하고 명확한 삶의 예찬자처럼 보인다.

그런데, 어떤 순간에 '은영'도 알게 된 것이다. 자신이 열중하고 있는 행위와 상관없이 "물속에서 일렁이고 있는 타일들"이 있었음을. 겨우 수영장 바닥의 타일을 확인하기 위해 수영을 시작한 것은 아니지만, 타일 때문에 수영에 지장을 받는 것도 아니지만, 이제 최소한 '은영'은 수영을 하는 동안엔 볼 수 없는 '일렁이는 타일'에 신경이 쓰인다. 그리고, 물 바깥으로 나온 '은영'은 조금은 다른 '은영'이다. '은영'을 둘러싸고 있던 모든 것들이 일렁이고 있음을 알게 되었기 때문에.

그러니까, 당신에게 말하자면, '은영'은 자신이 지향하고 있던 삶에 어떤 이면이 존재하고 있음을 깨닫게 된 것 같다. '삶의 이면'이라니. 당신은 살짝 지긋지긋해져 손사래를 친다. 그리고, 삶의 이면이라고 해 봤자 '은영'의 삶에는 어떤 변화도 없는 것이 보이지 않느냐고 말하고 싶어 한다. 삶의 이면 따위는 사실 하나도 중요한 것이 아니라고, 단지 임경섭 시인은 불친절할 뿐이라고. 그래서 구체적인 삶의 모습을 보여 주지 않는 것이라고.

나도 당신에게 동의한다. 나는 시인이 불친절할 뿐만 아니라, 무책임하다고 생각한다. 당신에게 미안하지만, '삶의 이면'에 대해 조금만 더 말해 보려고 한다. 그리고 앞서 먼저 이야기를 나누었던 '무츠키'도. '무츠키'는 아무 탈 없이 성장한다. 하지만, 내심 스스로를 불행하다고 생각하고 있다. 사소한 사건들이 우연히 발생할 때마다 그것과 뒤섞여 있는 괴로움을 찾아내는 사람이라면 아마 그럴 것이다. 그 대신 자신이 책임을 져야 할 일을 나서서 만들거나, 남들에게 무엇을 강요하는 사람이 되지는 않았을 것 같다. 우연한 일들에마저 필연적으로 존재하는 괴로움을 누구보다 잘 알고 있는 사람이라면, 아마 그럴 것이다. 자신이 스스로 그 괴로움을 주는 사람이 될 수는 없었을 테니까. 그런 그를 두고 주변에서는 소심한 사람이라거나 좀 정이 없는 사람이라고 말들 한다. '무츠키'는 아무래도 좋다고 생각한다. 자신의 괴로움을 감당하는 것만으로도 바쁘니까.

이렇게, '괴로운 무츠키'는 무책임하다. '괴로운 무츠키'는 아침마다 열심히 수영도 하지 않을 것이다. '괴로운 무츠키'는 무책임할 수밖에 없고, 임경섭 시인은 무책임하게도 자꾸만 무책임한 존재들을 만든다. 오늘의 '은영'이 그렇다. '은영'은 오늘 왜 모든 것들이 갑자기 일렁이게 보이는지 알지 못한다. 나도 안다, 삶의 이면 따위가 손에 잡히지도 않는다는 것을. 하지만, 이제는 당신도 안다. 어쩌면 내일, 아니면 언제라도 '은영'은 수영을 시작한 뒤 처음으로 수영장에 가지 않을 것임을. 같은 시간에 같은 레인을 매일 수영으로 왕복하던 '은영'은, 그 일상 속에서 처음으로 자신이 져야 할 책임의 영역 바깥을 보게 된 것이다. 아주 우연히.

삶의 이면이란, 그냥 이런 것이다. 당신이 지긋지긋하게 생각했던, 거창한 진실이 숨어 있는 세계가 아니다. 그저 우연의 세계에 삶이 기대고 있음을 알게 되는 것뿐이다. 수영장에 가지 않은 아침, '은영'은 조금 괴롭다. 하지만, 아침 일찍 수영장에 다녀와서도 졸지 않고 열심히 일하는 자신과는 다르게 가끔씩 일과 시간에 사라져 탕비실에서 몰래 자고 오는 동료를 가자미눈으로 쳐다보지는 않는다. '괴로운 은영'은 어제보다 조금 더 무책임한 사람처럼 보인다.

우연에 눈을 돌리면, 뜻대로 되지 않는 삶이 괴롭기만 하다. 수영을 하면서도 타일이 신경 쓰이고, 레인을 한 번 왕복한 뒤 다시 수영장 바닥의 타일을 보는 방식으로서는 수영 실력이 잘 늘지 않는다.

아무리 수영을 열심히 한다고 하더라도, 그래서 어느 날엔가 같은 수영장을 다니는 사람들과 한강 건너기 대회에 참가하는 날이 온다 하더라도 자신이 어찌할 수 없는 수영장 바닥의 타일 한 장에 온통 신경을 빼앗긴 채 살아가야 하는 것이다.

하지만, 그만큼 우연은 책임을 강요하지 않는다. 그것은 당신이 더 잘 알 것이다. 세상이 온통 우연뿐이라면, 그래서 모두들 괴로워하는 방법을 잘 알고 있다면, 빌딩은 더 이상 올라가지 않을 것이고, 주식시장도 더 이상 열리지 않을 것이다. 더 이상 들여다볼 경제지표나 그래프상의 숫자들도 곧 무의미해질 것이다. 그것들은 모두 우연히 이루어진 것뿐이니까. 그래서 어느 날 신기루처럼 사라진다 해도 하나도 이상하지 않으니까.

그렇게, 임경섭 시인은 무책임하다. 당신이 불평했던 것처럼 임경섭 시인은 통장 입출금 내역이나 카드 명세표로 설명되는 삶을 보여주지 않는다. 그의 시는 그런 삶에서 자꾸만 도망치고, 자꾸만 우연들을 떨어뜨리고 다닌다. 행복하게 살려면, 좋은 직장을 다녀야 하고, 좋은 직장을 가려면 좋은 대학을 가야 하고, 좋은 대학을 가려면 공부를 열심히 해야 한다. 이 인과의 연쇄들이 행복을 보장하는 것이 아니라는 사실을 당신과 나는 잘 알고 있지만, 그런 말을 하는 누구 앞에서라도 자꾸만 고개가 끄덕여지는 것 또한 어쩔 수 없다.

임경섭 시인은 당신과 내가 고개를 끄덕이고 있을 때, 인과의 연쇄 속으로 우연을 집어넣어 우리 삶에 자꾸만 파산선고를 내린다. 가령, 당신과 내가 하루를 시작하기 위해 맞춰 놓는 알람이나(「종종」), 일기예보에 맞추어 미리 준비해 두는 옷차림 등에(「기록적 겨울」). 그의 파산선고 덕분에 당신과 나는 종종 지각을 하거나, 계절에 맞지 않는 옷을 입고 집을 나서게 된다. 그렇게 큰일은 아닐 것이다.

지각 한 번으로 직장에서 해고를 당하지는 않을 것이고, 계절에 맞지 않는 당신과 나의 옷을 신경 쓰는 사람은 아무도 없을 것이다. 그냥 우리는 조금 더 괴로울 수도 있고, 조금 더 무책임해질 수도 있을 뿐이다.

사실, 나는 이전에도 당신에게 무책임하게 굴었던 적이 몇 번 있다. 언제 얼굴 한번 보자고 조만간 밥이나 같이 먹자고 못 지킬 약속을 했고, 당신 덕분에 잘 지낸다는 근거 없는 인사도 했다. 무책임하게 말만 했던 나를 어떻게 생각했는지 당신에게 묻고 싶다. 당신과 만날 약속을 선뜻 잡지는 못했지만, 우연히라도 만난다면 밥은 꼭 내가 사야지 생각했다. 갑자기 돌아가신 내 아버지의 장례식장에 와서 불편한 책상다리를 하고 오랫동안 앉아 다 식은 국을 휘적이던 당신의 모습을 떠올리면, 왠지 힘든 하루가 그럭저럭 버틸 수 있다고 느껴졌다. 나는, 무책임하게 약속을 뱉으면서 당신과의 우연한 만남을 기다리는 시간을 좋아했다. 하지만 나는 여전히 무책임하고, 임경섭 시인의 시를 읽으면서 슬쩍 당신에게 말을 건넨 것이다. 당신을 앞에 둔 나의 괴로움은 고작 이 정도이다.

상실과 목소리들
—이은규의 시 세계

1.

문학이 개인적 감상의 차원이 아니라 객관적이고 논리적인 분석의 영역 안에 위치해 있다는 사실에 많은 사람들은 쉽게 동의한다. 이는 문학의 가치에 과학적으로 접근하고자 했던 20세기 초의 시도들이 소위 '신비평'이라 불리면서 지금의 우리에게도 잘 알려진 하나의 분석적 태도가 된 사실과 깊은 연관이 있다. 하지만 그와 같은 분석을 통해 도출되는 문학의 가치와 관련한 의견들에는 상당한 진폭이 존재한다. 그래서 때로는 가치에 대한 규정이 없는 상태로도 문학작품의 분석이 이루어지기도 한다. 학교교육의 현장에서 흔히 볼 수 있는 것처럼, 작품을 분석하는 기술의 연습이 오히려 가치판단을 대신하는 일처럼 여겨지는 것도 마찬가지이다. 말하자면 문학은 객관적 가치를 내세워 근대사회 안에 뿌리를 내리게 되었지만, 바로 그와 같은 이유로 인해 가치와 결부되지 않은 상태로도 존재하는 하나의 제도가 될 수 있었던 셈이다.

이 같은 태도에 큰 영향을 끼친 인물 중 하나인 리차즈(I. A. Richards)는 읽기 체험을 통한 독자의 반응에 초점을 맞추어 문학의 가치를 강조했다. 그는 문학작품에 대한 과학적 분석이 인식의 지적인 흐름만 강조하게 된다면 오히려 시 작품의 핵심을 간과하는 일이라고 경고한다. 실제로 시를 읽는 독자들은 내면에 받아들이는 말의 음과 상상적으로 발음한 말의 어감까지 모두 동원하여 인쇄된 기호를 넘어 존재하는 '통합적(full body)인 말'을 통해 작품을 이해하기 때문이다. 객관적 매체로서의 텍스트가 갖는 고유성에 비평적 관심을 집중했던 다른 사람들과는 다르게, 그는 독자와의 관계에서 만들어지는 정서적인 흐름(emotional stream)을 시의 본질로 파악했다. 이처럼 리차즈에게 문학, 특히 시의 가치에 접근하는 것은 지적 체계에 대한 분석뿐만 아니라 정서적 체계와의 감응이 이루어지는 복잡한 과정이었다. '중요한 것은 시가 무엇을 말하고 있는지가 아니라 바로 그 시가 무엇인지다'라는 유명한 그의 말 역시 감응의 주체이자 시문학을 구성하는 요소로서의 독자를 직접적으로 향하고 있는 것으로 이해할 수 있다.

독자를 중심으로 한 가치의 판단이 결국 지나치게 문학의 사회적 효용성을 강조한다는 지적도 있지만, 시문학에 대한 리차즈의 평가를 떠올리게 된 것은 최근 이은규 시인의 시집을 다시 한번 읽어 보게 되면서였다. 첫 시집 『다정한 호칭』(문학동네, 2012)을 읽었을 때부터 나는 그의 시를 단번에 좋아하게 되었는데, 정작 그 이유들을 말하고 나면 어째서인지 시에서 좀 더 멀어져 버린 것만 같은 느낌을 지울 수가 없었기 때문이다. 곰곰이 생각한 끝에 이은규 시의 매력을, 우리 시문학에서 전통적이라고 할 수 있는 소재들을 사용하면서도 그것의 미학적 완성에 관심을 두는 것이 아니라 힘겨운 삶의 모습을 겹쳐 기록해 두고 있기 때문이라고 어떤 글에 써 보기도 했다.[1] 하지만 그의 시를 읽어 가면서 생생하게 느꼈던 매력들이 여전히 문장 안에 담기지 않은 아쉬움이 생길 뿐이었다. 가령, 첫 시집에서 「조각보를 짓다」처럼 여러 번 꺼내 읽게 되는 작품을 앞에 둔 마음이 꼭 그렇다.

그믐, 공명 쟁쟁한 방에 외할머니 앉아 있네요 오롯한 자태가 새색시처럼 아슴아슴하네요 쉿, 그녀는 요즘 하늘에 뜬 저것이 해이다냐 달이다냐, 세상이 가물가물한다네요 오늘따라 총기까지 어린 눈빛, 오방색 반짇고리 옆에 끼고 앉아 환히 열린 그녀, 그 웃음 자락에서 꽃술 향이 피어나기는 어찌 아니 피어날까요 시방 그녀는 흰 땀 한 땀 시침질하며 생의 조각보를 짓고 있네요 허공 속에 자투리로 남아 있을 어제의 어제들 살살 달래며, 그 옆에서 달뜬 호명을 기다렸을, 아직 색스러움이 서려 있는 오늘의 오늘들을 공들여 덧대네요 때마침 그믐에 걸린 구름이 얼씨구 몸을 푸는데, 세상에서 제일 바쁜 마고할멈 절씨구 밤마실 나왔나 봐요 인기척도 없이 들어와서 그녀 옆에 척하니, 그 큰 궁둥이를 들이밀더라고요 그러더니 공든 조각보가 어찌 곱지 않으랴, 조각보에 공이 깃들면 집안에 복인들 왜 안 실리랴, 이러구러 밑지 않은 훈수를 두네요 마치 깨진 기왓조각으로 옹송옹송 살림 차리던 소꿉친구 모양새로 옆에 앉아서는 말이지요 마고할멈의 넓은 오지랖이야 천지가 다 아는 일, 그 말씀 받아 모신 그녀는 손끝을 더욱 맵차게 다독이네요 한때 치잣빛으로 터지던 환희들이 어울렁, 석류 잇속 손이 아린 화상을 점점들이 더울렁, 쪽빛 머금은 서늘한 기원들까지 어울렁

---

1 남승원, 「봄, 이후의 봄」, 『계간 파란』, 2020.봄.

더울렁 바삐 감침질되네요 생의 감칠맛을 더하던 갖은 양념 같은 농지
거리들도 착착 감기며 공그르기되더니, 이내 그 색들색들 어우러져 빛
의 시나위 휘몰아치네요 드디어, 우주를 찢고 한 장의 조각보가 첫선
을 탔네요 금방이라도 선율 고운 장단이 들썩이며 펄럭일 것 같네요
저만치 아직 조각보에 실리지 않은 시간들은 우화등선이라 적힌 만장
을 펄럭이며 서 있네요 어느새 자리를 털고 일어서는 마고할밈, 다 빠
져 버린 이빨 설겅설겅한 잇바디 내보이며 방짜유기 빛으로 쨍하게 웃
고요 외할머니야 그 조각보를 가슴에 안고 어린애처럼 좋아라, 술렁술
렁 일렁일렁거리네요 마침 장지문 밖에서 그믐달이 막 현빈지문(玄牝
之門)으로 드는 때 말이지요

　　　　　　　　　　　　—이은규, 「조각보를 짓다」(『다정한 호칭』) 전문

　작품을 읽게 된 누구라도 빠져들 수밖에 없는 아름다움에 대해 말
해 보기 위해서라면, 먼저 중심 소재로 등장하고 있는 '조각보'에 집
중해 보는 것이 좋을 것 같다. '조각보'는 우리가 익히 알고 있는 것
처럼 남는 천을 재활용해서 또 다른 용도로 사용하기 위해 만들어진
다. 그런 '조각보'를 만들고 있는 '외할머니'의 모습을 시인은 "생의
조각보를 짓고 있"다고 표현함으로써 우리 삶 속으로 다가오는 의미
의 전환을 이루고자 한다. 목표를 향해 무언가를 완성해 나가는 과정
을 인생이라고 여긴다면 우리는 살아가면서 만나게 되는 수많은 우
연들마저 득실을 따져 가면서 받아들이게 된다. 하지만, 이 작품에서
만나게 되는 삶의 과정은 '조각보'가 그런 것처럼, 원래의 목적에서
떨어져 나온 것들이 우연히 만나서 "한 땀 한 땀 시침질"되는 모습으
로 그려진다. 때로는 소통에 실패하거나, 의미를 찾을 수 없었던 우
연의 결과들이 모두 한자리에 모이는 것이 가능해지는 것이다.

조금 더 눈여겨본다면, 이 만남으로 만들어지는 삶의 모습이 차이의 소멸을 통해 새로운 목표를 형성하는 데에 있지 않다는 것도 알 수 있다. 조각보의 형상과 나아가 그것을 만드는 과정에 초점을 맞추고 있는 시인의 시선 덕분에 서로 다른 차이의 명확함이 두드러져 있는 만남 그 자체만으로도 충분히 아름답게 느껴지기 때문이다. 이제 '마고할멈'으로 대표되는 창세와 관련된 신화적 세계가 거침없이 끌어들여지면서 조각보와 그것을 만들고 있는 행위, 나아가 공간에 이르기까지 그 의미들은 보다 넓은 차원으로 확대된다. 만물의 출발점이 곧 끝없는 혼돈이었던 창세의 순간처럼 온갖 "환희"와 "기원", 그리고 "생의 감칠맛을 더하던 갖은 양념 같은 농지거리들"까지 모든 것이 뒤섞이고 얽혀 있는 "우주"적 의미들이 '조각보' 위에 겹쳐 놓이는 것이다. 모든 시적 정황이 결국 노자가 우주의 근본이라고 말했던 "현빈(玄牝)"에 집중되고 있는 것 또한 같은 방향에 시선을 둘 때 좀 더 명확한 이해가 가능하다.

그런데 이와 같은 논리적 이해의 끝에 우리가 손에 쥐게 된 것이 이은규 시인이 보여 주는 매력의 전부일까. 위에서 말한 것처럼 '조각보–인생–우주의 근원'으로 이어지는 일련의 논리적 과정은 그의 시를 이해하는 데에 분명 도움을 줄 수 있다. 하지만, 실제 이 작품을 읽어 가면서 우리가 느낀 매력들은 일상적인 우리 삶의 영역에서 지속적으로 경험(Erfahrung)된다. 이는 조각보를 짓는 등의 구체적 행위와 결부된 '외할머니'와 같은 존재를 가졌던 개인적 기억 때문일 수도 있고, 또는 형용사나 부사, 의성어와 의태어 등 곁가지 단어들이 만들어 내는 의미와 리듬의 풍성함에서 비롯될 수도 있다. 중요한 것은 리차즈가 말한 것처럼 이은규의 시는 무엇을 말하고 있기 때문에가 아니라, 우리가 하나의 시 작품이라고 인식하게 만드는 모든 요소들의 긴밀한 결합 그 자체로 존재하고 있다는 사실이다.

2.

이렇게 이은규 시인의 작품을 앞에 둔 채 내가 가진 말의 왜소함에 대한 변명으로 겨우 글을 시작할 수 있게 되었다. 그의 시는 인과율적 논리를 따르는 '쓰기'와, 작품과 직접적인 반응을 일으키는 '읽기'를 충돌시킨다. 말하자면, 그의 시들은 언제나 '독자'를 생성한다. 작품 전체를 설명하기 위해 인과율적으로 전개되는 논리에 얽매이는 것이 아니라, 작품의 안과 밖을 넘나드는 정서적인 흐름에 자유롭게 몸을 맡기는 독자들을.

일상적인 소재들을 사용하는 많은 시들이 그것의 구체성을 숨기는 것과는 다르게 그것을 전면화하고 있는 이은규 시의 특징 역시 같은 차원에서 이해해 볼 수 있다. 「수국과 바람구두」, 「납작복숭아」 그리고 「카스테라의 건축」에서 확인할 수 있는 것처럼 그는 언제나 중심 소재를 쉽게 확인할 수 있도록 내세워 작품 바깥의 구체적 일상들과 명확한 연결점을 만든다.

세상에서 가장 귀한 것이 무엇일까
그 대신 납작복숭아 한 알을 샀다
오래된 신화에서 영생을 안겨 준다던 열매
비밀의 문장에 밑줄을 그었기에

나는 한 사람의 입김에만 꽃피우는 나무
둥근 복숭아가 거짓말처럼 탐스럽다면
어쩐지 납작복숭아는 숨겨 놓은 마음

생각만으로 분홍이 차올랐나 번졌나

얇은 종이봉투에 담긴 복숭아가
도착하는 동안 상하지 않을까 아까워
한 발 한 발 조심조심 네게 걸어갔다
기다림을 기다려 주세요, 기다림을

―「납작복숭아」 부분

가령, 「납작복숭아」의 경우 그것의 형태에서 비롯된 시인의 인식
이 처음부터 펼쳐지는데 "둥근 복숭아가 거짓말처럼 탐스럽다면/어
찐지 납작복숭아는 숨겨 놓은 마음"과 같은 구절에서 볼 수 있는 것
처럼 형태의 대비를 통해 시인의 의도는 강조된다. 그 뒤로는 '복숭
아'를 통해 표현되는 시적 화자의 다소 복잡한 내면도 어렵지 않게
따라가는 것이 가능해진다. 그렇게 '복숭아'는 무른 성질 때문에 "상
하지 않을까 아까"울 정도로 조심스럽게 대할 수밖에 없는 애착의
대상으로, 또 때로는 신비하게까지 보이는 색상('분홍')으로 인해 "태
어나지 않은 아이"나 '부어오른 발등'처럼 작은 힘으로도 쉽게 상처
받는 여린 존재로 확장된다.
　하지만 이와 같은 과정도 결국 논리적 이해의 영역과 연관되어 있
다. 지금 우리가 이은규 시인의 특징으로 주목하고 있는 '독자'의 차
원에서 보다 강조되어야 할 것은, 반복적인 방식이라고 할 수 있는
문장 구조의 형태들이다. 이는 '같아서'처럼 어절의 반복을 기본으로
하면서도 "생각만으로 분홍이 차올랐나 번졌나", "기다림을 기다려
주세요, 기다림을" 또는 "이제 너는 없는 사람/너는 이제 없는 사람"
처럼 다양하게 변이되는 문장들을 말한다.

사실, 반복적 문장의 이형태들은 최근 그의 두 번째 시집 『오래 속 삭여도 좋을 이야기』(문학동네, 2019)에서도 광범위하게 확인할 수 있다. 시인이 공을 들이고 있는 이 문장들은 그 반복적 형태로 인해서 쉽게 눈에 들어오기도 하는데, 때로는 작품 속의 다른 구절들과 논리적으로 맞물려 있지 않을 때도 있다. 기능을 중심으로 이 문장들을 유형화해서 본다면 가장 먼저 의미를 강조하기 위해 단순 반복 사용된 것들과, 이와는 다르게 대체 가능한 다른 표현을 사용한 반복, 그리고 이미 사용한 문장의 어절 배치만을 변형한 뒤의 반복 등으로 살펴볼 수 있다. 여기서 눈여겨보아야 하는 것은 뒤의 두 가지 방식이다. 먼저, 대체 가능한 표현의 반복은 "분홍이 차올랐나 번졌나"에서 확인할 수 있듯이 앞서 사용한 단어를 통해 내린 의미의 판단을 유보시킨다. '차오르다'와 '번지다'가 반복됨으로써 '분홍'의 상태를 말하는 선택지가 되는 것이다. 사실 이와 같은 반복은 시적 화자의 측면에서는 의미의 손실을 감수해야 하는 번복이라고 할 수 있다. 어절 배치의 변형을 통한 반복도 마찬가지이다. "이제 너는 없는 사람"이라는 문장이 부사 위치에 변화를 준 뒤에 반복된다고 해도 실제 의미에는 변화가 없다는 점에서 역시 의미의 강도가 감소될 수밖에 없다.

요컨대 이은규 시에 보이는 반복적 문장 형태들은 의미의 손실 내지 감소라는 다소 아이러니한 결과와 관련되어 있다. 하지만 중요한 것은 바로 이 의미의 결손이 만들어지는 지점들을 따라 실제로 작품을 읽는 독자의 개입이 가능해진다는 사실이다. '납작복숭아'에 담긴 의미를 시인으로부터 이미 건네받은 뒤에라도, 표현이 반복되면서 최소한 소재에 담겨 있는 정서의 상태는 독자가 판단 내릴 수 있는 자유로운 영역이 되는 것처럼 말이다. 또한, 대상을 향해 이미 표현된 시적 화자의 마음도 어절 위치의 변화와 반복을 거치면 정서적 영역에 섬세한 차이가 만들어지는데, 이때 의미의 변화와 상관없이 다양한 정서를 감각하는 복수의 독자를 산출한다. 앞서 반복적 표현을 의미의 결손이라고 불러 본 것은 시적 화자의 관점에서만 발생하는 일이며, 그만큼의 결손은 결국 언어적 기호를 넘어 교감하는 독자와 직접 반응을 일으킨다.

3.

사실 독자와의 감응은 시 작품의 본래적 범주 안에서 벌어지는 일이라고 할 수 있다. 다만 이은규 시인의 경우 그것은 하나의 기법적인 쓰임이나 그로 인해 발생하는 부수적 효과로 우연에 맡겨지는 것이 아니라, 시의 목적이 된다.

> 해 질 녘 창가
> 둥근 탁자가 있습니다
> 천천히 데운 흰 우유가 있습니다
> 접시 위에 카스테라가 놓여 있습니다
> 나이테를 기억하는 나무 포크가 있습니다

로 시작하는 「카스테라의 건축」을 이 첫 장면에서부터 세심히 살펴보자. 시간적 배경에서부터 탁자 위의 사물들로 천천히 옮겨 가는 시인의 시선을 따라가다 보면, 우리 역시 자연스럽게 '카스테라'가 놓인 '탁자' 주변에 둘러앉은 사람들 중의 하나가 된다. 이어서 이은규 시인 특유의 감각적인 문장들은 "카스테라를 나눠 먹"는 사람들의 모습을 풀어낸다. 이를 통해 음식을 앞에 두고 누군가와 마주해

본 사람이라면 경험했을 법한 내면의 감정들이 읽는 독자의 경험과
적극적으로 공유된다. 따라서

> 아직 해 질 녘 창가와
> 탁자와 우유와 나무 포크와
> 노을과 카스테라와 설탕 알갱이가 있습니다만
> 이름이 지워진 안부를 수소문 중입니다
> 한 사람만 결석한 한 사람의 생일

이라는 마지막 부분의 진술에 이르렀을 때, 우리는 예상하지 못했던
장면을 만나게 된다. 첫 장면에서 음식을 차려 두며 누군가와의 만
남을 예비하던 모습이 사실 더 이상의 만남을 기약할 수 없이 상실
해 버린 대상을 향하고 있었다는 사실이 드러나기 때문이다. 결국
시인이 말하고자 했던 "카스테라의 건축"이란 상실한 대상을 향한
애도의 마음으로 "탁자와 우유와 나무 포크와/노을과 카스테라"를
매일 새롭게 준비하는 일과 다르지 않다는 것이 밝혀진다.

만남의 가능성이 제거된 기다림 속에서의 반복적 행위는 어쩌면
주체의 병리적 모습으로 받아들여질 수도 있다. 하지만 시인은 최
초의 만남에서 우연한 정보에 불과했던 "창가", "해 질 녘"이라는 요
소를 "하루 한 번 일용할 양식인 카스테라를 굽"는 필연적 조건('증
후군')으로 만든다. 따라서 수동적일 수밖에 없었던 기다림의 행위는
이제 상실을 이겨 내는 유일하면서도 가장 적극적인 방식으로 전환
되는 것이다. 직접적으로 상실의 대상을 향하고 있는 「봄편지」에서
"편지는 계속 씌여지는 중입니다"는 말이 강한 다짐으로 기억에 남
는 이유도 바로 여기에 있다.

시인의 진술 뒤에는 바로 이와 같은 힘이 자리하고 있다. 보다 정확히 말하자면, 이은규 시인의 진술은 곧 상실한 대상을 다시 부르는 연대의 힘에서 비롯한 목소리이다. 『오래 속삭여도 좋을 이야기』는 바로 이와 같은 목소리들로 가득 차 있기도 하다. 그것은 마치 공을 던지고 받듯 시인이 처음 던진 말이 끊임없이 움직이면서 되돌아오는 게임으로 그려지기도 하고(「캐치, 볼」), 미처 기록되지 못한 목소리들을 하나하나 되살려 기록하는 열망으로도(「채시(采詩)」) 또는 "바다" 밑에 갇힌 채 얼어붙어 수면 위로 올라오지 못하는 목소리를 꺼내기 위해 봄을 만드는 노력(「귀가 부끄러워」) 등으로 다양하게 기록되어 있다.

이때 중요한 것은 「어린 양의 분홍 발굽」에서처럼 시인이 그 연대의 목소리 안으로 독자를 정확히 겨냥하고 있다는 점이다. "우는 어린 양을 달래"기 위해서라면 자신에게 주어진 시간 전부를 내어주는 것도 아깝지 않은 그에게 시는 "주고받은 문장들을 이어 붙"여 만드는 "돌림노래"의 형식으로 태어난다.

4.

앞서 말했듯이, 이 글은 이은규 시인의 작품을 읽을 때마다 느낀 개인적인 아쉬움과 곤란함에서 시작되었다. 그의 문장들을 따라 읽다 보면 시적 대상을 바라보고 있는 내면의 감정이 극대화되어 가는 흔치 않은 경험을 하게 된다. 그러나 그것을 다시 글로 적어 나가는 과정에서는 정작 그 경험의 순간들과 멀어져 버리고 만다. 이와 관련해서 리차즈는 논리적 방식이 올바른 시적 접근이 아니기 때문이라고 말한다. 시는 논리를 넘는 복잡한 체계로 이루어져 있어 때로는 논리가 필요하기도 하지만 그때조차 정서적 반응을 우선 고려해야 한다는 것이다.

소중한 것들이 아무렇지도 않게 사라져 가고, 그 상실 위로 이해의 득실에 따라 소중함의 의미조차 새롭게 결정되는 현실에서도 시인은 '소중함'이 무엇인지를 말하지 않는다. 소중한 것들을 한순간에 빼앗겨 버린 자들의 목소리를 원동력 삼아 자신의 진술을 조바심내지 않고 묵묵히 이어 나갈 뿐이다. 따라서 어느 누구도 다른 사람이 느끼는 소중함에 대해서 그 이유를 강요할 수 없는 것처럼 이은규의 시는 언제나 논리를 벗어나 있다. 그렇게 이은규의 시는 누구에게도 납득시킬 필요가 없는 소중함 그대로의 모습이 되살아나는 시간을 꿈꾼다.

제4부

그라시아스 알 라 비다[1]
—박소란 시집 『심장에 가까운 말』(창비, 2015)

1. 불행의 부활

박소란 시인의 이름이 선명하게 기억에 남게 된 것은 2010년 봄이었다. 시인은 그 계절에 「용산을 추억함」이라는 작품을 발표했는데 여러모로 특징적인 인상을 주었다. 우선, 이제 막 시단에 발을 들여놓은 젊은 시인의 선택이라고 하기에는 조금 의외로 사회적 갈등을 정면으로 다루고 있다는 점이 그랬다. 시에서 사회적인 문제를 언급한다는 것이 그리 드물거나 낯선 일은 아니다. 하지만, 2000년대 이후 우리 시의 관심사가 현실 그 자체보다는 현실의 발전 논리를 받아들여 스스로를 착취하게 된 이른바 '성과 주체'의 내면 탐구에 보다 쏠렸던 점을 생각해 보면 박소란의 시는 그와 조금 다른 맥

---

1 Gracias a la vida. '삶에 감사한다'는 뜻의 스페인어. 반독재투쟁과 라틴아메리카의 음악 혁명(Nueva canción)을 이끈 아르헨티나의 가수 메르세데스 소사(Mercedes Sosa)가 부른 노래 제목으로 잘 알려져 있다. 누에바 칸시온의 어머니라 불리는 칠레의 비올레타 빠라(Violeta Parra)가 작사, 작곡했다.

락에 서 있었다.

모든 방향에서 시작되어 아주 미세한 부분에까지 작용하는 현실의 압력에 대응하기 위해서라면 대개의 젊은 시인들이 택한 분열된 주체의 시적 형상은 분명 효과적인 방법이라고 할 수 있다. 게다가 어느 정도 시인 스스로의 개성을 손쉽게 확보할 수 있는 방법이기도 하다. 하지만 박소란은 전통적인 서정적 주체를 전면에 내세우고 우리 주변에 떠도는 이야기들을 쏟아 내기 시작했다. 공동체의 가능성에 대한 믿음을 바탕으로 에두르지 않고 사회적 문제 속으로 파고들어 가는 그의 시는 새롭지 않기 때문에 오히려 특별하게 다가왔다. 첫 시집 전반에 걸쳐서 이와 같은 방식은 여전히 유효한데, 그것만으로도 이 새로운 시인에게 우리는 충분한 신뢰를 가져도 좋을 듯하다. 이 작품을 찾아 다시 한번 읽어 보았다.

폐수종의 애인을 사랑했네 중대병원 중환자실에서 용산우체국까지 대설주의보가 발효된 한강로 거리를 쿨럭이며 걸었네 재개발지구 언저리 함부로 사생된 먼지처럼 풀풀한 걸음을 옮길 때마다 도시의 몸 구석구석에선 고질의 수포음이 새어 나왔네 엑스선이 짙게 드리워진 마천루 사이 위태롭게 선 담벼락들은 저마다 붉은 객담을 쏟아 내고 그 아래 무거운 날개를 들썩이던 익명의 새들은 남김없이 철거되었네 핏기 없는 몇 그루 은행나무만이 간신히 버텨 서 있었네 지난 계절 채 여물지 못한 은행알들이 대진여관 냉골에 앉아 깔깔거리던 우리의 얼굴들이 보도블록 위로 황망히 으깨어져 갔네 빈 거리를 머리에 이고 잠든 밤이면 자주 가위에 눌렸네 홀로 남겨진 애인이 흉만(胸滿)의 몸을 이끌고 남일당 망루에 올라 오 기어이 날개를 빼앗긴 한 마리 새처럼 찬 아스팔트 바닥을 향해 곤두박질치는 꿈이 머릿속을 낭자하게 물

들였네 상복을 입은 먹구름 떼가 순식간에 몰려들었네 깨진 유리창 너
머 파편 같은 눈발이 점점이 가슴팍에 박혀 왔네 한숨으로 피워 낸 시
간 앞에 제를 올리듯 길고 긴 편지를 썼으나 아무도 돌아올 줄 모르고
봄은 답장이 없었네 애인을, 잃어버린 애인만을 나는 사랑했네

—「용산을 추억함」 전문

지나간 모든 것은 언제나 추억의 대상이 될 수 있겠지만 최소한
'용산'이나, 그리고 여전히 발생하고 있는 그와 같은 참혹한 일들에
'추억'이라는 표현은 어울리지 않는다. 따라서 시인이 '용산을 추억한
다'고 말했을 때 우리는 두 가지 사실을 동시에 받아들일 수밖에 없
게 된다. 하나는 그만큼 시대적 흐름의 속도가 빠르다는 점이다. 어
떤 사건이 발생했을 때 우리는 보통 그것의 해결에 골몰하지만, 현대
사회에서 시간의 제한을 두지 않은 문제 해결 방식은 비효율성이라
는 비난을 피하기 어렵다. 가치 있는 것은 뒤에 남겨진 것이 아니라
아직 다가오지 않았을 뿐이라는 발전에 대한 기대감으로 결국 우리
사회가 구성되어 왔다는 점이 이를 통해 드러난다. 그럼에도 '추억'
을 한다는 것은 어떻게든 그 흐름을 멈춰 세우고, 과거로 밀려가 버
린 사건을 다시 돌려세우고자 하는 의도가 그 나머지 하나이다.
　애초부터 인간에게 기억은 시간을 거스르는 유일한 수단이다. 우
리가 시간의 흐름을 주관적으로 변용하거나 편집의 과정을 거쳐 수
용하는 것이 가능한 이유도 바로 기억의 능력 때문이다. 구술적 전
승이든 문자를 통해 기록을 남기든 인간의 문화 역시 기억의 방식으
로 이루어졌다. 따라서 아스만(J. Assmann)의 말대로 집단적 기억은
고스란히 '문화적 기억'이라고 할 수 있다. 기억의 주체가 복수성을
가질 때, 그 기억은 사회적 차원에서 부여된 의미화 과정을 거쳐 후

대로 이어지기 때문이다. 이때 의미가 부여된 기억이란 단순히 집단
적이거나 관습적인 의사소통의 차원을 넘어, 제의(祭儀)적 표상성을
가진 문화가 된다.

　문학 역시 문화적 기억으로 이루어진 결과물의 일종이라고 할 수
있다. 특히 시문학은 소설과 달리, 시간의 흐름 속에 일정한 이야기
를 배치해야 하는 서사적 운명을 거부할 수 있는 내적 주관성을 그
특징으로 한다. 무인(巫人)이 처한 이중의 위치 즉, 제의를 주관하는
직업인인 동시에 그 속에 가공되어 전달되는 집단적인 기억을 끄집
어내 소통시켜야 하는 처지를 흔히 시인에 비유하는 것도 이러한 타
당성을 가지고 있다. 어느 순간부터 집단의 기억보다는 개인적인 목
표를 달성하기 위해 살아가게 된 현실에서 '용산'을 '추억'하고 있는
박소란의 작업은 바로 이와 같은 무녀의 역할을 떠올리게 한다. 특
히, 추억의 대상을 "폐수종의 애인"으로 호명한 뒤 "중대병원", "용
산우체국", "한강로", "대진여관", "남일당"과 같이 구체적인 장소와
결부시킴으로써 세상에서 한번 사라졌던 존재들은 주체적 특질을
고스란히 간직한 채로 환원된다. "잃어버린 애인만을 나는 사랑했
네"라는 시인의 다짐과도 같은 독백이 강하고도 오랜 울림으로 우리
곁에 남게 되는 것처럼 말이다.

　이처럼 죽은 자에 대한 '추억'은 문화적 기억의 인간학적 본질이
다. 제의의 기원적 형태가 죽은 자의 이름을 기억하고 불러내 현실
의 우리와 연결하는 방식에서 유래된 것도 같은 이유라고 할 수 있
다. 시모니데스(Simōnidēs of Ceos)의 일화를 생각해 보면 쉽게 이해할
수 있듯이 시인 고유의 기억술은 궁극적으로 망자를 추모하는 방식
과 다르지 않다. 이때 놓치지 말아야 할 것은 그 주체가 "기어이 날
개를 빼앗긴 한 마리 새처럼 찬 아스팔트 바닥을 향해 곤두박질"칠

수밖에 없게 한 현실의 모순이 동시에 자각된다는 점이다. 따라서 현실의 거리를 걷고 있는 우리는 과거의 죽은 자와 더불어 "도시의 몸 구석구석에"서 같은 병을 앓고 있는 존재들이 된다. 이렇게 "도시를 떠나지 못한 혼령처럼 서 있"는(「아현동 블루스」) 시인의 '추억'을 따라가다 보면 '용산', 그리고 우리가 걸음을 옮기는 도시의 공간 전부가 현실의 속도에 덮여 있던 균열들을 오롯이 기억하는 장소로 변모하는 놀라운 경험을 하게 된다.

2. 체념을 공유한다는 것

그렇다면 박소란의 시를 읽기 위해서 우리 역시 작은 용기를 내보는 것이 옳은 일이겠다. 낡고 버려신 것이나 아프고 병든 것들에 대한 관심을 숨기지 않고 드러내는 시인을 따라가는 일은 결국 속수무책으로 무너져 내리는 마음의 고통을 사실상 다시 한번 겪는 일과 다르지 않기 때문이다. 가령 시인은 「용산을 추억함」을 시집에 싣는 과정에서 문장대로 행을 구성했던 발표 당시와 달리, 행과 연 구분을 하지 않는 것으로 수정했다. 그렇게 함으로써 다소 낭만적으로 들리던 종결어미의 기능은 한층 약화되고, 시인의 언급을 따라가는 일이 보다 힘들게 느껴진다. 시인이 체감하는 현실의 변화가 그만큼 더디게 이루어지고 있음을 반영하고 있기 때문이다. 따라서 누군가를 진정으로 위로하는 것이 가능하다면, 더구나 그 대상이 "천천히 식어 버리고 말 것들"이라고 한다면(「만두를 좋아하지 않는 사람처럼」) 무엇보다도 먼저 식어 가는 온도를 따라 같이 체념할 수 있어야 할 것이다. 덥혀 주기 위해 섣불리 다른 온도의 우월함을 내세우기 이전에 말이다. 그것에 공감할 수 있다면 우리는 다음과 같은 지독한 '체념'을 만나게 된다.

희망과 야합한 적 없었다 결단코
늘 한발 앞서 오던 체념만이 오랜 밥이고 약이었음을

고백한다 밤낮 부레 끓는 숨과 다투던 폐암 말기의 어머니
악착같이 달아 펄떡이던 몸뚱이를
일찍이 반지하 시린 윗목에 안장한 일에 대하여
마지막 구원의 싸이렌마저 함부로 외면할 수 있었던 조숙한 나약함
에 대하여
방 한 귀퉁이 싸구려 산소호흡기를 들여놓고
새벽마다 동네 장의사 명함만 만지작거렸다
그 어떤 신념보다 더욱 견고한 체념으로, 어김없이 날은 밝아
먼 산 기울어진 해도 저토록 가쁘게
가쁘게 도시의 관짝을 여밀 수 있었음을 알았다 습관처럼
사랑을 구하던 애인이 어느 막다른 골목에서 뒷걸음질쳐 갈 때도
시험에 낙방하고 아무 일자리나 찾아 낯선 가게들을 전전할 때도
오로지 체념, 체념만을 택하였다 체념은 나의 신앙
그 앞에 무릎을 꿇고 자주 빌었으며 순실히 경배하였다
체념하며 산 것이 아니라 체념하기 위해 살았다 어쩌면
이제 와 더 깊이 체념한다 한들 제 발 살 려 다 오
끝까지 매달리던 어머니의 원망 같은 무덤이 핏빛 흉몽으로 솟아오
르고
안부조차 알 길 없는 애인이 허랑한 시절이 막무가내로 뺨따귀를 갈
긴다 한들
행여 우연히 한 번쯤 더듬거리듯 옛날을 불러세운다 한들
절망은 여전히 온 힘을 다해 절망할 것이고

나는 기어이 침묵으로 순교할 것이다 다시 체념을 위하여

도망치듯 나를 여기까지 끌고 온 굳센 체념을

—「체념을 위하여」 전문

중심 이야기는 "폐암 말기의 어머니"와 절망적인 상황에서 간병을 맡고 있는 '나'와의 사이에서 벌어지고 있다. 하지만 실제 작품은 그리 단순해 보이지 않는다. 특히, 모순어법인 "조숙한 나약함"과 "굳센 체념" 사이에서 벌어지는 의미의 충돌들은 시 전체에 걸쳐 시적인 의미와 현실적 장면과의 대립에서 비롯되는 긴장감으로 확대되면서 이 작품을 보다 중층적으로 만든다. 가령, "제 발 살 려" 달라는 간절한 외침과 그런 어머니를 "반지하 시린 윗목에 안장"할 수밖에 없는 사정으로 말미암아 차라리 "체념"을 선택하게 된 화자의 개인적 고백을 우선 따라갈 수 있다. 죽음을 앞둔 근친을 바라보면서 "동네 장의사 명함만 만지작거"리는 화자의 무능력함과 비인간적인 면모를 비난하는 일상적 판단에 쉽게 동의할 수도 있다. 아니면, "싸구려 산소호흡기"밖에 가질 수 없게 만든 사회의 비정함을 지적할수도 있다. 하지만, 그러고 나면 어째서 자신의 나약함을 조숙하다고 말하고 있는지, 체념은 또 왜 군세다고 믿고 있는지를 알 수 없게 된다. 시의 전체 진술을 지탱하고 있는 "체념하기 위해 살았다"는 고백의 진의 역시 미궁에 빠지게 되는 것은 물론이다.

우리에게는 앞서 지적한, 집단의 기억을 되살려 이제는 잊힌 존재들을 현실로 다시 소환하는 박소란 시인 특유의 방식을 따라가 보는 일이 남아 있다. 그러면 그 순간, "폐암 말기의 어머니"는 "반지하 시린 윗목"에서 '용산'이나 '대추리' 또는 '강정'으로, 때로는 '진도'나 아예 불특정의 높은 '굴뚝' 어디라도 전화(轉化)하는 장면을 목격

하게 된다. 그리고 시인이 언급하는 "체념"과 "나약함"은 우리가 살아가면서 느끼고 있는 실제의 감정들과 직접적으로 맞닿아 있는 것임을 알게 된다. 누군가의 죽음을 목격하면서도, 심지어 그 죽음이 내가 곧 맞이할 방식과 동일하다는 것을 알면서도 지금의 삶을 지속시키기 위해 선택하는 유일한 방법으로써 말이다. 다른 사람의 죽음 앞에서 "마지막 구원의 싸이렌"을 "외면"하는 "나약함"이, 그리고 '살려 달라'는 타인의 간절한 외침에도 손을 내밀지 못하는 "체념"이 결국 우리의 삶을 유지하고 있다는 아픈 진실이 드러난다.

여기에서 박소란이 제시하고 있는 "굳은 체념"은 그대로 우리 시 안에 자신만의 개성적인 자리를 마련한다. 그것은 피해자와 가해자를 구분하는 이분법적인 태도나 다분히 수사적으로 역설적 희망을 노래하고자 하는 의도와 관련이 없다. 오히려 사회적 갈등의 이해 당사자와 그 갈등을 품고(또는 외면하고) 살아가는 일상인 모두에게 동일한 크기의 "체념"을 그대로 다시 돌려주는 데에서 비롯한다. 이 같은 시인의 목소리는 분명 낯설지만 진실하다. "시험에 낙방"하며 지내는 자에게 필요한 것은 다시 도전해 보라는 헛된 "신념"이 아니라 "아무 일자리나 찾아 낯선 가게들을 전전"하게 만드는 "체념"이라는 것을 우리가 이미 알고 있듯이, 시인 역시 자신의 일상에서 힘겹게 길어 올리고 있기 때문이다.

3. 다만, 한 줄기 빛

박소란의 시집은 체념과 고통의 등고선으로 가득 찬 일상을 그려낸 지도이다. 그것은 버려진 존재가 내는 원망의 목소리에서도(「오기타여」), 누구도 사랑할 수 없기에 결국 누구든 사랑할 수 있겠다는 절망적 다짐 속에서도(「돌멩이를 사랑한다는 것」) 또는 울기 위해 마련한

방을 따로 가지고 있는 존재를(「울음의 방」) 통해서도 확인할 수 있다. 특히,

　내 집은 왜 종점에 있나

　늘

　안간힘으로
　바퀴를 굴려야 겨우 가닿는 꼭대기

　그러니 모두
　내게서
　서둘러 하차하고 만 게 아닌가

—「주소」 전문

　이런 시인의 직접적인 고백은 자꾸만 끄집어내 다시 읽어 보고 싶어진다. 읽는 순간 누구나 어렵지 않게 공감하게 될 이 작품에서 우리는 무엇보다도 먼저 시인의 상처를 분명히 확인할 수 있게 되기 때문이다. 그리고 "늘", "안간힘", "겨우"로 이어지며 발산되는, 우리 삶의 모습과 닮아 있는 어떤 간절함은 짧은 분량으로도 우리 마음을 붙드는 원동력이 된다. 시인이 나열하는 고통의 목록에 기꺼이 지속적인 동참을 하게 되는 것도 여기서 비롯한다. 그리고 그 목록의 어디쯤에서 다음과 같은 장면을 만나게 된다.

　연인이 밥을 먹네

헝클어진 머리통을 맞대고 늦은 저녁을 먹네

주방아줌마 구함 벽보에서 한 걸음 물러나 정수기가 놓은 맨 구석
자리에 앉아

푸한 김밥 두어 줄 앞에 놓고 소꿉을 살듯

여자가 콧물을 훌쩍이자 그 앞으로 쥐고 있던 냅킨 조각을 포개어
내미는

남자의 부르튼 손이 여자의 붉어진 얼굴이

가만 가만 허기를 달래네

때마침 식당 앞 정류장에 당도한 파주행 막차

연인은 김밥처럼 작고 동그란 눈으로 젓가락질을 멈추네

12월의 매서운 바람이 잠복 중인 바깥

버스 뒤뚱한 꽁무니를 넋 없이 훔쳐보다 이내 버스가 떠나자

그제서야 혓바닥 위에 올려 둔 김과 밥의 부스러기를 내어 재차 오
물거리네

흰머리가 희끗한 주인은 싸다 만 김밥 옆에서 설핏 풋잠에 들고

옆구리가 미어지도록

연인은 밥을 먹네 김밥을 먹네

—「김밥천국」 전문

　　지금 이 시간에도 도시의 한 귀퉁이에서 분명히 벌어지고 있을 이
연인들의 식사는 처연하다. 역설적 이름으로 우리 사회에 자리 잡은
"김밥천국"에서의 식사는 어쩔 수 없이 하나의 상징이 된다. 하지만
"막차"가 불러일으키는 희망의 마지막 불씨마저 거부하고 "오물거
리"는 일에 집중하는 연인들의 모습은 체념의 모습 그대로 삶을 지
속시키는 생생한 의지를 보여 준다. 이 장면이 그대로 "천국"일 수

있다면, 그것은 오로지 "김밥 옆에서 설핏 풋잠에" 든 "주인"에게까지도 동일하게 배분된 일상의 체념과 고통 때문이다.

아주 오랜만에 우리에게 다시 도착한 듯 익숙한 이 장면은 분명히 우리의 마음 한켠에 아름다움을 불러일으키며 미약하나마 희망과 다시 겹쳐진다. 어째서 그것이 가능해지는 걸까. 자신이 살아가는 사회의 단면을 사실적으로 포착하기 위해 노력한 호퍼(E. Hopper)의 그림에서 도움을 받을 수 있을지도 모르겠다. 잠에서 덜 깬 듯 몽롱하고 멍한 얼굴의 사람들. 누구와도 가벼운 인사조차 나눌 생각 없이 굳게 입을 다물고 있는 표정. 그리고 그들을 압도하기 위해서 존재하는 것처럼 보이는 도시적 풍경들. 호퍼의 그림은 박소란 시인이 그리는 도시의 절망적 풍경과 닮아 있다. 그리고 무력감과 고통 속에 처해 있으면서 타인의 공감마저 기대할 수 없는 공통점을 가진 인물들의 모습에서 우리는 어렵지 않게 스스로의 모습을 발견하게 된다.

하지만, 이 둘 모두 정작 보는 사람들의 마음을 사로잡는 것은 한 줄기의 빛이다. 그림 속에서 어둑한 방 안의 침대에 걸터앉아 있는 여인에게나 또는 늦은 시간까지 커피 한 잔을 앞에 놓은 채 식당에 있는 사람들에게는 어김없이 빛이 비치고 있다. 마찬가지로, "여자가 콧물을 훌쩍이자 그 앞으로 쥐고 있던 냅킨 조각을 포개어 내미는" 장면에서 우리는 투박한 사랑이 어느 순간 작은 위로로 아름답게 빛나고 있음을 발견한다.

절망적인 상황들을 끊임없이 되살려 고통의 현장으로 재현하는 데 힘쓰고 있는 박소란의 목소리를 외면할 수 없게 만드는 힘은 바로 여기에서 비롯한다. 그는 시라는 탐침을 들고 현실을 횡단하는 모험가가 아니라, "내 아버지가 나고 자란 마을"을 벗어나지 않은 채 그 "낯모를 슬픔"까지 고스란히 계승받는 고통의 적자(嫡子)이다(「지익」). 우리가 그를 따라 도달한 '체념'의 현장에서 절망과 동시에 그 속에서도 지속되어 온 평범한 우리 삶의 가치를 발견하게 되는 것도 바로 이 때문이다. 그 순간 시인이 애써 그려 보여 주는 풍경들은, 그리고 그것과 꼭 닮아 있는 우리의 삶은 어느새 그럭저럭 살 만하지 않겠느냐는 위안으로 빛나게 된다. 사람들 사이에서 살아 숨 쉬는 시문학이 발할 수 있는 가장 미약하지만, 가장 반짝이는 빛으로 말이다.

삶은 계속되어야 한다, 악몽과 더불어
—김사람 시집『나는 이미 한 생을 잘못 살았다』(천년의시작, 2015)

김사람의 시집은 거대하고도 정교하게 짜여진 한 편의 악몽을 재현하고 있다. 이를 위해 그는 주체가 바라보는 대상의 이미지들을 절단하거나 훼손하기도 하고, 알아차리는 것이 불가능할 정도로 삶과 죽음의 순간들을 뒤섞어 놓기도 한다. 그 위로 마치 시인의 본질에서 우러나온 것처럼 보이는 음악적 기능들과 요소들이 자유롭게 덧입혀지는 순간도 있다. 그럴 때면 우리는 이내 어떤 규칙성(이해 가능 여부와 상관없이 음악이라는 장르에서 비롯하는)에 몸을 맡기기도 하지만, 어느새 그의 시들은 다시 한번 격렬하게 몸을 뒤척여 순식간에 뒤죽박죽의 악몽으로 돌변한다. 아니, 정확히 말해서 되돌아간다.

이 악몽의 전체적인 구조나 또는 발원의 지점을 알아내는 일은 불가능하게만 보인다. 그가 보여 주는 악몽은 침대 머리맡에 붙박인 무기력한 가상이 아니라 우리의 삶과 동일한 패턴으로 얽혀 꿈틀대는 현실적 운동력을 가지고 있기 때문이다. 기본적으로 꿈이 현실로 돌아오는 순간에 종말을 맞이할 수밖에 없다면, 김사람의 악몽은 현실을 정확히 자각하는 그 지점에서 새롭게 엄습해 온다. 게다가 불친절하게도 이 시집에는 안으로 들어갈 수 있는 입구도, 또 그것으로부터 벗어나기 위해 도약할 수 있는 어떤 발판도 존재하지 않는 것처럼 보인다. 섣부른 판단일지 모르겠지만, 시인조차 그것을 염두에 두고 있지 않아 보인다. 하지만 "죽은 것들만 생각하다 죽어 갔다"는(「백워드마스킹」) 선언으로 자신의 시집을 마무리함으로써, 자신이 애써 준비한 의미들이 완성되어야 할 바로 그 자리에서 해체와 재반복을 다짐하고 있는 장면을 접하고 나면 섣부르게만 여겼던 판단에 어느 정도 확신을 얻게 된다.[1]

그의 작품은 이처럼 우리에게 아주 오래간만에 도착한 '진짜 악몽'이다. 그것을 확인하기 위해서라면 지금 손에 들고 있는 시집의 아무 곳을 펼쳐도 충분한 결과를 얻을 수 있겠지만, 「장 님, M씨는, 밤 을, 무 서 워 한 다,」에서 그것을 보다 선명하게 볼 수 있다.[2] 제목에서 알 수 있는 것처럼 시인의 인식은 '밤을 무서워하는 장님'의

---

[1] 이 작품의 중심 '악몽'을 요약하(는 것이 가능할지 모르겠지만 최대한 해 보)자면 '시인이 되고 싶어 계속 시를 쓰지만, 스스로 생각해도 쓸모가 없어 보이는 시를 쓰는 행위의 반복'이라고 할 수 있다. 시인에게라면 당연히 가장 끔찍할 이 악몽의 세계를 통해 시집 전체를 관통하는 자신의 생각을 보다 선명하게 보이도록 준비하고자 했다면, 마지막에 배치한 이 작품에서나마 스스로 재현하고 있는 이 꿈과 현실의 관련 여부를 보다 분명하게 강조하는 것이 나았을지도 모르겠다. 그렇다면 우리에게 그의 악몽은 그저 가사를 잘못 들은 것처럼 단순한 몬더그린(Mondegreen) 현상에서 비롯된 것으로 축소되는 동시에 이해의 세계로 한 걸음 나아갈 수 있었을지도 모르겠다. 그러나 시인은 자신의 작업 전부를 '백워드마스킹(backward masking)'의 작업으로 분명하게 치환함으로써 출구 없는 그의 악몽에 대한 우리의 확신을 재확인해 준다.

[2] 다시 한번 분명하게 말해 두고 넘어가자면 우리가 확인할 것은 악몽의 모습 그 자체일 뿐, 원인이나 구조 등 악몽의 실체와는 관련이 없다. 뻔한 이야기를 덧붙이는 것 같지만, 실체를 확인하는 순간 악몽은 더 이상 악몽일 수 없기 때문이다.

그것과 동일하다. 즉, 그에게 '무서움'이란 아무것도 보이지 않는 데에서 비롯되고, 앞이 보이지 않는 '장님'이기 때문에 영원히 반복될 수밖에 없는 것이다. 그런데 문제는 '장님'에게 무서움을 유발하는 "밤이 오는 증거"가 "소리들이 멀어져 가는 것"이라는 점이다. 이것은 일차적으로는 '밤=공포'라는 시적 구조를 지탱하고 있지만, 동시에 '밤≠음의 소거'라는 보편적인 인식을 덧붙이게 만듦으로써 결과적으로는 '밤≠공포'라는 공식을 완성한다. 결국 이 작품 안에서 드러나고 있는 공포와 우리가 작품을 통해 인식하게 되는 공포 모두는 불확실하고 우연적인 조건에 의해 생성되고 있지만, 맹목적으로 신뢰할 수밖에 없는 조건을 만나면 그저 끝없이 이어지는 운명적인 것으로 변화하고 심화된다.[3] 더구나 극도의 무서움과 맞닥뜨린 현실에 대해 화자가 보여 주는 행위가 그저 "눈을 부릅"뜨는 것이라는 마지막 진술에 이르면, '장님'이라는 화자의 현실을 감안했을 때, 마치 이야기의 끝에서 그 전부를 거짓말로 만드는 농담을 만난 것과 같은 기분이 든다.

그렇게 보자면 「밴드 만들기」 역시 같은 맥락으로 읽어 보는 것이

---

[3] 여기서 작품의 형태적 특징을 빼놓을 수 없다. 시인은 이 작품에서 글자의 모양과 크기를 다양하게 조절하고(5종류 크기의 글씨를 자유롭게 선택, 사용하고 있는데 다소 규칙적인 변형으로 느껴지기도 한다), 또 비정상적으로 쉼표를 사용하는 등의 방법으로 문법적 규칙을 의도적으로 어긋나게 만들면서 불안과 공포를 조장하고 있다. 이 작품에서 쉽게 확인할 수 있는 것처럼 그것이 시각적인 특성만을 이르는 것은 아니지만, 손쉽게 확인할 수 있는 방법임에는 틀림없다. 물론, 활자의 조형적 가공이나 문법 기준의 거부라는 방식이 완전히 새로운 것은 아니다. 그럼에도 '왼쪽에서 오른쪽으로 쓰기, 같은 크기의 글씨로 쓰기, 문법 기준을 지키기' 등의 보편타당한 원칙 내에서 소통되는 방식의 글쓰기가 그 현실과의 관련성을 뛰어넘는 '악몽'을 보여 줄 수 없다는 인식을 환기하는 것은 물론이다. 또 뻔한 이야기를 덧붙이자면, 보편적으로 받아들여질 때 악몽은 더 이상 악몽이 아닐 것이다.

가능하다.[4] 밴드를 만들기 위해 무려 "33년째 구인 중"인 이야기는 전체 시집 중에서 비교적 쉽게 읽히는 편에 속한다. 각 모집 분야에 맞추어 연락이 오는 대로 사람들을 만나서 면접을 보는 대화들로 구성되어 있는데, 예상대로 그 "오디션 얘기"들은 좀처럼 같은 결론을 향하지 못하고 처음부터 끝까지 일관되게 어긋나 있다. 결국 밴드를 만들고자 한 목표는 (또 예상대로) 실패로 돌아가고[5] 화자 스스로 그 목표를 바꾸어 새로운 결론이 "■"라는 기호로 분리된 단락을 통해 제시된다. 그 새로운 목표란 다름 아닌 "♧∑♨∫☜우 만들기"이다. 여기에 일정한 의미를 부여하는 것은 얼마든지 가능한 일이다. 게다가 기호들로 이루어진 이 새로운 목표는 심지어 주체의 자리와 대상의 자리를 구별하지도 않는 자율성을 가지고 있다.("♧∑♨∫☜우 이/가 나오는 분들과 ♧∑♨∫☜우을/를 만들겠습니다.") 그렇다면, 기호들로 제시된 목표들이야말로 근대적 주체에 의해 설정된 모든 가치들을 부정하면서 새로운 지평을 향하고 있는 최근의 공동체 탐구, 이른바 '공동체의 부정신학'(아즈마 히로키)적 태도에서 비롯하는 의미들과 최대한 나란히 놓여 있다고 볼 수 있다.

하지만 김사람의 시가 불확실성에서 비롯되는 것들의 반복을 제외한 그 어느 것에도 목표를 두고 있지 않다는 것은 이미 확인한 바 있다. 이 작품에서도 마찬가지이다. 시인은 해석의 관점이 부여한 의미에 포박되지 않는 움직임을 분명하게 보여 준다. 가령, 이 작품에는 작품 세계의 바깥에 존재하는 '실제 시인'의(것으로 보이는) 연락

---

4 일정한 의미 체계를 갖추는 것을 말하는 것이 아니라, 앞서 언급한 '출구 없는 악몽'의 지속적 체계를 말한다.

5 "구인 중"이라는 고백을 통해 알 수 있는 것처럼 보다 정확히 하자면 '실패를 하고 있는 중'일 뿐, 실패라고 확정할 수 있는 근거는 사실 찾아볼 수 없다.

처가 적혀 있다.[6] 그것은 「밴드 만들기」가 실제 시인의 고백이자, 최소한 실제 광고라는 항변의 목소리처럼 들린다. 따라서 앞서 확인한 것과 마찬가지로, 작품으로서의 '밴드 모집 공고'는 실제 시인-목소리의 틈입에 의해 그 어떤 의미라 할지라도 구성되지 못한 채 산산히 부서져 버리고 만다. 이처럼 밑도 끝도 없지만, 반면에 또 아주 작은 우연성으로부터도 힘을 얻어 지속되는 악몽이 김사람 시인이 보여 주고 있는 세계의 고유성이라고 할 수 있다.[7] 최소한의 정의를 내리는 측면에서 말하자면, 『나는 이미 한 생을 잘못 살았다』는 시인이 스스로 꿈꾸면서 지속시키고 있는 세계를 지켜 나가기 위한 여정에서 그것을 가능하게 만들어 주는 힘들과 우연히 만난 기록일 뿐이다.[8]

---

6 작품에는 전화번호가 두 번, 이메일 주소가 한 번 적혀 있다. 해설을 위해 출판사에서 작품을 넘겨받으면서 우연히 알게 된 시인의 이메일 주소와 일치해서 놀랐다. 전화번호도 확인해 보고 싶었지만, 직접 전화를 걸어 볼 용기는 내지 못했다. 만일 전화를 걸어서 '공동체의 부정신학' 운운했다면 시인의 육성으로 욕을 먹었을지도 모를 일이다.

7 네 개의 장으로 구성된 이 시집의 편제 역시 눈여겨보아야겠다. 언뜻 일별해 보아도 시인의 꼼꼼한 의도 아래 배치되어 있다는 점을 알 수 있다. 하지만, 안타깝게도 여기에서 그것을 분명하게 지시할 만한 일관된 운동성을 나는 찾지 못했다. 그리고 그 순간 안도했다. '악몽을 지속시키는 힘들과의 우연한 만남과 그 기록'이라는 앞선 언급이 최소한 진실이라는 것을 스스로 확인하는 순간이었기 때문이다. 이제, 뻔한 이야기들이 덧붙어 가는 것이 지겨울 수도 있겠지만, 일관성을 갖춘 것은 당연히 더 이상 악몽의 역할을 수행할 수 없을 것이다.

8 그럼에도 그 힘들의 계열체를 언급하는 것은 작품들을 수용하는 기능적 측면에서 가능한 일이라 할 수 있겠다. 시인은 대략 다음과 같은 힘들이 악몽을 지속시킬 수 있다고 보는 듯하다. 먼저, 어떤 방식으로든 잘라 내고 이어 붙여 대상과 주체를 견주어 보는 것(첫 번째 장), 다음으로는 그 방식을 통해 대상과 절합(articulation)된 주체가 이질적으로 변해 버린 자신의 모습을 들여다보는 것(두 번째 장), 그렇게 완성(?)된 새로운 주체 스스로의 기능적 테스트와 그 실패(세 번

불확실한 현실, 그리고 거기에서 비롯된 불확정성의 주체와 대결하는 과정에서 얻은 악몽의 이야기를 듣는 경험은 문학사적으로도 우리에게 그리 낯선 일은 아니다. 문이 열리지 않아 애를 태우면서도 내심 열리지 않기를 바라며 그 앞에 서 있던 이상의 악몽이 그랬기 때문이다. 어쩌면 이 시집 전체에서 유일하게 시인의 의도라고 지적할 수 있는 것도 바로 이상에게서 비롯한 유산을 거부하지 않고 있다는 점이다.[9] 하지만 두 번의 세계대전을 치러 낸 세기를 살아가는 한편 식민 지배를 직접 경험했던 이상의 악몽은 왜곡된 형상의 거울-자아를 통해 주체의 본질을 뼈가 저릴 정도로 깊이 인식하게 된 데에서 비롯되었다고 할 수 있다. 즉, 이상과 같은 예민한 작가의 반응을 통해 우리가 20세기 초에 경험한 악몽이란 공간이나 깊이 등의 측면에서 주체가 인식할 수 있는 질감의 범위를 가지고 있다는 것이다.

물론, 그것이 우리에게 자동적으로 어떤 해결의 지점으로 데려가는 것은 아니다. 그럼에도 불구하고 우리가 문학을 통해 처음 받아들인 악몽의 경우 최소한 구체적으로 맞닥뜨릴 수 있는 대결의 지점을 향하는 것이 불가능하지는 않았다. 하지만 김사람은 그 유산을 고스란히 받아들이면서도 한편으로는 악몽이 이끄는 대결의 지점이 구성조차 되지 않으며, '대결' 자체를 가능하게 만들어 줄 주체와 대

째 장), 마지막으로 이전 작업을 무한으로 반복하며 실패하기(네 번째 장)가 그에 해당한다. 물론, 편의적 분류라는 것을 잊지 말자. 이 모든 힘들은 그의 작품들 안에서 일대일 대응으로 기능하지 않는다.

9 「살」과 「살 2」에서는 단순히 세대를 통해 넘겨받은 영향 관계에서 머물지 않고 패러디 등의 방식을 통해 보다 적극적으로 이상을 떠올리게 만들면서 자신의 악몽에 사적인 흐름을 부여하는 한편, 자신만의 세계를 구별 짓고자 하는 의도를 숨기지 않고 있다.

상의 관계들조차 파편화되어 있는 과잉현실을 그대로 자신의 시 안에 재현한다.

시인이 시집 전체를 관통하는 일종의 초끈(super-string) 역할을 기대하면서 배치해 둔 '살' 연작에서 그 모습을 좀 더 확인할 수 있다.[10] 그 첫 번째 작품인 「살」을 보자. 가령, 분열되거나 왜곡된 주체를 인식하게 된 계기이자 시인이 가진 유일한 상속품인 '거울'로 시인은 아예 '관'을 만들어 낸다. "거울로 만든 관"은 결국 주체와 대상, 그리고 다시 대상으로 인해 분열된 주체 모두의 죽음이면서 그 누구의 죽음도 아닌—그래서 다시 오로지 '악몽' 그 자체일 수밖에 없는 의미를 갖게 된다.[11] 작품이 진행되면서 우리에게 선명하게 다가오는 것은 결국 '그림자'일 수밖에 없다. 그러나 역시 그 실체는 오리무중이다. '세상'에서는 비록 "줄거리가 없"는 '그림자'의 존재에 광분을 보이고 있지만 말이다. 주체 탐색의 성장기라고 요약할 수 있는 「살 2」에서의 고백은 바로 이 지점에서 시작한다. 이 작품에서 화자는 여자로 태어났지만 성적 구별의 결정적 표지("질")가 없고 오

---

10 「살」은 네 장으로 이루어진 이 시집의 각 장에 등장한다. 세 번째 장은 24개의 장면을 가진 한 편의 시(「로버트와 미스터 로버트의 생을 추억함」)로만 구성되어 있는데, 그중 여섯 번째 장면인 '살에 관하여'가 다른 장의 작품들과 대응하는 것으로 보인다. 시인이 말하고 있는 '살'은 먼저 '피부'의 의미로 다가오지만, 실제 작품을 통해 넘겨받는 것은 죽음과 관련된 이미지들이다. 그렇다면 제목을 통해 그 죽음의 이미지들을 강조하고자 하는 차원에서 '살'은 '살다'의 어간으로 여겨진다. 이는 구로사와 아키라(黑澤明)의 1952년 작 「生きる(살다)」를 단박에 떠오르게 만든다. 삶과 죽음의 경계에 서 있는 주인공이 살고자 노력해 보지만 결국 그것조차 죽음으로 끝날 수밖에 없는 악몽과도 같은 세계는 김사람의 시와 닮아 있기 때문이다. 더불어, 어간만 사용했을 때 오히려 의미가 드러나지 않는 우리말의 특성상 어간으로서의 '살-'은 영화 제목을 그대로 차용한 듯한 유사성을 보여 준다.

11 죽었는데, 죽지 않았으며 그럼에도 '관' 속에서 살 수밖에 없고 그나마 '관'이 유일한 재산이기에 상속을 거부할 수도 없는 상황.

히려 다른 성의 표지인 남성의 생식기를 가지고 있다. 하지만, 그마저도 통상적인 남성과 달리 성기가 "엉덩이 바로 위에 달려 있"게 됨으로써 조금은 다른 삶을 살게 된다. "날 사랑한다며 다가온 여자들"과 사랑을 나누고 싶지만, 신체적인 특징상 그가 바라는 현실적인 요구들은 모두 일종의 "상상 체위"에 그칠 수밖에 없기 때문이다. 따라서 타인과의 교류를 통해 성장하는 것이 일반적인 주체의 삶이라면 이 작품 속 주인공은 처음부터 그 기회가 아예 차단된 채, '그림자'로 태어나 '그림자'의 모습 그대로를 반복하며 살아가게 된다. 실제 우리 삶에서 아무렇지 않게 반복되는 일상적 행위도 그에게는 단절된 '관' 속에서의 "늘 차가"운 느낌을 떠올리게 만들 뿐이다.[12] 중요한 것은, 시인이 이 작품에서 이상의 「날개」를 통해 우리에게 익숙한 화자의 어조와 서사 구조를 적극적으로 차용하고 있다는 점이다. 그렇다면(이제껏 우리는 시인의 악몽을 따라오고 있었지만 다시 한번 강조하자면) 김사람에게 관 속에서 반복되는 악몽과도 같은 '그림자'로서의 삶은 벗어나야 할 상태가 아니라 이미 각성 이후의 순간이라는 알리바이가 되어 준다.[13]

---

12 가령, 「살 2」의 주인공이 하는 사랑은 이런 방식이 될 수밖에 없다. "이바는 나를 예뻐했소. 꼬리를 쪼물딱거린 후 나를 엎드리게 했소. 둥근 머리띠를 던지며 놀았소. 머리띠가 정확히 걸릴 때면 다가와 왕자인형에게 하듯 입을 맞추고 팬티를 거꾸로 입혀 주었소. 배에 닿는 바닥은 늘 차가웠소." 사랑의 방식이 이처럼 실제 상대의 반응과 무관하게 오해와 오해로 이루어지고 그 끝에 남게 되는 것이라고는 외로움의 확인뿐이라면, 굳이 덧붙이지 않아도 모두들 알고 있겠지만, 우리가 상상할 수 있는 최대한의 악몽이 분명하다.

13 악몽에서 깨어나도 다시 악몽의 세계라는 김사람의 특징적 세계는 이렇게 만들어지고 있다. 그것은 언뜻 데미안 허스트(Damien Hirst)를 중심으로 한 영국의 젊은 예술가 집단(yBa)이 죽음을 다루는 방식을 떠올리게 만든다. 몇몇 대학생들을 이끌고 자신이 기획한 전시 'Freeze'(1988)를 통해 일약 스타로 떠오르게 된 데미안

그렇다면, 거침없어진 김사람 시인의 꿈꾸기가 '시 창작'이라는 자신의 의식을 향하는 것도 자연스런 일처럼 받아들일 수 있게 된다. 「살 4」에서 "단어를 가지고 놀며/내용을 조작하는 데 몰두"하고 있는 모습에서 느낄 수 있는 것처럼 말이다. 그는 이를 통해 자신이 지금 보여 주고 있는 우리 눈앞의 작품들은 물론이고 시 장르를 통해 우리가 보편적으로 기대하는 것, 또한 그 둘의 접점을 바라보고자 노력할 수밖에 없는 운명을 가진 이 글 모두를 또 한 겹의 악몽으로 초대한다. 시인조차 두려워하는 시, 그리고 해석하는 자들을 반드시 죽게 만드는 시가 존재하는 '진짜 악몽'의 세계로 말이다.[14]

허스트는 1991년 열린 첫 개인전을 통해 비난과 환호를 동시에 받았다. 악몽에서 악몽까지의 범위 안에 모든 것을 겹쳐 두고자 하는 김사람의 방식은, 최소한의 가공으로 '죽음' 그 자체를 전시물이자 예술품으로 만들어 냄으로써 최대한의 (충격적) 효과를 이끌어 낸 허스트의 인식을 닮아 있다. 우연의 일치인지도 모르겠지만, 「살 2」에서 '그림자-주체'를 안아 주는 유일한 존재로 등장하는 여인 '이바'라는 이름도 이와 관련이 있는 것으로 여겨진다. '이바'는 「부메랑」에서 자신의 의도와 어긋난 채 돌아오는 결과를 바라보면서도 지속적인 행위를 하는 주체의 이름으로 등장하기도 한다. 이 역시 'yBa'라고 불리는 예술가들의 행위와 닮아 있다.

14 이 글은 여기서 끝난다. 하지만 김사람 시인이 보여 주는 악몽은 끝나지 않을 것이다. 나는 시인을 깨워 지속적으로 꾸고 있는 악몽을 멈춰 세우고 분석을 통해 그 꿈들을 전달해 보고자 했다. 하지만, 그때마다 알게 된 것은 이 시도가 전혀 불가능하다는 사실이었다. 할 수 없이 그의 악몽을 최대한 닮아 보고자 이미 완성된 글을 여러 차례 지우고 처음부터 다시 써야 했다. 그러면서 이 글 역시 그의 악몽과 뒤섞이고 뒤섞여 같은 자리에 존재하기만을 바라게 되었다. 그 때문인지 원래 해설이 맡아야 했던 최소한의 기능들은 각주로 미뤄 둘 수밖에 없었다. 부디 작품들을 통해서 시인의 악몽을 직접 경험해 보기를 바란다.

노이즈의 창조자
—김제욱 시집 『라디오 무덤』(한국문연, 2016)

> 가치의 원천을 찾기 위해서라면,
> 우리는 언제나 거슬러 올라가야만 한다.
> 떠내려오는 것은 쓰레기들뿐이다.
> —즈비그니에프 헤르베르트

1. 소리가 충돌하는

기본적으로 시 장르 역시 소통의 도구라고 할 수 있다. 자폐적 내면의 세계에 갇혀 있는 어떤 작품을 앞에 두었을 때조차 그것은 이미 수신자에게 발신된 메시지일 수밖에 없다. 시가 소통되는 실제 현장에서라면 이 사실은 보다 명확하게 다가온다. 어떤 시인도 독자를 염두에 두지 않는 세계를 구축하기 위해 노력한다거나, 자유로운 읽기를 포기하지 않는 어떤 독자들도 시인의 의도에서 멀어지기 위한 길을 고집하지는 않기 때문이다. 쓰기가 완전히 정착된 근대 이후에도 시문학이 여전히 노래와 닮아 있는 지점들을 고수하고 있다는 사실도 이와 관련이 있어 보인다. 써진 것과는 다르게, 이해되지 않으면 쉽게 입으로 전달되지 않는 사실을 감안한다면 시문학은 소통의 도구를 넘어 소통 그 자체를 존재 방식으로 가지고 있다고도 할 수 있다.

하지만, 사회 전반적인 영역이 문자성(literacy)으로 이동하게 되면서 이전까지 입말(oral speech)을 중심으로 소통되던 사회와는 다르게 청각에서 시각으로 감각의 치환이 이루어지게 된 점을 고려해야 한다. 현대의 시문학에만 국한해서 생각해 보면, 어떤 작품도 시각을 통해 이루어지는 소통의 측면을 간과할 수 없게 된 것이다. 애초에 청각을 통해서만 존재할 수밖에 없었던 음악 역시도 음(音)을 점이나 선으로 표현하고자 했던 네우마(neuma)의 등장에서부터 보표와 소절선(小節線)이 더해진 악보에 이르기까지 보는 방식의 도입으로 인해 큰 변화를 겪게 된 것처럼 말이다. 시각의 비약적인 확대로 인한 발전과 다른 한편 그로 인해 벌어지게 된 심각한 왜곡이 근대의 세계에 각인된 근본적 지점이라면, 현재의 시문학은 그것과 나란한 역설의 바탕 위에 놓여 있는 장르라고도 부를 수 있겠다.

김제욱 시인의 『라디오 무덤』이 딛고 선 문제의식의 출발점도 바로 이곳이다. 표제가 된 시집의 첫 작품에서부터 '노이즈'로 대변되는 '소리 나는 것'에 대한 시인의 관심은 시집 전체에 걸쳐 지속적으로 이루어지고 있다. 이것은 단순히 청각적 감각을 활용하는 기법상의 문제를 말하는 것이 아니다. '청각의 시'라고 불러도 좋을 그의 작품들은 시각으로 치환되기 이전 감각으로서의 청각을 복원하고자 노력하고 있다. 김제욱 시인이 신중하게 복원해 내고 있는 이 청각의 세계에 도달하기 위해서라면, 아무래도 우리는 이 작품에 조금 더 귀를 기울여야 할 것이다.

나는,
주파수가 잘 잡히지 않는
노이즈.
지직거림의 전문가이지.

(중략)

배터리가 없어도
끊임없이
노이즈가 새어 나오는 폐라디오.
다 부서져 형체를 알 수 없는 라디오.
지지직… 지직… 지지직직… 지지직…
주파수를 맞추면
세상을 공평하게 만드는 노이즈가
금속 탐지기처럼 끓어오르지.

(중략)

나는
낡은 지도 한 장
구멍 난 양말 두 켤레
다 떨어진 노트
뒤축 없는 신발을 신고
전설의 라디오 무덤을 찾아
도시를 헤매지.
오늘 내 라디오는
구닥다리 광석 라디오.
노이즈의 왕이지.

부러진 안테나가 보여?

여기는 지도에도 없는

재개발 철거 지역.

도시의 내장이 드러난 곳.

나는 그 속에서 죽지 않고 살아남은 라디오를 발견하지.

　　　　　　　　　　　　　　　　　　　　　—「라디오 무덤」 부분

　기능적 측면에서 '라디오'는 의미를 담고 있지 않은 '노이즈' 속에
서 명확한 의도 아래 발신되는 '주파수'를 가려내는 도구라고 할 수
있다. 하지만 이 작품에서 시인은 이 같은 방식을 통해 의미가 구성
되는 현실적 구조에 대한 역전의 의도를 분명히 하고 있다. '주파수'
를 거부하고 스스로를 '노이즈'라고 칭하는 일종의 선언으로 시작하
고 있는 점을 눈여겨보자. 애초에 제도는 그것이 성립되기 이전부
터 이미 존재해 왔던 가치들을 잊지 않기 위한 보조 수단에 불과했
다. 그럼에도 불구하고 현재에는 오히려 제도가 가치를 담보하고,
나아가 가치의 영역을 제한하는 상위의 기능을 수행하게 되었다. 이
는 마치 들리는 소리의 내용을 구별하기보다 신호의 강도에 따라 주
파수를 맞추기 위해 라디오 다이얼을 돌리는 행위와 닮아 있다. 자
신이 가진 고유의 '주파수'를 애써 외면하고 변형하면서까지 말이다.
시인의 선언이 비집고 들어와 기어이 역전시키고자 하는 현실의 모
습이 이와 같다. 김제욱 시인은 '라디오'라는 제도에 수신되기 위해
존재하는 방식에서 벗어나 고정된 '주파수'에 잡히지 않음으로써 아
직 어떤 의미로도 기능하지 않는, 일종의 미분화된 의미로서의 '노
이즈'를 되살리고 있는 중이다.

　이를 통해 '노이즈'가 존재하는 장소인 "라디오 무덤"과 또 그것

을 찾아 헤매는 숙명을 지닌 자로 등장하는 시인의 이미지가 우리에게 다가오게 된다. 앞에서 이해해 본 대로 이 작품에서 '라디오'가 목적에 복종하지 않는 가치의 근원과 소통을 가로막는 일종의 장애물이라고 한다면, '무덤'이야말로 그 기능이 완전히 폐기된 장소일 것이다. 이와 더불어 우리가 알게 되는 중요한 사실은, 현실에서도 그렇듯, '무덤'이야말로 그 자체에 내재된 부정성을 극대화시킴으로써 현실 속에서는 숨겨져 있던 의미를 드러내게 만든다는 점이다. 따라서 시인이 "라디오 무덤"의 구체적 이미지로 "지도에도 없는/재개발 철거 지역"을 들었을 때 그가 내세우고자 했던 '노이즈'의 의미 역시 보다 현실적인 범위 안에서 이해가 가능해진다.

효율과 합리성을 중심으로 하는 새로운 삶의 공간으로서의 '도시'는 일단 만들어지고 나면, 마치 자신에게 맞는 주파수만을 받아들이는 라디오처럼, 그 자체가 삶의 방식으로 전환된다. 이제 도시는 단순하게 공간을 일컫는 말이 아니라, 구성원들의 태도를 재조정하고 또 스스로 몸집을 확대해 나가는 원칙이 된다. 만일 우리가 스스로를 '도시인'으로 부르게 된다면, '시민'처럼 정치적·사회적 귀속 상태를 지칭하는 것과 다르게 도시가 원하는 삶의 방식을 기꺼이 받아들이게 되었다는 것을 의미한다. 따라서 "재개발 철거 지역"이란, 도시 생성 이전에 삶의 방식과 현재의 '도시적 삶'이 충돌하는 공간과 다르지 않다. "구멍 난 양말", "다 떨어진 노트", "뒤축 없는 신발" 등 도시적 삶에서 누락된 것들을 움켜쥐고 탐색에 나선 김제욱 시인에 의해 발견된 이 장소를 통해 우리 사회의 맨얼굴이 드러나게 된 것이다.

2. 보이지 않는 곳에서

애초에 '주파수'가 시각화의 의도에서 비롯되었다고 한다면 김제욱 시인이 내세운 '노이즈'는, 앞서 지적한 대로 시각이 매개되기 이전의 세계를 환기한다. 말하자면 그것은 "경계란 이름으로 분리할 수 없"으며, 따라서 "거부할 수 없는" 것이다(「B♭ 조각가」). 시인 자신으로서도 마찬가지인 것처럼 보인다. 그렇다면 「라디오 무덤」에서 보이는 "볼품없는 옷차림 허기진 몸"과 같은 모습이나, 또는 「로큰롤 소년」에서처럼 "주머니에 한 손 찔러 넣고/땅바닥에 시선을 꽂아 박은" 모습 등은 모두 시인 자신의 분신들이라고 할 수 있다. 김제욱 시인에게 시인이란 "누구도 들을 수 없는 노이즈를 호명"하는 것만 가능하다면 시각적 인식을 통해 받아들여질 수 있는 형태, 즉 말 그대로 그럴듯한 외양에서 벗어나 자유롭게 존재해야 하기 때문이다. 형태를 가질 수 없을 때, 시인의 表現을 빌려 오자면 '노이즈'의 상태일 때, 인간과 가장 가까이서 존재할 수 있었던 구약의 신이 그랬던 것처럼 말이다.

나는야
시간을 용접하는
환상 건축가.

소리의 점, 선을 공중에 던져
원시림의 울음을 만들지.

음표를 분절시켜 색상을 입히고
몸과 글자의 경계를 잃고 흔들거리는
한 겹 두 겹 재잘거리는

나는야

이미지와 소리가 충돌하는 오선지.

언어의 오디오.

—「내일의 연인」 부분

'노이즈'를 찾아 나선 시인이 시작 과정을 일종의 "음악 시간"으로
(「음악 시간」) 여기면서까지 '청각'의 복원으로 이루어진 세계를 구축
해 나가는 모습은 시집 곳곳에 드러나 있다. 그 같은 모습은 위의 작
품에서 구체적으로 다루어지고 있는데, "시간을 용접하는/환상 건축
가"라는 구절이 단적으로 말하고 있듯이 우리의 현대적 감각으로 인
해 분절되어 다가오는 것들의 통합과 복원이라고 할 수 있다. 잘 알
려져 있듯, 시간의 분절에 대한 인식은 근대적 삶의 계기를 만드는
데에 중요한 역할을 담당했다. 시계를 통해 시간을 시각적으로 인지
하게 되면서부터는 인간적 삶의 근원을 지탱하고 있던 신화적 세계
와 가치관이 실용성으로 대체되었다고 한다면, '시간의 용접'은 이를
다시 역전시키고자 하는 행위이다. 특히, 다시 한번 강조하고 싶은
것은 김제욱 시인의 보여 주는 모습들을 단순히 청각적 심상에 관한
이미지들과 연결시키지 않도록 주의해야 한다는 점이다. 그가 복원
시키고자 하는 세계는 그것이 무엇이든 하나의 목표에 도달하기 수
월할 수 있도록 정해진 틀 안에 제 몸피를 구겨 넣기보다, "원시림의
울음"과도 같은 모든 욕망들이 "충돌하는" 공간과 다르지 않다.

이 작품에서 김제욱 시인은 자신이 행하는 탐구의 영역에 제목을
통해서 보다 명확한 의미를 부여하고자 한다. 시적 화자의 선언적
진술과 그에 이어지는 행위들로 구성된 이 작품은 어떤 의미로든 해
석이 가능하겠지만, 최소한 "내일의 연인을 만나러 가"기 위해 벌이

는 진심이라는 중심 요소를 통해 전달된다. 더불어 "내일의 연인"이란 마치 『라디오 무덤』 전체를 통해서 시인이 내세우고 있는 '노이즈'의 구체적인 이미지로도 기능한다. '내일'이라는 한정은 어법상 바로 하루 뒤를 가리키지만, 시적 주체를 고정시키지만 않는다면 무한대 위로 펼쳐진 시간이기도 하다. 따라서 이때 '내일'은 '연인'을 만나기 위해 언제나 진심으로 준비하는 가능성의 무한대적 표현이 된다. 더욱 중요한 것은 이를 통해 '노이즈 찾기'의 과정이 자칫 목표를 정해둔 직선적 방향성이라는 한계에서 벗어나 끊임없는 운동성을 확보하게 된다는 사실이다. 처음부터 '노이즈'를 찾아 나선 시인은 여기에 이르러 그 구체적인 모습들로 확대된다. 이를 통해 우리는 목표를 위해서 조화라는 이름으로 '오선시'에 갇혀 있던 "이미지와 소리가 충돌"하면서 빚어내는 "완벽한 오늘"을 살아가게 될 가능성을 떠올려 보기도 하고, "우리가 오래전에 잃어버렸던 풍경들이/도시의 기둥 속에서 나와 스스로 움직"이는(「여행자」) 광경의 첫 목격자가 되기도 한다.

이처럼 시인만의 특징적인 세계를 만들어 내는 일이 가능한 것은, 조화롭게 보이는 현실의 이면에 갇혀 있는 것들을 재조립해 내는 김제욱 시인 특유의 시선 때문이다. 교통사고의 현장에 서 있는 이 작품은 치밀하게 기능하는 현실 논리의 이면을 김제욱 시인이 어떻게 비집고 들어가는지를 단적으로 잘 보여 주고 있다.

　　K가 짐승처럼 나의 도로에 뛰어든 이유는
　　신호등이 저 탄환의 속도를 가렸기 때문이다.

　　전력으로 흩어지는 외마디 말.

허공을 휘감던 짙은 안개.

K는 짧게 식어 버리고
나는 그 탄식으로 피안의 이름을 추적한다.
신호등의 점멸은
누구를 위한 놀이도 아니다.

교차로 저편에 K의 산책길은 이미 펼쳐 있고
K의 기억을 따라
나는 구름 속으로 걸어 들어가는 중이다.

— 「K의 신호등」 부분

　신호등을 어겨 일어나는 교통사고는 우리 주변에서 흔한 일처럼
여겨질 정도로 빈번하게 발생한다. 만일 현실에서 이런 사고를 접하
게 된다면 우리는 그저 조금 안타까워한다거나, 아니면 아예 무관심
할 뿐이다. 최대한 논리적인 접근이라고 한다면, 신호등의 조작 등
을 검토한다거나 위험성을 알림으로써 보다 나은 방향으로 고쳐 나
가는 정도를 생각할 수 있을 것이다. 어쨌든 '신호등으로 인한 교통
사고'라는 사실에는 변함이 없다고 할 수 있다.
　하지만 시인은 이 사고가 벌어지는 찰나의 순간, 즉 '신호등'이
"점멸"하는 그 순간을 잡아챘다. 그것만으로도 단순한 사고의 현장
은 '신호등'으로 인해 벌어진 결과가 아니라, 거꾸로 K의 영향력 안
으로 '신호등'을 포함시키는 역전을 만들어 낸다. 제목에서 지적하고
있는 것처럼, '신호등'으로 인해 벌어진 사고 속의 K가 아니라 이제
"K의 신호등"이 된 것이다. 따라서 K가 우연히 경험하게 된 사고는

이제 신호등을 이용하여 "저 탄환의 속도를 가"린 뒤에 계획적으로
벌인 사건으로 변모되고, "외마디 말"을 따라 "피안의 이름을 추적"
하는 행위로 이어지는 것이 가능해진다. 일상에서라면 K의 죽음 뒤
에 따라올 사후적인 문제들에 골몰할 수밖에 없겠지만, 김제욱 시인
은 논리적이라고 생각하는 문제 해결 과정 전부를 멈춰 세운 뒤 끝
이라고 여겨지던 곳의 "저편"으로 한 걸음 더 "걸어 들어"간다.

　바람 먼지를 품는 정적의 오후
　음악 선율을 따라
　잃어버린 시야계(視野計)를 찾아 나선다.

　마른 페인트처럼 벗겨지는 시간의 지층들
　문간(門間)과 문간(文間)에서 피어난다.

　한 시절의 골목을 따라나서면서
　숨은 말의 간극을 건져 올리면
　시야(時夜)의 결손에서
　마리오트 맹점이 열리고

　어긋난 시간 사이
　감은 두 눈에서
　네가, 봄 햇살의 아지랑이가
　리듬으로 다시 피어난다.

―「종소리」 부분

보이지 않는 곳으로 발걸음을 옮긴다는 것은 우리에겐 이미 그 자체로 두려운 일이다. 그것은 근대적 감각으로서의 시각이 그 영역을 확대하게 된 사실과도 깊은 관련이 있다. 이성에 대한 믿음과 확신이 과학적 기술들을 통해 '최대한 볼 수 있는' 현실을 만들어 가게 된 이후로 시야에 들어오지 않는 것은 거의 자동적으로 반이성적인 범주로 격하되었기 때문이다. 따라서 언젠가부터 보이지 않는 것은 어떻게든 다시 보일 수 있도록 만들거나, 때로는 보이는 부분만으로 불완전하게 존재하게 되어 버렸다. '보이지 않는 것'들이 현실에서 그 기능을 제대로 하지 못하고, 그것도 아니라면 아예 존재하지 않아야 하는 당위성의 세계로 던져지게 된 까닭이 여기에 있다. 하지만 '종소리'는, 또 "너의 목소리" 같은 경우는 어떨까. 실체를 본 적도 없고, 어디에 위치하는지 보이지 않아도 '종소리'는 분명히 울려 퍼지고, 이제는 떠나고 없는 "너의 목소리" 역시 여전히 들려온다. 보이지 않으면서도 분명히 존재하는 것들의 소리. '노이즈'에 주목한 김제욱 시인이 우리에게 보여 주고자 하는 '청각의 세계'는 바로 이와 같은 소리들로 구성되어 있다.

"마리오트 맹점"에 대한 시인의 관심을 이제 우리는 이해할 수 있게 된다. 보는 것을 담당하는 우리의 신체 기관인 눈의 망막에 실제 존재하는 맹점(盲點)은 시세포가 전혀 없는 곳으로 빛이 닿아도 전혀 그것을 느끼지 못하는, 말 그대로 전혀 볼 수 없는 곳이다. 양쪽 눈을 사용하게 될 경우 다행히 우리는 그것을 전혀 의식하지 않고 살아갈 수 있긴 하지만, 이것을 없앨 수는 없다. 아이러니하게도 이 맹점은 망막 전체에 펴져 있는 시신경의 시작 지점이기 때문이다. 비유적으로 이해해 보자면 무엇을 잘 보기 위해서 우리는 반드시 볼 수 없는 것을 가지고 있어야 하는 셈이다. 그렇다면, '노이즈'들을

"따라나서면서/숨은 말의 간극을 건져 올리"면서 '결손의 지점'들을 발견해 나가는 시인의 작업은 보고 싶었지만 볼 수 없었던 것들, 또는 내가 원하는 대로만 보려고 했기 때문에 나의 시선에 폭력적으로 감추어져 있었던 것들을 저마다의 "리듬으로 다시 피"워 올리고자 하는 것이라고 할 수 있다. 그리고 이 같은 시인의 작업은 곧 가치의 원천을 향해 거슬러 올라가는 일과 다르지 않다.

3. 조금 더 낮게

여러 번 말한 대로, 김제욱 시인이 보여 주는 이 같은 믿음은 현실을 유지하는 논리의 대척점에 서 있다. "낮은 목소리"나 "그림자의 말"처럼 보이지 않는 것은 결국 계량화의 논리 앞에 언제나 훼손되어 왔기 때문이다. 하지만 우리가 익히 알고 있는 대로, 인간적인 것들은 높은 곳에 서 있지 않다. 따라서, 발전적 목표를 좇는 우리가 종종 어떤 것들의 희생을 담보로 하고 있을 때 그것은 언제나 가장 인간적인 가치들일 수밖에 없다.

하지만, 김제욱 시인이 『라디오 무덤』에서 최선을 다해 복원하고 있는 '청각의 세계'에서라면 가장 "낮은 목소리"조차 희생될 필요가 없어 보인다. 그 세계의 구체적 모습을 우리는 아직 잘 알 수 없지만 최소한 그 세계를 향한 그의 태도에는 충분한 믿음을 보낼 수 있다. 가령, 「책다듬이 벌레」에 잘 나와 있는 것처럼 그는 "사방이 벼랑인 두꺼운 책 한 페이지"를 자기가 알고 있는 세상의 전부라 여기는 '책다듬이 벌레'와 닮아 있기 때문이다. 카프카가 '벌레'로의 변신을 통해 현대사회에서 통용되는 '인간성'을 역전시키고 조롱했다면, 김제욱 시인의 경우 '벌레'의 모습으로 '글자'들의 끝없는 탐색을 통해 "그대의 목소리"를 복원하고자 끊임없이 노력하는 모습을 통해 보이는 것만 추구하는 현대인들의 모습을 역전시킨다. 말하자면, 그를 통해 우리는 '벌레의 모습을 한 책 읽기'라는 가장 무의미한 모습 그대로 근원적인 의미에 집중할 수 있는 방법을 깨닫게 되는 것이다. 그리고 이 같은 시인의 태도는 여러 작품에서 '원고지에 구멍을 내는 사람'(「문·노인」), 또는 '글자들의 무덤을 지나는 순례자'(「상처마다 글자가 흘러나와」) 등으로 반복 강조되어 나타나고 있다.

얼굴을 깎다 소멸하는
풍경의 내밀한 충동은
누구도 없는 B♭

빛을 쫓다 사라지는 사람. 대지는 한없이 작아지고, 둘 이상의 너와 나, 혹은 그 바깥의 잔여. 하나라고 불릴 수 없는 하나. 경계란 이름으로 분리할 수 없는 어색함 몸. 거부할 수 없는 노이즈. 말할 수 없는 언어로 흩어지는 저음들. 목적지도 없이 걷다가 서고, 쓰러졌다가 일어서서 다다른 B♭의 낯선 풍경. 난 보았지. 거리를 가득 메운 사람들이 유령처럼 꽃으로 물방울로 한순간 동공 속으로 사라지는 것을.

인화하지 못한 낮은 목소리.
지각할 수 없는 그림자의 말.
또각 또 와 또각 또 와
끝없이 받아쓰는 나는 B♭ 조각가.

—「B♭ 조각가」 전문

이 같은 시인만의 특징적 태도는 이 작품을 포함하여 「B♭, 석양,

울음」, 「B♭ 연서」 등에서 'B♭'라는 상징적 의미로 등장하고 있다. 이 것은 우선 공통적으로 기억과 반복을 환기시키기 위해 사용된 것처럼 보이는데, 아마도 시인에게는 잊혀졌던 것들을 끊임없이 떠올리게 만드는 일종의 장치처럼 보인다. 마치 음악에서 규칙적인 음계의 진행을 미리 알려 주는 기능을 하는 것처럼 말이다. 동시에 이를 픽토그램의 방식으로 본다면, 무한히 반복하면서 확장하는 음들의 한 지점에서 멈춰 서서 "말할 수 없는 언어로 흩어지는 저음들"을 그러 쥐고자 하는 시인의 강한 의도로 이해하는 것도 가능하다.

어쨌든 그는 "내밀한 충동"에 가닿기 위한 방편으로 'B♭'에 대한 강한 자의식을 드러내고 있다. 그것은 높은 목표를 세운 뒤, 쌓고 또 쌓아 올리는 지극히 현실적인 우리의 모습보다는 시인이 보여 주고 있는 것처럼 "낮은 목소리"나 "그림자의 말"을 "끝없이 받아쓰"면서 "소멸"을 향해 가는 "조각가"의 모습과 닮아 있다.

실제 어떤 소리를 '잡음'으로 판단할 것인가 하는 문제는 상대적일 수밖에 없다. 편의를 위해 전달된 메시지가 아니라면 우리는 그 것들을 잡음이라고 간단히 처리하기 때문이다. 의미에 앞서 이미 세상에 존재해 왔던 소리들이 있었음에도 불구하고 말이다. 그 이후로는 이미 우리가 알고 있는 대로이다. 상대와의 소통보다는 일방적으로라도 전달할 수 있는 효율성이 더 중시되면서, '높은 것'은 그 자체가 선(善)으로 통용되는 현실이 되어 버렸다. 모든 것이 점점 높아지기만 하는 가운데 저마다 목청껏 소리를 높이느라 스스로의 목소리에 묻힌 것들 전부를 '노이즈'로 치부해 버리게 된 것이다. 그 속에서 김제욱 시인은 최선을 다해 낮은 곳으로 시선을 옮기고, 또다시 그 무한대의 흐름에 몸을 맡긴 채 "쓰러졌다가 일어서서" 기어이 의미가 생성되는 과정 전부를 거슬러 올라간다. 바로 이 같은 시인의 태도가 '노이즈'들을 되살려 내는 가장 유효한 방식이라는 점은 틀림없어 보인다. 그리고 이를 통해 우리는 어쩌면 시인을 따라 "입을 다물고 있어도 들리는 너의 말"들만(「궁극의 산책자」) 존재하는 '청각의 세계'에 도달할 수 있는 일이 그렇게 불가능하게 느껴지지 않게 된다. 지금 이 순간도 숫자들이 만들어 내는 그래프가 상승하길 바라면서 뚫어져라 모니터를 바라보는 삶에 익숙한 현대인들에게는 여전히 이해할 수 없는 일이겠지만 말이다.

시적 언어 기원론
―김언 시집 『한 문장』(문학과지성사, 2018)

1. 돌연변이 시인

쓸 수 있는 것을 쓴 시와 쓸 수밖에 없는 시가 있다. 물론, 이 둘을 구별하기는 쉽지 않다. 애써 구별을 할 수 있게 되었다 하더라도 시를 감상하는 독자들에게 주는 구체적 영향과는 별개의 문제이다. 창작의 순간과 관련된 것들에 대한 감상자의 호기심은 언제나 존재해왔지만, 시인에게 작품을 탄생시키도록 이끈 그 무엇이 독자들에게도 고스란히 전달되는 것은 아니기 때문이다. 생각보다 자주 잊어버리는 일이지만, 시인과 독자를 나란히 두었을 때 우리 앞에 지금 놓여 있는 한 편의 시, 한 권의 시집은 언제나 과잉이거나 언제나 결핍이다.

그렇다면, 이런 시인은 어떤가. 첫 시집에서부터 "죽은 뒤에도 시작하는 이야기를/시작하자마자 죽는 이 긴 이야기를" 자신의 시 작업으로 명명하면서(「에버엔딩스토리」, 『숨 쉬는 무덤』, 천년의시작, 2003), 서사적 구조를 가장 근간으로 하고 있는 우리의 인식 기반을 무용지물로 만들어 버리는 시인. 또, 이런 것은 어떤가. 어느 날 갑자기 '소설' 쓰기를 선언하고 바로 그 '소설' 안에 다양한 욕망의 현장들을 담고자 하는 야심을 숨김없이 드러내는 시인. 그러다가도 정작 이 모든 것들을 "다음 소설"로 무한정 유예시킴으로써 욕망의 생성이 곧 소멸과 동일한, 그래서 언제나 폐허일 수밖에 없는 지점을 끝없이 반복하는 시인(「소설을 쓰자」, 『소설을 쓰자』, 민음사, 2009). 이미 오래전부터 과잉과 결핍이라는 시의 운명에 맞서 시적 언어와의 대결을 선택한 이 시인은 어쩌면 당연하게도 '김언'이라는 이름을 가지게 되었다. 그리고 이제 김언이라는 이름은, 마치 아가미와 폐를 한 몸에 가지고 있는 생물처럼, 고정된 장르로서의 시적 진화에 저항하는 한편 가장 시적인 것을 찾아 시인 종(種)을 거슬러 오르는 자에게 붙는 수사가 되었다.

2. 의미의 감옥

『한 문장』으로 명명된 이번 시집은 "한 문장"으로 수렴되고, 이내 "한 문장" 속으로 사라져 버리는 것들을 포착해 내기 위한 김언 시인 특유의 긴장감으로 가득하다. 이때 시인이 말하고 있는 "한 문장"이 일정 수준의 완성도를 반영한 결과물 또는 그것을 향해 나아가는 첫걸음으로 오해하는 일이 없도록 주의해야겠다. 이미 계획된 단계 속에서 검증 가능한 과정들이 긴장감을 불러일으킬 수는 없을 테니까 말이다. 그렇다면, 표제작을 통해 이 같은 긴장의 구조를 확인해 두는 일이 먼저 필요하다.

자연이 말하는 방식과 내가 말하는 방식이 모두 한 문장이다.
나와 똑같은 인간이 나를 반대하고 있는 사실도 한 문장이다.

따지고 보면 신분 때문에 싸우고 있는 이곳의 날씨와

저곳의 풍토도 한 문장이다.

얼마나 많은 말이 필요할까?

이런 것들을 덮기 위해서

덮은 것들을 또 덮기 위해서

손을 씻고 나오는 사람도

그 물에 다시 손을 씻는 사람도 한 문장이다.

나는 얼마나 결백한가 아니면 얼마나 억울한가

아니면 얼마나 우울한가의 싸움 앞에서

앞날이 캄캄한 걱정 스님의 말씀도 한 문장이다.

옆에서 듣고 있던 걱정 스님의 말씀도 한 문장이다.

"흥분을 가라앉혀라."

—「한 문장」 전문

　표면적으로 이 작품은 "한 문장"에 다양한 의미를 부여하기 위한 진술들로 구성되어 있다. 가령, "자연이 말하는 방식과 내가 말하는 방식이 모두 한 문장이다"에서처럼 "한 문장"의 의미를 만들기 위한 시인의 의도가 명확하게 드러나 있다. 여기에서 진술 그대로를 참으로 받아들이기 위해서라면 '자연'과 '나' 모두 각각의 의미 차원에서 "한 문장"으로 고양되는 동일한 수준에 도달했다는 점이 전제되어야 한다. 그랬을 때, 독자들은 조금은 편안해진 마음으로 '한 문장 = 자연 + 사람(나)'이라는 보편적 이해의 등식을 수용하고 나아가 "한 문장"의 의미에 골몰할 수 있게 된다.

　문제는 바로 이어지는 "나와 똑같은 인간이 나를 반대하고 있는 사실도 한 문장"이라는 다음 진술에 오면, 앞선 이해의 방법이 금세 무용지물이 되어 버린다는 점이다. 도식화해 보자면 '{나 = 나(≠ 나)} = 한 문장' 정도로 이해해 볼 수 있을 다소 복잡한 위상 속에서 결국 "한 문장"이 내포하고 있는 의미의 정체가 모호해지고 만다. 좀 더 단정적으로 말해서, 「한 문장」의 진술들은 읽어 가면서 자동적으로 축적될 수밖에 없는 보편적 인식 구조의 생성을 저지하기 위한 역할로만 존재한다. 행이 거듭될수록 "한 문장"의 의미 범주 안으로 '날씨'나 '풍토' 또는 '(상반되거나 연속된) 행위, 내면적 고민' 등이 포함되면서 이는 심화된다. 문장과 행의 중첩으로 의미를 형성하는 익숙하고도 오랜 구조가 점차 힘을 잃게 되는 것이다.

물론, 이 같은 방식이 우리 시문학에서 그리 드문 일은 아니다. 시의 언어 역시 은유와 환유의 두 축으로 구조화된 체계에서 크게 벗어나지 않는다면, 의미 형성의 간극을 넓히는 일은 그 체계 안에서 '진정한 의미'를 찾아가는 가장 강력한 방법으로 종종 사용되어 왔다. 유사성과 인접성의 원리에서 최대한 멀어진 곳에 존재하는 언어들의 경쟁인 선문답과 유사한 형태에 이를 때까지 말이다. 김언의 "한 문장"이 결국 "스님의 말씀"에 도달하게 된 것도 언뜻 같은 방식으로 보인다. 직접 인용되어 있는 시의 마지막 구절인 "흥분을 가라앉혀라"에 최소한 구조적으로는 "한 문장"의 의미가 집약된 것처럼 보이기 때문이다.

일반적으로 화두는 발화자의 권위 내지 선각자로서의 지위와 강력하게 결부됨으로써 수신자에게 의미 탐색의 계기를 제공한다. 하지만, 여기에서는 화두와 상반되게 보이는 발화자의 이름("격정")으로 인해 그 연결고리가 느슨해지면서 발화자의 권위가 상실되고, 결국 화두 그 자체에 대한 의심으로 독자들을 이끈다. 이처럼 「한 문장」은 우리가 대상을 인식하고 판단하는 의미화 단계를 고스란히 밟아 나가면서도, 그 끝에서 다시 의미 형성 이전의 원점으로 되돌아 가게 만드는 운동성을 보여 준다. 앞서 말한 '긴장의 구조'는 바로 여 기에서 비롯한다.

시인은 1부에 배치된 작품들을 통해 이와 같은 방식을 집중적으로 반복함으로써 독자들에게 자신의 의도를 명확히 드러내고 있다. 제목이 지시하고 있는 상황의 한순간에 보다 세밀하게 집착하고 있는 「폭발」이나 「균열」 같은 작품이 그렇다. 이 작품들은 '폭발'이나 '균열'이 일어나고 있는 각각의 상황에서, 그것을 발생시키지만 이내 사라져 버리고 마는 세부 조건들을 보다 극대화하는 데에 집중한다. 이로 인해 상황의 인과관계는 삭제되고, 마침내 '폭발'이나 '균열'로 인한 힘의 진공상태에 도달한다. 특히 「중」, 「그 생각」 그리고 「중지하는 사람」의 경우 언어 문법적 상황이 적극적으로 활용되고 있는데, 「중」에서 어떤 상태나 시간의 범위를 명확히 만드는 어법적 기능으로써의 '중'을 정확히 그것과 대척되는 방식으로 사용하는 것이 그 단적인 예이다. 오랜 시간 언어에 축적되어 온 의미들을 거부하고 흩뜨려 놓음으로써 시문학의 가장 근본적인 차원에까지 이르고자 하는 시인의 의도를 짐작하게 만든다.

의미화의 흐름에서 비켜나 있는 김언의 시는 언제나 "지금"의 자리만 차지하고(「지금」), 더 이상 의미를 축적해 나갈 수 없는 독자들을 어떤 자의적 관계에서도 자유로워진 '지금-의미' 그 자체 안으로 불러들인다. 이 시집을 읽는 내내 이제 막 읽고 난 작품의 처음으로 돌아가 다시 한번 읽는 행위를 지속하게 되는 다소 난감한 경험도 이 때문이다. 다음의 작품에서 이 경험을 조금 더 구체적으로 살펴 보자.

내가 없다면 누가 있겠는가. 이렇게 말하는 내가 없다면 이렇게 묻는 누가 있겠는가. 누가 있어서 내 말을 하겠는가. 누가 있어서 내 말을 온전히 받아 낼 수 있겠는가. 누군가는 한다. 일부라도 한다. 내 말의 일부이자 네 말의 일부이자 자기 말의 일부로서 그가 존재한다. 마치 내가 존재하듯이. (중략) 눈과 함께 내리는 눈의 일부를 받아 적는 여러 사람의 손이자 단 한 사람의 손놀림. 비와 함께 내리는 비의 전부를 받아쓸 수 없는 단 한 사람의 손이자 모든 사람의 기록으로 비가 온다. 눈이 내린다. 내가 없다. 그럼 누가 있겠는가.

—「내가 없다면」 부분

먼저, 김언의 시를 부분적으로 살펴보는 일에 조금은 주의를 해야 한다. 여기에 있는 시들은 대부분 일반적 차원의 의미 구성에 무관심하지만, 아이러니하게도 문장 형태상 강력한 인과의 연쇄를 이루고 있다. 따라서 읽기를 멈추고 부분을 확대하게 되었을 때, 우리는 애써 발을 들여놓게 된 '의미' 바깥의 결핍으로 내던져지거나 '의미'의 과잉만 경험할 수 있기 때문이다.

그럼에도 작품에서의 가장 앞과 뒷부분만 옮겨 확인해 보고자 하는 것은, 작품을 구성하는 문장 전부가 서로의 질문과 대답으로 연결되어 있다는 점이다. 작품의 문장들 전부는 처음에 던져진 질문, 즉 "내가 없다면 누가 있겠는가"로 촉발된 것처럼 보이기도 하지만, 다시 거꾸로 마지막 두 문장의 "내가 없다. 그럼 누가 있겠는가"를 질문으로 삼는다 해도 첫 문장, 나아가 전체 문장과 자연스럽게 맞닿아 있다.

마치 도돌이표를 사용한 것처럼 지속적으로 반복되는 구조 속에서 자연스럽게 질문과 대답의 구별은 불가능해지고, "누가 있겠는가"라는 질문에 대한 해답 찾기로서의 의미 탐색도 곧 중지된다. 그 랬을 때, 우리는 이 시를 다시 한번 읽어 가면서 "그가 있음을 증명하는 방식"으로 존재하는 '나'를 불현듯 발견하게 된다. 주체를 찾아가는 방식이 어쩔 수 없이 일방적이고 폭력적인 구조를 생산한다면, 타자를 인정하고 또 타자와의 관계를 통해서만 존재 가능한 수평적 네트워크 형태로 전환되는 것이다. 질문을 촉발시키는 문장들의 숲에서 벗어나 마치 예언과도 같은 확신으로 이루어진 단 두 문장, "그 손과 함께 내 손이 있다면 일부라도 있다면 네 손 역시 독창성에서 한없이 자유로운 범사가 되리라. 범사의 일부를 이루는 고유한 익명이 되리라."를 만나게 되는 것도 바로 이와 같은 네트워크 속에서 가능해진다. '그'와 '나'가 서로의 구성 조건이면서도 공동의 영역 안에서 기댄 존재들에서 벗어나, 이른바 '절대적 바깥'과 관계 맺으며 말그대로의 '자유'와 '고유'로 존재하게 되는 것이다. 그렇다면, 우리는 이 작품을 주체의 의미에 대한 문제 제기가 아니라, '(서정적) 주체'의 죽음에 대한 김언 시인의 선언으로 이해하는 것이 마땅하다.

3. 가능성으로서의 시적 구조

김언 시인의 전략이 조금은 더 분명해졌다. 어떤 시인도 자신만의 의미를 붙들기 위한 싸움을 마다하지 않겠지만, 김언의 경우 그 승패 여부에 매달리는 것이 아니라 대결의 무효를 주장하고 나선다. 싸움의 속성이 그렇듯, 승부가 끝나지 않은 상황에서의 일방적인 종료 선언은 싸움의 지속보다 오히려 위태로운 상황을 초래한다. 승리와 패배가 명확해야만 하는 현실에서, 승부가 유예되고 결과물에 대한 손익계산이 불가능해지는 상황은 곧 세계 전체의 실패와 동일한 의미이기 때문이다. 이처럼 우리가 기대고 있던 의미 구조의 재편을

필연으로 이끄는 김언의 전략은 두 가지의 구체적 방향성을 갖게 된
다. 상징적 언어 체계로 유지되어 온 방식의 해체가 그 첫 번째이다.

> 나는 슬퍼하고 있고 슬퍼지고 있고 슬프고 있고 그래서 슬프다. 사
> 이사이 다른 감정이 끼어든다. 영원히 지속될 것처럼 기쁨이 있고 환
> 희가 있고 절망이 있고 분노가 있고 비굴함이 있고 순식간이 있고 나
> 는 다 빠져나왔다. 다 빠져나와서 빠져 있다. 사이사이에 낀 찌꺼기를
> 빼내려는 노력도 빠져 있다. 한꺼번에 들어가 있고 조금씩 나오고 있
> 고 구석구석 빠지고 있고 겁에 질리고 있다. 고뇌에 차고 있고 소름 끼
> 치고 있고 해롭고 있다. 그것은 불안인가? 불안하려고 있다. 불안하고
> 자 있다. 비참하고자 있고 참담하고자 있고 담담하고자 있었다. 그것
> 을 슬퍼하고자 있는 사람에게 슬퍼하려고 있다. 슬퍼하려는 공간에 있
> 다. 가득하려는 공간에 있다. 그래서 슬픈가? 나는 다 빠져나왔다. 다
> 빠져나와서 비고 있다. 죽은 것이 죽고 있다.
>
> ─「있다」 전문

존재를 이해하는 가장 손쉬운 방법 중의 하나는 어떤 상태와 결부
시켜 보는 것이다. 이 작품의 도입에서 확인할 수 있는 것처럼 슬픔
의 상태는 곧 '나'를 말해 주고 있다고 믿게 된다. 하지만, 시인이 제
시하고 있는 첫 문장에서 '나는 - 슬프다'의 구조에 조금 더 집중해
보자. '슬픔'이라는 어떤 상황도 사실은 현재진행 중이거나, 이제 막
그 상황에 도달했을 뿐일 수도 있고 아니면 또 다른 무언가와 동시
에 이루어질 수도 있다는 것을 알게 된다. 어떤 상황이 비록 존재와
결부되어 제시되고 있을지라도, 그것은 존재의 전부가 아니라 언제
나 여러 복합적 맥락의 일부분 내지는 한순간에 지나지 않는다. "슬

퍼하고 있"는 상황 속에서도 "사이사이 다른 감정"들이 얼마든지 개입될 수 있는 것처럼 말이다. '기쁨, 환희, 절망, 분노, 비굴함' 등 실제 여러 감정들이 개입된 이후 나오게 된 진술("나는 다 빠져나왔다")은 다양한 가능성을 고려했을 때 비로소 맥락 뒤로 가려지지 않은 '나'를 발견한 것으로 이해할 수 있다. 그리고 상황을 통해 존재를 주목했던 것만큼 우리는 그간 오해 속에서 의미를 받아들여 왔다는 점을 깨닫게 된다. 다른 것들이 일체 개입되지 않고 실제 존재의 전부로 이해할 수 있는 유일한 상황이라 할 수 있는 '죽음'까지도 포함해서 말이다.

흥미로운 사실은 이 모든 것이 '있다'는 단어에 내재되어 있는 두 가지 속성, 즉 일정 공간에서 벗어나지 않고 머물러 있는 상태를 가리키는 동사적 속성과 어떤 것들이 실제 존재하는 상태나 발생 가능성을 말하는 형용사적 속성을 구별 없이 사용하는 아주 간단한 방식만으로도 발생되고 있다는 점이다. '있다'라는 동일한 제목으로 한 편의 시가 더 배치되어 있는 것 역시 이 방식을 보다 심화시키고 있다. 단어에 담겨 있던 여러 속성들을 해체하는 한편, 시인은 이제 자신이 막 의미로부터 자유를 선사한 그 단어를 두 편의 제목으로 사용함으로써 하나의 작품이 하나의 완결된 의미를 지향하는 시문학의 오랜 이해 방식마저 해체한다. 이를 통해 '존재 + 상태' 또는 '제목 + 내용'의 공식처럼 오랜 시간 동안 강력하게 작용되어 온 인식의 도구들이 근본적인 차원에서 무용지물이 되는 언어의 문제로 전환된다. 뒤에서 더 자세히 살펴보겠지만, 김언 시인이 이 시집을 통해서 '언어'에 대해 강한 집착을 드러내고 있는 이유도 여기에서 기인한다.

물론, 안정적으로 답을 구할 수 있었던 맥락에서 벗어나 인과적 단계를 밟아 가고 있던 방향성에서 스스로 내려온다는 것은 막연한 두려움만 남는 일일지도 모른다. 가령, 「완제품」에서 의미의 범주를 완전히 소거시킴으로써 제품('유리컵')을 완성시키는 구성 성분들에 부여한 자유가 의미들의 경계면에서 충돌과 혼란을 일으키게 되는 것이 그렇다. 하지만 우리의 두려움 역시 정해진 답으로 인해 유발되는 것이라고 한다면, 결국 목적이 정해져 있지 않은 의지야말로 그 자체로 무한한 가능성과 결부될 수도 있을 것이다. 「자유의지」에 드러나 있는 상황처럼 말이다.

> 나는 내 의지로 거기 있다. 거기서 헤어 나오질 못하고 있다. 순전히 내 의지로 조종당하고 있다. 순전히 내 의지로 사경을 헤매고 있고 순전히 내 의지로 기적에서 깨어났다. 순전히 내 의지로 눈이 내린다. 순전히 내 의지로 모르는 명단에 있다. 거기서 정착하는 일이 얼마나 부질없고 힘든 일인지는 순전히 내 의지로 모른다. 알아봤자 모르는 사람들이 순전히 내 의지로 들어왔다가 나간다. 순전히 내 의지로 기억되고 있다. 순전히 내 의지로 줄을 서고 멈출 수 없다. 순전히 내 의지로 기차가 온다. 순전히 내 의지로 버스를 출발했고 비행기는 멈춰 있다. 순전히 내 의지로 무관하고 무의미하고 무성의하고 어쩐지 축제 같다. 아침마다 오는 발기의 순간도 순전히 내 의지로 감퇴했다. 짜릿하게.
>
> —「자유의지」 전문

이 작품에서 시인은 시종일관 자신의 '의지'를 반복해서 주장하고 있지만, 실제 작품의 내용에 서술되고 있는 행위들은 정작 의지와 무관하게 일어나고 있다. 예를 들어 "순전히 내 의지로 사경을 헤매고 있"다는 문장에서 볼 수 있는 것처럼, 시 안에서 "순전히"를 통해 강조되고 있는 '의지'는 오히려 자신의 작동이 가장 불가능한 상황과 맞닿아 있다. 눈여겨보아야 할 것은 바로 이 '의지'가 일상적 의미에서의 해방을 촉구하는 하나의 오브제가 되는 방식이다.

처음에는 '의지'를 둘러싸고 그것을 작동시키는 힘과 '의지'를 무력화시키는 힘들이 부딪치면서 말 그대로의 '자유의지'로 변모된다. 가령 "내 의지로 조종당하고 있다"는 문장에서 '의지'에 투영되는 힘의 방향과 "조종당하"는 힘의 방향은 서로 정반대라고 할 수 있다. 문맥상으로도 자신의 의지에 조종당한다는 말은 이치에 맞지 않는다. 따라서, '(나) → x ← (조종)'처럼 '내 의지'가 전달되는 힘의 방향과 '조종'당하는 힘의 방향이 서로 맞부딪치는 그 자리에 힘의 공동(空洞) 상태가 생겨나게 된다. 바로 이렇게 발생된 공간에 오브제로서의 의지 x, 시인의 말을 그대로 따르자면 이른바 '자유의지'가 발현되는 것이다. 시 전체가 거의 비슷한 문장 구조로 되어 있다는 점을 감안한다면, 결국 이 작품은 '자유의지'를 무수히 내포한 다공성 구조물로 만들어졌다고 할 수 있다.

대상과 목적이 무화된 이 가능성의 구조물은 의도치 않았던 부정적 결과나, 또는 '기적'과 같은 일방적 우연 모두로부터 벗어나 "**무의미하고 무성의**"(강조는 인용자)함에도 불구하고 "어쩐지 축제 같"은 "짜릿"함을 예비하게 된다. 이것은 무의식적인 차원에까지 이르는 맥락들에서 결코 자유로울 수 없는 언어의 해체와 더불어 시적 대상을 오브제로 만들기 위한 시인의 노력으로 인해 결국 언어 자체에 덮어 쓰여 있던 인식의 한계가 벗겨지는 데서 오는 '짜릿함'과 다르지 않다.

인식의 한계를 자각하는 동시에 그것을 벗어난 '짜릿한 가능성'에 대한 주목은 일련의 예술가들에 의해 '상황주의자 인터내셔널(Situationist International)'이 성립된 시기까지 거슬러 올라갈 수 있다.

전후 아방가르드적인 예술운동의 연장선상에서 탄생한 상황주의자들은 자본과 결합된 '의미'가 스펙터클화되어 가면서 강한 위력을 행사하던 당시의 흐름을 비판하기 위해 이 같은 '가능성'을 제시했다. 세계 전체가 자본주의적 교환 질서의 체계로 급속히 일원화되어 가던 시기에, 그들은 일방적 맥락 속에 머무는 수동적 존재가 아니라 스스로 삶의 계기에 따른 환경을 구축하고 또 이것을 좀 더 상위의 열정적인 상태로 전환시키고자 했던 것이다. 그것이 바로 '삶의 계기에 따른 환경', 즉 '상황'의 구축이며, 이것이야말로 기존의 인식 범주를 지속시키는 '맥락'과 결별하는 한편, 특정한 행동의 개입이 가능한 운동성을 보장할 수 있는 유일한 가능성이라고 믿었다.

김언의 작업이 이들의 모습과 상당한 친연성을 유발시키는 또 하나의 이유는, 앞선 작품들에서 확인해 본 것처럼, 의미의 위계에서 벗어난 각각의 문장들이 자유롭게 접속 가능한 네트워크 형태를 만들고 있기 때문이다. 실제로 상황주의자들의 실험은 대부분 구체적인 (도시) 공간을 대상으로 했는데, 개인의 구체적 삶과 유리된 채 비대해져 가는 도시의 구조에서 벗어나 직접적인 참여와 실험적인 놀이의 가능성을 제안하고자 했던 것이다. 그들의 공간 탐사 방법을 '표류(dérive)'라고 불렀던 것처럼 김언의 시 역시 우리를 문장들 사이에서 '표류'하게 만들고, 이로 인해 시간과 문맥이 결합된 인과적 흐름 속에서 의미를 받아들였던 기존의 수동적 독서 경험을 불가능하게 만든다. 이처럼 『한 문장』은 그간 묶인되어 온 시적 구성물들을 근본적인 차원에서 재조합하고 있다는 점에서 실험적이라고 할 수 있다. 돌이켜보면 그의 시 쓰기가 언제나 그래 왔던 것처럼 말이다.

4. 다시, 김언이라는 운명

1866년 파리언어학회는 언어의 기원과 관련된 주제를 더 이상 다루지 않겠다는 세부 규칙을 만든다. 인간 언어의 기원을 소급하는 것이 더 이상 과학적 방법으로 이루어질 수 없다고 판단했기 때문이다. 언어의 역사적 변형태들을 따라 기원을 추적해 나가는 일은 마치 화석으로 원형을 추측해 보는 일처럼 여러 현실적 한계에 부딪히는 것이 당연해 보인다. 특히, 단순한 감정을 표출하기 위해 발생한 것이 이성적 조직화를 따라 발전했다는 언어학적 관점에서 감정과 결부된 언어의 모습은 비과학적으로 보일 수밖에 없다. 하지만, 시인의 언어를 인간의 최초 언어로 여겼던 루소(J. J. Rousseau)는 지금의 언어가 오히려 감정과 결부되었던 언어의 타락으로 여겼다. 시적 언어가 가지고 있던 '생기(de la force)'가 삭제되어 버렸다는 것이다. 그렇다면, 지금까지도 이성적 조직화에 저항하면서 인간의 내면과 직접 맞닿고자 하는 욕망을 그 원천으로 하고 있는 시적 언어는 그대로 기원의 모습을 간직하고 있는 셈이다. 현실적 의미 구조의 재편을 위해서 인간 언어의 최초 모습이자 동시에 시적 언어의 기원을 향한 탐구가 김언의 두 번째 전략으로 여겨지는 것이 당연한 이유이다.

> 해는 희다가 생겨났다.
> 불은 붉다가 생겨났다.
> 놋쇠는 노랗다가 누렇다가 눌러붙으면서
> 생겨났다. 노을은 노랗거나 누렇거나 검붉거나
> 걷어 가다가 생겨났다. 그믐은
> 눈을 감다가 생겨났다. 검정이 대부분을 차지하다가
> 생겨났다. 풀은 푸르고 꽃은 피다가 생겨났다. 잎도 생겨났다.
> 한 포기씩 두 포기씩 더 많은 연기가

올라가다가 생겨났다. 그 검댕이

그을다가 생겨났다.

—「어원」 전문

인간 최초의 언어가 '정념(passions)'에서 비롯되었다고 했을 때, 어떤 대상을 처음 지칭해야 되는 순간 대상의 이름보다 그것과 관련된 상황이나 느낌이 앞섰을 것은 당연하다. 품사의 탄생으로 비유하자면, 동사나 형용사가 명사에 우선했다고 생각할 수 있다. 고정된 대상이라고 할지라도 그와 연관된 주변 상황들이 끊임없이 변화하는 가운데 이름은 지속적으로 유예될 수밖에 없었을 것이다. 시간이 흐른 뒤 이성적 소통을 위해 이름을 부르게 되었지만, 결국 그 뒤로는 무수히 많았던 상황들과의 단절이 숨겨져 있는 셈이다.

처음의 구절에서부터 마지막에 이르기까지 이 작품은 이름에 가려져 있었던 상황들을 되살려 내고 있다. 가령, 우리는 '해'와 연관된 색의 범주에서 흰색을 쉽게 떠올리지 않지만, '해'라는 이름이 탄생하기 이전이라면 그 어떤 색으로도 표현하는 것이 가능했을 것이다. 하지만, "해는 희다가 생겨났다"는 구절에서 시인이 암시하고 있는 것처럼, '해'에게 이름을 넘겨주게 되면 오히려 자신의 모습을 잃게 되었을지도 모른다. 이어지는 '불, 놋쇠, 노을' 등도 마찬가지이다. 결국, 대상은 이름을 얻게 되지만 거기에는 다양한 색과 상태들이 어우러진 '생기'를 잃게 되는 언어의 역사적 과정이 고스란히 드러나게 된다. 이처럼 김언 시인에게 '어원'의 탐색은 대상을 좁혀 가는 것이 아니라 누락되었던 것들을 다시 살려 내는 복원을 의미한다. 작품에서 "생겨났다"는 구절이 반복되고 있는 것도 같은 이유 때문이다.

「북방의 말」이나 「내가 말하는 동안」에서 시인이 보여 주고자 하는 것 역시 이와 직접적으로 연관되어 있다. 현재의 언어가 추론의 과정을 통해 소통된다면, 시적 언어는 이와 다르게 자연의 목소리 그대로를 닮아 있다. 루소는 이를 다시 지역적 조건과 결부시키면서 남방과 북방의 언어로 구별하기도 했다. 간략하게 비교하자면, 기후가 비교적 좋은 남방의 언어는 먼저 정념이 발생한 이후 필요에 따라 만들어진 것('나를 사랑해주세요')이며, 척박한 자연환경의 북방에서 발생한 언어는 정념 자체가 필요에 의해 만들어진다('나를 도와주세요'). 김언의 경우 특히 절박한 필요에서 나오는 "추운 말"을 선택하고, 이어 "더 추운 말"을 할 수 있는 조건으로의 이동을 스스로 다그치고 있다(「북방의 말」). 시인에게 현실 논리를 완전히 벗어난 내면의 언어에 대한 탐색은 그만큼 질박한 일인 섯이다.

　이 시집에서 작품이 하나의 완결된 의미 단위로 기능하지 못하는 것도 시적 언어의 기원을 탐구하고자 했던 시인의 절박함 때문이다. 김언은 문장 간의 인과관계에는 무관심한 채, 끊임없이 지속·반복되는 구조를 통해 현실의 의미 체계를 뛰어넘고자 한다. 따라서 김언의 시들은 문장 단위에서 언제나 의미의 과잉이며, 작품 전체의 차원에서는 언제나 의미의 결핍이다. 의미를 추론해야 하는 현실의 언어에서 이것은 말 그대로 현대시의 운명에 내재된 소통의 불가능 상황이다. 하지만, 김언을 따라 '생기'를 회복해 가는 언어의 과정에서라면, 발신과 수신의 관계가 무화되어 자유롭고도 고유한 형태로 존재하는 가능성의 모습이기도 하다. "빈틈없이 완벽할 수 없다는 점에서 완벽"한 이 가능성은, "결함투성이 천체 지도"를 끊임없이 그려 나가는 일처럼(「강철보다 단단한 밤하늘을 별은 어떻게 운행하는가?」) 김언이라는 이름에 부여된 운명이다.

한 명의 시인에게도 온 마을이 필요하다
—현택훈 시집 『난 아무 곳에도 가지 않아요』(걷는사람, 2018)

1.

한 권의 시집을 읽어 가면서 우리는 어쩔 수 없이 여러 기대감을 갖게 된다. 그것은 일상의 이면에 숨겨져 있던 거대한 진실을 마주하는 놀라움일 수도 있고, 때로는 스스로도 알 수 없어 애태웠던 내면의 속살을 생생하게 확인하는 감동일 수도 있다. 상반된 것처럼 보이기만 하는 시 작품에 대한 기대감들이 작품의 우열과 관련되어 있다고 할 수는 없겠지만, 그만큼 시문학에 내재된 가능성의 진폭이 무한대라는 사실을 단적으로 보여 준다.

이것을 시인의 입장으로 되돌려 생각해 보면 우리와 같은 평범한 일상을 공유하던 사람들이 어떻게 시인의 삶을 살아가게 되는지 문득 궁금해진다. 시 작품을 매개로 공감의 차원에서 호명되는 독자들의 다양성만큼이나 한 편의 시를 완성시키는 시인이 마주한 상황들 역시 다양할 수밖에 없기 때문이다. 이때, 현택훈의 세 번째 시집 『난 아무 곳에도 가지 않아요』는 우리에게 다소 흥미로운 양상을 보여 준다. 이 시집에서 시인은 제목을 통해 직접적으로 드러내고 있는 의지대로 자신의 일상 공간, 구체적으로는 시인이 거주하고 있는 제주도의 구석구석을 적극적으로 환기하는 데에 집중하고 있다. 따라서 이 시집을 읽는 독자들은 이미 익숙한 제주의 풍광이나 역사들을 다시 확인하면서 외지인으로서 제주에 대해 가지고 있던 일종의 무의식적 열망을 그대로 만나기도 하고, 한편으로는 별다를 것이 없는 제주의 일상을 살아가는 시인의 모습을 통해 제주와의 거리감을 좁혀 볼 수도 있다. 말하자면, 『난 아무 곳에도 가지 않아요』에는 자신의 시 쓰기를 일상의 모습들과 나란히 놓아두면서 '시인'으로 살아가고자 애쓰는 일상인의 모습이 고스란히 담겨 있다.

물은 바다로 흘러가는데
길은 어디로 흘러갈까요
솜반천으로 가는 솜반천길
길도 물 따라 흘러
바다로 흘러가지요
아무리 힘들게
오르막길 오르더라도
결국엔 내리막길로 흘러가죠
솜반천길 걸으면
작은 교회
문 닫은 슈퍼
평수 넓지 않은 빌라
솜반천으로 흘러가네요
폐지 줍는 리어카 바퀴 옆

모여드는 참새 몇 마리
송사리 같은 아이들
슬리퍼 신고 내달리다
한 짝이 벗겨져도 좋은 길
흘러가요
종남소, 고냉이소, 도고리소,
나꿈소, 괴야소, 막은소……
이렇게 작은 물웅덩이들에게
하나하나 이름 붙인 솜반천 마을 사람들
흘러가요

―「솜반천길」 전문

『난 아무 곳에도 가지 않아요』가 시인이면서 동시에 일상을 지속해야 하는 자의 기록이라고 한다면, 그것을 가능하게 만드는 것은 현실을 향한 시인의 시선에서 비롯한다. 천지연 폭포의 상류 물줄기인 '솜반천'이 흐르는 동네를 그리고 있는 이 작품에서 쉽게 확인할 수 있는 것처럼, 시인은 계곡의 물줄기에 시선을 빼앗기는 대신 그것과 나란한 '길'에 주목한다. '솜반천'을 바라보는 시선이 흔히 물의 활용이나 또는 목적지로서의 '바다'에 대한 관심의 표현이라고 한다면, '솜반천길'을 향한 시인의 시선은 활용이나 목적이라는 현실적 가치로부터 한발 물러선다는 것을 의미한다. 그리고 이는 평소 눈에 담아 두지 않았던 "작은 교회", "문 닫은 슈퍼", "평수 넓지 않은 빌라" 등에 대한 발견으로 이어진다. 특히, "송사리 같은 아이들/슬리퍼 신고 내달리다/한 짝이 벗겨져도 좋은 길"이라는 대목에 이르면 시인의 눈길이 닿았던 '길'은 하나의 배경으로 이내 사라지고 결국 그 길 위에서 벌어지는 일상의 순간들이 마치 영화의 장면처럼 클로즈업된다.

가치 추구의 목표에서 벗어남으로써 흔한 일상의 순간들을 발견해 내는 현택훈 시인의 특징적인 시선은 하나의 기법이면서 동시에 그를 시인으로 만드는 원동력이기도 하다. 이를 보다 잘 이해해 보기 위해 일본의 영화감독 오즈 야스지로(小津安二郎)를 잠시 떠올려 보자. 오랜 시간이 지난 후에도 그의 영화들이 잊히지 않고 많은 사람들의 기억에 남아 있는 이유는 앞서 시인의 특징으로 말한 것처럼 그 역시 가족을 중심으로 한, 특별할 것 없는 일상의 이야기에 주목하고 있기 때문이다. 중요한 점은 우리의 모습과 다르지 않은 일상의 이야기가 스크린을 통하면서 증폭되어 전달되는 이유이다. 그것은 '다다미 숏(tatami shot)'이라고 불리는 그만의 독특한 시선과 관련 있다. 카메라 앵글의 변화는 인물이나 스토리를 강조하면서 감독 특유의 시선을 드러내는 데 유용한 영화적 기법이다. 하지만 오즈의 경우 바닥과 아주 가까운 높이에 카메라를 고정시켜 놓고 대부분의 장면을 촬영한다. 그 높이가 일본의 전통 바닥재인 다다미(疊) 위에 앉아 있는 사람의 시선과 같다고 해서 이른바 다다미 숏으로 널리 알려지게 되었다. 기법의 다양성과는 거리를 두게 되었지만, 이 같은 오즈의 시선은 자신이 주목하는 일상의 이야기를 결국 관객들의 실제 삶과 같은 차원에서 보다 극적으로 전달하는 데에 성공하게 된 것이다. 거꾸로 말하자면, 일상을 벗어나지 않는 감독의 시선이 그와 가장 걸맞은 이야기를 발견한 것이라고도 할 수 있겠다. 평범하고 단순해 보이는 이야기들임에도 미묘한 긴장감 속에서 펼쳐지는 오즈의 매력 역시 여기에서 비롯한다.

「솜반천길」을 통해 확인해 보고자 하는 현택훈 시인의 시선 역시 이와 깊이 연관되어 있다. 시인은 조금 더 낮고, 조금 더 뒤로 물러나 있던 일상의 것들에 초점을 맞춤으로써 삶의 공간에 대한 묘사를 뛰어넘어 우리의 삶 속으로 박진한다. 따라서 시인이 주목하고 있는 '교회, 슈퍼, 빌라'는 단순한 배경이 아니라, 비록 역사로 기록되지는 못하지만 그 공간 속에서 하루하루 빠짐없이 치열하게 살아가는 보다 소중한 우리의 일상을 환기한다. 작은 것에 이르기까지 빼놓지 않고 다양하게 이름이 붙어 있는 웅덩이들을 만났을 때도 결국 그에 얽혀 있는 "솜반천 마을 사람들"의 삶에 이르게 되는 것처럼 말이다. 시인이 던진 시선을 따라 다소 낯선 공간에 들어서게 된 것도 잠시, 어느새 다를 것 없는 일상의 시간을 공유하게 되는 경험 또한 그의 시선 덕분이라고 할 수 있다.

2.

나아가 시인은 자신이 발견해 낸 그 일상의 공간 안에 스스로를 적극적으로 위치시키고 있다. 그것은 「거북손」이나 「투이」에서처럼 고향의 자연물들을 향한 애정과 진솔한 감정이입의 상황으로 잘 드러나 있다. 특히 「투이」에서는 공간을 넘나드는 철새를 소재로 새가 머무는 공간을 중첩시킴으로써 고향의 의미를 확장해 나가는 데에 이른다. 하지만 이 같은 토속적·자연적 소재들은 한정된 고향 공간 안에서 일상과의 만남이 단순한 우연의 기록이 아님을 보여 주기 위해 시인이 절실하게 노력한 결과물로 이해하는 것이 올바르다고 할 수 있다.

내가 떠날까 봐 불안해한 적 없다는 걸 나는 알지 못하지 않는다
다시 말해 네가 나를 붙잡으려 한 적이 단 한 번도 있지 않았다는

말이다

　그러니까 내가 떠난다 해도 너는 버스 정류장에 멍하니 앉아 있지
않을 거라는 걸 나는 알지 못하지 않는다.

　그래도 슬퍼하는 사람이 있을까 봐 난 노래해요

（중략）

아주 멀리 가 봤자 바닷가

까맣게 잊어 봤자 구상나무가 기억한다

―「우정출연」 부분

　이 작품에서 시인은 첫 연의 문장들을 필요 이상의 이중부정문 형
태로 만들어 두고 있다. 부정문으로 만들기 위해 일부러 문장의 구
조를 비틀기까지 하면서 말이다. 때문에 독자들로서는 작품의 처음
에서부터 시인이 강조하고자 하는 핵심을 쉽게 파악하게 되는데, 그
것은 어떤 상황에서도 시인이 지금 머물러 있는 공간을 벗어나지 않
을 것이라는 사실이다.

　'바닷가'라는 공간과 '구상나무'라는 소재 역시 '나'의 이동을 통해
자각하게 되는 대상들이지만, 그것은 '나'의 역동성이나 공간의 확장
을 보여 주는 것이 아니다. 오히려 "아주 멀리 가 봤자" 내지는 "까
맣게 잊어 봤자"라는 한정된 서술로 인해 '내'가 머물러 있는 시간과
공간을 두드러지게 확정하는 구체적인 사물이 된다. 시집의 제목이
된 "난 아무 곳에도 가지 않아요"라는 구절이 바로 이 작품의 마지
막 부분에서 등장하는데, 시인이 발을 딛고 서 있는 고향 공간에 대
한 애착과 의지를 명확하게 대변하고 있는 셈이다.

바위그늘집에서 그리 멀지 않은 곳에 있는 정류장

오늘은 웬일일까요

돌하르방이 버스에 올라탑니다

노루가 귀를 쫑긋 세우고서 들어옵니다

참새가 열린 차창으로 들어옵니다

반딧불이도 들어옵니다

알락할미새도 들어옵니다

난리 때 인민유격대 대원이었던 사내가

제사 지낼 식구도 없는 감산리에 들렀다가

버스에 시적시적 올라탑니다

흙 묻은 옷 더벅머리 사내는

버스 차창에 머리를 기대어 낯선 노래를 부릅니다

나는 그 노래를 받아 적고 싶지만

축축한 물기운이 버스에 가득 차서 그만둡니다

사내의 바지에 붙어 따라온 환삼덩굴이

줄기를 뻗어 시외버스 속을 가득 채웁니다

—「감산리 경유」 부분

자신이 머물고 있는 공간을 벗어나지 않고 일상을 공유하는 현택훈 시인의 특징은 물론 '고향'이라는 보편적 의미 차원에서도 기능하지만, '제주'라는 공간만이 가진 고유성과 크게 반응한다. 「고산리 선사유적지」나 「발신번호표시제한섬—내게 쓴 메일함」을 비롯하여 「서귀포 자매」, 「서귀포 씨 오늘은」 등의 여러 작품들이 이와 같은 제주와 시인만의 연관을 잘 보여 주는 기록들이다.

위의 「감산리 경유」는 버스가 하루에 겨우 "두 번 지나가는 감산리"를 배경으로 앞서 말한 시인의 특징, 즉 '제주'라는 공간의 의미를 평범한 일상 속에서 최대한의 시적 의미로 확장해 나가는 모습을 절묘하게 보여 주고 있는 대표적인 작품이라고 할 수 있다. "경유 노선을 폐지한다는 말이 돌" 정도로 사람이 많지 않은 버스의 승객들을 시인과 같이 확인해 보자. "돌하르방", "노루", "참새", "반딧불이", "알락하늘소" 등으로 이어지는 손님들의 면면이 제주의 문화와 자연을 대변하고 있음은 누구라도 쉽게 알아챌 수 있다. 이 같은 제주의 상징은 "난리 때 인민유격대 대원이었던 사내"의 탑승에서 결정적 장면이 된다. 실제로 조금만 관심을 기울이고 다녀 보면, 거의 모든 곳이 우리 현대사의 비극적 장면과 연관되지 않은 곳이 없는 제주에서 이 '사내'의 탑승은 '버스'라는 공간 안에서 우리의 일상과 멀게만 느껴지던 역사가 한 몸이 되는 의미로 올라선다.

최두석의 「성에꽃」을 비롯하여 최민석의 소설 「시티투어버스를 탈취하라」에 이르기까지 '버스'가 하나의 공동체적 공간으로 등장하는 것이 우리 문학에서 아주 낯선 일은 아니다. 특히, 버스에 탑승하는 승객들을 미리 예견할 수 없다는 점에서 이제껏 '공동체'라는 말에 내재되어 있던 맹목성이나 폭력성에서 어느 정도 벗어나는 것이 가능하기도 하다. "인민유격대 대원이었던 사내"에 이르기까지 필연적 인과관계에서 벗어난 대상들이 탑승하고 있는 「감산리 경유」에서의 버스도 이와 마찬가지로 제주의 문화와 자연, 그리고 비극적 역사까지도 모두 아우르고자 하는 시인이 만들어 낸 공동체가 된다. 이것은 보편적 진리에 대한 믿음 위에서 행해지는 것들이 오히려 '무조건성에 대한 열망'과 동일하다고 비판한 로티(R. Rorty)를 생각나게 만든다. 그는 이성을 기반으로 가능한 해석이나 보편적 논리의 수용 가능성에 대해 끊임없이 경계하면서, 우연성에서 비롯된 완전히 자유로운 만남을 꿈꿨다. 이른바 '시화된 문화(poeticized culture)'가 실현된 이 같은 유토피아적 모습과 「감산리 경유」에 등장하는 '버스'를 견주어 이해해 볼 수 있을 것이다. 특히, 이성적·계산적 판단으로만 보자면 "타는 사람이 많이 없어서" 곧 없어질 운명에 처해 있는 버스이지만, 오히려 그 판단을 벗어나기만 한다면 현실과는 반대로 언제나 "만원"을 이루고 있었던 모습은 유토피아의 모습 그대로 우리에게 공감을 불러일으킨다.

이와 연결되어 있는 마지막 연의 모습은 이 작품을 한층 더 아름답게 만든다. "이 많은 것들이 모두 버스에 타느라 정작" 버스에 타지 못한 "서동묵은터 할머니"는 아무렇지도 않게 "다음 버스"를 기다린다. 앞에서 이 버스가 하루에 두 번 있다는 사실을 상기해 본다면, 다음 버스를 탄다고 해도 "읍내 오일장"에 가고자 하는 '할머니'의 목적은 이미 어그러졌다고 보아야 할 것이다. 그럼에도 '할머니'는 버스를 기다리는 것 자체가 목적인 것처럼 "근처 점방에 가서 화투를" 치며 버스를 기다리기로 한다. 부디 다음 장면을 놓치지 말기를. "손님이 오는 날인가, 매화가 더욱 붉다며 패를 떼"고 있는 '할머니'의 모습은 버스를 놓친 후의 단순한 행동에 불과할지 모르지만, 작품 안에서는 물리적 시간과 인과를 거슬러 올라 사실상 버스에 오른 많은 '손님'들을 부르는 예언적 행위로 기능하게 된다. 다시 말해서, 현택훈 시인의 시선은 '할머니'의 평범한 일상에 투영되어 제주의 자연과 아픈 역사를 다독여 주고 나아가 치유와 화합이 가능한 공동체 안으로 불러 모으는 신화적 기능을 부여한다.

이처럼 제주만의 특징적 사연을 배경으로 일상의 모습과 역사적 현장이 하나가 되는 공동체의 아름다운 모습은 『난 아무 곳에도 가지 않아요』를 구성하는 중요한 요소이다. 이제는 아무도 살지 않는

폐허가 되어 버린 곳에서 "산과 바다가 만나 모여 살던 사람들"의
흔적을 되살려 내고 있는 「곤을동」이나, 어른들의 일과 전혀 상관없
는 "아이들"마저 희생되었던 과거의 비극적 사건들을 '고사리'에 빗
대어 기억해 내고 추모하는 「제주 고사리」 역시 같은 특징들을 적극
적으로 공유하고 있는 작품들이다. 특히, 다음을 눈여겨보자.

   삼동을 먹고 우리는 입속이 까마귀처럼 까매져서 까악까악 웃고 뱀
  딸기를 먹고 우리는 눈초리를 위로 올리고서 뱀처럼 혀를 낼름거리고
  놈삐 서리해서 풀밭에다 슥슥 닦아 먹고 까마귀밥은 까마귀가 먹고 따
  뜻한 밥은 할아버지가 먼저 잡수시고 생일이면 국수를 먹고 잔칫날엔
  성게국 멩질엔 빙떡과 지름떡을 먹고 푸른 바다를 가른 옥돔을 먹고
  한라산 바람을 마시고 어른들은 산을 통째로 마시고 죽은 큰고모 같은
  사람이 밥 한 사발 더 떠 주는.

                                                          —「영주식당」 전문

「영주식당」은 앞서 말한 현택훈 시인의 특징이 가장 잘 구현되어
있는 동시에 이 시집에서 가장 아름다운 작품으로도 꼽을 수 있다.
시적 진술을 지속시키는 중심으로 등장하고 있는 '먹는 행위'는 생
명체라면 가장 기본적이면서 필수적인 기능이다. 시인은 여기에 여
러 가지 의미들을 추가해 나간다. 가령 음식을 먹고 나면 '우리'가 먹
은 음식의 속성이나 이름에 연관된 자연물과 그 성질이 동일해진다
거나, 먹는 행위만으로도 가족관계나 세시풍속이 구성된다거나 하
는 의미들이 바로 그것이다. 이는 "푸른 바다"와 "한라산"으로 상징
되는 제주의 자연과 일치되는 데에 이르기까지 하는데, "영주식당"
이라는 한정된 공간 안에 위치함으로써 다시 의미의 도약을 이룬다.

잘 알려진 대로 '영주'는 제주를 부르는 여러 별칭들 중 하나이다. 더불어 이 공간의 중심인물인 "죽은 큰고모 같은 사람"은 앞서 「감산리 경유」에서도 확인해 본 것처럼 어김없이 제주의 역사를 상징한다. 말하자면 시인은 이 작품을 통해, 비극적 역사를 잊지 않고 마주함으로써 고향 공간 곳곳에 숨 쉬고 있는 의미들을 진정으로 되살려내고, 나아가 '제주'라는 공간적 의미를 보다 입체적으로 형상화하고 있다.

3.

현택훈 시인은 아마도 '시인'으로 살아가는 동안은 '제주'에 머물 것이고, '제주'에 머무는 이상은 '시인'으로 살아갈 수밖에 없을 것이다. 그것은 공간의 물리적 범주에 대한 애착 때문이기도 하고(「서귀포씨 오늘은」), 그가 좋아하는 "한때 시를 썼다는 사장"의 가게를 방문해서 신나게 장사를 하는 모습을 보는 것이 마냥 즐거워서일 수도 있다(「홈런분식에서―시인 김세홍」). 무엇보다도 중요한 이유는 그가 고향을 함께 나눠 가진 친구의 삶과 더불어 시인이 되었다는 사실이다.

내가 이렇게 운구차에 실리고 있는데 다른 친구들처럼 날 들어 주지
도 않고 날 위한 시를 쓰지 못한 네가 무슨 친구냐며 시인이냐며 그런
시인 친구 필요 없다며 양지공원 어두운 한낮에 흩어진 별빛들이 구름
의 목울대를 가득 채우며

(중략)

고등학교 졸업 앞둔 겨울방학 함께 바다에 가자며 넌 시인이 꿈이니

까 나중에 시인이 되면 날 위해 시를 써 주라며 바닷가에 글씨를 쓰면
파도가 지워 버리는 열아홉 살 아이는 셋 낳을 거라며 네가 시를 쓰면
제목을 내 이름 성환으로 해 달라며

　　　　　　　　　　　　　　　　　　—「성환(星渙)」부분

　이 작품에서 시인을 '시인'이라고 부르는 사람은 오직 '친구'뿐이
다. 등단을 했을 때도 "신문사에 전화"까지 해 가면서 연락처를 알아
내고 "치킨집에서 오백 잔을 부딪치며" 축하를 해 주고 '시인'이라고
불러 준 것도 친구이며, "첫 아이"를 낳고서도 직접 병원으로 와 달
라고 부탁한 뒤 "아이 이름"을 지어 달라고 부탁하는 친구는 "넌 시
인이니까" 당연히 자신의 부탁을 들어줘야 한다며 '시인'의 역할을
강조한다. 뿐만 아니라 "일하면서 시 쓰라며" 소개해 준 직장에 직접
취직을 시켜 주기도 하고, "시 쓰려면 연애를 해야" 한다며 여자를
소개시켜 주면서 '시인'으로서 해야 할 일들에 대해 직접 발 벗고 나
서기도 한다.
　아니, 어쩌면 시인이 되고 싶은 건지 스스로도 갈피를 잡지 못할
때 "넌 시인이 꿈이니까 나중에 시인이 되면 날 위해 시를 써 주라"
는 목표를 친구가 정해 주었던 것인지도 모른다. 하지만, 자신의 이
름으로 시를 써 달라는 친구의 바람을 시인은 끝내 들어주지 못한
것이다. 시인을 오롯이 지금의 시인으로 만든 친구의 부탁은 한 편
의 시로 남지 못하고 결국 친구의 죽음 뒤에야 그 이름을 따라 "흩
어진 별빛"(星渙)이 되어 고향에 남고 만다. 시인이 고향의 공간들에
더없는 애착을 가지고 있고, 그 한 편의 시를 쓰지 못해 결국 수많은
시를 쓸 수밖에 없는 운명을 선택하게 된 것이 바로 이 때문이다.
　친구 덕분에 시인으로 불렸고, 이제는 친구의 이름을 다시 고향

공간에 남겨 두게 된 시인이 있다면 우리도 어쩔 수 없이 그와 친구가 어깨를 겯고 있던 곳을 통해서 시인으로 불러 보는 것이 타당할 것이다. 『난 아무 곳에도 가지 않아요』는 이처럼 온통 친구와 고향 제주의 자연과 역사가 어우러진 기록이다. 혹시 시인이 자신의 시 쓰기를 "아주 천천히 날아다녀도/알아보지 못하는" 미확인비행물체의 움직임과 같아서 "알아보는 사람도 있지만/미안해 죽겠"다는 생각을 하고 있다면(「UFO」), 이제는 다 알고 있다고 그리고 당신의 고향에 가서 우리도 당신을 시인으로 불러 보겠노라고 말해 주고 싶다.

죽음을 마주하게 된다면
―고광식 시집『외계 행성 사과밭』(파란, 2020)

1. 파산을 선언하다

시집『외계 행성 사과밭』에는 '죽음'과 관련된 다양한 장면들이 기록되어 있다. 공동묘지에서 "죽음을 답사하고 있"는 모습이나(「무덤의 기억」), 틀림없이 다가올 자신의 죽음에 대해 결연한 의지를 드러내고 있는 것을 비롯해서(「사자에게 던져 줘」) 의학 실습용으로 기증된 시신에게 건네는 이야기에 이르기까지(「카데바」) 죽음을 향한 시인의 시선에는 어떤 집요함마저 느껴진다. 특히, 3부에 배치되어 있는 대부분의 작품들은 우리가 지금 살아가고 있는 자본주의 현실의 단면들을 잘 보여 주고 있는데, 이때 역시 시인은 죽음의 문제를 피해 가지 않는다. 이 같은 특징을 들어 표현하자면, 고광식 시인은 이 시대의 죽음들에 대해서 생생한 목격자가 되고 싶어 하는 것처럼 보인다.

구체적인 경험으로서 닥쳐올 죽음에 대한 태도는 개인마다 다를 수밖에 없고, 따라서 그것을 하나의 기준 안에 두고 말할 수도 없을 것이다. 다만, 누구도 피할 수 없는 필연적 사건이라는 점에서 죽음은 때로 우리의 이성적 한계를 뛰어넘게 만들기도 하고, 보다 인간답게 살 수 있도록 주체적인 결단을 내리게 만들어 주는 계기(하이데거)가 되기도 한다. 요컨대 고광식 시인의 『외계 행성 사과밭』을 읽게 된 우리가 주목해야 할 것은 '죽음' 그 자체가 아니라, 그 사건을 통해서 직면하게 될 문제의식이라고 할 수 있다.

다음의 작품을 먼저 읽어 보면서 죽음을 다루는 시인의 문제의식에 천천히 다가가 보기로 하자.

나는 얍의 커다란 돌바퀴를 굴리고 갑니다 서울에 두고 온 신용불량자의 허기를 메꾸던 주름 가득한 화폐입니다 당신 마음을 훔치려 화폐 구멍을 드나드는 바람도 데리고 갑니다 한강의 물결이 몰려오고 불현듯 내게 붙여졌던 압류 목록이 떠오릅니다

조심스레 마음을 굴립니다 화폐 구르는 소리에 당신은 잠을 설칩니다 소문이 돌바퀴 숫자만큼 늘어나고 있습니다 바퀴 소리가 커질 때마다 얼굴이 붉어집니다 등급 떨어진 신용카드가 바퀴에 부서지는지 구름이 흔들립니다

돌바퀴가 깨지지 않도록 조심합니다 당신에게로 가는 망명객의 기침 소리가 구릉을 넘어갑니다 산호 가루를 친 비틀넛이 갈증을 달래 줍니다 삼포 세대의 손에 힘이 들어갑니다 붉은 타액처럼 당신 마음을 사로잡고 싶습니다

화폐를 당신 집에 기대어 놓습니다 돌바퀴 인치가 마음에 드십니까 서울에서 파산한 가슴을 당신에게 드립니다 옆구리에 풀잎 가방을 차고 당신을 기다리겠습니다 손바닥이 부르트고 돌의 무게만큼 가슴이 저립니다

이 시에서 중심 소재로 활용되고 있는 "돌바퀴 화폐"는 20세기 초 미국의 인류학자에 의해 관찰된 이후, 1976년 노벨 경제학상을 받기도 한 자유시장경제학의 거두인 밀턴 프리드먼에 의해 널리 알려졌다. 그는 오랜 기간에 걸쳐 벌어진 다양한 화폐 현상들을 분석한 자신의 저서를(『화폐 경제학(Money Mischief)』, 한국경제신문, 2009) 개인 간의 합의와 믿음만으로도 유지되는 조금 특이한 화폐 현상에 대한 이야기로 시작한다.

마이크로네시아 군도의 한 섬(Yap)에서는 멀리 떨어진 다른 섬의 석회석을 가져와 바퀴 모양으로 다듬어 돈으로 사용하는데, 페이(fei)라고 불리는 이 돈에는 아무런 표시가 없음에도 불구하고 대를 이어서까지 소유 관계가 명백하다는 것이다. 거래가 끝난 이후에도 너무 무거워서 가져가지 않아 남의 집에 그대로 놓여 있는 것이나, 심지어 오래전 실수로 바다에 가라앉아 버려 존재 여부를 알 수 없는 것에도 페이의 소유에 대한 구성원들의 인정은 변함없이 지속된다고 한다.

시장에 대한 국가징책의 최소회를 강하게 주장하면서, 화폐 가치의 인위적 등락을 초래하는 정부 정책의 폐해를 지적하고자 했던 프리드먼에게 이 사례는 꽤나 매력적이었던 것으로 보인다. 정부의 개입이나 정책적 조정 없이 신비할 정도로 아무 탈 없이 유지되는 이 섬 특유의 화폐 현상에 대한 설명은 누구에게나 자유시장경제 모델이 최선의 것처럼 느껴지게 만든다.

고광식 시인은 이 흥미로운 이야기에 등장하는 "돌바퀴 화폐"를 조금은 다른 관점에서 바라보고 있다. 우선, 이 작품은 '서울'과 '당신 집'으로 대변되는 선명하게 상반된 두 공간을 기본적 배경으로 하고 있다. '신용불량자'라는 단어를 통해 압축적으로 드러나 있는 것처럼 서울에서의 '나'는 경제적으로나 또 정신적으로나 금치산자의 상태이다. 이때, "돌바퀴 화폐"는 두 가지 측면에서 중요한 의미로 등장하는데 먼저 화자인 '나'의 "허기를 메꾸"는 것이 가능한 존재이며, 이와 동시에 '나'에게 현재의 상태를 벗어나 '당신 집'으로 향하게 만드는 구체적 행위를 가능하게 만드는 계기이기도 하다. 즉, 화자에게 "돌바퀴 화폐"는 경제적 곤란을 벗어나게 해 주지는 못하지만 바로 그 경제적 목표에 떠밀려 그간 잊고 있었던 다른 가치를 향하게 만드는 것이다.

작품 내에서 새로운 가치는 '당신'을 향한 '그리움'과 연관되어 있는데 '돌바퀴'를 굴린다는 것은 곧 "마음을 굴"리는 것과 동일해지고, "신용카드가 바퀴에 부서"진다는 표현에서 직접적으로 알 수 있는 것처럼 경제적 이익을 추구하는 행위들과 맞서는 의미를 갖게 된다. 따라서, "화폐를 당신 집에 기대어 놓"는 것이 일단 성공하고 나면 '돌바퀴'는 더 이상 '화폐'로써의 기능은 갖지 못하고 꼭 "돌의 무게만큼"의 고유한 가치로 변화된다. 이렇게 이해관계에서 벗어난 '나'는 드디어 "파산한 가슴" 그대로도 "당신을 기다리"는 것이 가능한 존재가 될 수 있다.

화폐를 중심으로 이루어지는 자본주의적 일상은 '가격'이라는 일원화된 가치 체계 안으로 거래에 참여하는 모든 사람들을 편입시키는 과정이라고 할 수 있다. 앞서 말했던 것처럼, 프리드먼은 "돌바퀴 화폐" 역시 이와 같은 시장경제의 화폐와 동일한 기능을 수행한다고 보았다. 하지만, 고광식 시인은 현실의 거래를 중지시키고, 자본주의적 가치 체계에 "파산"을 선언하며 나아가 삭제되었던 대상들의 본래적 가치를 되살려 내는 가능성으로써의 '돌바퀴 화폐'에 주목하고 있다. 돌이나 깃털, 조가비 등이 모두 '화폐'로 수렴되는 다른 형태일 뿐이라고 보았던 프리드먼과 다르게, 시인은 자본주의의 역사적 과정을 거슬러 올라가 다시 돌이나 깃털, 조가비 등의 본래 가치들을 되살려 놓는다.

2. 죽음의 목격자

자본주의적 가치관을 둘러싼 상반된 견해들은 결국 역사적 발전이라는 사실 앞에서 어느 정도 합의를 보게 된다. 개인들의 실용적 물물교환이 글로벌 마켓으로 변모하고, 주식과 채권을 거래하는 금융시장으로 확대되면서 잉여를 창출하게 되는 일련의 과정을 인류가 바라던 대로 이뤄 낸 결과물로 자연스럽게 받아들이게 되는 것처럼 말이다. 심지어, 프리드먼의 경우 경제 분야에서 일어나는 모든 문제들은 가만히 두기만 한다면 장기적인 관점에서 결국 발전된 방향으로 흘러가기 마련이라는 주장을 펼치기도 했다.

그렇다면, 자본주의의 역사는 정말 모두가 원하는 결과를 향해 가는 자연스러운 발전의 과정이 축적되어 온 것일까. 죽음에 대한 고광식 시인의 문제의식은 바로 이 지점과 깊이 연관되어 있다. 앞서 인용한 작품을 통해 우리는 이미 화폐를 중심으로 하는 자본주의적 가치의 확대가 인간적이고 내밀한 관계의 '압류'를 전제로 하고 있다는 시인의 인식을 살펴보았다. 그럼에도 불구하고 지금의 시간을 여전히 발전으로 여기고 있는 현실 앞에서 시인은 죽음의 문제를 꺼내 들고 있는 것이다. 죽음이라는 사건을 통해 유한성 속에서 우리 스스로의 본질을 처음 마주하게 된 것처럼, 고광식 시인은 죽음의 문제를 우리 앞에 적극적으로 끌어들임으로써 자본주의의 발걸음 뒤로 남겨진 현장의 모습을 생생하게 전하고 있다.

폭설을 맞으며 폐업을 하는 피자집
상처를 긁어내기 위해 트럭이 2.5톤 짐칸을
가게 안으로 깊숙이 들이민다
피자 굽는 냄새에 행복하게 웃음 짓던
아이들의 표정을 짐칸에 싣고 나면
슬픔은 손으로 두드려 만든 피자처럼 쫄깃해진다
시린 눈송이는 환하게 불 켜진
철거 현장으로 문득 멈춰 서서 내린다
피자의 맛마저 떠올릴 수 없이 구겨진 차림표가
아무렇게나 부서진 벽돌과 함께 짐칸에 실리면
개업식 때 이벤트로 쏘아 올린 음악 소리만
쾅쾅 짐칸을 홀로 울린다
뜯어낼수록 더 허기가 지는 가게 안
실내장식 소품들이 부러진 갈비뼈 드러낸다
하나씩 비워 감으로써
상처 난 살에 새살이 돋는 걸까
논고개로 택지 개발 지역 버스 정류장 앞
인도로 머리만 내놓은 트럭에 실리는
탁자와 의자가 쭉정이처럼 가볍다
푸른 꿈을 석 달 만에 접은 젊은 부부가
생살 돋는 날들을 헤아리는 듯 폭설을 맞고 있다
피자 가게를 잘게 부숴 짐칸에 실은
트럭이 부르르 몸을 떤다

현실에서라면 누구도 눈여겨보지 않을 만큼 흔한 장면을 세밀하게 묘사하고 있는 이 작품은 시집 『외계 행성 사과밭』에서 인상적인 작품 중의 하나로 꼽을 수 있다. 가게가 철거되고 있는 현장에서 시인은 일의 순서에 맞추어 하나하나 철거가 이루어지는 구체적인 모습과 함께 철거 이전에 잠시나마 성업을 했던 순간들을 극적으로 대비시켜 보여 주고 있다. 이를 통해서 우리는 당연하다고 생각해서 미처 머릿속에 담아 두지도 않았던 사실들을 어쩌면 처음으로 받아들이게 된다. 재개발로 인해 지금 철거되고 있는 '피자집'은 누군가에게는 "푸른 꿈"이었으며 한때는 그 안에서의 노동으로 "행복하게 웃음 짓"는 것이 가능한 공간이었다는, 뻔하지만 그래서 더욱 진실일 수밖에 없는 사실들 말이다.

시집을 다 읽고 난 후에도 여전히 이 작품의 장면이 잊히지 않는 또 하나의 특징은 시인이 철거 대상인 '피자 가게'와 철거를 담당하고 있는 '트럭'을 모두 생명이 있는 존재처럼 그리고 있다는 점이다. "구겨진 차림표"나 "부서진 벽돌"이 차례로 부서지면서 실려 나가는 과정들을 거쳐 "실내상식 소품들이 부리진 갈비뼈 드러낸다"는 구절에 이르면 우리는 어느새 소중한 생명을 무참하게 해부하는 현장에 참여하고 있는 듯한 느낌을 받기에 이른다. 철거가 끝난 마지막 장면에서 우리가 "부르르 몸을" 떨게 되는 것 역시 철거에 참여한 '트럭'과 동일한 눈높이에서 비인간적인 이 행위를 목격하길 바란 시인의 의도 때문이다. 따라서, 시장 논리 안에서 그간 많은 사람들에게 동의를 얻어 온 "택지 개발" 행위는 시를 읽고 나면 자연스럽게 그 타당성을 잃게 된다.

다시 한번 강조하자면, 고광식 시인이 바라보고 있는 죽음의 모습이 우리에게 하나의 문제의식으로 다가오는 이유는 바로 이 때문이다. 그는 우리가 일상적 모습이라고 생각해 왔던 장면들을 죽음의 순간으로 확대하면서, 발전의 목표 아래 숨겨 왔던 자본주의의 맨얼굴을 드러내고 있다.

> 주위를 살피며 수시로 발바닥의 땀을 확인하고
> 거리에는 영역을 확인하는 포식자들의 소리 계속된다
> 이목구비는 엽기적인 셰프다
> 잡히면 부위별로 나뉘고 뼈까지 사나흘씩 추려진다
>
> 우리는 서로에게 먹이였으므로
> 언제나 독 오른 발톱을 드러낸다
>
> 미끄러진다는 것은 산 채로 먹이가 되는 불안한 자세
> 그러니 발의 땀을 언제나 확인하고
> 바닥과의 접지력을 높여야 한다
>
> ―「자본주의」부분

자본주의의 특징을 분명하게 보여 주고자 하는 이 작품에서 시인이 주목하고 있는 것은 '포식성'이다. 제목으로도 확인할 수 있는 것처럼, 고광식 시인은 전혀 에두르지 않고 우리의 생명을 노리는 직접적 위협의 존재로 '자본주의'를 그리고 있다. 따라서, "미끄러진다는 것은 산 채로 먹이가 되는 불안한 자세"라는 진술에 담긴 자본 논리의 비인간성은 우리에게 발전의 속성에 대해 다시 생각하게 만들

어 준다.

　발전이 곧 가치로 인정되는 사회에서 수치로 표현이 가능한 목표들은 우리가 살고 있는 사회의 올바른 방향을 판단하는 객관적 사실과 동일시된다. 그리고 이때 제시된 숫자들은 자본주의적 가치판단에 따라 개별적·질적 차이를 무력화시키고 집합적이고 양적인 합계에서 비롯한다. 마사 누스바움이 경제적 공리주의 모델을 중시하는 의사 결정 구조의 특징으로 지적한 것처럼, 바로 이때 사회를 구성하는 각 개인들은 정서적 만족의 주체들이 아니라 앞으로 성취하게 될 사회적 만족을 달성하는 필수적인 행위자들로 여겨질 뿐이다. 따라서 주어진 목표를 향해 가는 발전의 속성상 '미끄러짐'은 언제나 유발될 수밖에 없는 사건임에도 불구하고, 현실에서 자꾸만 미끄러져 나오는 개인적 삶의 고유성들은 가치에서 배제된 채 자본주의의 "먹이"로 전락하게 된다.

> 한 사내가 둥지 있는 나뭇가지에 매달렸다
> 흡사 심술궂은 바람이
> 장마철에 찢어 놓고 간 나뭇가지 같았다
> 알에서 갓 나온 새들이 놀라서
> 축 처진 사내를 보고 울었다
> 떠돌던 삶 그대로 발이 허공에 들려 있었다
> 볼펜으로 눌러쓴 A4 용지에서
> 축축한 곰팡내와 함께 노숙의 한숨이 묻어났다
> 새들은 연고를 찾지 못한 사내가
> 나무에서 내려질 때까지
> 하염없이 곡을 하였고

죽은 사내를

해부용으로 사용한다는 소문을 들었다

어쩌면 사내는 둥지가 있는 나무에

또 다른 둥지를 틀고 싶어 했는지 모른다

나무는 한 번도

세입자 문제로 얼굴을 붉히지 않았다

　　　　　　　　　　　　—「나무 칸타타」 부분

　고광식 시인의 시선을 따라 들춰 보게 된 현실 논리의 이면에서 우리는 그 어느 때보다 죽음의 문제를 가까이 마주하게 된다. 죽음이라는 사건으로도 한 번의 관심조차 받는 것이 불가능한 소외된 죽음에 이르기까지 말이다.

　이 작품에서 우리가 목격하게 된 "축축한 곰팡내와 함께 노숙의 한숨이 묻어" 있는 죽음이 바로 그렇다. 죽음을 선택하게 된 작품 속 주인공의 행위를 "또 다른 둥지를 틀고 싶어 했"다고 표현한 것에 미루어 본다면, 어째서 이 죽음이 소외될 수밖에 없었는지를 쉽게 짐작할 수 있다. 이윤을 창출해야만 하는 사회적 구조에 동참하지 못했던 자들의 죽음은 그 어떤 사회적 의미로도 수렴되지 못하기 때문이다. 이와 같은 죽음은 "해부용으로 사용"된다는 최소한의 가치를 가질 때, 기껏해야 "소문"의 범주로나마 사회 안에서 받아들여질 뿐이다.

　말하자면, 존재로서의 고유한 자기 자신을 성찰하게 만들고, 모두에게 평등하게 도래하는 유일한 사건으로서의 죽음도 자본주의적 현실 앞에서는 차별의 논리가 적용된다. 시인은 이와 같은 현실에 맞서 소외된 죽음을 추모하면서 다시 한번 자본의 비극성을 환기시키고 있는 셈이다.

특히, 이 작품에서 시인이 단순히 우리 삶의 연약함에 대한 동정에만 그치지 않고 있다는 점은 강조되어야만 한다. 실제로 "둥지 있는 나뭇가지에 매달렸다"와 "허공에 들려 있었다"라는 두 부분은 죽음이 구체화된 구절이라고 할 수 있는데, 이는 각각 새 삶을 상징하는 '둥지'와 '죽음'의 교차를, 그리고 죽음이 곧 또 다른 삶을 향해 도약하는 가능성을 엿볼 수 있게 만들어 준다. 그랬을 때, 자신의 죽음을 단호한 어조로 예비하고 있는 「사자에게 던져 줘」의 마지막 부분에서 시인이 "허공을 붉게 물들이는 선혈을 보고 싶어 나는 죽어서 아주 천천히 세상을 향해 으르렁거릴 거야"라고 말하는 의지 역시 온전히 이해할 수 있게 된다. "동물장"으로 '사자'에게 먹히길 원하고 있는 시인은 결국 죽음의 방식에 대한 선택을 통해 훼손할 수 없는 스스로의 고유성을 획득하게 되고, 나아가 그것을 자본주의적 현실의 논리에 맞서는 힘으로 변화시키고 있다.

3. 왜 약한 것들은 늘 함께 헤엄을 칠까

고광식 시인에게 '죽음'은 자본주의적 가치 추구 이면의 비인간성을 드러내는 하나의 방법론이면서, 자신이 발견한 현실의 흉폭한 힘에 맞서 시를 쓸 수 있게 만드는 원동력이기도 하다. 우리는 시인이 목격한 죽음의 순간들에 참여함으로써 합리적 계산이나 통계 속의 숫자에 절대로 포함될 수 없는 개별적 고유성을 자연스럽게 인식하게 된다.

「구름 이식 수술」에서는 시장 논리의 최전선에서 가장 먼저 스스로를 잃는 법을 배워야 했던 '감정노동자'의 내면을 살펴보면서, 「식물원에서」는 자본주의가 선전하는 인공 낙원과도 같은 곳에 살면서 자신이 뿌리내렸던 곳을 잊어 가는 현대인들의 상징적 모습으로, 그리고 「여배우의 별점」에서는 상업적 성과의 필요에 따라 인간의 가치를 판단하는 장면을 통해서 우리는 『외계 행성 사과밭』을 읽는 내내 현실의 논리에 맞선 스스로의 가치를 되물어보게 된다.

빈 옷소매가 바람에 펄럭였다
팔월의 좁은 골목길로 흘러드는 별똥별처럼
벌어진 문틈으로 들어오는 눈보라
한쪽 팔이 없는 사내가 털모자를 깊숙이 눌러쓰고
뜨겁게 달구어진 팬에 반죽을 넣는다

신호등이 사내의 삶 앞에서 항상 붉은색이어도
아이들의 기호가 돌고래자리인지 독수리자리인지를 생각한다
고객이 원하는 상품을 만든다는 것은
마케팅의 제1원칙이라고 발걸음 소리에 귀 기울인다

밤하늘의 검은 여백을 조절한 팬 앞에서
반죽이 금강석이 되도록 달을 구우려 했지만
뚜껑을 여니 이번에도 실패다
검게 타서 반은 숯덩이가 된 분화구
달을 굽다가 실패하면 어떤가

—「달을 굽는 사내」 부분

이 작품에서 그려지고 있는 노동의 현장에 부디 세심하게 주의를 기울일 수 있었으면 좋겠다. 길거리 음식을 만들고 있는 한 '사내'는

"검게 타서 반은 숯덩이"가 되어 버려 팔 수 있을 만한 물건을 만드는 데에 자꾸만 실패하고 있다. 아마도 "한쪽 팔이 없"기 때문인지도 모르겠다. 이 같은 신체의 결함은 목표를 향해 움직이는 사회적 구조 안에서 말 그대로 직접적인 결격 사유를 상징한다. 그러함에도 삶을 지속시키기 위해 지금의 일을 선택했지만, 그마저도 "마케팅의 제1원칙"조차 충족시키지 못하는 보잘것없는 결과만 만들어 내고 있을 뿐이다.

그런데, 분명히 "뚜껑을 여니 이번에도 실패"로 보이는 주인공의 노동은 현실을 훌쩍 넘어 "토끼를 품은 달을 굽는" 신화적 세계로 도약한다. 그것은 앞서 '죽음'이 그랬던 것처럼, 현실의 실패를 상징하는 "숯덩이가 된 분화구"의 발견으로 가능해진 것이다. 이것을 단순히 현실 속에서의 희망이나 주인공의 성공을 예감하는 복선이라고는 말할 수 없다. 다만 "빈 옷소매가 바람에 펄럭"이는 곳, 또는 "벌어진 문틈" 등이 가리키는 사회적 결손의 지점들에서 스스로 부여한 의미를 완성하기 위해 끝없는 노력들이 벌어지고 있다는 사실을 환기하는 것만으로도 충분하다. 축적을 지향하는 자본주의적 논리를 소모(dépense)의 방식으로 터뜨려 버리는 것이 시의 역할이라고 보았던 바타이유의 믿음처럼, 「달을 굽는 사내」의 노동은 현실의 그것과는 정반대로 기능하고 있기 때문이다.

파도는 가끔씩 구름과 구름 틈으로 솟구쳐요 우리도 수천억 마리 부레에 공기를 넣으면 구름을 넘을 수 있나요 크릴새우는 흰긴수염고래 입속으로 들어가 흰긴수염고래가 돼요 **약한 것들은 늘 함께 헤엄을 쳐요** 어부처럼 저인망 그물로 높이뛰기를 시도해도 되나요 불안한 구름은 몸을 낮춰 바다에 가라앉아요 그렇다면, 고광식 시인이 보여 주고 있는 것처럼 목표를 향해 거침없이 나아가는 자본의 논리에 더 많은 "틈"을 만드는 것이 가능해진다면, 정말 그렇다면, 어쩌면 우리는 가라앉아 버린 "침몰선"을 다시 들어 올릴 수 있는 "공기주머니"도 만들 수 있을지 모르겠다. 현실의 우리에게 그 너머의 가치를 발견하고자 하는 일들은 때로 불가능하게만 보이기도 한다. 하지만, 바로 그 "침몰선"을 통해 우리가 알 수 있게 된 진실은 언제나 "약한 것들은 늘 함께 헤엄"을 치고 있었다는 사실 뿐이다. 그것은 『외계 행성 사과밭』을 읽고 스스로 발견하게 된 우리의 유일한 가치이기도 하다.

비대칭의 지점들

―이인원 시집『그래도 분홍색으로 질문했다』(파란, 2021)

1. 감각의 기원

평균 무게 1,300그램의 뇌와 12쌍의 뇌신경. 그리고 뇌에 이어져 있는 척수를 따라 난 31쌍의 척수신경 다발. 1888년 펜실베이니아에서 루푸스(Dr. Rufus B. Weaver)가 폐결핵으로 사망한 여성 해리엇(Harriet Cole)의 몸에서 신경계 전부를 완전히 적출해 내는 데에 처음 성공했을 때, 누군가는 상상력의 종말을 예고하기도 했다. 우리를 고유한 존재로 만들어 주는 모든 감각과 그것에서 비롯된다고 믿었던 인간 특유의 내밀함이 가시적인 영역으로 적나라하게 드러났기 때문이다. 대상을 바라보는 시인 고유의 감각이 시문학의 가장 근원적 무기라고 한다면, 현대시는 이제 물리적 감각 체계와 맞설 수밖에 없는 지난한 싸움의 길을 시작하게 된 셈이다.

이인원 시인의 다섯 번째 시집『그래도 분홍색으로 질문했다』는 바로 이와 같은 싸움에서 자신의 시적 감각을 구성하는 모든 것을 드러내는 전략을 취하고 있는 것처럼 보인다. 앞서 떠올려 본 사건을 통해서 말했듯이, 시인 특유의 시선으로 구성된 세계의 모습들을 가늠해 보는 일은 이제 독자들에게 어느 시집이든 그것을 읽어 나가는 한 방법이기도 하다. 하지만 여기서 우리가 확인하게 되는 시인의 특징은 작품을 통해 그려진 세계의 완성도를 측정하는 보통의 방식과 구별된다. 이인원 시인의 경우 말 그대로 자신의 모든 것, 그러니까 외부를 바라보는 모든 감각계 그 자체를 고스란히 드러내는 데에 집중하고 있기 때문이다. 그것은 무엇을 말하고자 하기 이전에, 감각의 가시적인 영역으로 구성된 세계와 맞서고 있는 시인의 전략이라고 할 수 있다. 따라서 이 시집을 읽어 나가는 일은 곧 시인의 신체 각 부분들이 하나하나 시의 감각기관으로 분화되어 가는 과정을 목격하는 것과 동일한 의미가 된다.

표현 기법인 동시에 이인원 시인의 창작 방법론이라고 할 수 있는 이 같은 특징은 그의 작품 전반을 역동적으로 만드는 데에도 크게 기여하고 있다. 이는 시인의 이전 시집인 『궁금함의 정량』(작가세계, 2012)에서부터 확인할 수 있는데, 그 특징적인 면모를 확인하기 위해서라면 「파랑새」라는 작품을 다시 한번 떠올려 볼 필요가 있다.

이 작품에서 시인은 계절의 변화로 인해 병을 앓게 되는 일을 자신의 운명으로 받아들이고 있다. 눈여겨보아야 할 것은 그 과정을 통해 시인의 몸이 "툭툭 건드리고 지나가는 아픔"들에 이르기까지 민감하게 반응하는 하나의 '빈 병'이 되어 간다는 사실이다. 이는 곧 일상의 '병'을 앓고 있던 시인의 경험적 육체가 점차 세상의 모든 고통들을 감각하는 시적 기관으로 분화되는 것을 보여 준다. 작품의 마지막에서 희망적 결말을 읽게 되었다고 해도 우리에게는 그 가능성에 도달하기 위해 세상의 모든 고통과 공명하는 시인의 '감각' 그 자체가 더 중요하다고 할 수 있다. 『그래도 분홍색으로 질문했다』에는 이처럼 대상을 향한 시인의 감각들이 끝없이 발산되고 있다.

봐라
발가벗고 바둥거리는 목숨이란 말

간지럽단 말 대신 굵적굵적 꽃망울 터트리는 나무
못 참겠단 말 대신 철썩철썩 온몸 보채는 바다

복잡한 어순과 어휘 싹둑 잘라 낸 은유의 배꼽

탯줄도 가르기 전 터득한 몸말
옹알이부터 시작된 말
다 잊어버린 후까지

무서울 땐 먼저 삐죽삐죽 머리칼 곤두섰고
추울 땐 오소소 소름부터 돋았던

가장 오래된 미래의 말

이제 다신 못 본다

뺨을 타고 주르륵 흘러내리는 마지막
말씀 한 줄기

싸늘한 배꼽이 따뜻한 배꼽에게 남기는

완벽한 유언

가장 새로운 과거의 말

─「보디랭귀지」 전문

   시인에게 가장 일차적인 감각기관은 당연히 언어일 것이다. 작품을 이해하기 위해 노력하는 독자들에게는 어쩔 수 없이 가장 먼저 거쳐야 하는 관문이기도 하다. 하지만 언어적 구성물을 이해하는 방식에는 기본적으로 의미의 결손이 생기게 마련이다. 언어 자체가 자연적 대상과 그것을 인지하는 인간 사이의 매개로 기능하기 때문이다. 언어적 변용이 자유롭다는 점이 시문학의 특징임을 감안하더라도 이 역시 이미 허용된 범주에서 완전히 자유로울 수는 없다는 데에서 언어가 표상하고자 했던 의미와의 간극을 완전히 지울 수는 없다.

   가령 일상에서 "꽃망울 터트리는 나무"를 보게 되었을 때 우리는 "간지럽단 말"을 통해 그 순간을 표현하고자 할 수 있을 것이다. 그것은 파도가 치는 '바다'를 만났을 때, 또는 무서운 상황을 마주하거나 말할 수 없을 정도의 추위를 경험하게 될 때도 마찬가지이다. 외부적 대상을 관찰하거나 일상의 경험 모두를 우리는 결국 언어화의 과정을 통해 간접적으로 수용한다.

   하지만 시인은 매개로써의 언어를 사용할 수밖에 없는 숙명을 거슬러 대상과 직접 조우하기 위한 불가능해 보이는 방식을 선택한다. 대상의 의미를 포착하기 위해 구성된 언어의 사용을 포기하고 의미와 매개되기 이전의 대상을 감각하기 위해 온 힘을 기울이게 되는 것이다. 이처럼 대상을 표현하는 "말 대신" 대상 그 자체를 감각하기 위한 노력은 "복잡한 어순과 어휘 싹둑 잘라 낸 은유의 배꼽"을 향한다. 이때 '배꼽'은 의미의 기원이자 감각의 기원인 '자궁'과 하나였던 것을 상징하는 일종의 흔적기관이라고 할 수 있다. 따라서 '배꼽'을 지향하고 있는 시인에게 시 쓰기란 결국 대상과 분리되지 않고 하나의 감각 체계를 공유하고 있는 일종의 '몸말'을 익힌다는 것과 같은 의미가 된다.

2. 감각으로서의 시

대상을 직접 감각하는 이인원 시인의 '몸말'은 「웃음 꽈리」에서처럼 시간을 넘나드는 기억들을 여러 겹으로 교차시킨다거나, 인물들의 행위를 눈에 띄지 않을 만큼 작은 순간들로 분할하고 극대화하면서 결국 '오후의 한 골목길'이라는 평범한 배경을 입체적으로 만드는데에 효과적으로 작동한다. 또한 「지중해」의 경우 서사적 진술을 극도로 제한하면서 '햇볕-햇살-햇빛'으로 이어지는 핵심 소재의 다양한 감각적 변용을 통해 이국에서의 경험을 전달하는 새로운 방식을 보여 주기도 한다.

멀쑥하게 쇤 쑥갓꽃
팔월의 태양처럼 이글거릴 때

(어지러움이 메스꺼움으로 쇠어 갈 때)

쑥갓꽃이 노랑을 다 짜 올려
팔랑대는 흰나비를 붙들 때

(급커브가 급브레이크를 부를 때)

흰나비 더듬이가
노란 꽃가루 범벅이 될 때

(온몸이 진땀으로 젖을 때)

부채질하던 노란 나비 날개
더 노란 햇볕 속으로 풍덩 멱을 감을 때

(신물이 목젖을 넘어올 때)

바람이 운동화 끈을 풀어
쉴 대로 쉰 쑥갓 대에 던져 놓을 때

(낡은 시외버스가 신작로에 나를 부려 놓을 때)

—「외가」 전문

　제목에서 지시하는 것처럼 '외가'를 대상으로 하는 이 작품에서도
시인 특유의 감각은 우리에게 조금 다른 장면을 선사한다. 시인은
먼저 '외가'와 관련되어 있을 만한 구체적인 모습들을 삭제해 버리
고 있다. 작품을 읽고 나면 '외가'라는 말이 공유하고 있을 법한 정서
나 사건, 물리적 배경 등이 전혀 등장하지 않고 있다는 점에 조금 의
아해지기도 한다. 그런데 이 작품의 모든 문장들은 '때'로 끝나는 조
건절의 형태로 통일되어 있다. 따라서 우리는 "팔월의 태양처럼 이
글거릴 때"와 같은 자연적 조건을 만나면 '외가'를 방문할 가능성이

높은 여름방학과 같은 시기를 상상하게 되거나, "팔랑대는 흰나비를 붙들 때"처럼 구체적으로 벌어지는 행위의 조건을 만나면 배경으로서의 '외가'가 있는 위치 또는 그곳에서 있었던 유년의 기억 등을 떠올리면서 자신의 경험을 시적인 상황과 견주어 보기도 한다.

희곡에서 볼 수 있는 지시문의 형태로 만들어진 연들이 교차 서술되는 부분은 특히 흥미롭다. 주로 신체의 부정적 반응이 표현되어 있는데, 가령 "온몸이 진땀으로 젖"게 되거나 "신물이 목젖을 넘어"오는 등 시적 주인공이 느끼는 육체적 긴장이 독자들에게 '외가'와 관련된 현장감을 생생하게 불러일으킨다. 또한, 내용 전개상으로는 '외가'로 향하는 여정을 느끼게 해 주는 시간적 서술에 해당되는데 독자와 반응하며 자유롭게 발산되는 감각의 세계를 이끌어 나가는 기능을 수행하고 있다.

이처럼 이 작품은 시적 대상이 가지고 있어야 할 정보의 양적 측면에서는 절대적으로 제로에 가깝지만, 바로 그 때문에 오히려 시적 대상을 적극적으로 환기한다. 앞서 확인해 본 시인의 '몸말'들이 시적 대상을 직접적으로 말하지 않으면서도 그것을 향해 있는 우리의 모든 감각들을 불러일으키기 때문이다. 이는 고정된 시적 대상에서 발산되는 의미들을 따라가던 감상의 방식에서 우리를 벗어나게 만들고 결국 우리만의 고유한 감각을 되살려 내는 데에 성공한다.

『그래도 분홍색으로 질문했다』를 읽어 가면서 우리 고유의 감각을 되살려 보는 일은 시를 읽어 왔던 그간의 방식이 언어가 만들어 내는 의미들만을 수동적으로 따라가는 것은 아니었는지 반성하게 만든다. 그만큼 이인원 시인의 작품들은 의미적 구성이 더 이상 불가능해지면서 오로지 자신만의 감각을 믿고 나아가게 만드는 일종의 경계 지점들에 집중하고 있다. 다음의 작품은 이와 같은 시인의 집

중력을 잘 보여 주고 있다.

　내가 너를 사무치게 그리워하는 순간에

　손바닥이 발바닥이 되는 순간에

　뜨거운 심장에 차가운 눈물 똑, 떨어지는 순간에
—「표면장력」 전문

　앞서 살펴보았던 것처럼 여기에서도 시인은 자신이 선택한 시적 대상에 이르는 감각의 긴장감을 최대한 활용하고 있다. 특히 이 작품에서 주목하고 있는 '표면장력'은 외부의 다른 조건들과 경계를 만들면서 스스로의 내면에 최대한 집중하고 있는 힘으로 설명될 수 있다. 따라서 그 자체에 관심을 가지고 있다는 것만으로도 사람마다 가지고 있는 고유의 감각을 되살리고자 하는 시인의 의도를 쉽게 받아들일 수 있게 된다. 누군가를 "사무치게 그리워하"거나 "손바닥이 발바닥이 되"어야 할 수밖에 없는 어떤 간절함을 다루고 있으면서도 이 작품은 그 상황에서 비롯하는 의미를 발산하는 것이 아니라 그 순간과 결부된 감각들을 최대한 응집시키고 있기 때문이다. 다소 짧은 형태의 소품처럼 쓰인 「빨강, 티셔츠」나 「에코」와 같은 작품 역시 시인의 특징이 직접적으로 드러나 있는 것에 주의를 기울이며 읽을 필요가 있다.

　특히 4부의 앞에 배치되어 있는 다섯 편의 「홀소리들」 연작시를 빼놓을 수 없다. 한글 생성의 원리에서 홀소리가 폐쇄나 마찰 등의 장애를 거치지 않은 소리라는 정의는 누구나 잘 알고 있는 사실이다. 바로 이처럼 개인의 고유한 신체 내부에서 발생한 소리가 그 어떤 방해도 받지 않고 오로지 성대와의 만남과 진동에 의해 만들어진다는 점에서 '홀소리'는 자신만의 감각을 구현하고자 하는 시인의 의도와 정확히 부합한다.

하지만, 이것이 작품의 의미를 통해 전달되고 있지 않다는 데에 다시 한번 유의해야 한다. 실제 작품들을 읽어 가면서 일관된 의미의 흐름을 파악하는 것은 다소 불필요하다. 가령 'ㅏ, ㅑ'가 부제로 붙어 있는 연작시의 첫 작품인 「홀소리들 1」은 부제인 'ㅏ, ㅑ'를 하나의 감탄사처럼 받아들일 수도 있다는 것을 전제로 연상된 상황의 묘사가 중심이라고 할 수 있기 때문이다. 또한, 'ㅗ, ㅛ'가 부제로 되어 있는 「홀소리들 3」의 경우 작품이 다시 "잠자리 겹눈으로 본 한낮의 풍경"과 "으름밤나방 겹눈으로 본 한밤의 풍경"을 기준으로 나뉘어 있는데, 각각은 'ㅗ'와 'ㅠ'를 마치 상형문자처럼 인식한 뒤 그것의 상형성에서 비롯된 장면들을 새롭게 창조해 내고 있는 것처럼 보일 따름이다. 연작으로 되어 있는 다른 작품들도 모두 마찬가지이다. '홀소리'는 작품 전체를 관통하는 핵심적 모티프이자 상징적 이미지로서 우리의 감각기관을 통해 자유롭게 흘러나오는 최대한의 가능성을 이끌어 내고 있다. 그리고 이는 어절과 구문들이 정보를 축적하는 기본 단위로서 그것이 생성하는 의미를 따라가던 시 읽기의 보편적인 방식에 의문을 제기한다.

3. 가능성의 감각

인터넷과 같은 전자망을 통한 정보 전송 방식이 개념으로만 존재했던 시절에 이미 매클루언은 '가속화'가 사회 변화의 가장 큰 충격 요인이라고 지적했다. 상호 교환으로 이루어지는 인간 사회의 모든 것들에 속도가 우선의 목표로 설정되면 교환의 형식은 물론이고 그 내용도 달라질 수밖에 없을 것이다. 오로지 속도를 위해서 등가교환이 사회 전반의 원칙으로 확산되는 것이다. 이제 교환되기 이전의 상황이나 가치 등 모든 변화 가능한 요소들은 발신과 수신의 대칭을 위해서 간단히 삭제된다. 이 때문에 정보의 양은 유례가 없을 정도로 증폭(amplification)되지만, 우리의 인식은 그만큼 차별적 가치들의 체계와 절단(amputation)된다.

시를 읽는 행위가 등가교환의 원칙에서 벗어나 새로운 가치 체계를 형성하는 일처럼 보이게 만드는 것도 바로 정보 전달 차원의 언어 사용에 무관심한 시문학의 특징 때문이다. 언어와 시인 사이 그리고 시 작품과 독자 사이에 존재하고 있었던 의미의 길에서 벗어나고자 하는 이인원 시인은 바로 이처럼 교환이 원천적으로 불가능한, 이른바 비대칭의 지대를 발견하기 위해 한 걸음 더 나아가고 있다. 그것은 먼저 '죽음'에 대한 관심으로 나타난다.

모르겠다,
언제 꽃이 피고 졌는지 또 꽃이 피고 질런지

누가 봐 줄 거라 믿고 꽃이 피나
아무도 안 볼 거라 단정하고 꽃이 안 피나

꽃소금과 소금꽃 사이
짠맛 하나로 일생을 허비했는데 그게 마지막 문제라 한다

뒤돌아보고 첫 문제로 되돌아갔거나

뒤돌아보지 않고 마지막 문제까지 마쳤거나

이미 동굴 벽 다 점령해 버린 허연 도배지 앞
창세기는 다시 시작됐다

모르겠다,
피고 지고, 믿고 안 믿고의 사지선다에서 벗어나
그냥
이 자리에 소금 기둥이 되어도 좋겠다

—「소금 광산」 전문

우선 이 작품의 소재인 '소금'에 집중해서 그것의 의미 생성 과정을 살펴보자. 인간이 사용하는 자연의 물질들이 대부분 그렇듯 다른 성분들과의 구별과 삭제를 통해 소금은 생산되고, 그렇게 생산된 소금은 다시 자신의 형태를 변형하는 것으로 그 쓸모를 다하게 된다. 마치 단어를 고르고 다듬어서 문장을 만들고 그것이 다시 맥락 안으로 들어가고 나면 단어적 차원을 벗어남으로써 의미로 소통되는 과정과 흡사하다. 언어와 소금을 사용하면서 살아갈 수밖에 없는 우리의 삶은 결국 다양한 가치들 사이에서 어느 한쪽을 훼손해야 하는 선택을 지속해 나가야 한다.

따라서 의미를 부여하고자 하는 강력한 욕망이 발현되는 순간들은 죽음과 언제나 한 쌍을 이룬다. 그것은 죽음이라는 사건으로 도래할 모든 의미의 정지가 불러일으키는 상황의 반작용으로도 볼 수 있다. 그 어떤 의미도 수신될 수 없고 따라서 되돌아오지도 못한다는 점에서 죽음은 우리에게 의미의 비대칭이 가장 심화되는 경험을 제공한다.

시인은 그간 삶과 죽음을 구분해 왔던 경계를 확장하면서 "모르겠다"는 선언으로 의미 선택 과정에 파산을 선언한다. 「나무는 무릎이 없다」나 「유작전」, 「번개탄」과 같은 작품 역시 같은 의도로 볼 수 있는데, 결국 경계의 확장을 통한 가치판단의 중지는 이미와 분화되지 않은 언어를 사용하던 상태, 즉 '창세기'를 "다시 시작"하게 만든다.

시인의 '창세기'를 의미화가 출발하는 지점으로 오해하지 않도록 주의할 필요가 있다. 이는 시 안에서의 표현 그대로 "사지선다에서 벗어나"서 "소금 기둥이 되"고 싶게 만드는 공간을 말한다. 기존의 인식 체계에서라면 '소금 기둥'은 의미 전달의 실패에 따른 형벌에 불과하다. 하지만 가치판단이 중지된 공간으로서 '창세기'가 이른바 의미의 진공상태라고 한다면 이때의 '소금 기둥'은 오히려 일방적인 의미화의 작용이 힘을 멈춘 하나의 상징이라고 볼 수 있을 것이다. 그리고 이 같은 상징은 당연하게도 의미의 체계를 확립하는 기준들의 억압적 힘 사이로 우뚝 솟아오른다.

카운트다운은 없었다 아마
드물게 발생하는 오작동 점화였을 것
워낙 돌발 상황이라
동체는 물론 주변까지 심하게 요동친다
어쩌면 찔끔 냉각수가 새어 나와
고무 밸브 주변을 적셨을지 모른다
작은 꽃잎 모양 배기구로부터 터져 나오는
저 거리낌 없는 폭발!
다만 조금 전

페인트를 듬뿍 묻힌 앙증맞은 솔 하나로

군데군데 색이 벗겨진 입구를

빨갛게 덧칠했을 뿐인 여자

우윳빛 본차이나 찻잔 서너 개에

페인트 자국 선명하고

정갈한 테이블클로스 위로

수북하게 떨어지고 있는

유쾌한 꽃잎들

화려한 오후의 완전연소

피안대소(破顔大笑)!

―「빨강, 페인트 자국」 전문

이 작품은 '여자'에게서 벌어지는 특정한 사건들을 다루고 있지만, 앞에서 살펴보았던 작품들을 통해서 우리가 알게 된 것처럼 시인은 그것이 포함하고 있는 의미들에 전혀 관심을 두고 있지 않다. 그것이 무엇이든 "오작동 점화"로 인한 "돌발 상황"이었음에도 불구하고 이 갑작스러운 상황을 겪고 있는 누군가의 감정이나 내면도 시인에게는 중요하지 않다. 오히려 시인은 '냉각수'나 '고무 밸브', 또는 '배기구'와 같은 단어들로 이 상황을 묘사함으로써 신체의 현상이라는 특수한 조건을 삭제해 나간다.

이와 같은 삭제의 과정은 의미를 생성하는 축적과는 다른 방향으로 작동하면서 결국 우리 사회 전반에 걸쳐 작동하는 성별의 메타포에 이르기까지 자연스럽게 확장된다. 성별의 메타포는 어느 사회에서도 의미를 산출하는 가치 기준으로 작동하면서 그에 맞춘 이미지를 생산하기도 하고, 생산된 이미지를 다시 수용하게 만드는 체계로도 작동한다. 펠스키(R. Felski)의 경우 이에 맞서 단순히 대안적이거나 초월적 체계를 형성하는 것과는 다른 방식의 저항을 언급한다. 그것은 사회적으로 산출되어 왔던 의미들을 하나하나 삭제해 가면서 그것이 생성되던 근대 초기의 역사적 시간에까지 거슬러 올라가는 것을 의미한다.

이인원 시인이 이 작품에서 보여 주는 '삭제화의 과정'이 바로 이와 같은 방식과 연관되어 있다. 사회적으로 설정된 메타포는 언제나 억압적 이미지를 형성해 나간다. 시인은 바로 이와 같은 의미의 방향성을 의도적으로 거부함으로써 새로운 가치가 부여될 가능성을 예비한다. 이는 기존의 의미들을 "완전연소"시킴으로써 '빨간색 페인트'나 "꽃잎"과 같은 단어들을 만났을 때에도 은유적 관계에 얽매이지 않고 새로운 세상을 다시 만드는 '창세'의 가능성들이 될 수 있는 자유를 부여하게 되는 것이다.

이제야 우리는 다시 돌아와 시집의 처음에 도착했다. 이곳은 우리에게 익숙했던 언어의 의미 생성 기능이 삭제되어 버린 곳, 따라서 대상과 직접 결부된 감각의 '홑소리'만이 가능성으로 존재하는 '창세'의 시공간이다. 여기에서 우리는 그간 파악해 온 의미들의 체계가 억압의 구조에 일상의 순간들을 희생시키고 얻어 낸 결과물이었다는 사실을 알게 된다. 시인은, 여전히, 아무것도 만들지 않으며, 어떤 것도 약속해 주지 않고 있다. 우리는, 이제 막, 의미의 중력에서 풀려나 우리의 감각으로만 가능한 자유로운 유영을 시작할 수 있을 뿐이다.

상처와 고통의 연대기
—신철규 시집『심장보다 높이』(창비, 2022)

·1. 가라앉은 것들

세계를 자신의 언어로 담기 위해 노력하는 자들을 시인이라고 부른다면, 신철규를 어떤 이름으로 부를 수 있을지 결정하기란 쉽지 않다. 우리의 기억 속에서 그의 첫 시집『지구만큼 슬펐다고 한다』(문학동네, 2017)는 두드러진 언어적 감각보다 현실의 모습 그대로를 응시하는 모습이 강렬하게 남아 있기 때문이다. 그는 지상 위에 존재하는 모든 것을 작은 것 하나도 **빼놓지** 않고 바라보는 불가능한 일에 매달려 왔다. 여기서 '바라본다'는 것은 구체적인 행위가 거세된 소극적 태도를 의미하지는 않는다. 인간의 언어가 실제 대상과 동떨어진 거리에서 탄생할 수밖에 없다고 할 때, 그의 응시는 바로 그 거리를 소멸시켜 나가는 행위로 이해할 수 있다. 이것은 신철규의 시 세계를 이루는 중요한 지점 중의 하나로, 자신의 일에 숙련된 사람들이 그렇듯 그는 바라보는 행위만으로도 대상의 본질에 스며든다. "한참을 울고 체중계에 올라가도 몸무게는 그대로"인 사람에게서 '영혼의 무게'를(「바벨」), 또는 "엎드려 울"고 있는 자의 등에서 '눈물의 무게'를(「눈물의 중력」) 파악해 내는 것처럼 말이다. 요컨대 신철규는 우리 내면의 가장 밑바닥에 가라앉아 있는 것들의 무게를 계량하는 것이 자신에게 주어진 일이라고 믿는 사람처럼 보인다. 이것이 그저 우연히 시작되었을 리는 없다.

구야, 니는 대처로 나가 살아야 한대이, 가서는 총도 잡지 말고 펜대
도 굴리지 말고 참꽃맬로 또랑또랑 살거라이, 나서지도 숨지도 말고,
눈을 부릅뜨지도 감지도 말고, 꽃이 피인 기라, 피가 꽃인 기라
―「꽃피네, 꽃이 피네」 부분

첫 시집에서 신철규가 처음 바라보게 된 세계는 "빼재"로 상징되는 자신의 고향 마을 '거창'이다. 할머니가 자신의 이름을 "구야"라고 부르던 곳, 그런 할머니 곁에서 평범하지도 특별하지도 않은 가족사와 비극적인 현대사가 고스란히 겹쳐지는 이야기들을 가만히 전해 듣던 곳. 거기에서 그는 "나서지도 숨지도 말고" 한 송이 "참꽃"처럼 살아가라는, 어쩌면 그가 태어나기 이전부터 시작되었을 당부를 듣는다. 당신의 손자가 그 어떤 풍화를 겪지 않고 살아갔으면 하는 할머니의 바람에 "참꽃"은 "길가도 아니고 깊은 산도 아닌" 가장 안전해 보이는 곳에서 피어나기 때문일 것이다. 하지만 "얼라들을 묻은 데"에서 "참꽃"이 피어난다는 사실 역시 할머니를 통해 알게 되었음은 물론이다. 그러니 현실을 응시하면서 그 밑에 묻혀 있는 슬픔의 뿌리들을 발견해 내는 신철규의 시선은 고향에서부터 내리 간직해 오게 된 것이다. "똑 어중간한 자리"에 서서 현실과 이면을 동시에 바라보는 것이 가능한 자를 이제 시인이라고 부를 수 있

게 되었다면, 시인으로서 그의 운명은 "대처로 나가" 살기를 결정하기 이전부터 이미 시작된 셈이다.

2. 경계에 선 기록자

신철규 시인의 두 번째 시집 『심장보다 높이』는 피할 수 없었던 자신의 운명을 보다 적극적으로 탐색하고 확대해 온 기록이다. 첫 시집에 이어서 그는 여전히 자신에게 주어진 자리를 마다하지 않는데, 이번 시집에서는 특히 '경계'에 대한 상상력을 통해서 그것을 드러낸다. 가령 '서커스'의 곡예 장면을 보여 주고 있는 「공중그네」를 확인해 보자. 모든 곡예가 그런 것처럼 '공중그네' 역시 오랜 시간의 훈련을 통한 개인적인 능력과 곡예사 간의 긴밀한 호흡이 중요할 것이다. 그러나 관객에게 하나의 볼거리로 전달되기 위한 가장 중요한 요소로 '간격'을 빼놓을 수 없다. 같은 동작이라 하더라도 '높이'가 없다면 충분한 긴장감을 자아낼 수 없을 것이며, 곡예사 간의 "아슬아슬하게 손이 맞닿을 거리" 또한 반드시 필요하다. 이 간격은 관객과 곡예사, 곡예사와 곡예사 사이에 분명한 경계를 만들지만 손으로 만져지는 실체는 아니며, 행위의 움직임에 따라 변모하는 유동성을 지닌다. 따라서 이 경계들은 우리가 어떤 대상을 의미로 받아들이게 되는 단계에서 삭제될 뿐이다.

하지만 시인은 '경계' 그 자체에 주목하고, 수직과 수평의 두 차원에서 설정된 경계선이야말로 '공중그네'를 하나의 곡예로 완성하는 핵심적인 힘이라는 사실을 드러낸다. 「공중그네」에서 느끼게 되는 밀도 높은 긴장감 역시 시인이 발견해 낸 경계에서 비롯한다. 이를 통해 우리는 살아가는 모든 상황 속에 가로놓여 있는 '경계'를 감각할 수 있게 된 것이다.

내가 비행기를 타기 전 당신에게 쏟아부은 악담을 다 용서해 줄 수
있겠어?

(중략)

지상에 가까워질수록 무거워진 공기가 긴 침이 되어 귓속을 찌른다
나는 손가락으로 귀를 막고 침을 삼킨다

언제쯤이면 나를, 내 삶을 덜 증오하게 될까
나이가 들수록 증오는 더 거세게 타오른다
증오의 정점에서 나는 나를 밀어 버릴 수 있을까

장대높이뛰기 선수가 바를 넘는 순간 허공의 정점에서 잠시 멈춰 서
있는 것처럼
우리는 먹구름 속에서 오늘과 내일의 사이에 있었다
　　　　　　　　　　　　　　　　　　　　—「날짜변경선」 부분

경계를 감각하는 일상의 모습은 이렇다. 여행에서 돌아오는 길에
'나'는 상대방과 언성을 높이면서 싸운 것으로 보인다. 사소한 것들
로도 기분이 크게 좌우되는 여행지에서라면 상대방과의 다툼 역시
비행기를 타는 순간 이미 기억조차 할 수 없는 작은 일이었음에도
본의 아니게 커졌을지 모를 일이다. 그럼에도 끝내 상대방과 화해하
지 못한 '나'에게 지금의 비행기 안은 평소라면 느끼지 못했을 경계
를 자각하게 되면서 자신의 내면과 고스란히 얽히는 중층적 공간으
로 변모한다. '날짜변경선'을 지나 시간의 경계를 인식하게 되면서

끝내지 못한 어제의 싸움이 오늘로 이어지고, 비행기의 고도가 낮아질수록 "불안정한 대기"의 경계를 인지하게 되면서 상대방에게 "쏟아부은 악담"이 "무거워진 공기"와 자신의 "귓속을 찌"르며 되돌아오는 식으로 말이다.

일반적으로 다툼은 저마다 가지고 있는 원칙이 충돌하면서 벌어진다. 선험적 차원을 비롯하여 경험과 지식 등을 통해 습득한 자신의 원칙에 대한 보편적 믿음이 그것과 대립하는 상대방의 원칙을 예외적이라고 선언하게 되면서 다툼이 일어나는 것이다. 이처럼 개인 간에 벌어지는 작은 다툼조차 자신의 원칙을 확장하기 위해 타인의 경계를 거침없이 침범하는 제국적 방식과 닮아 있다. 니체가 『도덕의 계보』에서 인식의 주체인 인간들이 정작 자신에 대해서는 잘 알지 못한다고 한 뼈아픈 지적을 떠올려 보자. 니체의 말대로, 우리는 타인에게까지 자신의 원칙을 적용하기 위해 많은 힘을 쏟으면서도 정작 자신의 가치판단을 구성해 온 수많은 조건들에 대해서는 단 한 번도 진지하게 생각해 보지 않는다. 자신을 어둠 속에 완전하게 숨긴 자들은 언제나 타인의 눈을 멀게 하는 강한 빛을 무기로 삼아 왔던 것이다.

경계에 대한 신철규 시인의 예민한 감각은 타인을 향해 확장해 나가던 '증오'의 경계선을 자신의 내면으로 전환하는 데에 성공한다. 이는 자신이 간직해 왔던 가치판단의 근거들에 대한 재검토로 이어지는데, 그 결과 우리 앞에는 "증오의 정점"이 드러나게 된다. 이것은 누군가를 향하는 분노의 감정이거나 스스로를 자책하는 것이 아니다. 타인을 판단하기 위한 근거로 사용되던 요소들을 비판하는 '증오의 관점'으로 바라보면서 만나게 된 순간이다. 작품에서 제시된 "허공의 정점"과 견주어 보면 좀 더 명확하게 이해할 수 있다. 분명한 목표를 가지고 있을 "장대높이뛰기 선수"에게 "바를 넘는 순간"의 지점은 성공과 실패를 가르는 경계일 뿐이다. 하지만 이 지점에 시선을 고정하고 말 그대로의 '정점'으로 받아들인다면, 지금껏 손에 쥐고 있었던 수단('장대')과 반드시 이루고자 했던 목표('높이') 둘 모두의 속박에서 풀려나는 가능성의 기원으로 변모한다. 타인과의 관계를 어떤 목표와 결부하거나 효율적 수단으로만 여기는 게임과도 같은 현실에서 처음으로 벗어나게 되는 것이다. 이로써 이 시집은 타인과의 관계에 대한 섬세한 기록이 된다.

여기는 지도가 끝나는 곳 같다

나는 생각을 멈출 수가 없습니다
내가 인간이 아니라는 생각을

생각을 멈추어도 나는 사라지지 않습니다

인간이 아닌 것이 인간이 되려고 한다
인간이 아니기 때문에 인간이 되려고 한다

(중략)

우리는 여권을 잃어버린 여행자처럼 고개를 숙이고 있었다
서로의 발끝만 내려다보면서
손바닥을 펴서 네 심장에 갖다 댈 때
눈 속의 지진

지진계처럼 떨리는 속눈썹

—「해변의 눈사람」 부분

　육지와 바다를 가르는 명확한 경계이지만 사실 그 경계를 무화시키는 움직임으로 가득한 '해변'이 이 작품의 진술을 가능하게 만드는 배경이다. 이를 통해 우리는 다시 한번 경계에 대한 상상력을 환기할 수 있는데, 오브제처럼 등장한 '눈사람' 역시 마찬가지이다. 단어의 구성상 눈사람은 '눈'과 '사람'의 경계를 숨기는 데 성공하면서 의미 소통의 구조 속으로 편입된다. 형태적으로도 위와 아래를 구분하는 경계로써 자신의 존재 의미를 획득하지만, 타인에게는 오히려 그 경계가 지워진 채로 받아들여진다. 육지와 바다, 눈과 사람의 경계들이 어지럽게 얽혀 있는 눈 덮인 해변에서 시인은 결국 '인간'이라는 명명 안에 담길 수 있는 가치의 경계에 대한 질문으로 나아간다. 인간으로 살아간다는 것이 때로는 인간이라면 할 수 없는 행위까지 하게 되는 변명이 되어 버린 현실 속의 경계들까지 포함해서 말이다.

　우리 자신의 존재를 보증해 주는 '여권'만 있다면 경계를 넘는 일은 그대로 합법이 된다. 그래서 때로는 인간의 경계를 넘는 일이 합법적 행위로 쉽게 저질러진다. 그렇다면 이제 경계를 넘어 벌어진 행위들은 다시 어떻게 증명되어야 할까. 경계를 넘기 위해 필요했던 '여권' 즉 '나'를 증명하는 모든 가치들 뒤에는 결국 또 다른 '나'를, 그리고 '나'와 다른 타인을 부정하는 행위가 반복될 수밖에 없다. 신철규 시인의 질문은 이 같은 현실 속에서 인간이란 어쩔 수 없이 서로에게 "손자국"을 남기면서 살아간다는 사실을 드러낸다.

　'인간'이라는 이름으로 서로 주고받는 상처와 흔적들로 만들어진 존재가 바로 우리라면, 차라리 "여권을 잃어버린 여행자"가 되는 것을 선택할 수도 있겠다. 자신을 증명할 '여권'이 없는 자는 넘어온 경계를 이제 같은 방식으로는 되돌아갈 수 없으며, 지나온 길에서 경험한 것들을 다시 확인해 보는 과정을 필연적으로 마주할 수밖에 없다. 상처를 주지 않고 살아가는 일은 불가능해 보이지만 최소한 이선택은 서로 주고받은 상처를 확인할 수 있게 만들이 줄지도 모르기때문이다. 시인은 예민하게 반응하는 "지진계처럼" 그렇게 아주 작은 상처들에 반응하면서 기록해 나간다.

옥상에 새가 죽어 있었다 정갈하게 날개를 몸에 붙이고 발가락을 오므리고 가만히 누워 있는 그것을 보고 걸음을 멈춘 채 가만히 서 있었다 안개가 짙은 아침이었다 서울역 너머 멀리 남산타워 꼭대기까지 안개에 잠겨 있었다 흡연실 유리창들에 물방울이 맺혀 있고 상한 우유를쏟은 개수대처럼 세상은 뿌옇다 새는 안개를 뚫고 가다가 유리창에 머리를 부딪쳤는지도 모른다 새가 기절했을지도 모른다는 생각에 나는멀리 돌아 흡연실의 다른 쪽 입구로 들어가서 담배를 피웠다 흐려서잘 보이지도 않는 남산타워를 마냥 쳐다보았다 기압이 낮아서인지 뿌연 담배 연기가 느리게 퍼져 갔다 곁눈질로 새가 깨어나기를 바라면서앉아 있다가 사무실로 내려갔다 한 시간쯤 뒤에 다시 옥상에 올라왔을때 새는 그 자세 그대로였다 찰나의 고통에도 몸은 오그라든다 몸통보다 큰 날개를 가진 새를 없구나 새의 뼈는 비어 있다는데 그래서 두개골도 약한 것인가 눈이 까만 새였다 미동도 없는 눈이 수박씨처럼 까맸다 청소원 휴게실로 내려가 비닐장갑과 비닐봉지를 빌렸다 아주머니도 나를 따라 옥상으로 왔다 비닐장갑을 끼고 새를 들어 비닐봉지에넣었다 비닐장갑을 낀 손에도 온기가 전해졌다 아주머니가 안됐다는듯 혀를 찼다 화단에 묻어 주세요 네, 그럴게요 이 건물 주변엔 화단이

없는데 나는 왜 그렇게 말했을까 겨울이라 꽃도 없을 텐데 실이 툭 끊
긴 것처럼 삶과 죽음이 나뉘는 순간에 대해 오래 생각하면서 또 담배
를 피웠다 엔딩 크레디트도 없이 엔딩 음악도 없이

　　　　　　　　　　　　　　　　─「엔딩 크레디트도 없이」 전문

　상처의 기록자로서 신철규 시인의 특징이 가장 잘 드러나 있는 작
품이다. 도시에서라면 드물지 않을 하나의 에피소드를 담담하면서
도 상세하게 그리고 있는데, 특히 연과 행을 나누지 않은 산문 형식
은 "안개가 짙은 아침"을 맞은 도시의 풍경을 부각한다. 최대한 감정
을 배제하고 객관적 전달을 중심으로 한 문장 형태는 보고서처럼 느
껴지기도 한다. 동시에 작품의 배경인 '옥상'이 원근감을 제공하면서
"남산타워 꼭대기"마저 흐릿하게 보이는 안개 속의 풍경을 기록하고
있는 이 장면은 도시의 단면을 선명하게 드러낸다. 도시의 코드는 자
신의 육체에서부터 내밀한 감정에 이르기까지 모든 것을 진열대 위
에 전시 가능한 상태에서 작동한다. 우리는 진열대를 바라보면서 주
어진 조건에 맞는 선택을 할 뿐, 상품화 이전에 존재했을 고유한 가
치를 구별해 내는 능력은 점차 퇴행해 간다. 쇼윈도의 투명한 유리창
너머 세계처럼 모든 것을 바라볼 수 있지만 정작 어떤 것도 구별할
수 없는 도시의 삶 속으로 불현듯 '새의 죽음'이 삽입된 것이다.
　시인은 죽은 새를 처음 본 사람이라도 되는 것처럼 그 사건을 빠
짐없이 관찰하고 기록한다. 죽음의 원인과 가능성을 추측하는 데에
서부터 죽은 새의 몸통과 날개의 비율, 뼈의 특성, 두개골의 구조 그
리고 눈의 형태에 이르기까지 말이다. 그럼에도 이 죽음은 "비닐장
갑과 비닐봉지"라는 최소한의 거리가 확보되어야만 받아들일 수 있
는 사건에 머문다. 감염병이 만든 재난의 상황을 반영한 작품 「인간

의 조건」에서 확인할 수 있는 것처럼, 자신의 "체온과 동선"이 다른 사람에게 해를 끼치게 되는 지금의 현실에서 우리는 "투명 비닐장갑"을 낀 채로만 "서로의 얼굴을 더듬"는 것이 허용된 삶을 살아가고 있다. 따라서 이 사건의 기록자로서 신철규 시인이 끝내 남겨 두고자 하는 것은 객관적 정보가 아니라, "찰나의 고통"이다. 고통을 감각하고 공유하는 것만이 세상의 무수한 죽음에 주목하게 만들고, "비닐장갑을 낀 손" 너머로도 "온기"를 전할 수 있는 유일한 방법일 것이다. 그렇게 고통의 순간은 사라지지 않고 "네, 그럴게요"라고 끊임없이 기록하며 시를 쓰겠다는 신철규 시인의 다짐과 함께 우리에게 전달된다.

+ 손

그런 시인에게 '손'은 남다른 관심사일 수밖에 없다. 어떤 행위, 특히 무엇을 만들기 위한 목적과 결부된 행위들로 인간을 정의한다면 손은 인간의 본질과 직접 연관되어 있기 때문이다. 인간에게 고유한 미학적 판단이나 태도가 각 신체 부위의 능력에서 비롯하는 것으로 여겼던 키케로는 손이야말로 인간의 예술적 사고와 유용한 기술 모두를 실현하는 능력을 가지고 있다고 말하기도 했다. 동시에 손은 물리적 수단으로써의 범주를 훌쩍 넘기도 한다. 서로의 손가락을 엇갈리는 행위가 진심을 확인하는 수단이 되거나, 두 손을 맞잡는 것만으로도 절대적인 존재와 소통할 수 있다고 믿는 것처럼 손은 우리의 내면을 가장 직접적으로 표현한다. 신철규 시인은 '기록하는 자'로서 이처럼 자신에게 주어진 손의 역할을 자각하고 확인해 나간다.

①

슬픔에 빠진 사람에게는 두 손이 먼저 나가고
두 손으로 한 손을 감싼다

처음 두 발로 걷기 시작했을 때
아기는 두 팔을 앞으로 해서 걷는다
무언가를 붙잡기 위해
어딘가에 기대기 위해
언제라도 엎어지기 위해

―「악수」 부분

②

우리는 하나의 담요를 두르고 서서 물소리를 들었다
서로의 어깨를 손바닥으로 비비며

―「약음기」 부분

나는 그의 등 뒤로 나의 두 손을 맞잡았다,
흘러내리지 않기 위해

―「단추를 채운 밤―지인에게」 부분

③

손이 멀어지면 몸도 마음도 멀어진다
몸에서 마음이 떠난다

―「뜨거운 손」 부분

먼저 시인이 첫 번째로 '손'에 주목하는 이유로는 그것에 내재된 인간의 본성적 측면 때문이라고 짐작할 수 있다. 신체의 균형을 잡기 위해 본능적으로 팔을 내밀게 되는 것처럼 누군가의 손을 잡는 것이나, 그리고 그 손의 도움을 받게 된다면 쓰러지지 않겠다는 확신은 본능에 가깝다. 어떤 슬픔을 만났을 때 누구라도 가장 먼저 손을 내밀게 되는 것 또한 이 같은 무의식적 경험에서 비롯한다.(①) 위로를 전달하기 위해서라면 기꺼이 최대치로 손의 영역을 사용하는 방법을 발명해 내거나, 두 손의 힘을 다해 확보한 공간 안에 상대방을 머물게 하면서 안정을 제공하는 것 또한 본능의 차원에서부터 발전해 나간 것이라고 할 수 있다.(②) 하지만 그 손은 다른 사람에게 가장 확실하게 상처를 줄 수 있는 수단이기도 하다. 손을 통해서 위로를 전달할 수 있다는 믿음은 더 이상 손을 내주지 않는 작은 행위만으로도 타인의 존재를 감각할 수조차 없는 지경으로 쉽게 변화한다.(③)

그렇다면, 손의 역할을 자각하게 된 시인에게 다음과 같은 장면은 자신의 손을 필요로 하는 어떤 순간도 더 이상은 놓치지 않겠다는 다짐으로 볼 수 있겠다.

물속에 손을 넣으려고 하면
손을 잡기 위해 떠오르는 손이 하나 보인다

—「불투명한 영원」 부분

가라앉는 몸의 방향과는 최대한 반대로, 아기가 걷기 위해 그러는 것처럼 물 위를 향해 간절하게 내뻗었을 304명의 손들. 시인이 "물속에 손을" 넣을 때마다 "떠오르는 손"은 우리가 타인에게 내밀지 못했던 손의 한계를 아주 명확한 고통과 함께 떠올리게 만든다. 그

손들을 대신해서 시 쓰기를 선택했던 많은 시인들처럼 신철규 시인은 여전히 그 고통을 향해 손을 내밀고 있는 것이다.

＋ 파레르곤

시인의 손이 가닿은 구체적인 풍경은 「슬픔의 바깥」이라는 제목을 똑같이 나누어 가진 세 편의 시를 통해 확인해 볼 수 있다. 수록 순서대로 각각 '하루살이', '라홀라', '낮달'의 부제로 구별되어 있는 이 작품들은 자신의 경험 또는 직접적인 관찰로 그려 낸 일상의 풍경이라는 공통점이 있다. 조금 더 구체적으로 살펴보자면 (역시 수록 순서대로 말해서) 시골집을 방문했을 때 문득 어머니의 늙어 가는 모습을 확인하게 되거나, 신체에 약간의 장애를 가진 엄마와 그 아들 간의 실랑이를 버스 안에서 목격하고, 커피를 배달하기 위해 승합차를 기다리고 있던 다방 종업원의 모습 등이 주된 장면이다. 낯설지 않은 이 상황들은 저마다 처지가 다른 독자들에게도 무리 없이 받아들여지는데, 동시에 그 익숙함은 마치 숨은 그림을 찾기라도 하는 것처럼 작품들을 반복적으로 읽게 만든다. 우리는 주제적 관점에서 이들이 모두 '슬픔의 장면'과 관련되어 있다는 것을 쉽게 파악할 수 있다.

그렇다면 우리가 이 작품들에서 받아들이고 이해하게 된 슬픔은 어디에서 비롯하는 것일까. 사실 그것은 단순하지 않다. 만일 늙은 어머니의 "우둘투둘한 손등"에 피어난 "검버섯"이나(「슬픔의 바깥―하루살이」) "직각으로 구부러져 단단하게 옆구리에 붙어 있"는 "왼팔"(「슬픔의 바깥―라홀라」), "커피포트와 찻잔"이 담겨 있을 "보라색 보자기"에서(「슬픔의 바깥―낮달」) 우리가 슬픔을 느끼게 된다면 이것은 개인적 고통의 감각과 무관한 '슬픔의 평균'만을 이해하는 일이 될 것이다.

부제에서 언급된 '라훌라'를 떠올려 보자. 잘 알려진 것처럼 그는 석가모니의 출가 전 아들로 출가 당시에는 걸림돌이 되는 존재였기에 '장애'라는 뜻의 이름을 갖게 된다. 그 역시 나중에는 출가해서 석가모니의 제자가 되는데, 아버지이지만 스승으로 평생 석가모니를 보고 있던 라훌라의 내면을 우리는 어떻게 이해할 수 있을까. 생물학적 관계를 중심에 두고 운명적 슬픔이라고 부르든, 또는 종교라는 가치의 관점에서 슬픔의 극복으로 부르든 우리는 사실 라훌라의 내면을 결코 알 수는 없을 것이다.

타인의 고통에 예민하게 반응하는 신철규 시인이 이 장면들을 "슬픔의 바깥"이라고 명명한 이유도 여기에 있다. 회화의 의미 전달 방식을 이야기하던 데리다의 말을 떠올려 보면 시인의 의도에 좀 더 쉽게 다가갈 수 있는데, 데리다에게 '-의 바깥'은 안과 밖을 구별하는 고정된 경계로 생겨나지 않는다. 따라서 예술작품(가령 액자와 함께 제공될 수밖에 없는 회화)이 의미로 통용되는 기존의 순간들에 안과 밖을 나누는 이분법이 언제나 작용해 왔던 점을 비판한다. 오히려 중요한 것은 경계를 넘나들면서 고정된 내부의 목적성을 파괴하고 외부의 것들과 자유롭게 소통하면서 결핍을 드러내는 움직임이라고 강조했다. 그것을 데리다는 '파레르곤(parergon)'으로 설명했는데, 신철규 시인이 주목하고 있는 '슬픔의 바깥'은 이와 닮아 있다. 시인이 목격하는 타인의 슬픔은 파레르곤처럼 슬픔 그 자체도 아니고, 그것의 극복을 희망하는 바깥도 아니다. 슬픔의 '바깥'에서 상황의 객관적 작동은 멈추고, 고정되어 있던 한계를 벗어난 '슬픔'은 다시 모든 개인에게 최대치의 고통으로 전달되는 움직임으로 가득할 뿐이다.

3. 경계를 움직이는 기록자들

보통의 일상에서 경계를 확인하는 일은 경계를 사이에 두고 서로 마주한 힘들에 대한 이해가 선행되어야 한다. 이해하기 위해 정보를 모으는 과정에서 자연스럽게 하나의 기준이 생겨나고, 그 기준을 중심으로 힘들의 대립이 시작되면 경계가 드러나는 것이다. 그리고 하나의 경계는 곧 또 다른 경계들로 확장하면서 결국 보편적 체계를 만들어 나가는 원동력이 된다. 이와 같은 경계의 확장이 우리의 감각 안에서 인지 체계와 연관되어 가는 과정은 근대국가의 성립과도 깊이 관련되어 있다. 들뢰즈가 표현한 그대로 국가는 다양한 경계선들의 분할로 이루어져 왔고, 그 안에서 수많은 차별과 억압을 생성하면서 작동하는 시스템이기 때문이다. 배타적으로 그어진 경계선들이 곧 생존의 위기인 유목민들의 삶의 방식을 떠올려 본다면 경계로 유지되는 국가적 폭력은 단순한 비유가 아니라는 점을 알 수 있다.

이 시집의 첫 시 「세화」는 세상의 모든 경계를 따라 퍼져 있는 상처와 고통을 기록하던 시인에게 종착지이자 출발점이 된다. 4.3 항쟁의 역사적 사건 속에서 '세화'는 이 땅에 잘못 그어진 경계가 만든 고통을 여전히 간직하고 있는 곳이며, 누구나 "해변을 걷다 보면 다시 또 여기로" 되돌아올 수밖에 없는 곳이다. 시인은 그곳에서 외면할 수 없는 역사적 상처를 다음과 같이 기록한다.

죽이려고 하는 사람들 앞에서
살아남으려는 사람들은 어김없이 폭도가 된다

자신의 행위에 대한 정당성에 집착하는 자들은 언제나 "죽이려고 하는 사람들"이다. 마치 누군가를 죽이는 것은 부차적인 문제일 뿐,

우리의 삶을 최대한 합리적으로 만들기 위한 노력이라는 것을 내세우는 것처럼. 반면에 "살아남으려는 사람들"에게 논리 따위는 애초에 존재하지 않는다. 살아야 한다는 것에 이유는 필요 없으니까. 아이러니한 것은 "죽이려고 하는 사람들"이 악착같이 만들어 낸 논리가 때로는 살아남기 위해 행동한 사람들을 엉뚱하게 "폭도"라고 설명하는 방식으로 남게 된다는 사실이다.

인용 구절은 시인이 그 속에 그어졌던 경계를 허물어 다시 기록한 것이다. 따라서 이 구절은 이제 논리를 만들어 내는 사회구조 속에 내재된 폭력을 증언하는 말이 된다. '국가가 곧 이성을 체현한다'(아우구스티누스)는 말을 아직도 믿고 있는 자들의 허구를 폭로하고, 세상에 수없이 잘못 그어져 있는 경계선들에 경고하는 말. 신철규 시인을 이곳까지 따라온 우리는 이제야 그의 바람대로 "해변과 수평선 사이"에 설 수 있게 되었다. "무지갯빛 슬리퍼 한 짝"이 경계를 넘나들며 움직이는 그곳은 마치 시인이 벽사(辟邪)를 기원하면서 그린 그림(歲畫)처럼 보인다.